NEW ROMANCE®

Blanka Lipińska

TOME 2

365 JOURS

Traduit du polonais par Ewa Janina Chodakowska

Hugo Roman

Le yacht est amarré au port de Fiumicino. Le double de ma femme est toujours à bord. Sa tâche est simple, elle doit juste être là.

J'appelle Domenico qui est à Rome.

– Mets Laura dans la voiture et amène-la-moi.

Le jeune homme soupire, visiblement soulagé.

– Dieu merci. Elle commence à être insupportable. (J'entends qu'il ferme une porte derrière lui.) Je ne sais pas si ça t'intéresse, mais elle demande de tes nouvelles.

J'ignore sa réponse.

– Ne viens pas avec elle. On se retrouve à Venise, repose-toi d'ici là.

Domenico ne lâche pas le morceau :

– Tu ne veux pas savoir ce qu'elle dit ?

– Ça va m'intéresser ? dis-je, l'air indifférent, même si je suis curieux de savoir ce qu'ils ont pu se dire.

– Tu lui manques.

Cette affirmation me tord le ventre.

– Veille à ce qu'elle parte le plus vite possible.

Je raccroche et regarde la mer.

Une fois de plus, je panique à cause de cette femme. Mes sentiments sont trop intenses pour que je puisse les contrôler.

Je renvoie la fille qui prétend être Laura, mais lui demande de rester à ma disposition. Il se peut que j'aie à nouveau besoin d'elle. Selon Matos, Flavio est reparti sur l'île, les mains trouées par mes balles. Mis à part ça, rien de nouveau, comme si l'affaire de Nostro n'avait jamais existé. Les informations qu'on me transmet ne m'enchantent pas. J'ai donc envoyé mes hommes pour qu'ils me confirment tout ce qui m'a été rapporté.

À l'heure du déjeuner, j'ai une visioconférence avec les Américains. Je veux m'assurer qu'ils participeront au Festival du film de Venise. Je dois discuter avec eux des armes que je veux commander et que j'ai l'intention de vendre au Moyen-Orient.

Puis Fabio apparaît :

– Don Torricelli ? Madame Biel est à bord.

– Levez l'ancre.

Je monte sur le pont supérieur. Je regarde autour de moi et découvre ma femme habillée comme une adolescente, je serre les poings et contracte mes mâchoires. Un mini-short et un tout petit haut ne sont pas une tenue digne de la femme du chef d'une famille sicilienne.

– Mais qu'est-ce que tu portes, putain ! Tu ressembles à...

Je ne termine pas ma phrase, car je vois qu'elle a quasiment vidé une bouteille de champagne.

Elle se retourne, se cogne contre moi et s'écroule sur le canapé. Elle est encore bourrée.

– Je ressemble à ce qui me plaît, tu n'as rien à voir là-dedans, réplique-t-elle. Tu m'as abandonnée sans me laisser un mot. Tu m'as traitée comme une marionnette avec laquelle tu joues

quand tu en as envie. Aujourd'hui, la marionnette a envie d'être seule.

Elle se lève et, en titubant, se dirige vers la poupe, la bouteille à la main. Elle enlève ses baskets compensées qui semblent la gêner pour marcher.

– Laura... je commence en riant. Laure, bordel !

Mon rire se transforme en grognement quand je la vois s'approcher dangereusement du bastingage. Je cours vers elle en hurlant : Arrête-toi !

Elle ne m'écoute pas ou ne m'entend pas. Soudain, elle glisse. La bouteille s'écrase sur le pont et Laura perd l'équilibre et tombe à l'eau.

– Putain !

Je retire mes chaussures et saute à l'eau. Heureusement que Le Titan *n'avait pas atteint son rythme de croisière et que Laura est tombée sur le côté. Quelques secondes plus tard, elle est dans mes bras.*

Par chance, Fabio était là. Il a fait stopper les moteurs et me jette une bouée de sauvetage. Il m'aide à remonter à bord. Laura ne respire plus.

Je commence le bouche-à-bouche pour la réanimer, mais ça ne donne rien.

– Respire, bordel !

Je suis désespéré et souffle de l'air dans ses poumons avec acharnement.

– Respire ! je crie en anglais en espérant qu'elle réagira.

Soudain, elle prend une bouffée d'air et vomit.

Je caresse son visage, elle est à peine consciente. Je la prends dans mes bras, la transporte jusqu'à la cabine.

– J'appelle un médecin ? crie Fabio.

– Oui, ramène-le ici en hélicoptère.

Je l'allonge sur le lit et observe son visage pâle pour m'assurer qu'elle va bien et qu'elle n'est pas blessée.

– Qu'est-ce qui s'est passé ?

J'ai du mal à parler, mon cœur bat à tout rompre et ma tête est comme prise dans un étau.

– Tu es tombée du pont. Heureusement qu'on ne naviguait pas plus vite. Tu aurais pu te noyer. Putain, Laura, j'ai envie de te tuer, mais je suis tellement soulagé que tu sois vivante.

Je me masse le cou, mon mal de tête m'empêche de réfléchir correctement.

Laura effleure délicatement ma joue pour que je sois obligé de la regarder.

– Tu m'as sauvée ?

– Heureusement que j'étais tout près de toi. Je ne veux même pas penser à ce qui aurait pu se passer sinon. Pourquoi es-tu si têtue ?

Jamais je ne suis jamais autant inquiété pour quelqu'un. L'angoisse que j'ai ressentie est un sentiment nouveau pour moi.

– Je voudrais prendre une douche.

J'ai envie d'exploser de rire. Elle a failli mourir et elle veut prendre une douche. Je n'arrive pas à croire ce que j'entends. Je n'ai ni la force ni l'envie de me disputer ici et maintenant. Je veux l'avoir près de moi, je veux lui faire des câlins, la protéger du monde entier. Je pense encore au drame qui aurait pu se dérouler si le yacht était allé plus vite...

Je fais couler l'eau de la baignoire, puis je l'aide à se déshabiller. Je suis concentré, je ne pense pas vraiment à ce que je vais bientôt voir. Je réalise qu'elle est nue, devant moi. J'en suis surpris, mais ça ne me fait pas un grand effet. Elle est vivante, c'est le principal. À mon tour, je me déshabille.

Je la prends dans mes bras et j'entre dans l'eau chaude. Son dos contre ma poitrine, je place ma tête dans ses cheveux.

Je suis énervé, terrifié, mais à la fois tellement soulagé. Je ne veux pas discuter ni lui parler, et sûrement pas m'engueuler. Insouciante, elle se laisse aller contre moi. Elle ne se rend pas compte que tout ce qui se passe depuis quelques jours est de sa faute. Je commence à comprendre que tout va changer dans ma vie. Faire du business ne va plus être aussi simple, car mes ennemis savent que j'ai désormais un point faible : la petite créature que je tiens dans mes bras. Je ne suis pas prêt à affronter une telle situation.

Lentement et sans dire un mot, je lave chaque partie de son corps en la touchant de la manière la moins érotique possible. Laura semble étonnée.

Je l'essuie et l'allonge sur le lit en lui embrassant délicatement le front. Avant même que je décolle mes lèvres, elle est déjà endormie. Je vérifie son pouls, inquiet qu'elle ait à nouveau perdu connaissance. Je l'observe jusqu'à ce que j'entende un bruit d'hélicoptère. Je suis étonné, puis je me rappelle qu'on est assez près de la côte.

Après avoir examiné Laura, le médecin estime que sa vie n'est pas en danger. Je le remercie d'être venu, puis je retourne dans ma cabine.

La nuit est douce et chaude. Mais j'ai surtout besoin de calme. Je prends une ligne de coke avec un verre de mon alcool préféré, puis je rentre dans le jacuzzi. Je demande au personnel de partir, je veux être seul. Je n'ai aucune envie de penser à autre chose qu'au calme qui m'entoure. Après quelques minutes, je vois Laura apparaître dans l'obscurité. Elle porte un grand peignoir blanc, on dirait qu'elle cherche quelque chose. Si elle s'est levée, c'est qu'elle se sent mieux.

– Tu as bien dormi ?

Elle sursaute en entendant ma voix.

– Je vois que tu te sens mieux. Tu te joins à moi ?

Elle réfléchit un instant en me regardant tendrement. Je sais que son peignoir va bientôt tomber au sol.

Elle s'assied en face de moi. J'admire ce que je vois tout en dégustant ma boisson. Je ne dis rien. Je contemple son magnifique visage, elle est décoiffée et ses lèvres sont légèrement gonflées. Soudain, elle change de position pour venir s'asseoir sur mes genoux. Elle se colle contre moi, me passe la main dans les cheveux. Quand elle attrape ma lèvre inférieure avec ses dents, ma bite réagit. Elle bouge ses hanches sur moi. Je ne comprends pas trop ses intentions, mais je n'ai pas très envie de jouer. Pas aujourd'hui, pas après ce qui s'est passé, j'ai failli la perdre.

Sa langue entre dans ma bouche et, instinctivement, j'attrape ses fesses.

Elle chuchote :

– Tu m'as manqué.

– C'est comme ça que tu me le montres, bébé ? Je ne veux pas que tu agisses comme ça pour me remercier de t'avoir sauvé la vie. Je ne ferai rien avec toi jusqu'à ce que tu sois certaine que tu le désires vraiment.

Je ne sais pas pourquoi je ne réagis pas. Je la repousse pour mieux voir son visage. Elle semble sérieuse. Je ne veux pas qu'elle ressente ma faiblesse. Je ne suis pas prêt à la lui montrer, d'autant plus que je n'arrive pas vraiment à réaliser ce qui m'arrive.

Je veux qu'elle s'éloigne au plus vite pour ne plus sentir cet inconfort. Ses yeux sont remplis de tristesse, ce qui ne fait qu'aggraver mon sentiment de malaise. Mais qu'est-ce qui se passe, putain ? Elle sort du jacuzzi et remet vite son peignoir, puis court le long du pont.

– Qu'est-ce tu fais, espèce d'idiot ? Tu obtiens ce que tu veux et tu la rejettes, je marmonne en la suivant.

Mon cœur bat fort. Inconsciemment, je sais ce qui va se passer lorsque je la retrouverai. Je la vois entrer à toute vitesse dans ma cabine. Je souris, ça ne peut pas être un hasard. Je la suis. Elle cherche l'interrupteur dans la pièce plongée dans la pénombre. Soudain, la chambre se remplit de lumière. Elle est là, immobile. Je claque la porte, le bruit la paralyse. Elle sait que c'est moi. J'éteins la lumière. Je m'approche d'elle. D'un geste, je défais son peignoir. J'attends patiemment. Je veux être certain de savoir ce que je fais, c'est la première fois de ma vie que j'ai des doutes. Je commence à l'embrasser, elle me rend mon baiser passionnément.

Je la prends dans mes bras et la porte jusqu'au lit. La lumière pâle éclaire parfaitement les lignes de son corps. J'attends un signe.

Le voilà : la jeune femme soulève les bras puis les pose sur sa tête. Elle sourit, c'est une invitation pour rentrer en elle.

– Sais-tu que si on commence, je ne pense pas pouvoir m'arrêter ? Si on dépasse une certaine limite, je vais te sauter, que tu le veuilles ou non.

– Alors, saute-moi.

Elle s'assied sur le lit. Et me fixe de ses grands yeux.

– Tu es à moi, maintenant je vais te garder pour toujours, je grogne en italien, à quelques centimètres d'elle.

Ses yeux s'assombrissent soudain. On dirait que le désir va bientôt briser son petit corps. Sans gêne, elle attrape mes fesses, puis me tire vers elle.

Je souris. Je sais qu'elle a hâte de me goûter.

– Attrape ma tête et punis-moi.

Ces mots m'empêchent de respirer quelques secondes. Cette femme sera la mère de mes enfants et elle se comporte comme une pute. Je n'arrive à croire qu'elle veuille se donner à moi de cette façon. Je suis ravi, et terrifié à la fois.

– Tu me demandes de te traiter comme une pute ? C'est ça que tu veux ?

– Oui, Don Massimo.

Je sens tous les muscles de mon corps se tendre. Quand elle me demande d'être moi-même, toutes mes émotions inutiles s'envolent. Lentement, je glisse mon sexe entre ses lèvres. J'aime cette sensation. Je suis aux anges. Lorsque Laura l'avale en entier, je suis fière d'elle. Je commence à bouger mes hanches. Je veux vérifier combien de temps elle va tenir. Elle est incroyable. Elle accepte tout ce que je lui donne.

– Si tu veux que j'arrête, dis-le-moi. Mais de façon claire pour que je ne pense pas que tu joues avec moi.

Elle sort ma queue de sa bouche pour me répondre tout en continuant le mouvement avec la main.

– Pareil pour toi.

Lorsqu'elle m'avale à nouveau, elle accélère le mouvement. Je sais que ça l'amuse, elle veut absolument me prouver quelque chose. Cette pensée me subjugue de désir. J'essaie de ralentir le rythme, mais elle résiste.

Je sens qu'un orgasme arrive, mais je ne le veux pas. Pas maintenant, et pas aussi vite. Je la repousse. Je reprends ma respiration. Laura me sourit, comme si elle avait gagné. C'est allé trop loin. Je la retourne sur le ventre et la maintiens dans cette position. Je ne veux pas la regarder la première fois, je sais que je ne tiendrai pas une seconde si je vois son joli visage.

Je lui insère deux doigts et découvre qu'elle est déjà mouillée. Elle gémit et frissonne sous moi. Je commence à la pénétrer, sa chatte est serrée autour de ma verge. J'arrive au fond, je serre son corps contre le mien. Je ne bouge plus, je veux profiter du moment. Je sors, puis je rentre à nouveau, plus fort. Laura gémit, elle s'impatiente, elle veut que je la baise plus fort, elle a besoin de me sentir. Mes hanches passent à l'action et je la saute aussi fort que je peux, mais je sens qu'elle en veut davantage. Elle crie. Elle arrive à peine à respirer. Je ralentis pour remonter ses hanches, elle est à genoux, je veux voir la totalité de ce qui m'appartient. Lorsque son dos se cambre, j'aperçois son orifice foncé. Je n'arrive pas à me retenir. Je lèche mon pouce, puis je caresse son trou serré.

– Don... ? elle gémit, inquiète, en se retournant pour me regarder.

Je me penche pour lui parler à l'oreille :

– Ne t'inquiète pas, bébé. On va y arriver à ça aussi, mais pas aujourd'hui.

Elle ne réagit pas. Je suis content qu'elle ne me voie pas, car j'ai un grand sourire sur le visage.

Je l'attrape fermement par les hanches et la pénètre à un rythme effréné. Je me penche sur elle pour caresser son clitoris. Sa chatte se resserre, elle plaque son visage contre un coussin et hurle de plaisir. Je sens qu'elle ne va pas tenir encore bien longtemps et je veux la voir jouir. Je la retourne sur le dos, puis je l'enlace tout en la baisant de plus en plus fort. L'intérieur de son corps se contracte, ses yeux sont vides, sa bouche est grande ouverte, mais elle n'émet aucun bruit. Elle jouit longtemps, puis son corps se détend, elle s'abandonne sur le matelas. Je ralentis, j'attrape ses poignets et les place au-dessus de sa tête. Je sais qu'elle va résister à ce que j'ai l'intention de faire.

À bout de souffle, elle murmure :

– Éjacule sur mon ventre.

– Non, je réponds en souriant et en reprenant mes coups de boutoir.

J'explose longtemps et intensément en elle.

C'est un jour parfait pour qu'elle tombe enceinte. Elle se débat et tente de me repousser, mais je suis allongé sur elle.

Elle se met à hurler :

– Massimo, mais qu'est-ce que tu fais, bordel ? Tu sais bien que je ne prends pas la pilule.

Elle continue à se débattre. Je n'arrive pas à cacher ma satisfaction.

– La pilule, ce n'est pas fiable. Mais tu as un implant, regarde.

Le traqueur que j'ai demandé qu'on lui insère n'est pas très différent de l'implant contraceptif qu'avait Anna, c'est pour ça que je sais qu'elle va me croire sans problème.

– J'ai demandé qu'on te le mette le premier jour, quand tu dormais, je ne voulais pas prendre de risques. Son efficacité est de trois ans. Tu pourras bien évidemment l'enlever à la fin de l'année.

Je ne peux pas m'empêcher de sourire. À partir d'aujourd'hui, mon fils va grandir en elle.

– Bouge ! dit-elle, énervée, mais je décide de l'ignorer.

– Malheureusement, ce ne sera pas possible avant un bon moment. Je vais avoir du mal à te baiser à distance. Quand j'ai vu ton visage pour la première fois, je ne te désirais pas. Te regarder me terrorisait. Mais avec le temps, avec tous les tableaux de toi que j'ai accrochés partout, j'ai appris à connaître ton âme. Tu me ressembles tant, Laura.

Si je suis capable d'aimer, c'est à ce moment précis que je tombe amoureux de la fille allongée devant moi. Je la regarde, je sens que quelque chose se transforme en moi.

– Quand tu es arrivée, je t'ai observée toute la nuit. Je sentais ton odeur, la chaleur de ton corps, tu étais vivante, tu existais et tu étais si près de moi. Je n'arrivais plus à te quitter, je t'ai regardée jusqu'à ce que tu te réveilles. J'avais une peur

irrationnelle de me lever, je me disais que si je partais, tu allais disparaître.

Je ne sais pas pourquoi je lui dis tout ça, mais j'en ressens le besoin pour qu'elle sache tout de moi. Ma voix trahit mon angoisse.

Je veux à la fois qu'elle me craigne, mais aussi qu'elle sache réellement qui je suis.

Chapitre 1

Quelques dizaines de jours après
(peut-être plus, j'ai arrêté de compter)

Un silence total s'installe. Je réalise ce que je viens de dire et ferme les yeux.

– Répète, dit Massimo d'une voix calme, en me relevant le menton.

Je le regarde et sens des larmes me monter aux yeux.

– Je suis enceinte, Massimo, on va avoir un enfant.

L'homme en noir me fixe de ses grands yeux. Puis il tombe à genoux devant moi, soulève mon tee-shirt et m'embrasse délicatement le ventre en marmonnant quelque chose en italien. Je ne sais pas trop ce qui se passe, mais quand je prends son visage entre mes mains, je sens des larmes. Cet homme fort, puissant et dangereux est à genoux devant moi en train de pleurer. À mon tour, je me laisse aller et je fonds en larmes. On reste comme ça un bon moment, laissant libre cours à nos émotions.

L'homme en noir se relève, m'embrasse longuement, passionnément, et déclare :

– Je vais t'acheter un tank. Et s'il le faut, je creuserai un bunker. Je promets de vous protéger même si je dois le payer de ma propre vie.

Il a dit « vous ». Je suis émue. Je recommence à pleurer.

– Allez, bébé, arrête de pleurer.

J'essuie mes joues.

– Ce sont des larmes de joie, je murmure en me dirigeant vers la salle de bains. Je reviens.

Quand j'en ressors, il est assis sur le lit, en boxer. Il se lève, s'approche de moi et m'embrasse sur le front.

– Je vais prendre une douche, ne t'en va pas.

Je m'allonge en serrant un coussin contre moi. Je tente d'analyser tout ce qui vient de se passer. Je ne pensais pas que l'homme en noir était capable de pleurer, encore moins de bonheur. Quelques minutes plus tard, il réapparaît nu et dégoulinant dans le cadre de la porte. Il me rejoint sur le lit sans se presser, me laissant le temps d'admirer la vue. Allongé près de moi, il me demande :

– Tu le sais depuis quand ?

– Je l'ai su par hasard lundi, quand je suis allée faire ma prise de sang.

– Pourquoi tu ne me l'as pas dit tout de suite ?

– Je ne voulais pas te le dire juste avant ton départ, j'avais besoin de digérer la nouvelle.

– Olga le sait ?

– Oui, ton frère aussi.

Massimo fronce les sourcils, puis se tourne sur le dos.

– Pourquoi tu ne m'as pas dit que Domenico était ton frère ?

– Je voulais que tu aies un ami. Quelqu'un de proche en qui tu aies confiance. Si tu avais su que c'était mon frère, tu aurais été méfiante. Domenico sait combien tu comptes pour moi. Il n'imagine pas que quelqu'un d'autre puisse veiller sur toi durant mes absences.

Sa réponse fait sens et je ne lui en veux pas de ne pas me l'avoir dit plus tôt.

– Donc, on annule le mariage ?

Massimo se rapproche de moi.

– Tu rigoles. Il faut que l'enfant ait une vraie famille.

Il se penche pour m'embrasser tendrement.

– Qu'est-ce que le médecin t'a dit ? Tu lui as demandé si on peut...

Je rigole en répondant à son baiser avec passion.

– Hm... visiblement, nous avons l'autorisation.

– Je vais être délicat, je te promets.

Il attrape la télécommande, éteint la télé. La chambre est plongée dans le noir.

Il jette la couette par terre, glisse sa main sous ma chemise pour me l'enlever et caresse mon corps nu. Après avoir effleuré mon visage et mon cou, ses mains descendent vers mes seins. Il les presse l'un après l'autre, puis il commence à les sucer. Je ressens quelque chose d'étrange : du pur plaisir. Je n'ai jamais éprouvé un tel bonheur. Massimo ne se presse pas, il déguste chaque partie de mon corps. Ses lèvres passent d'un sein à l'autre, puis reviennent à ma bouche pour m'embrasser amoureusement. Il se frotte contre mon corps et, à chaque mouvement, je sens son sexe grossir. Je commence à m'impatienter, je suis excitée et il m'a manqué. Je le veux maintenant, tout de suite. Je tente de prendre le contrôle, mais l'homme en noir m'en empêche.

– Viens là, je chuchote en me tordant sous lui.

Je le vois sourire triomphalement. Il sait à quel point j'ai envie de lui.

– Bébé, je commence juste.

Ses lèvres caressent mon corps. Elles passent par mon cou, mes seins, mon ventre jusqu'à l'endroit où elles auraient dû être depuis un moment. Il embrasse et lèche ma culotte en dentelle, puis il me la retire, délicatement. J'écarte les jambes, je sais ce qui m'attend. Mes hanches glissent le long du drap en satin. Lorsque je sens son souffle entre mes jambes, une autre vague de désir me déstabilise. Massimo me pénètre lentement avec sa langue en murmurant :

– Tu es si mouillée, Laura, je ne sais pas si c'est la grossesse où le fait que je t'ai tant manqué.

– Ferme-la, Massimo, je réponds en pressant sa tête contre ma chatte humide. Donne-moi du plaisir.

Mon ton autoritaire fonctionne à merveille, il attrape mes cuisses, me tire jusqu'au milieu du lit et place un coussin sous mon dos. Ma respiration s'accélère, je sais que ce qu'il veut faire lui prendra bien trop de temps.

Il me pénètre avec deux doigts, son pouce frotte mon clitoris. Je me raidis en gémissant de plaisir.

– Aide-moi un peu, bébé.

Je devine ce qu'il veut et glisse ma main vers le bas pour écarter ma chatte mouillée. Lorsque sa langue commence à frotter mon clitoris, je sens que je ne vais pas pouvoir tenir longtemps. Ses doigts bougent désormais plus vite. Le plaisir que je ressens depuis ses premières caresses devient insoutenable et je jouis en criant fort. Lui chuchote :

– Encore une fois, je ne me suis pas occupé de toi comme il faut depuis longtemps.

Je pense qu'il plaisante, mais ses doigts accélèrent à nouveau. Son pouce caresse désormais mes fesses, lorsque son doigt me pénètre, le plaisir que je ressens est d'une intensité folle. Massimo connaît très bien mon corps, il sait parfaitement comment me procurer du plaisir. Ses doigts, sa langue, ses lèvres s'activent de concert et un orgasme prend possession de moi, puis un autre, et encore un autre. Lorsque je suis au paroxysme de mon plaisir, il se transforme presque en douleur. J'enfonce mes ongles dans son cou, je manque d'oxygène. Je m'écroule dans mon oreiller, essoufflée.

L'homme en noir n'en a pas fini, il me réinstalle au centre du lit, écarte mes jambes, son érection se dresse fièrement sous mon regard.

– Si tu as mal, dis-le-moi, dit-il en me pénétrant d'un mouvement sec.

Il marque un temps d'arrêt comme s'il attendait ma réaction.

– Baise-moi, Don.

Je n'ai pas besoin de le lui dire deux fois. Il me baise comme on aime le plus tous les deux, fort et vite. Puis il me retourne sur le ventre, plonge à nouveau sa queue en moi et reprend son va-et-vient. Je sens qu'il va bientôt jouir, mais il fait durer le plaisir. Soudain, il se retire, me remet sur le dos et allume la lumière du salon pour qu'elle éclaire légèrement la chambre. Sans me quitter des yeux, il me pénètre à nouveau, son corps est collé au mien, ses lèvres à ma bouche. Je vois son regard s'enflammer de plaisir. Il accélère le rythme, son dos se couvre de sueur. Il jouit longtemps, ses yeux dans les miens. Je n'ai jamais vu de visage aussi sexy que le sien à ce moment précis.

– Je ne veux pas sortir de toi, dit-il en reprenant son souffle.

Je souris en lui caressant les cheveux.

– Tu écrases notre fille.

– Une fille ?

– Je préférerais avoir une fille mais, chanceuse comme je suis, ce sera un garçon. Je vais mourir d'inquiétude pour son avenir s'il suit les traces de son père.

– Il fera ce qu'il voudra. Je vais juste lui fournir tout ce dont il aura besoin.

– Il va falloir qu'on discute de son éducation, mais pas maintenant.

Massimo ne répond pas. Il me prend dans ses bras et, d'un ton autoritaire, m'intime :

– Dors.

Quand j'ouvre les yeux, je ne sais pas combien de temps j'ai dormi. Je prends mon téléphone.

– Oh putain ! Midi à nouveau, c'est maladif de dormir autant.

Je tends le bras à la recherche de l'homme en noir, mais sa place est vide. Pourquoi suis-je étonnée ? Je reste allongée un moment, puis je me lève pour aller me préparer. Puisque Massimo est revenu, je veux faire un effort et arrêter le look « belle au réveil ». Après une bonne douche, je me maquille légèrement, arrange mes cheveux à la coupe parfaite et sors un short en jean, un pull clair qui laisse apparaître une épaule et des chaussures beiges. Il fait chaud, je peux encore exposer mon corps, donc il me semble que c'est la tenue parfaite.

Dans le couloir, je croise Domenico.

– Ah, coucou ! Tu as vu Olga ?

– Elle vient de se lever. J'ai commandé le petit déjeuner, même si c'est l'heure du déjeuner.

– Et Massimo ?

– Il est parti tôt ce matin, il ne devrait pas tarder à rentrer. Tu te sens comment ?

Je m'adosse à une des portes en bois, puis je souris bêtement.

– Oh merveilleusement... parfaitement... idéalement...

Domenico lève un bras pour m'arrêter.

– Ouais... Mon frère aussi était de très bonne humeur ce matin. Je voulais juste savoir si tu n'avais pas mal quelque part ? Je t'ai pris un rendez-vous chez le gynécologue et le cardiologue. Ordre de ton nouveau médecin. Il faut que tu sois à la clinique à quinze heures.

Je le remercie et me rends dans le jardin où je trouve Olga assise à la grande table, en train de lire un magazine.

– Salut ma poule ! dit-elle en me regardant à travers ses lunettes de soleil. Tu as l'air bien heureuse ? Tu as pris les mêmes pilules magiques que moi ? Elles m'ont assommée, je me suis réveillée il y a une demi-heure. Tu crois que ton médecin pourrait m'en fournir d'autres ?

Je lève un sourcil en souriant :

– J'ai eu le droit à un bien meilleur traitement.

Olga retire ses lunettes et pose son journal, tout en fixant quelque chose derrière moi.

– Ok... c'est terminé. Massimo est de retour.

Je me retourne pour voir l'homme vêtu en noir apparaître. Il vient vers nous et, immédiatement, une vague de chaleur parcourt mon corps. Il porte un pantalon gris et un pull gris foncé sur une chemise blanche. Il est au téléphone, sublime, magnifique et, surtout, à moi.

Olga l'examine attentivement. Lui est concentré sur sa conversation téléphonique, tout en contemplant la mer.

– Putain, ce type doit être une bête au lit.

Je soulève ma tasse de thé sans le quitter des yeux.

– Tu me le demandes ou tu l'affirmes ?

– Je le sais rien qu'en te regardant. Ce mec, c'est du plaisir garanti.

Elle est de bonne humeur, je suis soulagée qu'elle ne parle pas de ce qui s'est passé hier. J'essaie moi-même de ne pas y penser, sinon je vais devenir parano.

L'homme en noir termine sa discussion, puis nous rejoint.

– C'est sympa que tu sois là, Olga.

– Merci pour l'invitation, Don. C'est gentil que tu aies accepté ma présence pour ce jour si important pour Laura.

Massimo grimace.

Je lui donne un coup de pied sous la table.

– Pourquoi tu me tapes, Laura ? C'est un honneur auquel tes parents n'auront pas droit.

Je vois qu'elle est prête à poursuivre sur le même ton, mais je lui jette un regard noir et elle comprend qu'il vaut mieux qu'elle n'en rajoute pas.

Massimo se penche sur moi pour m'embrasser le ventre et la bouche.

– Comment vont mes filles ?

Olga, étonnée, reprend la parole en polonais.

– Tu lui as dit ? Je pensais qu'il venait tout juste de rentrer.

– Oui, la nuit dernière.

– Maintenant, je comprends mieux ta merveilleuse humeur ! Il n'y a rien de mieux qu'une bonne baise pour se détendre, ajoute-t-elle en reprenant son magazine.

Massimo s'assied en bout de table et se tourne vers moi :

– On a rendez-vous à quelle heure chez le médecin ?

– Comment ça : on ?

– Je viens avec toi.

L'idée qu'il m'accompagne me met mal à l'aise. Mon gynéco est un homme et j'aimerais qu'il reste en vie.

– Je ne sais pas si c'est une bonne idée, tu sais comment se déroule une consultation ?

– Je sais que c'est Domenico qui l'a choisi, c'est sûrement le meilleur. Si tu ne le souhaites pas, je ne rentrerai pas pendant l'examen.

Olga émet un bruit de derrière son journal et lève un bras pour nous faire signe qu'elle s'excuse.

– Il n'y a pas de souci, ça se passe derrière un paravent, je pense que tu vas bien t'amuser.

– Si tu veux que je te cogne à nouveau, continue comme ça, je grogne en polonais.

Massimo s'énerve :

– Tu peux parler anglais ? C'est insupportable de ne rien comprendre.

L'atmosphère devient de plus en plus lourde. Heureusement, Domenico nous interrompt, il s'assied et s'adresse à Olga :

– Olga, j'ai besoin de ton aide. Tu peux m'accompagner ?

Étonnée, je me tourne vers le jeune Italien.

– Est-ce qu'il y a quelque chose que j'ignore ?

– Malheureusement, tu sais tout, répond Olga. Bien sûr que je peux, pendant que nos tourtereaux sont chez le médecin. Je n'ai rien à faire, de toute manière.

Domenico se tourne vers l'homme en noir :

– Frère, je peux officiellement te féliciter ?

Les yeux de Massimo s'adoucissent, il sourit même légèrement.

Le jeune Italien se lève et après avoir échangé quelques phrases en italien, ils s'étreignent. Je suis émue devant cette scène fraternelle. L'homme en noir se rassied et prend une gorgée de café.

– J'ai quelque chose pour toi, bébé. (Il pose une petite boîte noire sur la table.) J'espère que celle-ci te portera davantage chance.

Je le regarde, étonnée. J'ouvre l'écrin et m'adosse à mon fauteuil. Olga jette un œil par-dessus mon épaule et siffle doucement.

– Bentley ? Sympa. Tu n'as pas d'autres boîtes comme ça ?

Mon regard passe de la boîte à Massimo.

– Au début, je ne voulais pas que tu aies de voiture. Je voulais que tu sois accompagnée d'un chauffeur partout. Mais je n'ai pas envie de tomber dans la parano. Depuis que j'en sais un peu plus sur cette affaire, je ne pense pas que tu sois encore en danger.

– Pardon ? Comment ça : tu en sais plus ?

– J'ai vu un de mes gars qui est dans la police ce matin, j'ai regardé les enregistrements vidéo de l'autoroute. Il n'y avait qu'une seule personne dans la voiture qui vous a percutées. Sur cette vidéo, on ne reconnaît pas le conducteur, du coup on a visionné les enregistrements du spa. On n'y voit pas grand-chose non plus, l'homme porte une casquette et une capuche. Mais tout cela m'a permis d'exclure quelques personnes, la manière de faire est trop chaotique. Si c'était un professionnel qui avait essayé de vous éliminer, vous ne seriez malheureusement pas assises ici. Il ne savait absolument pas comment s'y prendre. Donc, ou c'était une coïncidence ou un acte tout à fait extérieur à la famille.

Olga intervient :

– Heureusement qu'on est tombées sur un maladroit. Mais tout ça ne me rassure pas vraiment. À un moment, je vais devoir partir et la laisser seule avec toi. J'espère que personne ne touchera à un seul de ses cheveux, car tu auras affaire à moi et personne ne pourra t'aider si je t'attrape !

Massimo est amusé. Domenico, lui, assez confus, observe mon pitbull emprisonné dans le corps d'une femme.

– Tu vois, Massimo, ce tempérament vient bien de leur pays.

J'embrasse Olga, puis je lui caresse la tête en rigolant.

La table se remplit de délices, on commence à manger tous les quatre. Étonnamment, j'ai bon appétit aujourd'hui et mon estomac me laisse tranquille.

Je pose ma fourchette et m'adresse aux garçons :

– Bon maintenant, Messieurs, expliquez-moi vos liens fraternels. C'était drôle, ce jeu de dominant et dominé ?

Ils se regardent comme s'ils voulaient établir qui prend la parole. Finalement, Domenico se lance :

– Ce n'est pas tout à fait un jeu, Massimo est à la tête de famille, donc c'est mon chef. Mais nous sommes frères, et c'est ce qui prime. La famille est ce qu'il y a de plus important. Son titre de Don implique une forme de respect assez différent de celui que l'on accorde à ses proches. Et puis, nous avons su que nous étions frères il y a seulement quelques années, à la mort de notre père.

– Lorsque je me suis fait tirer dessus, j'ai eu un besoin d'une transfusion sanguine, intervient l'homme en noir. Il s'est avéré que Domenico était compatible avec moi. Quand j'ai été guéri, nous avons creusé le sujet et avons découvert que nous étions demi-frères. La mère de Domenico est la sœur de ma mère et nous avons le même père.

Olga l'interrompt :

– Attends, je ne comprends pas, ton père sautait les deux sœurs ?

Les deux hommes froncent des sourcils, la même expression sur le visage.

– Grossièrement parlant, répond Massimo, oui, c'est ça.

Un silence pesant s'installe autour de la table.

– Tu veux savoir autre chose, Laura ? demande l'homme en noir sans quitter Olga du regard.

– Étant donné que sommes sur le terrain de la famille, peut-être qu'on pourrait choisir le prénom de l'enfant, je réponds pour détendre l'atmosphère ?

– Henryk, s'écrie Olga. C'est beau et puissant. C'est un prénom royal.

Domenico fronce à nouveau les sourcils. Les deux garçons essaient de prononcer le prénom.

– Non, ce n'est pas une bonne idée, en plus, je reste persuadée que c'est une fille.

Trois secondes plus tard, la discussion part en vrille. Je commence à regretter d'avoir abordé le sujet. Olga hurle, Massimo lui répond d'un ton calme, toujours avec un visage inexpressif. Je réalise, en les regardant, que ces deux-là n'ont pas fini de se heurter. Tant qu'Olga ne sera pas certaine que je suis en sécurité ici, elle continuera à le tester et à le provoquer.

Je me lève et embrasse Olga sur le front.

– Je t'aime, Olga.

Tout le monde se tait. Je m'approche de Massimo et l'embrasse longuement et passionnément.

– On t'aime. Maintenant, je pars chez le médecin sinon je vais être en retard.

Je prends ma petite boîte noire et m'éloigne.

Mon fiancé s'excuse, se lève et me rattrape en posant son bras sur mes épaules.

– Tu sais où est garée ta voiture, chérie ?

Je le repousse en rigolant. Il m'emmène vers une partie du jardin que je ne connaissais pas encore, derrière la maison.

Nous arrivons devant un grand bâtiment adossé à la montagne. Massimo ouvre la porte et je découvre un gigantesque hangar qui fait office de garage. Quelques dizaines de voitures y sont alignées.

– Tu les utilises toutes ?

– Je les ai toutes conduites au moins une fois. C'était une passion de mon père, il était collectionneur.

Je suis ravie de voir qu'il possède également quelques motos. Je m'approche.

– Oh, chéri, dis-je en caressant une Suzuki Hayabusa. Un moteur quatre-cylindres, une boîte à six vitesses et une sacrée accélération ! Tu sais que son nom vient du mot japonais qui désigne l'animal le plus rapide au monde, le faucon pèlerin ? Elle est magnifique.

Massimo semble étonné par ce qu'il entend.

– Oublie, grogne-t-il en me tirant par le bras vers la sortie. Jamais, et je suis très sérieux Laura, jamais tu ne monteras sur une moto.

Furieuse, j'arrache mon bras et je m'arrête net.

– Tu ne vas pas me dire ce que je dois faire, bordel !

Massimo prend mon visage entre ses mains.

– Laura, tu es enceinte, tu portes mon enfant. Quand il naîtra, tu seras la mère de mon enfant. (Il insiste sur le mot « mon » en me fixant.) Je ne vais pas risquer de te ou de vous perdre, donc je suis désolé mais si, je vais te dire ce que tu dois faire. Ces motos vont disparaître dès aujourd'hui. Je ne remets pas en cause tes capacités de pilote, mais le danger qui peut venir des autres conducteurs.

Je sais qu'il a raison, même si je n'aime pas me l'avouer. Je suis responsable d'un autre que moi maintenant.

Je le regarde froidement, furieuse, en caressant mon ventre. Ce geste l'adoucit. Il me prend dans ses bras et place son front contre le mien. Je ne suis même pas obligée de lui dire que je comprends. Il sait très parfaitement ce que je ressens, ce que je pense.

– Ne sois pas têtue juste pour t'amuser, Laura. Laisse-moi m'occuper de vous. Viens.

Nous nous arrêtons devant une Bentley Continental noire. C'est une voiture imposante, bien loin de la Porsche que j'ai eue la dernière fois.

– Tu as dit que je n'aurais plus de voiture de sport.

– J'ai changé d'avis. Je vais intégrer un contrôle parental dans la clé !

– Tu rigoles, n'est-ce pas ?

L'homme en noir sourit de toutes ses belles dents blanches.

– Bien sûr, la Bentley n'a pas cette fonction, mais c'est une voiture sûre et rapide ; après avoir demandé conseil, c'est celle que j'ai choisie pour toi. Elle est plus simple d'utilisation que la Porsche, et plus élégante. Il y a beaucoup de place à l'intérieur, donc ton ventre y rentrera. Elle te plaît ?

– J'aime bien la Suzuki Hayabusa aussi, je déclare en lui faisant un clin d'œil.

L'homme en noir me menace du regard, puis ouvre la portière côté conducteur. Surprise qu'il me laisse conduire, j'y rentre en hésitant. L'intérieur en cuir, couleur miel amande, est élégant, simple mais raffiné. C'est une grande voiture à quatre places. Pendant que je regarde les magnifiques finitions en acajou, Massimo s'installe à côté de moi.

– Ça te va ?

– Je vais m'y faire ! je plaisante.

Chez le médecin, Massimo est calme et discipliné. Il l'écoute et pose des questions. Pendant l'examen lui-même, il quitte la pièce. Il veut que je sois à l'aise. Comme je le pensais, l'accident d'hier n'a eu aucun impact ni sur la santé de l'enfant ni sur la mienne. Le cardiologue confirme que tout va bien. Il me prescrit des médicaments que je dois prendre si mon cœur s'emballe.

Deux heures après, nous sommes sur la route du retour. Comme je suis un peu fatiguée, j'ai demandé à Massimo de conduire.

– Luca, dit-il tout à coup, tout en regardant la route. J'aimerais bien que notre fils porte le nom de mon grand-père. C'était un grand homme, il t'aurait plu. Particulièrement charmant, ses idées étaient très en avance sur son époque. C'est grâce à lui que mon père a tenu à ce que je fasse des études.

Je me répète dans ma tête le nom que je viens d'entendre. Je n'ai rien contre. Le plus important pour moi est que l'enfant soit en bonne santé.

– Ce sera une fille, tu verras.

Massimo sourit et pose sa main sur mon genou.

– Donc, Eléonore Clara, comme ta mère et ma mère.

– Je peux dire quelque chose ?

– Non, j'irai faire l'acte de naissance quand tu seras encore en train de te remettre de l'accouchement.

Je le regarde et le frappe.

– Bah quoi ? il rigole. C'est une tradition, Don prend les décisions concernant la famille, donc j'ai choisi.

– Tu sais quelle tradition on a en Pologne ? On castre l'homme après le premier enfant, une fois que la descendance est assurée.

– De ce que tu dis, je vais pouvoir en profiter un peu plus longtemps puisque notre premier enfant sera une fille.

– Massimo, tu es insupportable.

Nous roulons tranquillement sur l'autoroute et je contemple l'Etna d'où s'échappe encore de la fumée. Le téléphone de Massimo sonne, il branche le système bluetooth de la voiture et soupire en me regardant un instant.

– Je dois répondre et discuter avec Mario.

Son *consigliere* nous dérange souvent. Mais je sais qu'ils ont des affaires importantes à gérer. Je lui fais signe de prendre l'appel.

J'adore quand il parle italien, c'est sexy et ça m'excite. Pourtant, après quelques minutes, je commence à m'ennuyer. J'ai une idée.

Je pose ma main sur la cuisse de Massimo et la glisse vers le haut. Je commence à le caresser à travers son pantalon. Comme il ne réagit pas, je continue et ouvre sa braguette pour découvrir qu'il ne porte pas de caleçon. Je me lèche les lèvres en sortant son sexe.

L'homme en noir pose son regard sur moi et continue sa conversation. Son indifférence résonne comme un défi. Je me dégage de la ceinture de sécurité en la laissant attachée pour que le bip ne le dérange pas. Massimo passe sur la file de droite et ralentit. Il attrape fermement le volant de sa main gauche et pose sa main droite contre le siège passager pour me faire de la place. Je me penche et commence à le sucer. L'homme en noir respire fort. Je sors sa queue de ma bouche pour lui chuchoter à l'oreille :

– Je ne vais pas faire de bruit, donc n'en fais pas non plus.

Je lui embrasse la joue et retourne à mon occupation. Il est de plus en plus dur, j'entends qu'il commence à avoir du mal à parler. Je fais ça vite et habilement. J'ajoute ma main au mouvement. Celle de Massimo se pose sur ma tête, il veut me pénétrer la bouche plus profondément. Je veux le faire jouir, je crois que je n'ai jamais sucé quelqu'un avec autant d'application. Ses hanches tremblent, sa respiration s'accélère. Je m'en fous que quelqu'un nous voie, je suis excitée. Je l'entends dire *ciao*, il raccroche, la voiture fait une embardée et s'arrête au bord de la route. Il retire sa ceinture, place ses deux mains dans mes cheveux et m'enfonce son sexe encore plus loin. Il gémit et pousse ses hanches vers le haut.

– Tu te comportes comme une pute, et j'adore ça.

Ça m'excite quand il me parle comme ça. J'aime quand son côté sombre ressort. Je gémis et j'augmente la pression de mes lèvres sur son sexe, quand soudain je le sens jouir dans ma bouche. J'avale chaque goutte, puis me rassieds sur le siège et essuie mes lèvres.

– On y va ? je demande, très sérieuse.

Massimo a les yeux fermés, la tête posée contre le siège, il se tourne vers moi et me transperce d'un regard rempli de désir.

– C'était une punition ou une récompense ?

– Un caprice. Je m'ennuyais et j'ai eu envie de te sucer.

Il sourit, lève ses sourcils et redémarre.

– Tu es mon idéal, parfois tu me rends fou, mais je ne peux pas imaginer être avec quelqu'un d'autre.

– Tant mieux, car nous avons la vie devant nous.

Chapitre 2

Olga et Domenico arrivent en même temps que nous à la villa. Mon amie sort de la voiture, clairement amusée par quelque chose. Massimo m'ouvre la porte. Nous sommes tous les quatre dans l'allée.

– Tu t'es taché, remarque Olga en indiquant l'entrejambe de l'homme en noir.

Je regarde l'endroit en question et vois une tache claire.

– On a mangé des glaces.

Olga rigole et passe à côté de nous en ajoutant :

– Toi, oui.

Je lève les yeux au ciel, relève triomphalement le menton et la suis. En arrivant dans la chambre, nous nous écroulons sur le lit.

– J'ai envie de baiser, dit Olga très honnêtement. Quand je vois Domenico, je n'en peux plus. Il est si charmant et... (elle s'arrête, cherche le bon mot) tellement italien. Je pense qu'il me donnerait beaucoup de plaisir. Et ses petites fesses... humm !

Je n'ai jamais vu Domenico de cette manière.

– Bah, je ne sais pas... Ce n'est pas le genre d'homme qui m'attire. Mais s'il existe une ressemblance quelconque entre les deux frères, tu serais très satisfaite.

Olga ne tient pas en place.

– Tu ne m'aides pas, tu sais ! (Elle se met à sauter sur le matelas comme une petite fille.) Ce n'est pas drôle de te voir aussi détendue et comblée. Moi aussi, il me faut, comment dire, un peu d'attention.

– N'oublie pas que le vibromasseur est le meilleur ami de la femme.

Elle arrête de sauter, puis se met à genoux.

– Parce que tu crois que je l'ai mis dans mes bagages ? Putain ! Je pensais qu'on allait t'assassiner. Je n'ai pas imaginé avoir besoin d'une bite en caoutchouc pour te défendre.

– Oh, quel dommage ! Ni meurtre ni bite en silicone !

Olga réfléchit, elle cherche à résoudre son problème. Soudain son visage s'illumine comme si elle venait d'avoir une révélation. Je me demande quelle idée brillante elle a bien pu trouver.

Je m'adosse à la tête du lit, prête à tout entendre.

– Tu sais, Laura ?

– Dis-moi, petit génie !

– Ce soir, on est entre filles. On pourrait aller quelque part... Tu sais... S'amuser un peu, danser. Tu en dis quoi ?

– Ok, et demain on aura la gueule de bois, on sera fatiguées et bouffies. Non merci !

Résignée, elle s'écroule à côté de moi.

– Eh bien, moi qui pensais que j'allais trouver quelque chose à mettre dans mon lit, en ville.

La porte de la chambre s'ouvre sur Massimo.

– Tu as changé de pantalon ? demande Olga en souriant ironiquement. Une simple glace peut vraiment te gâcher une journée.

Je la pousse, me lève et m'approche de l'homme en noir. Olga reste allongée, elle nous regarde d'un œil provocateur. Elle attend que Massimo réagisse, mais il décide de laisser tomber. Je l'embrasse sur la joue pour le remercier d'être plus intelligent et de se contenir.

– Je t'aime bien, Olga. Tu as un certain sens de l'humour. Bon, préparez-vous, on part en mer dans une heure.

Il m'embrasse sur le front, puis disparaît dans le couloir.

– En mer ? me lance Olga, étonnée.

– Ne me regarde pas comme ça, je suis tout aussi surprise que toi.

– Ok, mais c'est quoi le plan ? On va nager ou on part en croisière ? Il faut que je m'habille comment ? En combinaison et palmes ?

Je sors mon téléphone pour appeler Domenico. Il me dit juste qu'on ne dîne pas à la maison, je ne suis pas plus avancée.

Quel traître !

Finalement, nous décidons de nous habiller chic.

Après avoir passé dix-neuf minutes, montre en main, dans mon dressing, nous avons enfin choisi nos tenues. Massimo aime quand je suis élégante. J'ai donc opté pour une valeur sûre, une robe Chanel grise. Elle est faite d'un enchevêtrement de tissu soyeux qui tombe parfaitement sur mon corps, laissant ma peau apparaître par endroits. Je sais qu'on va sur un bateau, mais ça ne m'empêche pas de mettre des talons aiguilles en vernis noir, ouverts devant. J'ajoute à ma tenue un bracelet Hermès de la même couleur que mes chaussures. J'estime que je suis magnifique. Une future mère encore mince.

Olga, elle, opte pour un look sexy, comme à son habitude. Une tunique colorée de chez Dolce & Gabbana qui lui couvre à peine les fesses. En réalité, elle se met avec un short mais Olga n'y pense pas une seconde. Nous faisons la même pointure, donc mon dressing est un paradis pour elle. Elle met dix minutes à trouver la paire idéale de talons aiguilles très hauts, avec un sac assorti.

Elle regarde l'heure :

– Oh putain ! Il ne nous reste qu'un quart d'heure. Mais pourquoi est-ce qu'il aurait le droit de me dire de combien de temps je dispose ? On descendra quand on sera prêtes.

Elle me fait rire, je l'entraîne dans la salle de bains. Le maquillage et la coiffure nous prennent un peu plus de temps que prévu.

En sortant de la salle de bains, je suis surprise de découvrir Domenico dans la chambre. Il est élégant et raffiné, encore plus que d'habitude. Il porte un costume noir et une chemise foncée. Il me rappelle énormément son frère. Ses cheveux, coiffés en arrière, dégagent son visage d'enfant et ses lèvres pulpeuses.

Olga se lèche les lèvres et murmure à mon oreille en polonais :

– Tu vois ce que je vois, putain ? Je ne vais pas tenir le coup, retiens-moi de tomber à genoux devant lui.

Le jeune Italien nous regarde, amusé. Les secondes passent sans que personne ne bouge, il se décide enfin à parler :

– Je voulais vérifier où vous en étiez ? Si nous allions pouvoir partir avant le mariage.

Je prends Olga par la main et l'entraîne vers les escaliers comme si de rien n'était. En arrivant dans le jardin, nous retirons nos chaussures et continuons jusqu'au ponton.

Quand je vois *Le Titan*, j'ai un petit coup au cœur. Ça me rappelle ma première nuit avec Massimo. Je m'arrête et Olga me rentre dedans par inadvertance.

– Qu'est-ce qu'il y a, Laura ?

– C'est là-bas, dis-je en montrant le yacht. C'est là-bas que tout a commencé.

Je suis émue, mon cœur bat la chamade, j'ai hâte de me retrouver auprès de l'homme en noir.

Nous nous installons sur les fauteuils blancs de l'annexe et filons à pleine vitesse vers le gigantesque bateau. Le jeune Italien et Olga s'ignorent ostensiblement et moi, je pense à cette première nuit. Sans m'en rendre compte, je mets un doigt dans ma bouche. Je sens une vague de chaleur me traverser le corps. J'ai envie de lui, le simple souvenir de cette nuit m'enflamme.

Olga m'interpelle :

– Laura, arrête, je vois ce que tu fais avec ton doigt. Je n'ose même pas te demander à quoi tu penses !

Je souris en haussant des épaules. Le bateau à moteur arrive au yacht. Je me demande pourquoi j'ai mis ces talons aiguilles. Sans eux, j'aurais pu sauter du bateau et courir pour retrouver l'homme en noir.

Domenico sort en premier et nous aide à monter à bord. En haut des marches, l'homme en noir nous attend. Il porte un costume gris et une chemise blanche légèrement déboutonnée. Je le désire tant que même en costume de clown, il me ferait le même effet. Je décide d'être élégante, j'avance vers lui et lui tends la main sans le quitter des yeux. Il m'accompagne à une table sans dire un mot. Olga et Domenico se joignent à nous.

Un serveur remplit nos verres de vin et, très vite, la conversation tourne autour de la cérémonie du lendemain. Quant à moi, je ne pense qu'au sexe. Mais qu'est-ce qui m'arrive ? Je tente de me joindre à la conversation, mais j'ai beaucoup de mal à me concentrer sur ce qu'ils disent. Je les regarde l'un après l'autre, énervée. Je replonge dans mes pensées et commence à imaginer que je branle l'homme en noir sous la table. Comment me sortir de ce dîner ? Je peux peut-être prétendre que je me sens mal, mais là, il paniquerait et le sexe ne serait plus une option. Je pourrais quitter la table dramatiquement, mais Olga serait plus rapide que lui, elle le devancerait pour me suivre. Cette option-là est nulle aussi. Tant pis, je tente le tout pour le tout.

– Massimo, on peut discuter ? je lui demande en me levant de table et en me dirigeant vers les escaliers menant au pont inférieur.

L'homme en noir se lève lentement et me suit. Je me trompe de direction, je me perds toujours avec toutes ces portes.

– Je pense que je sais ce que tu cherches, dit-il en me fixant de son regard glacial.

Il passe devant moi et ouvre une porte. Je rentre et Massimo ferme à clé derrière lui. Je me souviens de la scène qui a eu lieu ici, il y a quelques semaines.

– Qu'est-ce qu'il y a, Laura ? Je doute que tu veuilles vraiment discuter.

Je pose mes deux mains sur la table, me penche et relève légèrement ma robe courte. Mon regard est provocateur. Massimo s'approche et me regarde très sérieusement.

– Je veux que tu me sautes, tout de suite ! Vite et fort, j'ai besoin de te sentir en moi.

L'homme en noir me plaque le ventre contre la table et déplace sa main sur mon cou en le serrant fermement.

– Ouvre la bouche, ordonne-t-il, pendant que deux de ces doigts entrent dans ma bouche.

Dès qu'ils sont assez mouillés, il les insère sous ma culotte en dentelle. Enfin ! J'avais envie de ça depuis que j'ai vu *Le Titan*. Je me cambre pour faire ressortir mes fesses. J'attends qu'il me pénètre.

– Donne-moi ta main.

Je lui tends ma main, il ouvre sa braguette et pose sa lourde queue entre mes doigts. Je le branle doucement jusqu'à ce qu'il crie :

– Ça suffit !

Il dégage ma culotte et me pénètre. Tout mon corps se tend, il m'attrape fortement les hanches et commence à me sauter à un rythme effréné. Il respire fort et me murmure des choses en italien. Au bout de deux minutes, peut-être trois, mon premier orgasme arrive. Deux autres suivent. Lorsqu'il décide que j'en ai eu assez, il se retire.

– À genoux, m'ordonne-t-il en prenant sa bite entre les mains.

Je tombe à genoux devant lui. Il glisse sa queue dans ma bouche et, quelques instants après, jouit intensément. Épuisé, il pose ses mains sur le bord de la table.

Je m'écroule par terre en m'essuyant la bouche.

– Satisfaite ?

Je hoche la tête. Je me demande s'il va m'attirer comme ça jusqu'à la fin de mes jours.

Il s'assied sur le fauteuil en face de moi, je le regarde en souriant :

– Tu sais que c'est ici que je suis tombée enceinte ?

– Oui, je pense, c'est ce que je voulais en tout cas.

Les choses se passent toujours comme il le décide. Je ne devrais pas être étonnée.

Un peu plus tard, je me relève et remets ma robe en place. L'homme en noir, toujours assis, ne me quitte pas du regard.

– On y va ?

Il se relève sans dire un mot et sort derrière moi.

Domenico et Olga semblent très bien se passer de nous.

– Putain, Laura, regarde, des dauphins !

Le yacht ne va pas vite. J'enlève mes chaussures et court au bastingage. Il y a une dizaine de dauphins qui jouent et sautent en accompagnant le bateau. Massimo me prend dans ses bras, il m'embrasse dans le cou. Je me sens comme une petite fille à qui on vient de montrer un tour de magie.

– Je sais que, normalement, un enterrement de jeune fille ne se passe pas comme ça, j'espère qu'on arrivera à combler ces manques.

Je me retourne et le regarde, étonnée.

– Ces manques ? Naviguer sur un bateau de presque cent mètres de long avec du personnel, de l'excellente nourriture et toi. C'est ce que tu appelles un manque ?

Je le regarde, surprise, on dirait que mes mots ne l'affectent pas du tout. Je l'embrasse profondément.

– En plus, aucun alcool, amie ou strip-teaseur ne m'auraient autant satisfaite que toi il y a quelques minutes.

Il a l'air amusé. On dirait qu'il attend la suite, mais je décide de m'arrêter là, l'ego de Massimo est déjà suffisamment surdimensionné. Je contemple la mer et les dauphins qui nagent dans le sillage du *Titan*. Mon attention est attirée par mon amie.

Ça crève les yeux que Domenico et Olga se plaisent et ça m'inquiète un peu. Je me tourne vers l'homme en noir :

– Chéri, tu peux m'en dire plus sur la relation entre Emi et Domenico. Ils sont en couple, non ?

Don s'adosse au bastingage, un sourire malicieux sur le visage.

– En couple ? (Il se passe la main dans les cheveux.) Je ne dirais pas ça comme ça... ce n'est pas un couple... peut-être qu'on appelle ça comme ça dans ton pays... et, bien sûr, je respecte ta culture et ses traditions conservatrices.

Je grimace, confuse. Je lui demande plus précisément :

– Qu'est-ce qui les lie ?

– C'est assez simple, bébé, le sexe.

Il rit et me prend dans ses bras.

Je réfléchis à sa réponse qui m'inquiète. J'espérais que Domenico et Emi soient en couple, ce qui aurait permis à Olga de passer le reste de son séjour en sécurité. Malheureusement, Massimo vient de m'annoncer que c'est le contraire. Je regarde la danse de mon amie et le comportement du jeune Italien visiblement sous son influence. Je sais qu'Olga a ça dans le sang. Elle le désire, et quand Olga veut quelque chose – et en ça, elle me rappelle un peu Don –, elle doit absolument l'avoir. Mes pensées dérivent vers notre dernière conversation. Je sais comment va se terminer la soirée.

– Massimo, est-ce qu'il y a une chance qu'ils finissent au pieu ce soir ?

– Si mon frère en a envie, plutôt, petite ! Mais, chérie, ce sont des adultes, ça ne nous regarde pas.

Oui, c'est vrai, ce ne sont pas nos affaires.

La voix de mon amie me sort de mes pensées :

– Laura, j'ai envie d'aller nager.

– T'es tarée, je balance en polonais. Et puis, qu'est-ce que tu fais là ? Tu veux vraiment avoir les mêmes soucis que moi ?

Olga ne bouge pas. Elle me regarde, juste étonnée.

– Je vois ce que tu fais. Que tu veuilles le baiser, c'est une chose, mais que tu veuilles une vraie histoire, ça, c'en est une autre.

– Laura, chérie, je vais me le faire de toutes les manières. Arrête de t'inquiéter pour tout le monde.

Je désapprouve d'un signe de tête, puis je la regarde dans les yeux. Elle sait très bien ce qu'elle fait, mais bon, ce n'est pas la première fois que je la laisse faire une connerie qui va d'abord la satisfaire, puis la faire pleurer. Olga ne souffre pas d'un amour non réciproque. Elle souffre plutôt d'un manque de quelque chose qu'elle n'a jamais eu.

– Dessert ? demande Domenico en montrant la table.

– Un peu molle, cette fête, balance Olga en allant vers lui.

– Une fête de famille ! je réponds en lui tirant la langue.

On se rassied tous les quatre. Je me jette sur le gâteau aux framboises. Après trois parts, je me sens satisfaite, gastronomiquement parlant.

Le jeune Italien sort un petit sachet de son pantalon, qu'il jette sur la table.

– Laura, je ne t'en propose pas, c'est une soirée d'hommes !

Je regarde la poudre blanche et me tourne vers Massimo. Je ne me souviens que trop bien de ce qui s'est passé la dernière fois que la cocaïne est apparue dans notre couple. Je me rends compte que le lui interdire ne servirait à rien, il fera ce qu'il a envie de faire, de toute façon.

Domenico se lève et revient avec un petit miroir. Il y verse le contenu du sachet et commence à faire des lignes. Je me penche vers l'homme en noir et lui chuchote à l'oreille.

– Rappelle-toi, Massimo, que si tu en prends, on ne fera pas l'amour. Je ne dis pas ça pour te faire du chantage, mais parce que la cocaïne passe dans le sperme, donc en moi et ton enfant.

Je me redresse et prends une gorgée de vin sans alcool. Il est vraiment délicieux, il a vraiment un goût de vin.

L'homme en noir réfléchit et lorsque le jeune Italien lui tend le miroir, il refuse d'un geste de la main. Domenico est surpris. Ils échangent quelques phrases en italien et finissent par exploser de rire. Je n'ai aucune idée ce qui les amuse, mais le plus important est que Massimo ait refusé. Olga n'est pas aussi raisonnable. Avant de se pencher au-dessus de la table, elle crie :

– À l'attaque !

Et elle sniffe deux lignes.

Elle relève la tête, se pince le nez, satisfaite. Cette fête n'est plus pour moi, je ne veux pas être témoin de ce qui va se passer après.

– Je suis fatiguée. On dort ici ou à la maison ?

Massimo me caresse la joue et m'embrasse le front.

– Viens, je vais te coucher.

Olga grimace, puis tend la main pour appeler le serveur. Elle veut encore du champagne.

– Je suis enceinte, Olga.

Massimo m'accompagne à la cabine. Je n'ai pas envie de coucher avec lui, mais en voyant cette chambre et surtout en entendant le bruit de la serrure, j'ai un frisson. Il accroche sa veste, s'approche de moi, détache ma robe et la laisse glisser le long de mon corps. Il s'agenouille, puis me retire délicatement mes chaussures. Il attrape un peignoir sombre dans la salle de bains et m'aide à l'enfiler. Je sais qu'il n'a pas envie de sexe non plus, il veut juste me prouver son respect et son amour.

Nous allons prendre une douche ensemble. Une demiheure après, on est déjà au lit, dans les bras de l'un de l'autre.

– Tu ne t'ennuies pas avec moi ? je demande en lui caressant le torse. Avant que je n'apparaisse, ta vie était sûrement bien plus intéressante.

Massimo ne dit rien. Je relève la tête pour le regarder. La pièce est dans le noir total, mais je sais qu'il sourit.

– Je ne dirais pas que je m'ennuie. Rappelle-toi que c'est moi qui t'ai fait venir ici, Laura. Tu as déjà oublié que je t'ai enlevée ? (Il m'embrasse sur la tête, puis passe ses mains dans mes cheveux et me fait un câlin.) Si tu demandes si je préférerais avoir la vie que j'avais avant toi, alors c'est non.

– Une seule femme pour le reste de ta vie... Tu en es certain ?

Il se tourne sur le côté, me serre plus fort contre lui.

– Tu penses vraiment que c'est mieux de baiser des putes la nuit et de se retrouver seul le matin ? Faire de l'argent ne m'amuse plus depuis un moment, il ne me reste que le projet de créer une famille. Avant, toutes mes journées se ressemblaient, je ne savais pas pour quoi, pour qui je faisais tout ça. Parfois, j'allais à des fêtes, je prenais de la drogue, puis j'avais la gueule de bois. Au début, tu t'amuses et après ? Parfois tu hésites à tout arrêter, mais pourquoi ? Si tu n'as de but, ça ne sert à rien. Pour qui ? (Il soupire à nouveau.) Depuis qu'on m'a tiré dessus, j'ai vraiment changé. Ma vie a pris un sens, ma mission n'est plus juste d'exister.

– Je ne comprends pas complètement ton monde, je chuchote en lui embrassant l'oreille.

– Le contraire serait étonnant, bébé. Malheureusement, que tu le veuilles ou non, ça va changer. Tu sauras de plus en plus ce que je fais et comment je travaille, mais jamais assez pour te mettre en danger. (Il me caresse le dos.) Tu devras rester discrète sur les choses que tu entendras ou que tu verras. Il existe quelque chose qui s'appelle l'omerta, c'est une loi informelle de la mafia sicilienne. Elle interdit l'échange d'informations au sujet des personnes qui exécutent des ordres. Tant qu'on s'y tient, la famille reste forte et intouchable.

– Et qui est Domenico ?

Massimo rigole, puis se tourne sur le dos.

– Tu veux vraiment parler de tout ça la nuit avant notre mariage ?

– Tu vois un meilleur moment, toi ?

– D'accord, chérie. Le jeune est *capo*, donc... comment t'expliquer... ? Il dirige un groupe de personnes qui ont, disons, des missions...

– Comme par exemple me sauver... ?

– Par exemple. Mais ce n'est pas toujours aussi honorable. Pour résumer, on peut dire qu'il gagne de l'argent en s'occupant de boîtes de nuit et de restaurants.

Pour moi, Domenico est un copain, un ami qui me soutient et m'aide. Mon Domenico ne ressemble pas du tout à celui que décrit l'homme en noir.

– Alors, Domenico n'est pas un gentil ?

Massimo explose de rire, il ne peut plus s'arrêter.

– Il est quoi ? Pas gentil ? arrive-t-il enfin à articuler. Chérie, c'est la mafia sicilienne, personne n'est gentil. Si ce que tu veux dire est qu'il est dangereux, alors oui, mon frère est quelqu'un de très dangereux et imprévisible. Il peut être impitoyable et déterminé, c'est pour ça qu'il a ce rôle, et pas un autre. J'ai mis ma vie entre ses mains de nombreuses fois. Je lui confie la tienne maintenant. Je sais qu'il effectue toujours ses missions avec un grand dévouement et le plus minutieusement possible.

– Je pensais qu'il était gay.

L'homme en noir explose à nouveau de rire. Il allume la lumière.

– Chérie, tu me dépasses ce soir. Je t'adore, mais si je n'arrête pas de rire, je ne vais jamais pouvoir m'endormir. (Il tombe sur son oreiller, la tête sur ses mains.) Mon Dieu, Domenico gay ! Tant mieux s'il s'est bien comporté avec toi. Oui, il aime bien la mode et s'y connaît, mais comme beaucoup d'Italiens. Tu n'as pas pensé à ça ?

– En Pologne, peu d'hommes savent comment bien s'habiller.

Je pose ma tête sur son torse et plonge mon regard dans ses yeux noirs.

– Massimo, il ne va rien faire à Olga ?

Massimo me regarde d'un air calme et sérieux en fronçant légèrement les sourcils.

– Bébé, il est dangereux pour ceux qui veulent s'attaquer à nous. En ce qui concerne les femmes, comme tu as pu le voir ces dernières semaines, il vous traite plutôt comme un trésor qu'il faut protéger. Au pire des cas, il va la sauter si fort qu'elle ne pourra pas marcher demain. Maintenant, ferme les yeux et dors.

Il m'embrasse et éteint la lumière.

Je ne sais pas combien de temps j'ai dormi. Je me réveille assez inquiète. Je tends le bras pour vérifier s'il y a quelqu'un à côté de moi. Massimo est là, il respire normalement. La chambre est toujours dans le noir. Je sors, enfile mon peignoir. L'homme en noir n'a pas bougé. Je suis anxieuse, mais aussi heureuse et terrifiée. Je réalise que c'est à cause de la cérémonie d'aujourd'hui. Trop d'émotions à gérer à la fois. Je sors de la chambre, je sais que je ne vais pas réussir à me rendormir, c'est pour ça qu'il vaut mieux que j'aille regarder la mer. Pieds nus et en peignoir, je marche vers les escaliers, je suis en train de les monter quand j'entends des gémissements sur le pont supérieur. Je me cache derrière un mur.

– Putain, je n'y crois pas !

Je regarde à nouveau pour vérifier que je ne rêve pas. Domenico est en train de sauter Olga sur la table du dîner d'hier soir. Je n'arrive pas quitter des yeux ces deux magnifiques corps nus qui se donnent du plaisir. Je sais qu'Olga sera de très bonne humeur aujourd'hui.

Soudain, quelqu'un me couvre la bouche.

– Chut, chuchote Massimo derrière moi. (Il baisse sa main.) Ce que tu vois te plaît ?

Je suis embarrassée et me tourne vers lui.

– Je… je voulais juste regarder la mer… Je n'arrivais pas à dormir… Je suis tombée sur cette scène…

– Et du coup, tu les regardes baiser ? Ça t'excite, Laura ?

J'essaie de dire quelque chose, mais Massimo ne m'en laisse pas le loisir. Il me plaque contre le mur, ses mains se baladent sous mon peignoir, sur mon corps nu. On entend des gémissements de plus en plus forts derrière la cloison. Je ne sais pas si cette situation m'excite ou me stresse. Je le repousse.

– Don, putain ! je grogne en partant vers les escaliers.

Massimo rigole en me suivant. Je retourne au lit.

– Je t'ai commandé du lait chaud, dit-il en posant la tasse à côté de moi. Bébé, qu'est-ce qu'il y a ? Tu ne te sens pas bien ? Tu as mal quelque part ?

– Le mariage m'angoisse, je réponds en buvant une gorgée. Et maintenant ça, je pointe du doigt le pont supérieur, ça fait beaucoup non ?

L'homme en noir me regarde, j'ai l'impression qu'il veut me dire quelque chose.

– Massimo ? Qu'est-ce qu'il y a ?

Il ne dit toujours rien. Il passe sa main dans ses cheveux, s'approche de moi et se place entre mes jambes. Il repousse ma culotte en dentelle et commence à me lécher. Je suis complètement désorientée, je ne comprends pas ce qu'il fait.

– Ça ne sert à rien ! je hurle. Il faut parler avant.

Je croise les bras sur ma poitrine et lui lance un regard noir. Il n'interrompt pas ce qu'il a commencé. Il me regarde dans les yeux, me retire ma culotte et m'écarte les jambes. Il me tire au milieu du lit. Je me retrouve au milieu du matelas, soumise. J'aime trop ce qu'il me fait et il excelle dans ce domaine.

– On va avoir un mariage...

Au début, je ne vois pas vraiment ce qu'il veut dire mais, soudain, je comprends. Encore plus énervée, j'essaie de me relever, mais il me maintient fermement et continue à me lécher de plus en plus vite. Lorsqu'il ajoute ses doigts, je perds la tête. Quand j'ai joui, il remonte et me pénètre en me tenant par les poignets.

– ... avec deux cents personnes, chuchote-t-il en ondulant des hanches. Olga devait te le dire au dernier moment pour que tu ne t'énerves pas. Ce sera plus un rendez-vous de business qu'un mariage, mais il faut que ça ait lieu.

Ce qu'il me dit ne m'inquiète pas plus que ça, je crois que je n'ai pas encore vraiment réalisé. Son pénis me fait tellement de bien que je n'arrive pas à me concentrer.

– Ce sera magnifique, continue l'homme en noir. Olga a choisi la majorité des choses avec Domenico. Elle dit que ça te plaira.

À la fin de cette phrase, il me regarde comme s'il attendait une réponse de ma part. Mais je n'ai pas envie d'en parler, sûrement pas maintenant. Je lui attrape les fesses et le serre contre moi.

– Tant mieux si tu es d'accord, sourit-il, puis il me mord légèrement la lèvre inférieure. Maintenant, assez parlé, laisse-moi te sauter.

Chapitre 3

La lumière qui passe à travers les stores à moitié ouverts me réveille. Je prends mon téléphone pour vérifier l'heure, je gémis. Il est dix heures, le mariage est à seize heures, j'ai le temps. Comme à son habitude, Massimo a disparu sans faire de bruit. J'enfile mon peignoir et je me rends sur le pont supérieur.

Olga est assise à la table chargée de nourriture. Elle cherche quelque chose dans son téléphone. Je m'assieds à côté d'elle et prends une tasse de thé.

– Je crois que je vais vomir.

– Tu as encore la nausée, ma pauvre ?

– Un peu. Surtout quand je pense que tu as baisé sur cette table.

Olga explose de rire et pose son téléphone.

– Si c'est ça, alors évite le jacuzzi, le jet-ski et le canapé du salon !

– Tu es insupportable.

– C'est vrai, répond-elle triomphalement. Et tu avais raison, ils ont quelque chose dans leurs gènes. On ne m'a jamais aussi bien sautée. C'est peut-être l'air qu'ils respirent ici qui leur donne une telle résistance. Et ce sexe énorme ! Quel choc !

– Arrête, Olga, je vais vraiment vomir.

Domenico apparaît et s'installe avec nous. Il est habillé de manière bien moins officielle que d'habitude. Il porte un pantalon de jogging et une chemise noire. Ses cheveux lui tombent sur le visage. On dirait qu'il vient de se lever. Il se verse une tasse de café, puis met ses lunettes de soleil sur le nez.

– Vous avez rendez-vous chez le coiffeur et le maquilleur à midi. On quittera le domaine à quinze heures. La robe est dans ta chambre et Emi sera là à quatorze heures trente pour t'habiller. J'ai une terrible gueule de bois, il me faut un petit remontant.

Il sort son sachet en plastique, verse la poudre blanche sur son assiette, forme deux lignes et les sniffe. Puis il s'appuie contre le dossier de sa chaise, les mains derrière la tête :

– Ça va mieux.

Je les regarde en essayant de comprendre comment ils peuvent être aussi indifférents l'un envers l'autre après la nuit qu'ils ont passée. Olga joue avec son téléphone, lui se détend.

– À propos, quand est-ce que vous aviez l'intention de me parler du mariage ?

Olga ouvre les bras en haussant les épaules et Domenico la montre du doigt.

– C'est Olga qui devait t'en parler. Ce n'est pas ma faute si elle n'a pas eu le courage de le faire.

– Tu le sais depuis quand ?

– Depuis le jour où tu as décidé d'épouser Don, mais...

Je lève un bras pour qu'il se taise.

Olga prend le relais :

– Chérie, tu seras contente, tu verras. Tu vas avoir un mariage de conte de fées, avec des fleurs, des colombes blanches, des lanternes. Tout ce que tu voulais.

– Mouais, et des gangsters, des armes, la mafia et de la coke. Une cérémonie idéale !

Domenico soulève son assiette et prend une autre ligne.

– Ne t'inquiète pas, dit-il en se pinçant le nez. À l'église, il n'y aura que les familles de nos plus proches collaborateurs. Madonna Della Rocca est petite, la cérémonie se déroulera en petit comité. Allez, mange quelque chose.

Je regarde la table, mais je suis tellement énervée que mon estomac est noué.

– Où est Massimo ?

– Vous vous verrez à l'église. Il a des choses à faire. Et, entre nous, je pense qu'il est mort de trouille. (Domenico hausse les sourcils, l'air moqueur.) Il est debout depuis six heures. Je le sais, car je ne dormais pas moi non plus. On a discuté, puis il est retourné au domaine.

Une heure plus tard, nous avons regagné la terre et je suis dans ma chambre, devant ma robe de mariée. Je prends mon téléphone pour appeler ma mère. J'ai envie de pleurer, car cette journée ne va pas se dérouler comme je l'aurais souhaité. Après quelques sonneries, elle répond. Elle me demande comment je vais, comment se passe le travail. Je mens. Lorsqu'elle me demande où en est ma relation avec l'homme en noir, je peux dire la vérité. Elle passe ensuite aux nouvelles de la maison, de mon père qui est toujours aussi accro au travail. En réalité, cette conversation n'a pas donné grand-chose mais j'en avais besoin quand même. Il est presque midi quand on raccroche, Olga entre dans la chambre.

– Tu plaisantes, là, tu n'es même pas douchée !

Je fonds en larmes.

– Olga, je ne veux pas ! Mes parents devraient être là. Mon père devrait m'accompagner à l'autel, mon frère être mon témoin. Rien ne va ! je hurle en me jetant à ses genoux. Viens, on s'enfuit, Olga ! On prend une voiture et on disparaît quelque temps.

Olga ne bouge pas. Elle lève juste les sourcils en me regardant me tortiller.

– Lève-toi, tu fais une crise de panique, allez respire. Il faut que tu ailles prendre une douche, l'équipe ne va pas tarder à arriver.

Je ne réagis pas, je suis accrochée à ses jambes.

Olga s'assied près de moi :

– Laura, tu l'aimes et il t'aime, non ? Tu ne peux pas reculer maintenant. En plus, c'est juste une formalité, il faut que tu dédramatises. Quand tu te réveilleras demain, il n'y aura aucune différence. En temps normal, je t'aurais donné quelque chose de fort pour te calmer, mais tu ne peux pas boire, alors je vais le faire à ta place.

Malgré ses paroles rassurantes, je reste assise par terre. Je continue à pleurer en disant que je vais m'enfuir et que je n'ai pas besoin d'elle pour le faire.

– Tu m'énerves, Laura !

Elle m'attrape par une jambe et me tire vers la salle de bains. J'essaie de me débattre, mais elle est plus forte que moi. Elle m'entraîne sous la douche sans me déshabiller et allume l'eau froide. Je me relève comme une folle avec l'envie de la tuer.

– Maintenant que tu es debout, tu peux te laver. Moi, je vais aller chercher cette merde sans alcool, peut-être qu'on arrivera à tromper ton petit cerveau, fait-elle un geste de la main, et elle sort de la salle de bains.

Je prends ma douche, puis j'enfile un peignoir et enroule mes cheveux dans une serviette. Je me sens déjà mieux, comme par magie, mes craintes ont disparu. Lorsque je reviens dans la chambre, je me fige. La pièce est transformée en salon de coiffure et maquillage. Les deux stations sont côte à côte. Il y a des miroirs, des dizaines de brosses, des sèche-cheveux, des lisseurs, et au moins dix personnes qui se tiennent au garde-à-vous.

– Viens, assieds-toi et bois un coup, dit Olga en désignant la place à côté d'elle.

Il est bien plus de quatorze heures lorsque je m'installe. Mon carré court se transforme en un chignon impressionnant, composé d'un kilogramme de faux cheveux, attaché bas sur ma nuque. Mes cheveux sont coiffés en arrière et j'ai le visage dégagé. C'est parfait pour cette occasion. Domenico m'a trouvé les meilleurs visagistes, ils ont fait du bon boulot. Mes yeux sont discrètement maquillés, majoritairement de marron, surmontés de faux cils très épais. Mon teint est frais et lisse, mes lèvres rose pâle. Je rayonne. Je n'arrive pas à me quitter des yeux. Je n'ai jamais été aussi belle qu'à cet instant. Même au Festival du film à Venise, je n'étais pas aussi parfaite.

Pendant que je m'admire dans le miroir, Emi entre dans la chambre. C'est au tour d'Olga de se figer. Elle fait semblant de chercher quelque chose dans son téléphone.

Elle nous salue en nous embrassant sur la joue et commence à déballer la robe.

– Ok les filles, on y va.

En passant la robe, je réalise que soit la robe a rétréci, soit c'est moi qui ai grossi. Je rentre le ventre et, à deux, elles parviennent à la fermer.

Olga me tient la main. Je vois qu'elle a envie de pleurer, mais elle se retient pour ne pas ruiner son maquillage.

– Je t'ai préparé ton sac pour votre lune de miel. Il est à côté de la porte de la salle de bains. Tu y trouveras des cosmétiques et de la lingerie.

– Tu peux rajouter le petit sac rose qui est dans le tiroir à côté du lit.

Olga prend ce que j'ai demandé.

– Pourquoi tu as besoin d'un vibromasseur pour ta lune de miel ? demande-t-elle en rigolant. Vous avez des soucis ?

Je me tourne vers elle en relevant les sourcils.

– Aucun. J'ai juste des projets pour lui.

– Tu es vraiment tordue. C'est pour cette raison qu'on est amies depuis tant d'années. J'ai oublié de prendre mon rouge à lèvres dans la chambre, je reviens.

Quelques secondes après son départ, j'entends un hurlement.

– Tu ne peux pas, putain, ça porte malheur !

Je me retourne et vois mon magnifique fiancé à quelques mètres de moi. Il s'immobilise en me voyant. J'essaie de rester calme. On est tous les deux étourdis. Massimo s'approche de moi.

– Je n'en ai rien à foutre des putains de traditions et des superstitions ! dit-il en soulevant mon voile. J'avais besoin de te voir, je ne pouvais plus tenir.

– J'ai peur, je chuchote en le regardant dans les yeux.

Il prend mon visage entre ses mains et m'embrasse les lèvres. Puis il s'écarte et me regarde d'un œil très doux.

– Je suis avec toi bébé, tu es si belle... tu ressembles à un ange... (Il ferme les yeux puis pose son front contre le mien.) Je veux que tu sois à moi le plus vite possible. Je t'aime, Laura.

J'adore quand il dit ça. Je suis si heureuse que je n'ai pas les mots pour le décrire. Cet être si dur, inhumain et impitoyable, fait preuve de tellement de tendresse à mon égard. Je veux que ce moment dure toujours. Je veux qu'on n'aille nulle part. Je veux que ce soit juste nous.

Derrière nous résonnent les voix de Domenico et d'Olga, mais aucun des deux n'a le courage de venir nous interrompre. L'homme en noir ouvre les yeux et m'embrasse à nouveau délicatement sur les lèvres.

– C'est l'heure, bébé. Je t'attends, dépêche-toi.

Il disparaît dans les escaliers. Je le regarde partir avec émerveillement. Il porte un sublime smoking, une chemise blanche et un nœud papillon de la même couleur que son costume. Dans la poche de sa veste, il y a des fleurs assorties à ma robe. On dirait un mannequin d'un défilé Armani.

J'entends des pas dans les escaliers, c'est Olga, elle remet mon voile en place.

– Venir te voir avant l'église, quelle putain d'idée de Satan ? (Elle me tourne autour en défroissant ma robe.) Fais attention dans les escaliers. Tu es prête ?

J'acquiesce et lui attrape la main.

L'église de Madonna Della Rocca est située sur le point culminant de Taormine. C'est une bâtisse impressionnante du XIIe siècle, qui a été restaurée en 1640. Elle s'élève magiquement au-dessus de la ville. Quelques dizaines de mètres plus loin se trouve le château historique. Et plus bas, la mer brille comme un saphir.

En descendant de voiture, je vois qu'il y a un tapis blanc bordé de fleurs qui mène jusqu'à l'entrée de l'église. L'ensemble est magnifique, juste gâché par des hommes en costume foncé qui bloquent l'accès.

L'église est un lieu phare de la ville. De nombreux touristes la visitent après avoir grimpé des centaines de marches.

– Il faut que j'entre, je t'attends là-bas. Je t'aime, chuchote Olga en me serrant dans ses bras.

Je suis un peu désorientée et j'ai du mal à respirer. Domenico s'approche et me prend le bras.

– Je sais que ce n'est pas moi qui devrais être là, Laura. Mais c'est un grand honneur.

– On attend quoi ?

Soudain, des voix magnifiques de femmes entonnent l'*Ave Maria*.

– Ça ! (Il lève les sourcils, puis sourit légèrement.) On y va.

Nous avançons sur le tapis blanc, les badauds applaudissent sur mon passage. Je suis à la fois stressée et calme, heureuse et paniquée. À l'entrée de l'église, mon cœur bat fort, la musique devient plus puissante. Elle pénètre chaque partie de mon corps. Les invités me regardent, immobiles. Moi, je ne regarde que dans une seule direction. Près de l'autel, mon futur mari est tourné vers moi. Son sourire rayonne. Domenico me conduit à lui, puis prend place à côté d'Olga.

Massimo attrape ma main, l'embrasse délicatement et la serre au moment où je prends son bras. Le prêtre commence la cérémonie. J'essaie de me concentrer sur autre chose que Don. Il est à moi, dans quelques minutes on va être liés pour toujours.

La cérémonie est rapide et se déroule en anglais. Je ne me souviens pas de grand-chose, j'ai juste envie que ça se termine.

Puis nous nous rendons dans la chapelle pour signer les documents. En remontant dans le chœur, je regarde autour de moi. Les invités se pressent les uns contre les autres pour nous regarder passer. Tout le monde est habillé en noir, on dirait plus un enterrement qu'un mariage. Si quelqu'un m'avait demandé d'imaginer une cérémonie de mariage chez les mafieux, ce serait exactement comme ça que je l'aurais dépeinte. Les visages des hommes laissent transparaître leurs caractères, ils chuchotent entres eux. Leurs femmes semblent trouver le temps long et regardent leur téléphone toutes les dix secondes.

Toutes les formalités nous prennent un peu plus de temps que prévu. Lorsqu'on a fini, je suis étonnée de découvrir qu'il n'y a plus personne.

Je suis debout devant l'entrée, je regarde la mer et le village au loin. Les touristes essaient de prendre des photos. La sécurité les laisse faire. Je m'en fous complètement.

Je fais tourner le rond en platine sur mon doigt. Il est parfaitement assorti à ma bague de fiançailles.

– Vous n'êtes pas bien, Madame Torricelli ?

Je souris en le regardant.

– Je n'arrive pas à y croire.

L'homme en noir se penche. Il m'embrasse longuement et passionnément. Les badauds s'enflamment. Ils se mettent à siffler et à applaudir. Obnubilés l'un par l'autre, nous les entendons à peine. Nous rompons finalement notre baiser, Massimo me prend le bras et il me conduit jusqu'à la voiture. Je salue la foule, ils vont enfin pouvoir visiter l'église.

J'ai du mal à entrer dans la voiture avec ma robe et ma traîne. Nous ne sommes pas en limousine, les routes de Taormine sont bien trop étroites. Nous avons une Mercedes SLS AMG deux places dont la ligne est encore plus ostentatoire que toutes les limousines du monde.

Massimo prend le volant.

– Le plus difficile nous attend, Laura, j'aimerais que tu sois sage pour une fois et que tu écoutes ce que je vais te dire. Tu peux faire ça pour moi, le temps de cette soirée ?

Je le regarde, étonnée. Je ne sais pas du tout où il veut en venir.

– Tu suggères que je ne me comporte pas bien ?

– Je suggère que tu n'as jamais été confrontée à ce genre d'invités. Je n'ai pas eu le temps de t'initier. Chérie, il s'agit du business et de l'image de la famille, pas de nous. Beaucoup de Don sont des mafieux orthodoxes, ils vivent dans une réalité parallèle en ce qui concerne les femmes. Tu peux les offenser sans même t'en rendre compte et donc remettre en cause mon autorité, continue-t-il d'une voix calme en posant sa main sur mon genou. L'avantage est que très peu d'entre eux parlent anglais, mais ils sont très perspicaces, donc fais attention à ce que tu fais.

– Nous sommes mariés depuis vingt minutes et tu veux déjà me contraindre !

– C'est exactement ça dont je parle ! Je dis un mot et, toi, tu en fais toute une histoire.

Je suis vexée. Je fixe la fenêtre. Je réfléchis à ce qu'il dit. J'en ai déjà marre de cette fête qui n'a même pas commencé.

– Je veux bien jouer le rôle d'un bracelet à une seule condition.

– D'un bracelet ?

– Oui, Massimo. Un bracelet. Tu sais, c'est un accessoire qu'on porte sans but particulier. Il n'a pas d'autre mission que d'être joli autour d'un poignet. Je veux bien jouer le rôle d'un objet qui brille à une seule condition : que tu me donnes le pouvoir pour un jour en retour.

L'homme en noir me regarde, menaçant.

– Si tu n'étais pas enceinte, j'arrêterais la voiture et je te donnerais quelques bonnes fessées sur ton petit cul. Mais je vais prendre en considération ton état et continuer cette négociation. J'accepte de te donner une heure de pouvoir.

Je ne lâche pas le morceau :

– Un jour.

– N'abuse pas, bébé. Une heure et la nuit. J'ai peur de ce que tu peux inventer en pleine journée.

Je pense à un plan diabolique.

– D'accord, Massimo, une heure et la nuit, mais tu n'auras pas le droit de t'opposer à quoi que ce soit.

Il sait que je vais utiliser ces soixante minutes au max. Je sens que plus il réfléchit, moins il a envie de me les accorder.

– Donc, mon joli bracelet, grogne-t-il, sois sage et écoute ton mari.

Quelques minutes plus tard, nous nous garons devant un magnifique hôtel. L'entrée est bloquée par deux SUV et quelques dizaines d'hommes en costume noir.

– Qu'est-ce qui se passe ici ? je demande en regardant autour de moi.

Massimo rigole.

– Notre mariage.

Perturbée, je sens mon estomac remonter dans ma gorge. Des dizaines de personnes armées, des voitures ressemblant à des tanks et moi. Je pose la tête contre mon siège, ferme les yeux et essaie de reprendre mon souffle.

– Doucement, dit Massimo en prenant mon poignet. (Il regarde sa montre.) Ton cœur s'affole, bébé. Qu'est-ce qu'il y a ? Tu as besoin de tes médicaments ?

Je fais non de tête, puis je me tourne vers lui.

– Don, c'est pourquoi, tout ça ?

L'homme en noir fixe sa montre avec une expression sérieuse. Il compte les battements de mon cœur.

– Il y a les chefs de presque toutes les familles siciliennes et mes associés américains. Je t'assure que beaucoup de personnes aimeraient faire des photos, ici. Même la police reste à l'écart. Je pensais que tu étais habituée à la sécurité ?

J'essaie de me calmer. Mais le nombre d'hommes armés me paralyse. Une série de pensées noires me viennent à l'esprit sur ce qui peut m'arriver à moi ou à Massimo.

– Je me suis habituée, mais pourquoi il y en a autant ?

– Chacun vient avec sa propre équipe, donc ça fait vite du monde. (Il me tapote la main.) Tu n'as rien à craindre si c'est ce qui t'inquiète. Sûrement pas ici et avec moi à tes côtés.

Il porte ma main à ses lèvres et me regarde :

– Tu es prête ?

Je ne suis pas prête et je n'ai pas envie de sortir de cette voiture. J'ai peur et j'ai envie de pleurer. Je sais aussi que cet état ne va pas disparaître de sitôt, je finis donc par acquiescer.

L'homme en noir sort de la voiture et m'aide à en descendre. Nous nous dirigeons vers l'entrée. J'ai envie de disparaître sous mon voile, de devenir invisible.

Lorsque nous pénétrons dans la salle, tout le monde applaudit et crie. Massimo s'arrête. Une expression stoïque plaquée sur le visage, il salue les invités d'un geste de main tout en me tenant par la taille. Un membre du personnel lui tend un micro. Il se met à parler en italien. Je ne comprends rien, et je m'en fous, j'essaie seulement de rester debout sur mes jambes qui flageolent. Quelques minutes plus tard, il rend le micro et m'accompagne au bout de la salle, vers une table où j'aperçois Olga.

Dès que je m'assieds, Domenico s'approche de moi et chuchote :

– Ton vin sans alcool est à droite. Le serveur sait que c'est le seul que tu bois, donc tu peux être tranquille.

– Je le serai quand cette mascarade sera terminée.

Olga s'approche de moi, l'air assez amusée, puis dit en polonais :

– Putain, Laura, tu vois ce que je vois ? C'est un rassemblement de mafieux et d'escorts ! Je ne vois pas un invité qui paraisse normal. Le type à droite à presque deux cents ans et la fille à qui il caresse le genou est plus jeune que nous, (Elle grimace, dégoûtée.) Même moi, je suis choquée.

J'adore Olga, elle arrive toujours à me calmer et à me faire rire. Sans retenue aucune, j'explose de rire. Massimo tourne la tête vers moi et me lance un regard réprobateur. Je lui souris faussement et me tourne à nouveau vers Olga.

– Tu as vu celle-là, là-bas. On dirait un ange de Victoria Secret. Je crois qu'elle me plaît.

Assez inquiète, je regarde la table où se tient la personne dont elle parle. De l'autre côté de la salle, dans une magnifique robe noire, est assise la femme qui a essayé de me prendre Massimo, Anna.

– Qu'est-ce qu'elle fait là, cette salope ? je grogne en fermant les poings. Tu te rappelles, Olga, je t'ai raconté quand nous étions au Lido et que Massimo a disparu. (Olga hoche la tête.) C'est cette pute qui a failli le tuer.

Je sens la fureur m'envahir. Je me lève comme je peux, empêtrée que je suis par ma robe et ma traîne, et je me dirige vers elle. Je ne veux pas que cette garce soit là, mais surtout, je veux savoir pourquoi elle est là. Si j'avais une arme, je lui tirerais dessus. Tous ces jours de souffrance, toutes ces larmes, tous ces doutes sur les sentiments de l'homme en noir, tout ça est de sa faute.

Je sens les regards des invités rivés sur moi, mais ça m'est égal. C'est mon jour et mon mariage. Je m'approche de sa table, submergée par la haine, quand soudain quelqu'un m'attrape par le bras et m'entraîne sur la piste de danse.

C'est Massimo qui me chuchote à l'oreille :

– Une valse ?

Il fait signe à l'orchestre, des applaudissements retentissent.

Je n'ai pas envie de danser. J'ai envie de tuer, mais Massimo me serre si fort que je n'ai aucune chance de m'échapper. Lorsque j'entends les premières notes, mes jambes bougent toutes seules.

– Qu'est-ce que tu fais ? grogne l'homme en noir.

– Qu'est-ce que je fais ? Tu ferais mieux de m'expliquer ce que cette pute fait ici !

L'atmosphère entre nous se densifie. On aurait dû danser un paso-doble ou un tango, pas une valse.

– Laura, c'est du business. Une trêve entre nos familles est essentielle pour que tu sois en sécurité et que notre famille fonctionne comme il faut. Je n'ai pas envie qu'elle soit là non plus. Je te rappelle juste ce que tu m'as promis dans la voiture.

Il finit sa phrase, puis me cambre de façon à ce que ma tête touche quasiment le sol.

La salle se remplit d'applaudissements. Massimo, ignorant ce qui se passe autour de nous, m'effleure légèrement le cou de ses lèvres en me faisant faire une demi-pirouette pour me redresser.

– Je suis enceinte et je suis énervée. Ne t'attends pas à ce que je sois capable de contenir toutes mes émotions.

– Si tu as besoin de te détendre, je peux m'en occuper.

– J'ai besoin d'une arme pour tuer cette salope !

Massimo me fait un grand sourire. La danse s'achève et nous nous embrassons longuement et amoureusement.

– Je savais que tu avais un tempérament de Sicilienne en toi, dit-il avec fierté. Notre fils fera un excellent Don.

– Ce sera une fille !

Nous saluons les invités et repartons à notre table en ignorant le regard d'Anna. Je m'assieds à côté d'Olga et vide mon verre de vin comme s'il pouvait combler mon manque d'alcool.

– Si tu veux, je peux lui casser les dents. Ou au moins lui crever un œil.

Je rigole et plante rageusement mon couteau dans la viande servie devant moi.

– Doucement, Olga. Je vais régler cette affaire toute seule, mais pas aujourd'hui. J'ai promis quelque chose à l'homme en noir.

Je coupe un morceau de viande. Je ne me sens pas bien. J'avale en essayant de contrôler ma nausée.

– Qu'est-ce qu'il y a, Laura ?

– Je vais vomir.

Massimo se lève subitement en me voyant partir. Olga le force à se rasseoir et me suit.

Je déteste être enceinte, je me dis en m'essuyant la bouche et en tirant la chasse d'eau. J'en ai marre de vomir et d'avoir des nausées. Je pensais que ça n'arrivait que le matin.

Je sors des toilettes.

Olga est adossée au mur et me regarde, amusée.

– Elle était bonne, la viande ?

– Arrête, ce n'est pas drôle.

Je lève les yeux pour me regarder ; je suis pâle et mon maquillage a coulé.

– Tu as ta trousse de maquillage ?

– Dans mon sac. Attends, je vais la chercher.

Dans le coin de la salle de bains en marbre il y a un fauteuil blanc. Je m'assieds en attendant Olga. Un moment plus tard, la porte s'ouvre. Anna entre.

– Tu as un sacré culot, je grogne en la regardant.

Elle se poste devant le miroir en m'ignorant.

– D'abord tu me menaces, ensuite tu essaies d'assassiner mon mari et maintenant tu te pointes à notre mariage. Arrête de t'humilier.

Je me relève et m'approche d'elle. Elle ne bouge pas, son regard est planté dans mon reflet.

Je suis calme et je me contrôle, comme Massimo me l'a demandé. Je garde un reste de classe, même si j'ai envie de lui frapper la tête contre le lavabo.

– Tu penses avoir gagné ? me demande-t-elle au moment où Olga revient.

– Je n'ai pas gagné parce qu'il n'y a pas de jeu. J'espère que tu as assez mangé, parce que maintenant tu vas te casser.

Olga ouvre la porte en grand, lui indiquant la sortie.

– On se reverra.

– J'espère que ce sera à ton enterrement, connasse ! je lui balance en relevant le menton.

Elle se retourne, me lance un regard glacial, puis disparaît dans le couloir.

Une fois seule, je m'écroule sur le fauteuil et cache mon visage dans mes mains. Olga s'approche, me caresse le dos et déclare :

– Oh là là, je vois que tu as vite appris des gangsters, toi. Le « à ton enterrement » était fabuleux.

– Cette fille est un vrai danger, Olga. Je sais qu'elle ne va pas s'arrêter là, tu verras, souviens-toi de ce que je te dis.

Au même moment, la porte s'ouvre. Domenico entre avec quelques agents de sécurité. Surprise, nous les regardons.

– Et toi, le Sicilien, tu casses la porte ? demande Olga en haussant des sourcils.

Les hommes sont inquiets, essoufflés comme s'ils venaient de courir. Ils vérifient la pièce, mais ne trouvant rien d'intéressant, ils inclinent la tête pour s'excuser puis sortent.

J'enroule mes bras autour de moi.

– Tu crois qu'on m'a implanté une caméra en plus d'un traqueur ?

Je secoue la tête. Je n'en reviens pas du contrôle que Massimo a sur moi. Je me demande s'ils se sont précipités pour me sauver, moi, ou elle. Et pourquoi est-ce qu'ils pensaient qu'il était urgent d'intervenir ? Je ne trouve aucune explication logique, du coup je me lève et, debout à côté de mon amie, je me refais une beauté. Je veux être à nouveau rayonnante.

Je retourne dans la salle et m'assieds à côté de mon mari.

– Tout va bien, bébé ?

– Je crois que baby n'aime pas le vin sans alcool, je réponds sans en dire plus.

– Si tu te sens mieux, j'aimerais bien te présenter à quelques personnes. Viens.

On passe d'une table à une autre. On salue des hommes à la mine sinistre. De vraies têtes de mafieux, comme dirait Olga. Ce n'est pas très compliqué de les reconnaître. Ils ont tous un, voire deux, gardes du corps debout derrière eux. Je remercie les invités de manière exagérée, me comportant comme une femme parfaite, exactement comme l'homme en noir me l'a demandé. Eux, en revanche, montrent ostensiblement que je ne les intéresse pas.

Je n'aime pas ce genre de comportement. Je sais pertinemment que je vaux mieux que la plupart d'entre eux. Je suis de plus en plus admirative de l'homme en noir. Il est bien plus jeune que la majorité d'entre eux, mais il les domine par son intellect et sa force. Il force le respect, et d'ailleurs, chacun des hommes présents cherche à attirer ses bonnes grâces.

À un moment, quelqu'un m'attrape par les hanches, me fait pivoter et m'embrasse sur la bouche. Je repousse l'intrus et lève le bras, prête à le gifler. Quand je découvre son visage, mon geste reste suspendu et mon cœur se fige.

– Salut, belle-sœur ! C'est vrai que tu es belle.

L'homme devant moi est une copie conforme de Massimo. Je recule jusqu'à trouver le torse de l'homme en noir.

– Qu'est-ce qui se passe, putain ?

Le clone de mon mari n'a pas disparu. Ils ont le même visage, la même silhouette et la même coupe de cheveux. Complètement désorientée, je suis incapable d'aligner une phrase.

– Laura, voici mon frère, Adriano.

L'homme me tend la main. Je recule, prenant davantage appui contre mon mari.

– Un jumeau. Oh putain...

Adriano explose de rire, puis prend ma main et l'embrasse.

– Difficile de le cacher.

Je me tourne vers l'homme en noir. Je regarde son visage. Je le compare à celui d'Adriano. Je suis terrifiée. Même le son de leur voix est identique. J'ai la tête qui tourne.

– Je ne me sens pas bien.

Don dit deux phrases en italien, puis m'entraîne vers une porte qui se trouve au bout de la salle. Nous nous retrouvons dans une pièce avec un balcon qui me rappelle son bureau. Il y a des étagères avec des livres, un bureau ancien en chêne et un immense canapé. Je m'écroule sur les coussins moelleux. Il s'agenouille devant moi.

– C'est flippant, c'est tellement flippant, Massimo. Quand est-ce que tu comptais me dire que tu avais un frère jumeau ?

L'homme en noir grimace, puis passe la main dans ses cheveux.

– Je ne pensais pas qu'il viendrait. Il habite à Londres, il ne vient que très rarement en Sicile.

– Tu ne réponds pas à ma question. Je suis ta femme, bordel ! je hurle en me relevant. Je vais accoucher de ton enfant et toi, tu n'es même pas capable d'être honnête avec moi ?

Une porte se ferme.

– Un enfant ?

J'entends une voix que je reconnais.

– Mon frère va être père. Félicitations !

Souriant légèrement, Adriano vient vers nous. Dès que je le regarde, je me sens mal à nouveau. On dirait l'homme en noir, il bouge comme lui. Il s'approche de nous avec son allure puissante, avance vers son frère qui a eu le temps de se relever et lui embrasse le front.

– Donc, Massimo, tout s'est déroulé comme tu le voulais, dit-il en se versant un verre de liquide ambré. Tu l'as conquise et tu lui as fait un enfant. Je suis sûr que père se retourne dans sa tombe.

L'homme en noir l'affronte du regard, furieux, il lui dit des mots que je ne comprends pas.

– Mon frère, de ce que je sais, Laura ne parle pas italien, dit Adriano. Donc mettons-la à l'aise et parlons anglais.

Massimo bouillonne de colère, sa mâchoire se serre.

– Tu vois, chère belle-sœur, dans notre culture, faire un enfant avec quelqu'un qui n'est pas originaire de Sicile n'est pas bien vu. Notre père avait d'autres projets pour son protégé.

– Ça suffit ! hurle l'homme en noir en se plaçant devant son frère. Respecte ma femme et mon mariage !

Adriano lève les bras en signe de capitulation. En reculant vers la porte, il m'offre un sourire d'ange.

– Je te prie de m'excuser, Don, répond-il ironiquement, en s'inclinant de manière ostentatoire. À plus tard, Laura.

À peine est-il sorti de la pièce que je me précipite sur la terrasse, en quête d'air frais. Massimo me rejoint, toujours aussi furieux.

– Lorsqu'on était petits, Adriano s'est mis dans la tête que j'étais le préféré de papa. Il a commencé à vouloir rivaliser avec moi pour obtenir son affection. La différence entre nous, c'est que je ne voulais pas prendre la tête de la famille alors que lui, si. C'était une obsession chez lui. Après la mort de notre père, quand on m'a choisi comme Don, il n'a pas pu le supporter. Mario, mon *consigliere,* était également le bras droit de notre père. C'est lui qui a jugé que je devais prendre la tête de la famille. Adriano a quitté l'île en disant qu'il ne reviendrait jamais et effectivement, on ne l'a pas revu depuis des années, c'est pour ça que je n'ai pas jugé nécessaire de t'en parler.

– Alors, qu'est-ce qu'il fait là ?

– C'est ce que je me demande.

J'estime que ça ne sert à rien de continuer cette conversation aujourd'hui. Je lui prends la main et déclare :

– Retournons auprès de nos invités.

L'homme en noir embrasse délicatement ma main. Nous retournons dans la salle de réception.

À peine assise, Massimo se penche et me murmure à l'oreille.

– Il faut que j'aille voir certaines personnes. Je te laisse avec Olga. S'il se passe quelque chose, préviens Domenico.

Il s'éloigne, suivi de ses hommes.

Je suis à nouveau inquiète. Je pense à Adriano, à Massimo, au bébé, à Anna. La voix de mon amie me sort de mes pensées.

– J'ai eu envie de baiser, donc j'ai emmené Domenico là-haut, avoue Olga en s'asseyant. On a pris quelques lignes de coke, je pense que les Italiens la mélangent avec quelque chose car, en revenant, j'ai eu l'impression de délirer. Je pensais avoir vu Massimo, mais je viens de le croiser ici. Je me suis dit que c'était impossible puisque l'un portait un costume et l'autre un smoking.

Elle prend une gorgée de vin et ajoute :

– Je pense vraiment que je ne devrais plus avaler ces conneries.

– Ce n'était pas un délire, il y en a bien deux.

Olga grimace et se penche vers moi comme si elle n'avait pas bien entendu.

– Quoi ?

– Des jumeaux, ce sont des jumeaux, j'explique en fixant Adriano qui s'approche de nous. Celui qui arrive, ce n'est pas Massimo, c'est son frère.

Olga ne cache pas sa surprise. Elle regarde le bel Italien, la bouche ouverte.

– Alors ça...

– Laura, qui est ta charmante amie ? demande-t-il en tendant la main à Olga. Si toutes les Polonaises sont aussi belles que vous, alors, je pense que j'ai choisi le mauvais pays pour émigrer.

– Je crois que tu te fous de ma gueule, marmonne Olga en polonais.

– Malheureusement non. Et j'espère que tu ne penses pas à ce que je pense que tu penses.

– Alors ça, répète Olga en lui touchant le visage. Ce sont les mêmes, putain.

Adriano est amusé par sa réaction. Même s'il ne comprend pas un mot de ce qu'on dit, il sait exactement de quoi il s'agit.

– Laura, c'est grave... il est bien réel.

– Putain, mais bien sûr que oui ! Je te l'ai dit, ce sont des jumeaux.

Olga, confuse, s'écarte de lui, puis se redresse pour mieux l'observer.

– Je peux me le faire ? me demande-t-elle, toujours en souriant.

Je n'y crois pas ! Et pourtant, je ne suis pas étonnée. Je me lève en tenant un coin de ma robe. Il faut que je me tire d'ici.

– Tu vas me rendre folle, je te le jure. Il faut que je change d'air, je balance en me dirigeant vers la porte.

Une fois sortie de la salle, je prends à droite, je regarde autour de moi et vois un petit portail. J'avance, l'ouvre et me retrouve dans le jardin. La vue sur la mer est magnifique. Le soleil éclaire la Sicile de ses derniers rayons. Je m'assieds sur un banc, j'ai besoin d'être seule. Je me demande ce que je vais encore découvrir sur la vie de Massimo. J'ai envie d'appeler maman ou, mieux encore, je voudrais qu'elle soit là. Elle aurait été mon rempart contre toutes ces personnes étrangères. Mes yeux se remplissent de larmes. Je pense à la réaction de mes parents quand ils vont apprendre que je me suis mariée. Ça me déchire de cœur. Je reste assise, les yeux perdus dans le vide, jusqu'à ce qu'il fasse noir. De petites lanternes s'allument et illuminent tout le jardin. Ça me rappelle le soir où j'ai été enlevée. Mon Dieu, c'était il n'y a pas si longtemps. Tant de choses ont changé depuis.

– Tu vas prendre froid, dit Domenico en me couvrant de sa veste. (Il s'assied à côté de moi.) Qu'est-ce qui se passe ?

Je soupire et le regarde :

– Pourquoi tu ne m'as pas dit qu'il avait un frère ? Un jumeau ! On ne pouvait pas faire mieux comme nouvelle !

Domenico hausse des épaules, sort son petit sachet de poudre blanche de sa poche, en verse un peu sur sa main et l'inspire d'une narine, puis de l'autre. Je le regarde avec dégoût, sans cacher ce que j'en pense.

– Je te l'ai déjà dit, ce sont des sujets dont je ne veux pas me mêler. Massimo m'a demandé de venir te chercher.

– Tu sautes mon amie, dis-je en me levant. Je ne vais pas m'en mêler non plus, mais je ne vais pas la laisser tomber dans une prison dont elle ne pourra plus se sortir.

Domenico baisse la tête et joue du bout de sa chaussure avec un caillou sur le sol.

– Je n'avais pas prévu ce qui s'est passé, mais je n'y peux rien, elle me plaît.

J'explose de rire.

– Pas qu'à toi, mais je ne parle pas du sexe, mais de la coke. Fais attention avec ça, elle est très vite tentée.

Domenico m'accompagne le long des couloirs, jusqu'en haut du bâtiment. Il se tient devant la double porte en bois lourd et ouvre les deux battants. Je découvre une immense table ronde au bout de laquelle j'aperçois Massimo. Les autres ont l'air de s'amuser, seul l'homme en noir me fixe d'un regard froid et mort. Je regarde autour de moi. Quelques hommes sont en train de caresser des femmes à moitié nues et les autres prennent des lignes de poudre blanche. Je passe devant tout le monde fièrement et avec classe. Je me dirige vers mon mari, me place derrière lui et pose mes mains sur ses épaules. Mon homme se redresse, puis attrape mon doigt sur lequel se trouve l'alliance.

– Signora Torricelli, dit un des invités. Madame se joint à nous ?

Je réfléchis à ma réponse, puis je choisis l'issue logique.

– Don Massimo m'interdit ce genre de pratique, je respecte les vœux de mon mari.

L'homme en noir resserre ma main. Je sais que j'ai bien répondu.

– Mais j'espère que vous vous amusez bien.

J'incline la tête, puis je souris chaleureusement.

Un homme de la sécurité installe pour moi une chaise à côté de Don, je m'assieds tout en examinant la pièce. Je souris malgré le sentiment de malaise que je ressens. Des vieux dégueulasses qui tripotent de jeunes femmes, d'autres qui prennent de la drogue tout en discutant de choses que je ne comprends pas. Pourquoi est-ce qu'il veut que je sois là, bordel ? Est-ce qu'il veut montrer à tout le monde à quel point je suis loyale ? Tout ça ne ressemble pas à ce que j'ai vu dans *Le Parrain*, il y a des codes, des règles, de la classe. Ici, il n'y a rien de tout ça.

Après quelques minutes, le serveur m'apporte du vin. Massimo le rappelle pour lui demander quelque chose. Je n'ai pas compris. Il incline la tête, m'autorisant à boire. Je me sens vraiment comme un bracelet, inutile et là juste pour faire joli.

Je me penche à l'oreille de Massimo :

– J'aimerais bien sortir, je suis fatiguée et tout ça me donne envie de vomir.

Je souris faussement à nouveau. L'homme en noir fait signe à son *consigliere* qui est assis derrière lui. Ce dernier prend son téléphone. Après un court moment, Domenico revient. Lorsque je me lève, j'entends une voix qui m'est familière :

– Avec un peu de retard, je vous souhaite le meilleur. Félicitations, mes chers.

Je me retourne sur Monica et Carlo qui viennent vers nous. Je les embrasse tous les deux, je suis sincèrement ravie qu'ils soient là.

– Don ne m'a pas dit que vous seriez là.

Monica me regarde, puis me reprend dans ses bras.

– Tu es ravissante, Laura. La grossesse te va bien.

Je n'ai aucune idée d'où elle le sait, mais je suis contente que Massimo ne le cache pas à tout le monde. Elle me prend et me tire vers la sortie.

– Ce n'est endroit ni pour toi ni pour moi, affirme-t-elle en sortant de la pièce.

Lorsqu'on est dans le couloir, Domenico me tend une clé.

– Ton appartement se trouve au bout. (Il pointe du doigt une porte au loin.) Un sac avec tes affaires est dans le salon, à côté d'une table où j'ai demandé qu'on te mette ton vin. Si tu as envie de manger quelque chose, dis-le-moi, je le commanderai.

Je le remercie d'un baiser sur la joue. Je prends la main de Monica et nous entraîne vers l'appartement. Je me retourne et crie à Domenico qui s'éloigne :

– Dis à Olga où je suis, s'il te plaît !

À l'instant où nous entrons dans la chambre, je retire mes chaussures. Monica prend la bouteille de vin et nous sert deux verres.

– C'est sans alcool, je dis en haussant des épaules.

Elle me regarde, étonnée, puis avale une gorgée.

– Il est pas mal, mais je crois que je préfère quand le degré d'alcool est un peu plus élevé, je vais demander qu'ils m'apportent quelque chose d'autre pour moi.

Vingt minutes plus tard, Olga nous rejoint, déjà assez pompette. On commence à discuter toutes les trois des absurdités de ce monde. La femme de Carlo nous raconte son expérience de ce milieu, ce qu'on a le droit de faire et ce qui est interdit. Quelles sont les coutumes durant ce genre de fête et comment ma manière de penser doit vraiment changer sur le rôle de la femme dans une telle famille. Olga débat sur chaque sujet, bien plus qu'elle ne le devrait, mais elle finit par accepter les choses. Plus de deux heures passent. On est toujours assises sur le tapis, plongées dans notre conversation.

Soudain, la porte s'ouvre sur Massimo. Il n'a plus sa veste, quelques boutons du haut de sa chemise sont défaits. Seulement éclairé par une bougie à l'entrée, il est magnifique.

– Mesdames, si vous voulez bien nous excuser un instant ? demande-t-il en indiquant le couloir.

Toutes les deux, un peu étonnées, se lèvent. En grimaçant derrière son dos, elles quittent la chambre.

L'homme en noir ferme la porte derrière elles, puis s'approche de moi. Il s'assied par terre et tend la main. Du bout des doigts, il touche mes lèvres, ma joue, puis les laisse glisser jusqu'à la dentelle de ma robe. J'observe son visage pendant qu'il poursuit sa balade sur mon corps.

– Adriano, qu'est-ce que tu fais, bordel ? je balance, furieuse, en reculant.

– Comment tu as su que c'était moi ?

– Ton frère n'a pas la même tête quand il me touche.

– Ah oui, c'est vrai. J'ai oublié que la dentelle l'excite. Mais je m'en suis pas mal sorti au début, quand même !

J'entends la porte, je sais que c'est mon mari, je me retourne. Il allume la lumière. En voyant ce qui se passe, il se fige. Ses yeux s'enflamment, ses poings se serrent. Son regard passe d'Adriano à moi. Je me lève, les bras croisés sur la poitrine.

– Messieurs, j'ai un service à vous demander, dis-je le plus calmement possible. Arrêtez de jouer avec moi, je vous distingue parfaitement, je ne suis pas aussi stupide que ça !

Je me dirige vers la porte. Je vais attraper la poignée quand Massimo me rattrape.

– Reste là, Adriano, je veux te parler demain matin, mais là, tout de suite, laisse-moi m'occuper de ma femme.

Avant de quitter la chambre, le beau clone m'embrasse sur le front. Je regarde Massimo, furieuse, en me demandant comment je vais faire pour les reconnaître.

L'homme en noir se sert un verre de la carafe qui est posée sur la table. Il boit une gorgée, puis enlève sa veste.

– Ma chérie, tu verras qu'avec le temps, tu ne pourras plus nous confondre.

– Putain, Massimo, et si je me trompe ? Ton frère compte là-dessus et s'amuse à vérifier si je te connais bien.

Il prend une autre gorgée et me regarde.

– C'est tout à fait son style, mais je doute qu'il ose aller trop loin. Tu n'es pas la seule à avoir un souci avec ça. La seule personne qui pouvait nous différencier sans problème, c'était notre mère. Quand on est côte à côte, c'est plus simple mais, avec le temps, tu remarqueras qu'on est différents.

– J'ai bien peur de ne m'en rendre compte qu'une fois qu'il sera nu Je connais toutes tes cicatrices.

En disant ça, je m'approche de lui. Je lui caresse le torse. Je descends ma main vers sa braguette et attends sa réaction. Irritée, j'attrape son sexe plus fermement. Il ne fait que mordre ses lèvres en me fixant d'un regard vide. Ça me rend folle, même si je sais qu'il le fait par pure provocation.

Bon d'accord, si c'est comme ça ! Je lui prends son verre des mains et le pose sur la table. Je le pousse délicatement jusqu'à ce qu'il soit adossé au mur. Je m'agenouille devant lui sans le quitter du regard et ouvre sa braguette.

– Est-ce que j'ai été sage aujourd'hui, Don Massimo ?

– Oui.

Le désir commence à briller dans ses yeux.

– Donc, je mérite une récompense ?

Il acquiesce en rigolant, caresse mes joues. Je remonte sa manche de chemise et regarde l'heure. Une heure et demie.

– C'est mon heure, tu seras libre à deux heures et demie, je chuchote en lui baissant son pantalon d'un seul geste.

Il ne sourit plus. Il a l'air curieux et inquiet, même s'il essaie de le cacher.

– On se lève tôt demain. Tu es certaine que tu veux faire ça maintenant ?

Je ris tout bas et lui enlève son caleçon. Sa magnifique bite apparaît, je me lèche les lèvres.

– Je n'ai été jamais aussi sûre de moi. J'aimerais juste qu'on établisse certaines règles avant de commencer. Pendant une heure, je peux faire ce que je veux ? Du moment que ta vie ou la mienne n'est pas en danger, on est d'accord ?

Je le sens un peu perturbé, il me regarde, les yeux mi-clos.

– Fais ce que tu veux, tu as soixante minutes devant toi, mais souviens-toi que les conséquences des actes perdurent à jamais.

Je souris lorsque je l'entends dire ça. Je commence à le sucer brutalement, je n'ai pas l'intention d'être douce.

Je me relève, puis je me place debout en face de lui. J'attrape son visage de mes deux mains, enfonce ma langue dans sa gorge en mordant ses lèvres. L'homme en noir m'attrape les fesses mais, d'un geste ferme, je les enlève.

– Ne me touche pas, je grogne en continuant à l'embrasser. Sauf si je te l'ordonne.

Je sais que pour lui c'est une punition, ce sentiment d'impuissance, s'adapter à une situation sur laquelle il n'a aucun pouvoir. Je défais doucement son nœud papillon, puis je déboutonne sa chemise et la lui retire. Il est nu devant moi. Ses yeux brûlent de désir. Je prends sa main et l'emmène vers le fauteuil.

– Tire-le et mets-le face à la table, je lui dis en pointant du doigt l'endroit où je veux qu'il mette le fauteuil. Ensuite, assieds-toi.

Pendant qu'il s'exécute, je m'approche du sac qu'Olga a préparé et j'en sors ma pochette rose. Je retourne vers Massimo et pose mon ami en silicone sur la table. Je me place dos à Massimo.

– Enlève-moi ma robe. Tu as très envie de moi, Don ? je lui demande pendant qu'il me déshabille, révélant ma lingerie en dentelle.

– Très.

Lorsque je suis débarrassée de ma robe, je me tourne pour enlever un bas, puis l'autre, sans me précipiter. Je m'agenouille devant lui et recommence à le sucer. Je le sens grossir à chacun de mes mouvements. Son goût devient intense. Je retire sa queue de ma bouche, prends un de mes bas et lui attache un poignet avec, puis l'autre. Je me relève, m'assieds sur la table et contemple mon œuvre. Massimo est calme, mais je sais qu'il bouillonne à l'intérieur.

– Surveille l'heure.

Je prends un coussin du canapé et le pose sur la table.

J'enlève ma culotte, écarte grand les jambes devant lui. Je prends mon objet rose, l'allume. Il commence à vibrer.

Je me couche sur la table, ma tête sur les coussins. J'ai une vue parfaite sur le visage de l'homme en noir. Il est en feu, sa mâchoire se crispe.

– Dès que tu me détaches, je vais me venger.

J'ignore sa menace. J'insère l'objet à trois dents en moi. Je n'oublie aucun de mes trous. Je connais mon corps, je sais que je vais jouir vite. Je me pénètre brutalement et fortement, je gémis et me tords de plaisir. L'homme en noir ne me quitte pas des yeux. Il balance juste quelques mots en italien de temps à autre.

Mon premier orgasme arrive en quelques secondes, puis un autre, et un autre. Je crie fort, j'arrête de bouger, puis je le ressors. Je m'assieds sur la table.

En regardant Massimo, je lèche vulgairement le vibromasseur. Je le pose.

– Détache-moi.

Je descends et me penche pour regarder l'heure.

– Dans trente minutes, chéri.

– Tout de suite, Laura !

Je le regarde en souriant. J'ignore sa colère.

Massimo bouge ses mains, un des accoudoirs auquel il est attaché grince. On dirait qu'il va se casser.

Sa réaction brutale me fait peur. Je fais ce qu'il me demande. Les deux mains libres, il se lève énergiquement, m'attrape par le cou et m'assied à nouveau sur la table.

– Ne me provoque plus jamais comme ça !

Il m'écarte les jambes, attrape mes hanches et me baise. Je sais à quel point il est énervé, ça m'excite. Je lève un bras, lui frappe le visage. Un autre orgasme monte en moi. Je me cambre, je plante mes ongles dans le bois.

– Plus fort ! je crie en jouissant.

Quelques secondes plus tard, il jouit avec moi. Il s'écroule entre mes seins, ses lèvres jouent délicatement avec mes tétons et son sexe dur pulse encore en moi.

J'essaie de reprendre mon souffle.

– Si tu penses que c'est fini, tu te trompes, chuchote-t-il en mordant fermement mon téton.

Je gémis de douleur. Je repousse sa tête. Il attrape mes poignets, les plaque contre la table. Il me transperce d'un regard passionnel. Je n'ai pas peur, j'aime bien le provoquer. Je sais qu'il ne me fera pas mal.

– Moi, j'ai fini, donc ne compte pas sur moi pour jouir à nouveau.

Quand je vois l'éclair qui passe dans ses yeux, je regrette d'avoir dit ça.

Il me soulève et me retourne, puis me plaque sur le bois mouillé de transpiration. Il attrape mes deux poignets et les coince avec sa main dans mon dos. Je ne peux plus bouger.

Mon corps se détend, j'arrête de me débattre, mais il ne relâche pas sa prise pour autant. Il prend un de mes bas et m'attache les mains à mon tour. Lorsqu'elles sont immobilisées, il s'agenouille et commence à lécher mes fesses.

– Je ne veux pas, je chuchote, le visage plaqué contre la table.

Je lutte pour me libérer. C'est le seul jeu qui l'incite à me prendre par-derrière.

– Fais-moi confiance, bébé.

Il prend mon objet rose. Il l'allume. J'entends le bruit de la vibration. Il l'insère doucement dans ma chatte mouillée, tout en caressant mes fesses avec son doigt. Il les prépare à sa grosse queue. J'ai de plus en plus envie de lui, de ça. Je veux qu'il soit en moi.

Lorsque son pouce pénètre enfin, je gémis. J'écarte encore plus les jambes. Je lui donne l'autorisation de faire ce qu'il veut. Massimo connaît très bien mon corps et mes réactions. Il sait très bien quand j'ai envie de faire quelque chose ou non. Délicatement mais fermement, il remplace son doigt par son sexe et s'enfonce en moi.

Je n'ai jamais ressenti un tel bien-être.

Je n'ai pas mal, au contraire je prends un plaisir intense. Mentalement et physiquement. Après quelques mouvements de hanches, Massimo accélère. Je regrette de ne pas voir son visage.

– J'adore ton petit cul serré. J'aime quand tu te comportes comme une pute avec moi.

J'adore quand il est vulgaire. Il ne le fait qu'au lit, c'est le seul moment où il se permet de libérer ses émotions. Lorsque je sens que je jouis, tout mon corps se raidit. La force avec laquelle se resserre ma mâchoire confirme l'état dans lequel je suis. L'homme en noir sort le vibromasseur de moi d'un geste rapide. Il commence à frotter mon clitoris. Je jouis si fort que j'ai peur de m'évanouir.

Enfin allongée dans le lit, blotti dans les bras de Massimo, je lui demande :

– On part où ?

L'homme en noir joue avec mes cheveux, m'embrasse sur le front.

– Pourquoi est-ce que tu changes de coupe de cheveux tout le temps ? Je ne comprends pas pourquoi les femmes font ça.

J'attrape sa main et lève les yeux.

– Ne change pas de sujet, Massimo.

Il rigole, puis m'embrasse le nez. Il se tourne de sorte à couvrir tout mon corps.

– Je pourrais faire l'amour avec toi en boucle tellement tu m'excites, bébé.

Irritée qu'il ne réponde pas à ma question, j'essaie de le pousser. Il est trop lourd. Résignée, j'arrête de gigoter. Je soupire :

– Pour le moment, je suis très satisfaite. Après ce que tu as fait sur la table, dans la salle de bains, sur la terrasse, je pense que j'en ai eu assez jusqu'à la fin de ma grossesse.

En rigolant, il me libère en s'allongeant à nouveau sur le dos. J'adore quand il est heureux. Je le vois rarement se comporter comme ça. Il ne se le permet pas devant les autres.

D'un côté, j'adore qu'il soit réservé. Sa maîtrise intérieure m'impressionne. C'est comme s'il avait deux âmes en lui. Une que je connais, moi, celle d'un ange protecteur, et celle dont les autres ont peur, un mafieux froid et impitoyable qui ne craint rien, même pas la mort. Enfouie dans ses bras, je me rappelle tout ce qui s'est passé ces trois derniers mois. Avec du recul, toute cette histoire est une aventure invraisemblable. Les prochaines étapes sont encore à découvrir pendant encore, qui sait, peut-être cinquante ans. J'ai déjà oublié que je me suis sentie emprisonnée et que j'avais peur de cet homme si séduisant. Un syndrome de Stockholm évident !

À moitié endormie, je sens quelqu'un me soulever, puis me couvrir d'une couverture. Je n'arrive pas à ouvrir les yeux. Je gémis doucement, des lèvres chaudes m'embrassent la bouche.

– Dors, ma chérie, c'est moi.

J'entends un accent que je connais bien, et je m'endors.

Lorsque je rouvre les yeux, l'homme en noir est toujours là, à côté de moi. Ses bras et ses jambes sont enroulés autour de moi. J'entends un bruit sourd autour de nous, un moteur ou un sèche-cheveux. Je me réveille doucement. Lorsque je reprends conscience, je me lève subitement du lit. Ma réaction réveille Massimo qui sursaute.

– On vole ! je crie, en sentant mon cœur s'emballer.

L'homme en noir s'approche de moi. Il me prend dans ses bras, me caresse le dos, les cheveux, me serre contre lui.

– Bébé, je suis là. Si tu veux, je peux te donner des médicaments, tu dormiras tout le voyage.

Effectivement, c'est la meilleure chose à faire.

Chapitre 4

Les deux semaines qui suivent sont les plus extraordinaires que j'aie jamais vécues. Les Caraïbes, c'est l'endroit le plus beau au monde. Nous nageons avec les dauphins, nous goûtons des mets délicieux, nous visitons l'ensemble de l'archipel en catamaran. Nous sommes inséparables. Au début, j'avais peur de passer autant de temps avec lui. Dans mes précédentes expériences de couple, j'évitais les situations où l'on était vingt-quatre heures sur vingt-quatre ensemble, car une présence permanente me pesait, je me sentais coincée. Cette fois, c'est très différent. Je profite de chaque seconde avec Massimo, et chaque minute avec lui me donne envie que ça continue pour toujours.

Malheureusement, notre lune de miel se termine et je suis triste. Olga est restée en Sicile après notre mariage, et je suis contente de la retrouver. Je me demande ce qu'elle a fait sans moi tout ce temps.

Paulo nous récupère à l'aéroport, pour nous conduire à la résidence. En arrivant dans l'allée, je réalise que cet endroit m'a plus manqué que je ne l'aurais imaginé. Massimo dit quelques mots à un agent de sécurité, puis m'accompagne au jardin. Nous sommes abasourdis par la scène que nous découvrons. Domenico est assis sur un fauteuil avec Olga sur ses genoux, en train de s'embrasser langoureusement. Ils ne remarquent même pas notre présence. Il lui caresse le dos, elle touche son nez avec le sien, elle joue la timide. Je décide d'attirer leur attention. Je veux comprendre ce qui se passe au plus vite. J'attrape la main de l'homme en noir et nous marchons vers eux, le bruit de mes talons les sort de leur torpeur amoureuse. Olga se lève en s'écriant :

– Laura !

Elle m'attrape les épaules et me serre contre elle. Je l'écarte, prends son visage entre mes mains et l'examine.

– Qu'est-ce qui se passe, Olga ? je demande en chuchotant dans notre langue natale. Qu'est-ce que tu fais ?

Elle hausse les épaules, fait la moue, mais ne dit rien. Massimo s'approche, lui embrasse la joue, puis il se tourne vers son frère. Je continue à la regarder, cherchant des réponses à mes questions.

– Je suis tombée amoureuse, Laura, dit mon amie en s'asseyant sur l'herbe. Je ne peux rien y faire, Domenico me plaît trop.

Je pose mon sac à main et m'assieds à côté d'elle. L'été est terminé, il fait encore assez chaud même si c'en est fini des grosses chaleurs. Je caresse l'herbe en me demandant quoi dire à Olga. L'ombre de l'homme en noir se penche au-dessus de moi.

– Ne reste pas assise sur l'herbe, dit-il en me tendant un coussin et en en jetant un à Olga. Je vais travailler quelques heures avec Domenico.

Je le regarde à travers mes lunettes de soleil. Il est capable de changer tellement vite. Mon magnifique mari mafieux, froid et puissant, est de retour. Si j'étais seule avec lui, il redeviendrait tendre et doux. Il m'embrasse sur le front, puis disparaît. Domenico nous fait un signe de main avant de le suivre.

– Pourquoi est-ce qu'on est assises sur l'herbe ?

– Je ne sais pas. Installons-nous à table, comme ça, tu mangeras quelque chose et moi je te raconterai ce qui s'est passé, tu ne vas pas le croire.

Quand je termine mon troisième croissant, Olga me regarde en souriant.

– Je vois que tu ne vomis plus.

Je prends une gorgée de lait chaud.

– Bon, arrête les conneries et raconte.

Olga pose ses mains sur son visage et me regarde entre ses doigts. Ça n'annonce rien de bon.

– Quand on est sortis de ta chambre, on a croisé Massimo. Il s'est énervé quand je lui ai dit qu'il venait de nous demander de quitter la chambre. Il s'est douté que son frère jumeau lui jouait un tour et s'est précipité vers la porte. Je ne voulais pas m'en mêler, donc je suis partie à la recherche de Domenico. Mais avant de le trouver, j'ai atterri dans une autre chambre où il y avait la meilleure coke du monde. (Elle lève vers moi un regard coupable.) Laura, je suis désolée.

Elle a l'air si triste que mon cœur s'arrête.

Nous restons dans cette position un long moment, avant que je reprenne la parole :

– N'oublie pas, Olga, qu'il en faudrait beaucoup pour que tu me surprennes. Alors, vas-y, déballe tout.

Mon amie pose sa tête sur la table et prend une longue inspiration.

– Tu vas me tuer quand tu vas entendre la suite de l'histoire. J'étais en train de prendre de la coke avec deux types, certainement de la mafia, qui m'avaient alpaguée dans le couloir, je crois qu'ils étaient hollandais. Ensuite, Adriano est entré dans la pièce. J'ai su que c'était lui, car il avait une veste différente de celle de Massimo. Il a dit quelque chose aux deux hommes et ils sont sortis en fermant la porte derrière eux. Il s'est approché, m'a soulevée et m'a posée sur la table. Il a une de ces forces, Laura ! s'écrie-t-elle en se tapant à nouveau le front sur la table. Quand il s'est collé à moi, j'ai eu chaud, je savais que j'allais lui donner ce qu'il voulait.

– Olga, tu veux vraiment me raconter la suite ?

Elle réfléchit un moment, puis recommence à se cogner la tête contre la table, comme si elle marquait le rythme.

– Il m'a sautée, Laura, mais j'étais droguée et défoncée. Ne me regarde pas comme ça, gémit-elle quand elle lit dans mes yeux que je désapprouve son comportement. Tu as épousé son clone trois mois après l'avoir rencontré, et là, tu la joues sobre !

Je pose ma tasse.

– Qu'est-ce que tout ça a à voir avec cette explosion d'amour pour Domenico ?

– Le lendemain de ton départ, je me suis réveillée ou, plutôt, j'ai repris connaissance. Je voulais quitter cette chambre, mais je n'y arrivais pas. Ce connard d'Adriano m'a droguée avec je ne sais quoi, puis m'a sautée comme une merde. Il s'est avéré que les hommes avec qui j'étais juste avant étaient les siens, la drogue la sienne aussi. Je ne me suis pas retrouvée dans cette pièce par hasard. Adriano est entré dans la chambre, j'étais hors de moi et lui venait pour un second round. J'étais tellement furieuse que je lui ai foutu une droite, il a failli en perdre des dents. C'était une erreur, il n'est pas du tout comme ton Massimo, il réplique.

Je me lève, il faut que je bouge, sinon je vais exploser.

– Olga, putain, qu'est-ce qui s'est passé ?

Elle dégage son pull de ses épaules et je vois d'énormes bleus. Je commence à la déshabiller nerveusement.

– Putain, Olga, mais c'est quoi, ça ?

– Arrête ! (Elle remet son pull.) Ça ne fait plus mal. Je ne voulais pas t'en parler, mais tu aurais fini par le découvrir. Ce bâtard m'a frappée, mais t'inquiète pas, je me suis défendue. Deux fois dans la mâchoire, une fois avec une lampe, une fois avec une bouteille. Maintenant, je vais répondre à ta question : Domenico qui m'avait cherchée toute la nuit m'a sauvée de ce cauchemar en entrant dans la chambre. Ils ont commencé à se battre et le clone a perdu. Surprenant n'est-ce pas ? (Elle sourit, satisfaite.) Il se trouve que Domenico pratique les arts martiaux depuis l'âge de neuf ans. Adriano a de la chance d'être encore en vie. Domenico m'a emmenée chez le médecin, il s'est occupé de moi. J'ai découvert qu'il n'était pas seulement une bite sur deux jambes...

Elle hausse les épaules, puis déplace son regard sur ses doigts avec lesquels elle joue.

Je n'arrive à croire ni ce qu'elle raconte ni à ce dont a été capable le frère de mon mari. Je me demande si Massimo était au courant pendant notre lune de miel. Et si oui, pourquoi est-ce qu'il ne m'a rien dit ?

Je me lève en déclarant :

– Ne bouge pas.

Je marche vers la maison, envahie d'une haine amère envers Adriano. J'ai envie de le tuer. Je me demande si l'homme en noir va me laisser faire. Mon cœur bat la chamade.

Je sais que je ne dois pas m'énerver pour l'enfant, mais je ne peux pas contenir ma colère.

Je rentre dans le hall et me rends directement dans la bibliothèque. C'est là que l'homme en noir travaille ou reçoit ses rendez-vous. C'est l'endroit le plus sécurisé et le plus insonorisé de la maison. J'entre sans frapper, Massimo et Adriano se tiennent près de la cheminée. Je suis hors de moi, mais je n'ai aucune idée de qui est qui. La seule chose dont je suis certaine est que l'un d'eux va avoir de gros soucis très bientôt. Je passe devant les étagères remplies de livres pour les rejoindre.

– Massimo ! je crie en les regardant attentivement tous les deux.

– Oui, bébé ? répond l'homme le plus près du mur.

C'est bon, je sais qui est qui. Je sais qui je déteste. Sans réfléchir, je m'approche d'Adriano et je le frappe au visage de toutes mes forces. Je suis sur le point de recommencer quand il prend la parole en s'essuyant la lèvre :

– Frappe-moi, je le mérite.

Sa réaction me surprend au point que je baisse le bras. J'abandonne. Je ne comprends pas ce qui se passe.

– Tu n'es qu'un putain de connard !

Massimo me prend dans ses bras, j'ai encore envie de crier, mais il m'en empêche en m'embrassant. Sa chaleur me détend immédiatement, le bruit de la porte qui se ferme interrompt ce moment apaisant.

– Ne t'énerve pas, bébé, je gère la situation.

Ces mots me font vriller à nouveau.

– Et quand ce monstre défonçait mon amie, tu gérais la situation aussi ? Qu'est-ce qu'il fait encore dans cette maison ? (La rage monte à nouveau en moi.) Il est allé où, putain ? Olga est là, je suis là, ton enfant est là, et lui, qu'est-ce qu'il fout ?

– Écoute, Laura, mon frère a du mal à se contrôler, répond calmement Massimo en s'asseyant sur le canapé, et quand il a pris de la drogue, c'est encore pire. J'avais demandé à mes hommes de garder un œil sur lui, mais en voyant la tournure que prenait la relation d'Olga et d'Adriano, ils ont préféré rester discrets et se retirer. Personne ne pouvait savoir que ça allait se terminer comme ça.

– Domenico si, je réplique, les bras croisés sur ma poitrine.

– Adriano n'est pas dangereux tant qu'il est sobre. J'ai eu une discussion avec Olga, j'ai imploré son pardon et même si je sais que ça ne va rien changer, je vais continuer à le faire. J'ai bien compris que quand elle me regarde, elle voit Adriano. Il n'habite pas ici, il loge à Palerme. Je ne veux pas que tu te sentes en danger, chérie. De toute façon, il quitte l'île aujourd'hui, son avion est à dix-sept heures.

Il se lève, me prend dans ses bras et m'embrasse sur le front. Je le regarde avec des yeux pleins de tristesse et souffrance.

– Comment tu as pu me cacher ce qui est arrivé à mon amie ?

L'homme en noir soupire et resserre son étreinte.

– Ça n'aurait rien changé, mais nos vacances auraient été gâchées. Je savais que tu allais t'énerver, que tu serais angoissée. J'ai décidé que le mieux était de ne rien te dire. Et Olga était d'accord avec moi.

Au fond de moi, je sais qu'il a raison. Je n'aurais pas supporté l'impuissance liée à la distance qui me séparait d'Olga.

Je retourne près de mon amie.

– Olga, comment tu te sens ?

Elle me regarde, surprise.

– Pourquoi je me sentirais mal ?

– Putain, je ne sais pas comment on se sent après un viol !

Olga explose de rire.

– Après quoi ? Quel viol, Laura ? Il ne m'a pas violée, il m'a juste bourrée de drogue. Ce n'était pas la pilule du viol mais de la MDMA, donc je me souviens de tout. Et je dois aussi avouer que j'avais envie de lui, vraiment envie, en réalité. Il m'a défoncée, oui, mais je n'appellerais pas ça un viol.

Je suis confuse, je ne comprends plus rien à toute cette situation et Olga le voit sur mon visage.

– Laura, écoute, Massimo lui ressemble comme deux gouttes d'eau. Est-ce qu'il t'est déjà arrivé de ne pas vouloir coucher avec lui ? Tu m'as toi-même avoué que c'était un sacré coup, qu'il a un corps de rêve et un sexe magique. Son frère est bâti de la même façon, sauf que lui, c'est un putain d'enculé. Tu comprends ?

Je regarde les arbres devant moi, ils sont si beaux et bien alignés. Tout me paraît idéalement arrangé autour de moi. Tout est en harmonie. La maison, les voitures, le jardin et ma vie près de ce bel homme. Mais je ressens toujours un malaise que je n'arrive pas à identifier.

– Et Domenico ?

Elle gémit, s'allonge sur le dos en bougeant les jambes comme une petite fille.

– Oh lui, c'est mon prince sur son étalon blanc. Lorsqu'il en descend, il me saute comme un sauvage. Sérieusement, je suis tombée amoureuse de lui (elle hausse les épaules), je n'aurais jamais pensé dire ça un jour, mais il s'est merveilleusement occupé de moi, il est charmant et galant... Sa connaissance du monde m'impressionne aussi. Tu sais qu'il a étudié l'histoire de l'art ? Tu as déjà vu ses tableaux ? Il peint si bien qu'on dirait des photos. C'est vraiment beau. Maintenant, imagine :

depuis deux semaines, je me réveille et je m'endors à ses côtés. Le soir, on fait du bateau, on se balade sur la plage, puis on rentre et je le regarde peindre. Laura ! (Elle s'agenouille et me prend dans ses bras.) Tu t'es trouvé l'aventure de ta vie et, par hasard, tu m'as offert la mienne. Je sais que tout cela n'est pas très rationnel, mais je crois que je l'aime.

Je la regarde, j'ai du mal à comprendre ce que j'entends. Je connais bien Olga et je sais que, parfois, il lui arrive de ne pas réfléchir. Tout ce qu'elle me raconte ne lui ressemble pas, mais pas du tout. Surtout au bout de deux semaines.

– Chérie, je suis très heureuse pour toi. Mais, je t'en supplie, prends un peu de recul. Tu n'es jamais tombée amoureuse, et crois-moi, il n'y a rien de pire que la déception. Il vaut mieux être prête, plutôt que de souffrir parce que rien ne s'est passé comme tu l'avais imaginé.

Elle me repousse, furieuse.

– J'emmerde tout ça, on verra bien ce qui se passe. Maintenant viens, il commence à faire froid.

Dans le couloir, je tombe sur Domenico qui s'immobilise en me voyant. Olga l'embrasse sur la joue et continue son chemin. Je m'arrête et le regarde droit dans les yeux.

– Merci, Domenico, je chuchote en le prenant dans mes bras.

– Ce n'est rien, Laura. Massimo veut te voir, viens.

Avant de suivre Domenico, je préviens Olga que je la rejoindrai après.

L'homme en noir est assis à son grand bureau en bois, devant son ordinateur. Lorsque la porte se ferme derrière moi, il me lance son regard glacial, puis s'appuie contre sa chaise.

– On a un petit souci, chérie, commence-t-il calmement. Je me suis absenté trop longtemps et les problèmes se sont accumulés ici. Je vais avoir une réunion difficile à laquelle je ne veux pas que tu assistes. Je sais aussi qu'Olga t'a manqué, donc j'ai pensé que vous pouviez partir ensemble deux trois jours. Je possède des parts dans un hôtel à quelques dizaines de kilomètres d'ici, je vous y ai réservé une suite. Ils ont un spa, une salle de sport, une cuisine délicate, mais surtout, c'est très calme. Vous allez partir aujourd'hui et je vous rejoindrai dès que possible. Après, on ira à Paris. Je pense qu'on se verra d'ici trois jours.

Je l'observe en me demandant où a disparu le mari si tendre et amoureux des deux dernières semaines.

– Est-ce que j'ai voix au chapitre ? je demande en posant mes mains sur le bureau.

Massimo fait tourner un stylo entre ses doigts et me regarde sans manifester la moindre émotion.

– Bien sûr, tu peux choisir les agents de sécurité qui partiront avec vous.

– Je n'en ai rien à faire de ça, je grogne en sortant.

Avant d'avoir atteint la porte, je sens un souffle chaud sur mon cou et des mains fermes sur mes hanches. L'homme en noir me retourne face à lui et me plaque contre la porte en bois, si fort que la poignée me rentre dans le dos. Il passe sa main entre mes cuisses en m'embrassant.

– Avant que tu t'en ailles, Laura, je vais te prendre, rapidement et brutalement, comme tu aimes. (Il me soulève, puis me pose sur le bureau.) Depuis notre nuit de noces, le bois m'excite.

Il m'a effectivement sauté fort, mais pas si vite que ça et, surtout, pas qu'une seule fois.

Massimo adore le sexe, il n'en a jamais assez et il est très doué. Ce que j'aime le plus chez lui, c'est sa générosité en amour, il prend, mais il donne aussi. Il s'emploie à me faire sentir que je suis la meilleure du monde au lit, que je le rends fou. Je ne sais pas si c'est vrai mais en tout cas, moi, il me rend folle. Je me sens comme une star du porno avec lui, je n'ai aucune limite. Il peut faire de moi ce qu'il veut. Et je le désire chaque jour un peu plus. C'est surprenant à quel point les hommes peuvent être différents les uns des autres. Ils peuvent provoquer des réactions si contraires chez les femmes. Je n'ai jamais été facile, maman m'a élevée comme ça. Je ne corresponds pas spécialement à mon époque ni aux tendances actuelles. Je peux tout faire avec mon mec, je n'ai jamais été aussi à l'aise avec qui que ce soit. Sa nonchalance et le fait qu'il maintienne une certaine distance entre nous me rendent dingue. Son ton autoritaire et sans appel me fait accepter les choses les plus étranges. Je l'adore, je l'aime à la folie. J'aime autant Massimo que l'homme en noir.

Je rentre dans la chambre d'Olga sans frapper.

– Fais ton sac...

Et je le regrette instantanément. Olga nue, plaquée contre le mur, est en train de se faire sauter par Domenico, le pantalon baissé. Quand je rentre, il a la tête enfouie dans les cheveux d'Olga qui me dit en souriant :

– Je te rejoins dès que Domenico a terminé, en attendant, casse-toi !

Je fais un geste de la main, mais avant de refermer la porte, je ne peux pas m'empêcher de dire :

– Tu as un beau cul, Domenico !

Je m'assieds dans mon dressing au milieu des valises des Caraïbes pas encore rangées. Je suis à peine rentrée et voilà qu'il m'ordonne déjà de repartir. Je m'allonge sur le tapis moelleux, les mains croisées sous la tête. Je pense à quel point les petites choses que j'ai perdues me manquent. Rester au lit le week-end ; prendre le petit déjeuner devant la télé ; s'ennuyer en jogging sous une couverture avec un livre dans les mains et un casque sur les oreilles. J'étais capable de ne pas me coiffer et d'hiberner sous ma couette pendant deux jours. Avec Massimo, tout cela est impossible. D'abord, je n'ai pas envie qu'il me voie comme un zombie avec un nid sur la tête. Et puis, nous sommes toujours en partance pour quelque part. Je ne sais jamais où je vais me réveiller le lendemain ni qui sera avec nous. Tout cela crée des obligations et, en particulier, celle de ne pas se laisser aller. Je soupire bruyamment et attrape une valise.

Une heure plus tard, je suis prête. Mes valises sont faites, je suis douchée et habillée. On ne voit pas encore que je suis enceinte. La seule chose qui a changé, ce sont mes seins qui grossissent à vitesse grand V. Leur taille s'accorde parfaitement avec le reste de ma silhouette, toujours aussi fine et élancée. J'adore mes nouveaux seins. J'enfile un legging marron, un pull clair et mes bottes Givenchy beiges préférées. Je complète le tout par un sac à main Prada.

Je traîne ma valise vers les escaliers quand Olga apparaît, toute décoiffée. Elle s'écroule sur une marche.

– Tu viens de rentrer, tu repars où, putain ?

– Tu as fait ta valise, Olga ?

– Euh non, j'étais un peu occupée. On va où, si je peux me permettre, je ne sais pas quoi prendre.

– On part quelques jours pas loin de l'Etna, juste toutes les deux. On va aller au spa, manger et faire du yoga. On pourra aussi aller visiter des galeries puisque Domenico t'a initiée à la peinture maintenant. On regardera le volcan cracher sa fumée. Tu veux quoi d'autre comme attraction ?

Olga est toujours assise sur les escaliers. Elle grimace, l'air dubitative.

– Qu'est-ce que tu regardes, putain ? L'homme en noir m'a demandé de partir. Je suis supposée dire non ?

– Domenico aussi est tendu. Bon, ok, qu'ils aillent se faire voir ! Je suis prête dans dix minutes et on y va.

Lorsqu'on arrive dans l'allée, la Bentley nous attend déjà. Un SUV se gare juste derrière, Paulo en sort avec deux agents de sécurité. Je lui fais un geste de la main. J'aime bien Paulo, c'est le plus discret et je me sens en sécurité avec lui. Je démarre et tape l'adresse dans le GPS ; quinze minutes plus tard, nous sommes sur l'autoroute.

Massimo a raison, l'hôtel n'est pas loin. Nous arrivons en moins d'une heure. Nous nous installons dans notre suite et partons dîner. Olga boit une bouteille de champagne, et moi mon vin sans alcool. Vers trois heures du matin, après avoir discuté des heures, nous nous endormons. Le lendemain, nous partons pour l'Etna. Ce volcan me fascine. Je me souviens des souvenirs d'enfance que Massimo m'a racontés et je regrette qu'il ne soit pas là, mais je suis contente que mon amie le soit.

Nous rentrons, assez fatiguées, après avoir escaladé le volcan. Nous allons directement au restaurant et commandons le déjeuner.

– Je rêve d'un massage, dit Olga en s'étirant sur sa chaise. Long, fort et réalisé par un homme nu et musclé.

Je mâche un grissini en la regardant.

– Je pense que ça peut se faire, je réponds en riant. J'ai juste un doute pour l'homme nu !

Mon téléphone vibre sur la table. Je le prends et mon cœur se réchauffe en voyant le message sur l'écran. Je souris.

– Je vais vomir, ironise Olga. Massimo a écrit qu'il t'aime, qu'il aime l'enfant et qu'il est heureux.

– Presque. Il écrit que je lui manque. Plus précisément : tu me manques, bébé.

– C'est très élaboré.

– C'est quand même son troisième message depuis notre arrivée...

Je regarde le sms, submergée de bonheur.

– Tu sais quoi, Olga, j'ai une idée. (Je pose mon téléphone.) Je vais lui faire une surprise. Je vais rentrer à la maison ce soir, l'arracher à son rendez-vous, le sucer et revenir à l'hôtel.

– Les gars de la sécurité vont te suivre, petite futée, elle va être super, ta surprise !

– Justement, tu vas m'aider. Tu vas occuper Paulo, et moi je vais m'éclipser. La voiture est dans le garage et eux sont toujours devant l'hôtel. Quand on va se coucher, ils y vont aussi. Donc, on va les piéger. On leur dira que je vais me coucher, car je ne me sens pas bien, et toi tu resteras là pour me couvrir.

Olga grimace et me regarde comme si j'étais débile.

– En résumé, je dois aller voir Paulo pour lui dire que tu es allée te coucher car tu ne te sens pas bien, que je vais me coucher aussi et que demain matin on veut aller faire du shopping, donc que je leur conseille de se reposer aussi ?

Je tape des mains, tout excitée

– Oui, quelque chose comme ça.

L'élaboration de ce plan m'a redonné de l'énergie, même notre séance au spa ne l'a pas émoussée. Je choisis les soins en gardant en tête que je verrai mon mari tout à l'heure, je veux qu'il me désire, je veux sentir bon. Les soins durent assez tard et l'heure de l'action est arrivée.

J'enfile seulement ma lingerie en dentelle rouge. Je mets un pull qui se ferme avec une ceinture. J'ai l'air classique, mais dès que l'on tire sur la ceinture, la vue devient bien moins ordinaire. Je vais voir Olga :

– Comment tu me trouves ?

– Je trouve toujours que c'est une idée à la con, mais tu es très sexy, donc tout roule, répond Olga, allongée sur le canapé et zappant sur la télé. Appelle quand tu seras sur la route du retour, je t'attendrai pour aller me coucher.

Tout le plan se déroule parfaitement. Vingt minutes plus tard, je fonce vers la maison. Avant de partir, j'ai utilisé pour la première fois l'application pour localiser l'homme en noir. Il est à la maison. Et je devine dans quelle pièce, puisque chaque fois qu'il a des rendez-vous officiels, il accueille ses invités dans la bibliothèque. J'adore cette pièce, c'est pour moi un lieu de mystère, d'excitation, là où tout a commencé.

J'appuie sur le bouton, le portail s'ouvre. Personne ne semble étonné par mon arrivée. Je me gare et entre dans la maison le plus discrètement possible.

Elle est plongée dans le noir. Du jardin, j'entends des voix. Je traverse les couloirs, mon cœur bat fort, je suis tout excitée. Je réfléchis à la suite, il ne sera pas seul donc je ne peux pas entrer, enlever mon pull et m'offrir à lui, ça pourrait chambouler ses invités. Peut-être que je peux lui envoyer un message ou l'appeler ? Il faut que je le fasse sortir de la bibliothèque. J'imagine que je lui saute dessus, j'enroule mes jambes autour de ses hanches pendant qu'il me porte vers mon ancienne chambre, puis qu'il me baise sur le tapis moelleux du dressing.

J'attrape la poignée de la porte le plus délicatement possible. La cheminée est allumée, je n'entends aucune voix.

J'ouvre un peu plus. Et là, mon monde s'écroule. Je découvre mon mari en train de sauter son ex, Anna. Au même endroit que moi, sur le bureau en chêne. J'ai du mal à respirer, mon cœur s'emballe. Je ne sais pas combien de temps s'écoule avant que je reprenne mes esprits quand je sens un pincement dans mon ventre. Au moment où je veux m'éloigner de la porte, Anna regarde dans ma direction ; quand elle me voit, elle sourit ironiquement et attire l'homme en noir plus profondément en elle. Je m'enfuis.

Chapitre 5

Je cours dans les couloirs, je veux quitter cette maison le plus vite possible. Des larmes plein les yeux, je monte dans la voiture, démarre et fonce tout droit. Lorsque je me sens en sécurité, je m'arrête. Je sors mes médicaments pour le cœur de mon sac, je n'en ai jamais eu autant besoin qu'en ce moment. Je tente de respirer lentement en attendant qu'ils fassent leur effet. Mon Dieu, qu'est-ce qui va se passer maintenant, qu'est-ce que je dois faire ? Je vais avoir un enfant. Il m'a menti, m'a trompée. Il m'a forcée à partir pour pouvoir baiser cette pute. Je frappe le volant de mes mains. Putain, je devrais y retourner et les tuer tous les deux. La seule chose dont j'ai envie, c'est de mourir. Sans la vie qui grandit en moi, je l'aurais fait. Penser au bébé me donne de la force, je sais qu'il faut que je tienne le coup pour lui. Je démarre la Bentley et repars.

La seule chose qui me reste à faire, c'est de partir. Je ne sais juste pas encore comment y arriver. Je suis complètement dépendante, j'ai laissé cet homme prendre le contrôle total de mon existence. Il sait ce que je fais et où je suis. Il me trace à chaque instant. Je sors mon téléphone et appelle Olga. Elle répond d'une voix ennuyée :

– Si vite ?

– Écoute-moi, et ne pose pas de question. Il faut qu'on quitte l'île aujourd'hui. Réserve le prochain vol pour Varsovie, avec ou sans escale, on s'en fout. Prends juste un sac avec quelques affaires et un jogging pour moi. Je serai là dans une trentaine de minutes. Sors de l'hôtel pour que les gars ne te voient pas. Tu comprends, Olga ?

Il y a un long silence.

– Olga, putain, tu comprends ce que je te dis ?

– Je comprends.

Je raccroche et accélère. Je continue à pleurer, et bizarrement ça me fait du bien. Je n'ai jamais autant détesté quelqu'un que Massimo à ce moment précis. Je veux lui faire mal, je veux qu'il souffre comme moi. Je veux que son désespoir le déchire de l'intérieur. Après toutes ces discussions sur la loyauté, après une déclaration d'amour devant Dieu, il balance tout au feu dès que j'ai le dos tourné. Je me fous de savoir pourquoi il l'a fait, ça n'a aucune importance. Mon rêve sicilien était trop beau pour durer, mais je ne pensais pas qu'il allait se terminer aussi vite et se transformer en cauchemar.

J'arrive à l'hôtel et me gare sur le côté. J'ai appelé Olga un peu plus tôt qui s'est cachée dehors et me signale sa présence de sa cigarette allumée.

Elle monte dans la voiture, visiblement très inquiète.

– Laura, qu'est-ce qui se passe ?

– Notre avion est à quelle heure ?

– Dans deux heures à Catane, on va à Rome. Celui pour Varsovie est à six heures du matin. Tu vas me dire ce qui s'est passé, putain ?

– Tu avais raison, la surprise n'était pas une bonne idée.

Elle me regarde en silence.

– Il m'a trompée, je chuchote, puis j'explose en larmes.

– Pousse-toi, je vais conduire.

Je n'ai pas la force de me disputer avec elle, donc je m'exécute.

– Putain, quel connard ! elle grogne en attachant sa ceinture. Quel fils de pute ! Tu vois, je t'avais dit de ne pas y aller. Et maintenant, quoi ? Il va te retrouver en deux secondes.

Je réponds d'une voix blanche :

– J'y ai réfléchi en venant. En Pologne, je vais retirer de l'argent, puisque je suis sa femme, j'ai accès aux comptes comme lui. J'en sortirai assez pour tenir un moment. Dès qu'on arrive à Varsovie, je me fais retirer ce putain d'implant. Si on se débrouille bien, il ne saura pas que je suis partie avant demain. J'aurai disparu avant qu'il commence à me chercher Et après, ne me demande pas, Olga, j'ai peur d'y penser.

Olga cogne la vitre de son doigt. Je vois qu'elle est en train de digérer tout ce que je viens de dire.

– Ok, alors voilà le plan : dès qu'on arrive en Pologne, on se débarrasse de nos téléphones, car il peut s'en servir pour nous retrouver. On prend ma voiture car, comme tu le sais, il y a un traqueur sur la tienne. Tu ne peux pas aller ni chez tes parents ni à aucun endroit que Massimo connaît. Il faut que tu disparaisses. Je sais, on va aller en Hongrie.

– Comment ça, on ? Olga, je t'ai déjà assez mêlée à tout ça.

– Tu ne penses pas que je vais te laisser seule quand même ! Arrête de dire des conneries et écoute-moi. Mon ex, Istvan, vit à Budapest. Je t'en ai parlé, tu te rappelles ?

– C'était il y a cinq ans environ ? Ou je me trompe ?

– Oh, putain, cinq ans ou pas cinq ans, on s'en fout. Le truc, c'est qu'il est amoureux de moi, il m'appelle au moins une fois par semaine. Il me saoule pour que je vienne le voir, c'est l'occasion. En plus, son usine de voitures lui rapporte tellement que notre séjour ne fera aucune différence pour lui. On est amis, il sera content de pouvoir nous aider, je l'appelle dès qu'on aura un nouveau téléphone.

– Putain, la Hongrie, ce n'est pas assez loin, je gémis. On va aller aux îles Canaries, j'ai une amie là-bas qui travaille à Lanzarote.

– On va aller où ? Tu es bête ou quoi, on ne peut pas utiliser nos papiers d'identité. Et on doit prendre la route, pas l'avion ou le bateau. Et toi qui voulais t'enfuir toute seule, tu n'aurais pas été loin !

Elle a raison, je ne réfléchis pas de manière rationnelle. Je n'arrive pas à réaliser ce qui s'est passé. Je n'arrive pas à imaginer l'avenir.

– Laura, tu sais que si tu veux sortir beaucoup de liquide de la banque, au-delà de vingt mille euros, il faut les prévenir. Alors, appelle-les et dis-leur combien tu veux retirer et où.

Je prends le téléphone, cherche le numéro sur Internet. Je me sens comme une enfant. C'est Olga qui réfléchit à ma place.

Lorsqu'on arrive à l'aéroport, j'enfile mon jogging. J'ai limite la nausée en voyant la dentelle rouge. Je gare la Bentley dans un des parkings, laisse les clés à l'intérieur, et nous filons au terminal.

On passe le vol à noter tous nos contacts sur une feuille. Nous ne pouvons pas les transférer, si nous ne les écrivons pas de manière traditionnelle, nous allons tout perdre.

Avant neuf heures du matin, nous arrivons à l'aéroport d'Okecie. Nous prenons un taxi pour nous rendre à mon appartement de Mokotow. Une des clés se trouve chez le gardien car, en partant, Domenico a embauché une femme de ménage pour entretenir les lieux en mon absence.

Dans le taxi, je décide qu'il faut que je me change et que j'ôte ce jogging rose. Je vais retirer une grosse somme d'argent, je ne peux pas ressembler à une femme fatiguée, trompée et enceinte. Mais je me souviens que je n'ai pas grand-chose d'adapté pour l'occasion.

– Allons chez le médecin, dis-je à Olga. Quand on reviendra, on ira au centre commercial pour que je m'achète des vêtements, et après on ira à la banque... (Je m'interromps en regardant Olga.) Non, tu sais quoi, allons d'abord chez moi, on fait mes valises, ensuite je te dépose chez toi et je reviens te chercher une fois que j'aurai tout réglé.

Elle acquiesce. À peine quelques instants plus tard, on est dans l'ascenseur avec mes valises. Je la dépose chez elle, puis je pars à l'hôpital de Wilanow.

Il serait peut-être judicieux d'appeler et de demander si le docteur Ome est là. Je sors mon téléphone et compose son numéro.

– Bonjour, Laura, comment vas-tu ?

– Bonjour, Pawel, j'ai une question, tu es à l'hôpital ? J'aimerais bien te voir, je peux venir dans quinze minutes ?

– Je t'attends, à tout de suite.

Cette fois-ci, je n'ai pas eu trop de souci à la réception, les jeunes femmes sont attentives et disponibles. L'une d'elles m'indique la direction. J'entre dans le cabinet.

– Qu'est-ce qui se passe ? demande Pawel.

– Je suis enceinte.

– Toutes mes félicitations, mais ce n'est pas ma spécialité.

– Je sais, mais ce que je vais te demander l'est. Je ne sais pas si la grossesse peut empêcher l'opération (je retrousse ma manche), mais j'ai un implant là, il faut que je l'enlève au plus vite. Je te demande, en tant qu'ami et médecin, de ne pas me poser de questions.

Pawel examine mon bras, touche l'endroit où est inséré l'implant. Il se rassied à son bureau, puis dit :

– Tu n'as pas posé de questions lorsque je faisais la fête dans tes hôtels, donc je ne compte pas t'en poser non plus. Assieds-toi là-bas, l'implant a été posé de manière superficielle. Tu ne vas même pas sentir que je l'enlève.

Quelques minutes plus tard, je suis déjà en route pour la galerie commerciale. Je me sens bizarrement libre, bien que j'aie tout perdu. Débarrassée de cette laisse, je ressens un calme intérieur. Lorsque j'entre dans le parking à plusieurs étages, mon téléphone sonne. L'écran dans ma voiture indique « Massimo ». Mon cœur s'arrête, mon estomac se noue. Je ne sais pas quoi faire, la sécurité a sûrement remarqué notre absence. D'un côté, je rêve d'entendre sa voix mais, d'un autre, j'ai envie de le tuer. J'appuie sur le bouton rouge, puis je sors de la voiture.

Je fonce pour acheter deux téléphones que je paie en liquide, car je sais que si je donne ma carte, je vais laisser des traces et ils sauront qu'on a changé de téléphone. Après, je vais chez Versace.

Les vendeuses me regardent avec pitié dans mon jogging et mon sweat rose pâle Victoria Secret. Pendant que je fais défiler les cintres, je sens le téléphone qui n'arrête pas de vibrer dans mon sac. Je trouve un bel ensemble, une jupe avec une chemise crème. Avec ça, une veste en cuir et des chaussures noires. J'essaie le tout. J'estime que je vais avoir l'air suffisamment riche. Je pose tous les vêtements sur la caisse. La femme a l'air étonnée lorsque je sors ma carte de crédit, que je lui tends. Je peux payer avec ma carte, Massimo doit déjà savoir que je suis en Pologne, mais il ne peut rien faire de cette information. La somme importante que je vois s'afficher sur l'écran ne me surprend pas. Ce shopping est sa pénitence, mon dédommagement, même si je sais qu'il ne voit pas les choses de cette manière.

– Merci, je balance nonchalamment en prenant le reçu.

Je sors et vais me changer et me remaquiller aux toilettes. Ça y est, je suis prête. Je me regarde dans le miroir, je ne ressemble plus du tout à la femme désespérée de tout à l'heure. Je monte dans la BMW. L'homme en noir insiste, son prénom apparaît sur l'écran de la voiture. J'ai sept appels en absence. Quand je démarre, il rappelle, et je décide de répondre.

– Putain, Laura ! hurle-t-il, furieux. Tu es où ? Qu'est-ce que tu fais ?

Il n'a jamais utilisé ce genre de mots avec moi, il n'a jamais crié comme ça. Je ne dis rien. Je n'ai rien à lui dire. En réalité, je n'ai aucune idée de quoi lui dire.

– Adieu, Massimo, je crache enfin quand je sens que je vais exploser en larmes.

– Mon avion décolle dans vingt minutes. Je sais que tu es en Pologne, je vais te trouver.

J'ai envie de raccrocher, mais je n'y arrive pas.

– Ne me fais pas ça, bébé.

J'entends de la résignation dans sa voix, de la douleur et des larmes. Il faut que je repousse mes élans de compassion et d'amour. L'image d'Anna allongée sur le bureau m'aide. Je prends une grande inspiration et j'attrape fermement le volant.

– Si tu voulais la sauter, tu n'aurais pas dû me faire entrer dans ta vie. Tu m'as trompée et je ne suis pas du genre à pardonner la tromperie. Tu ne me verras plus jamais, ni moi ni l'enfant. Ne nous cherche pas, tu n'es pas digne d'être dans nos vies. Adieu, Don.

Je raccroche et éteins le téléphone. Je sors de la voiture, puis je le jette dans une poubelle.

– C'est fini, je chuchote en m'essuyant les yeux.

En entrant dans la banque, je me sens comme une voleuse. Je me rappelle soudain toutes les scènes des films de gangsters que j'ai vus. Il me manque juste l'arme, une cagoule et un texte : « Mains en l'air, tout le monde à terre ». Même si j'ai le droit de prendre cet argent, j'ai l'impression que je vole l'homme en noir. Mais je n'ai pas le choix. Si ce n'était pas pour l'enfant, je ne ferais pas quelque chose d'aussi désespéré. J'approche d'un des guichets. J'explique à la femme la somme d'argent que je veux retirer et lui indique que j'ai prévenu. La femme assise en face de moi fait une tête très bizarre. Ensuite, elle me demande de bien vouloir patienter et disparaît.

Quelques instants plus tard, un homme arrive et me salue poliment.

– Bonjour, Madame, je m'appelle Lukasz Taba, je suis le directeur de l'agence, suivez-moi.

D'un pas élégant et lent, je le suis et entre dans son bureau.

– Madame veut retirer beaucoup de liquide, je peux vous demander votre numéro de compte et vos papiers.

Quelques dizaines de minutes se passent et l'argent est devant moi. Je le range dans un sac acheté à la galerie et quitte la banque. Je jette le sac sur le siège passager et verrouille les portes. Je n'arrive pas à croire qu'il y ait une telle somme d'argent à côté de moi. Bordel, mais est-ce que j'ai besoin d'autant ? Je n'ai pas exagéré ? J'ai des centaines d'idées qui me traversent l'esprit, y compris de retourner à la banque et de tout rendre au gentil monsieur. Je regarde ma montre. J'ai un frisson. Massimo ne doit plus être loin, il faut que je disparaisse au plus vite pour qu'il ne me retrouve pas. Je retourne chercher Olga.

Elle m'accueille en me disant :

– Domenico m'a écrit sur Facebook.

– Je n'ai pas envie d'entendre ça. J'ai parlé à Massimo, je lui ai dit ce que j'avais à lui dire. Tiens ton nouveau téléphone. S'il te plaît, finissons-en avec la Sicile, d'accord ? J'en ai marre. N'oublie pas que tu ne pourras pas te connecter pendant un certain temps, nous ne devons leur donner aucune chance de nous retrouver. Ah, et ils sont en route, donc il faut qu'on se casse, allez, on y va.

– Laura, il dit que l'homme en noir ne t'a pas trompée.

– Qu'est-ce que tu voulais qu'il dise d'autre ? je hurle, exaspérée par cette conversation. Il va dire tout ce qu'on veut entendre maintenant, tout pour nous faire rester. Si tu veux, reste, mais je te garantis que dans trois heures, ils seront ici. Je n'ai pas l'intention d'écouter leurs conneries. Je sais ce que j'ai vu.

Olga serre les dents, puis prend sa valise.

– La voiture est prête, le plein est fait. On y va.

Je me change à nouveau et enfile mon jogging, puis on charge nos affaires dans sa Touareg.

– Laura, quelqu'un nous suit, dit Olga en regardant dans le rétro.

Je regarde discrètement. Une Passat noir avec des vitres teintées.

– Ça fait longtemps ?

– Depuis la maison, je pensais que c'était une coïncidence, mais il prend les mêmes routes que nous.

– Il faut qu'on change de place, dis-je en cherchant un endroit adapté. Je sais, prends à droite, on va tomber sur un centre commercial, entre dans le parking.

– Mais tu as dit qu'ils venaient de partir !

– Je pense que ce sont les hommes de Carlo. Tu te rappelles, tu as rencontré sa femme Monica ? Ça ne peut être qu'eux, j'espère en tout cas.

Au premier étage du parking, on se gare à la première place libre et on change de place sans sortir de la voiture. Devoir adopter une conduite rapide m'arrive souvent ces derniers temps, je commence à réellement apprécier les cours de conduite de papa. Je lui suis vraiment reconnaissante pour toutes ces formations auxquels il m'a envoyé avec mon frère.

– Ok, Olga, mets ta ceinture et accroche-toi. Si tu as raison, ça va secouer.

Je démarre, puis je tourne à toute allure vers la sortie du parking. La Passat me suit en faisant crisser ses pneus. Heureusement, une voiture qui sort du parking la bloque. Je continue ma route et me retrouve dans la rue. Encore une fois, en ne respectant pas du tout le code de la route, je fonce dans les rues de Mokotow. Je sais que je ne peux pas leur échapper par la vitesse, mais je connais bien le terrain, c'est mon atout. Je vois que la voiture qui nous suit se rapproche. Il y a beaucoup de circulation, c'est à notre avantage, j'ai où me cacher.

– Tu n'as pas peur ? demande Olga, agrippée à la portière.

– Je ne pense pas à ça. T'inquiète, s'ils nous attrapent, ils ne nous feront rien.

Je cherche une rue en particulier. Je ne me souviens pas de son nom, mais je sais qu'il y a un endroit où je peux me cacher là-bas.

– La voilà ! je crie en prenant un virage très serré à droite.

J'ai cru que la Touareg allait se renverser dans la manœuvre. Mais on a réussi, on traverse le portail d'un vieux bâtiment où a habité mon coiffeur gay à une époque. Le portail mène à un ancien puit où l'on pourra se cacher, le temps qu'ils disparaissent.

– Il faut qu'on reste là un bon moment. Ils vont passer puis revenir chercher dans les petites rues, tu peux fumer.

On sort de la voiture, Olga allume sa cigarette.

– Tu as appelé Istvan ? je demande.

– Oui, quand tu te changeais. Il est trop content. Il nous prépare notre chambre dans son appartement avec vue sur le Danube. Je te préviens, il n'est pas tout jeune, ajoute-t-elle en me regardant d'un œil. En réalité, il a l'âge de mon père, mais il ne le fait pas.

– Tu es complètement tarée, tu le sais ?

– Oh, ça va ! Je n'y peux rien, j'aime bien les vieux. Quand tu le verras, tu comprendras. Il est magnifique. Cheveux longs noirs, sourcils épais, épaules larges et lèvres parfaitement dessinées. Il sait cuisiner, il connaît bien les voitures et il fait de la moto. Un papa sexy ! Ah, il a le dos couvert de tatouages, et sa bite...

Elle siffle rien qu'en y pensant.

Je suis atterrée.

– Tu as quoi dans la tête, Olga ? je grogne en montant dans la voiture. Finis ta cigarette, je vais appeler ma mère. Il faut que je trouve un nouveau mensonge à lui raconter pour expliquer mon changement de numéro.

Finalement, je change d'avis, je ne suis pas prête à affronter les questions de ma mère. Je passe l'heure suivante à enregistrer mes contacts dans mon nouveau téléphone pendant qu'Olga chante à tue-tête tous les hits qui passent à la radio.

Elle est détendue comme jamais. Elle se comporte comme si ne rien était. Le fait que la mafia sicilienne nous cherche ne semble pas vraiment l'inquiéter.

– Bon, ok, on est restées assez longtemps ici, ils sont certainement partis. Je vais conduire jusqu'à la sortie de la ville, puis on changera.

Cette fois, personne ne nous suit. Lorsqu'on quitte Varsovie, je m'assieds sur le siège passager. Après quelques dizaines de minute de route, je me sens prête à appeler ma mère. Je prends le ton de voix le plus joyeux possible :

– Salut, maman.

– Chérie, c'est quoi ce numéro ?

– Mon contrat s'est terminé, donc j'ai changé de téléphone et de numéro. J'étais tout le temps dérangé par des gens qui avaient mon ancien numéro.

– Comment vas-tu ? La Sicile ? En Pologne, l'automne est terrible, il pleut et il fait froid.

Je sais, je vois ça !

Notre conversation porte sur tout et rien. Je dois juste la prévenir que l'homme en noir peut essayer de la contacter pour me retrouver.

– Tu sais, maman, je l'ai quitté, dis-je soudain en changeant le sujet. Il m'a trompée et, de toute façon, ce n'était pas un type pour moi. Je travaille dans un autre hôtel pour ne pas le croiser. Je suis beaucoup mieux maintenant, j'ai plus de temps libre et je me sens très bien.

Elle ne dit rien. Je sais qu'il faut que je brode.

– C'est la même société. L'hôtel est de l'autre côté de l'île. C'est la direction qui en a décidé ainsi. Je trouve que c'est la solution optimale. C'est un hôtel plus gros et c'est mieux payé. J'apprends l'italien et je réfléchis à faire venir Olga ici, dis-je en faisant un clin d'œil à mon amie, qui sourit. J'ai un nouvel appartement, il est mieux que l'ancien, mais un peu grand pour moi...

– Bon, chérie... commence-t-elle, un peu étonnée. Si tu es heureuse et que tu sais ce que tu fais, je soutiens toutes tes décisions. Tu ne restes jamais trop longtemps au même endroit, donc tes aventures ne m'étonnent pas. N'oublie pas que s'il se passe la moindre chose, tu es toujours la bienvenue à la maison.

– Je sais, maman, merci. Ne donne à personne mon nouveau numéro, vraiment. Je ne veux pas qu'on me harcèle.

– Tu es sûr qu'il s'agit seulement de commerciaux ?

– Des commerciaux, des ex et tous les autres à qui je ne veux pas parler. Maman, j'ai un rendez-vous, il faut que j'y aille, je t'aime.

– Moi aussi, appelle-moi plus souvent.

Je raccroche, croise les jambes. Il pleut et il fait dix degrés. En Sicile, il fait sûrement beau et il doit faire vingt degrés.

– Tu penses que Klara t'a crue ? Ta mère n'est pas aussi bête que tu le penses, tu le sais ?

– Olga, bon sang, qu'est-ce que je devais lui dire ? Salut, maman, je vais être honnête avec toi. Ils m'ont enlevée il y a quelques mois parce qu'un type a rêvé de moi. Après, je suis tombée amoureuse de celui qui m'a enlevée, mais pas de souci, je ne suis pas la seule au monde qui ait été frappée par le syndrome de Stockholm. C'est un chef de la mafia, qui tue des gens, mais ce n'est rien. Je lui ai fait un enfant et je l'ai épousé en secret. On était heureux en dépensant toute sa fortune gagnée dans le business de la drogue et du commerce d'armes. Mais il m'a trompée, donc maintenant je m'enfuis en Hongrie.

En entendant mon petit discours, Olga explose de rire, tellement fort qu'elle doit ralentir, elle arrive à peine à conduire. Elle finit par se calmer puis, les larmes aux yeux, elle déclare :

– Racontée comme ça, cette histoire est si extraordinairement ridicule ! J'imagine bien la réaction de ta mère en l'entendant. Tu devrais lui dire la vérité, qu'est-ce que je rigolerais !

Elle m'énerve, mais me calme à la fois. Elle me permet d'oublier à quel point je suis malheureuse.

Olga sort de l'autoroute :

– Il faut qu'on prenne de l'essence.

– Attends, je vais te donner de l'argent, je réponds en fouillant dans mon sac.

On a déjà traversé la frontière, donc les euros que j'avais sont très utiles.

Olga regarde dans mon sac et fait une grimace.

– Un million, ça ressemble à ça ? Je pensais que ça ferait beaucoup plus.

Je ferme le zip, puis je la regarde.

– Je devais prendre combien ? Tu penses que ce n'est pas assez ? Je vais travailler après avoir accouché ; ça, c'est notre survie, la sienne et la mienne, jusqu'à l'accouchement. Je ne veux pas être entretenue par Massimo, sûrement pas au même au niveau qu'en Sicile.

– Tu es bête, Laura. Putain, tu ne réfléchis pas du tout stratégiquement. Regarde, il t'a fait un enfant sans vraiment ton accord et sans vraiment que tu le saches. (Elle hoche la tête, comme si elle-même n'était pas en accord avec ce qu'elle dit.) Bon d'accord, tu le savais, tu ne le savais pas, c'est pareil. Il t'a fait un enfant, oui ? Il s'est débarrassé d'un gars, il a fait en sorte que tu l'épouses et il te trompe. Je lui aurais tout pris à cet enculé !

– Allez, Olga, va faire le plein. Tu sais bien que tu racontes n'importe quoi. Arrête de faire ton cirque, on n'aura pas plus d'argent. C'est tout.

Le reste de la route passe assez vite. En un peu plus de dix heures, nous arrivons à Budapest. Istvan habite dans un magnifique immeuble au centre-ville.

Il vient nous accueillir.

– Olga, quel plaisir de te voir ! Depuis combien d'années la Hongrie n'a pas vu ce beau visage ?

– N'exagère pas, Istvan, cinq ans, ce n'est pas tant que ça, répond Olga avec le sourire, en faisant mine de lui donner une fessée quand il s'approche d'elle. Bon, ça suffit. (Elle le repousse gentiment.) Voici ma sœur, Laura.

Il se penche et, comme un vrai gentleman, me fait un baisemain.

– C'est grâce à tes soucis que ma bien-aimée est revenue. Merci, Laura. J'espère que tout va s'arranger rapidement.

Olga a eu raison de dire qu'il ne fait pas son âge. C'est un type intéressant, il ressemble un peu à un Turc croisé avec un Russe. Il a quelque chose de froid dans le regard, mais il semble plutôt flegmatique. On sent que c'est un homme fort qui aime que tout se passe comme il le souhaite. Quelque chose en lui m'inspire confiance dès le début.

– C'est une approche originale, mais je comprends, je réponds en souriant.

Le Hongrois regarde Olga, puis crie quelque chose. Un bel homme descend les escaliers.

– Voici Atilla, mon fils. Olga, tu te souviens de lui ?

Nous sommes toutes les deux immédiatement sous le charme. Le jeune Hongrois a une allure sportive, et son tee-shirt laisse transparaître une belle musculature. Difficile de se concentrer sur autre chose. Il a le teint hâlé, des yeux vert et, quand il sourit, des petites fossettes sur les joues. Il est si beau qu'il est difficile de le quitter du regard.

– Olga, je crois que je vais avoir une crise cardiaque, dis-je en polonais avec un sourire idiot.

Mon amie est, elle aussi, hypnotisée, elle n'arrive pas à dire un mot.

– Salut, je m'appelle Atilla. Je m'occupe de vos bagages, ils ont l'air lourds.

– Tu crois qu'il peut me porter moi aussi ? balance Olga en retrouvant soudain la parole.

Le jeune Hongrois s'empare de nos valises et disparaît. On ne bouge pas, toujours hypnotisées par ce qu'on vient de voir.

– Je te rappelle que tu es enceinte et que tu es désespérée parce que ton mari t'a trompée, dit Olga, une expression rêveuse sur le visage.

– Et toi, tu es follement amoureuse de Domenico ! je riposte sans hésiter. De toute manière, je crois qu'il est bien plus jeune que nous.

– Oui, la dernière fois que je l'ai vu, c'était un enfant, il avait quinze ans, donc il doit avoir la vingtaine maintenant. C'était un bel adolescent, mais le type qui vient de monter les escaliers est... waouh ! Comment est-ce je vais faire pour habiter sous le même toit que ce mec...

Après avoir monté notre dernier sac, Istvan récupère nos clés de voiture pour aller la garer dans le parking. Nous suivons Atilla dans la maison.

Elle est magnifique, un superbe escalier mène au salon. La pièce est spacieuse et la décoration très classique et masculine : des meubles en bois, du parquet, une cheminée en pierre. Toutes les couleurs sont chaudes et donnent l'impression d'être dans un cocon douillet. Il y a des tapis en cuir et en fourrure, mais aucune plante. On voit que cette maison appartient à des hommes.

– Il est tard déjà, vous voulez un verre ? demande Atilla en ouvrant une carafe et en se servant.

Il boit une gorgée en me fixant de ses yeux verts. Il me rappelle la façon dont Massimo boit, le même regard sauvage, la même manière de se lécher les lèvres.

– Je ne peux pas, je suis enceinte.

– Ah super, ça fait combien de temps ? demande-t-il, sincèrement intéressé. Je vais demander du thé et quelque chose à manger. Tu as envie de quoi ? On a une cuisinière, elle s'appelle Bori. Si tu as besoin de quelque chose, prends n'importe quel téléphone et tape zéro. Tu seras mise en relation avec elle. Elle cuisine très bien, elle est avec nous depuis quinze ans, donc je sais de quoi je parle !

Je n'ai pas faim, je suis juste très fatiguée. Les dernières vingt-quatre heures ont été très longues.

– Je suis désolée, mais je ne tiens plus debout, je voudrais juste aller me coucher.

Atilla pose son verre et me prend par la main pour m'accompagner à l'étage. Je suis un peu surprise de son côté direct. Il me conduit jusqu'au deuxième étage. Il ouvre la porte d'une des chambres.

– Ce sera ta chambre, dit-il en allumant la lumière. Je vais m'occuper de toi, Laura, tout ira bien.

Il termine sa phrase en m'embrassant délicatement sur la joue, puis il m'effleure le visage de son pouce. J'ai un frisson et je me sens mal à l'aise, comme si je trompais l'homme en noir. Je m'écarte de lui pour entrer dans la chambre.

– Merci et bonne nuit, je chuchote en fermant la porte.

Le lendemain, quand je me réveille, je tends le bras pour vérifier s'il y a quelqu'un à côté de moi.

– Massimo...

Des larmes coulent sur mon visage. Maman m'a dit un jour qu'il ne faut pas pleurer lorsqu'on est enceinte, sinon l'enfant risque de beaucoup pleurer aussi. À cet instant précis, je me moque bien de ce genre de théorie. Je suis allongée, en larmes, je me tourne d'un côté, puis de l'autre. Maintenant que je suis reposée, je commence à réaliser ce qui s'est passé. Mon désespoir prend le dessus, mon estomac se noue, je sens qu'il remonte dans ma gorge. Je ne veux pas vivre, pas sans lui, pas sans le voir, sans ses caresses, sans l'odeur de sa peau. Je l'aime tellement que ça fait mal. J'enfouis mon visage sous la couette et hurle sauvagement, comme un animal blessé. Je voudrais disparaître. J'entends une voix :

– Les larmes sont nos amies, Olga m'a raconté ce qui s'est passé. N'oublie pas que, parfois, il est plus simple de parler à un inconnu qu'à quelqu'un de proche.

Je repousse la couette. Atilla est assis là, vêtu d'un pantalon de jogging, une tasse de thé à la main. Il est charmant, impliqué et sincèrement inquiet.

– J'ai entendu un bruit étrange en allant dans ma chambre, donc je suis entré. Si tu veux, je peux m'en aller. Mais si tu préfères que je reste avec toi, je vais rester assis ici.

Je le regarde, stupéfaite. Il sourit en buvant son thé à petites gorgées.

– Laura, ma mère m'a toujours dit : « Si ce n'est pas celle-là, ce sera une autre. » Tu es enceinte, donc ça complique un peu les choses, mais n'oublie pas que rien n'arrive par hasard dans la vie. Même si ce que je dis peut te paraître horrible, tu sais au fond de toi que j'ai raison.

J'essuie mes yeux et mon nez et je m'adosse à la tête du lit, à côté de lui. Je tends la main et lui prends la tasse dans laquelle il boit.

– Tu sais que tu aimes le thé exactement comme moi, avec du lait ?

– En fait, j'ai commencé à boire celui qu'Olga avait préparé pour toi. Il est presque quatorze heures, tu as dormi plus de douze heures, et mon père s'inquiète. Il t'a pris rendez-vous chez un de ses amis gynécologue, je t'y emmènerai.

– Merci, Atilla. Je suis sûre qu'un jour tu rendras une femme très heureuse.

Le jeune Hongrois me regarde, amusé :

– J'en doute sincèrement, je suis gay à cent pour cent.

J'ouvre de grands yeux, l'expression de mon visage doit être absolument ridicule car Atilla explose d'un rire incontrôlé.

– Mon Dieu, quelle perte !

– N'est-ce pas ? J'ai essayé d'être bi, mais ce n'est pas pour moi. Vous êtes belles, bien sûr, mais je préfère les hommes, les costauds, avec des muscles...

Je le coupe :

– Ça va, j'ai compris.

Atilla se lève et tourne sur lui-même.

– Mais tu peux te rincer l'œil, si tu veux. Prépare-toi, on part dans une heure et demie.

Je me douche, m'habille et je descends. Olga est à côté du bar de la cuisine, dans les bras d'Istvan. Ils ne remarquent pas ma présence. Je la vois faire son petit numéro de charme que je connais si bien. Et lui la regarde, la langue pendante.

Je pose ma tasse dans l'évier en faisant volontairement du bruit.

– Bonjour.

Ils me saluent sans même se quitter du regard.

Je passe au polonais en attrapant un croissant :

– Olga, tu fais quoi ?

En entendant notre langue natale, Istvan sourit et part dans le salon.

– Comment ça, quoi ? Je discute, c'est tout.

– En télépathie ?

– Laura, mais qu'est-ce que tu veux enfin ? s'énerve-t-elle en s'asseyant sur le bar. Il n'y a pas longtemps, notre vie était complètement différente. Je n'ai aucune chance d'être avec Domenico si tu n'es pas avec Massimo. Donc quoi, je devrais pleurer pour un mec jusqu'à la fin de mes jours et vivre seule avec mes souvenirs ?

Je baisse la tête, elle a raison.

– Désolée.

Je n'arrive pas à contrôler mes larmes. Elle me prend dans ses bras.

– Ce n'est pas grave, chérie, ce n'est pas de ta faute mais celle de ce mafieux. Il a gâché nos vies. Mais, tu vois, continue-t-elle en essuyant mes larmes, je n'ai pas envie de souffrir éternellement. Je veux oublier tout ça au plus vite, et tu devrais faire la même chose.

Atilla entre dans la pièce. On ne dit plus rien.

Il porte un bas de survêtement gris chiné, une chemise beige et des Air Max noires. Il tient dans ses mains une veste en cuir de la couleur de ses chaussures.

Il nous sourit de toutes ses belles dents en mettant ses lunettes de soleil.

– Prêtes ?

– Tu rigoles ou quoi, je ne vais pas sortir comme ça ! crie Olga en se précipitant en haut. Donnez-moi cinq minutes.

Moi, je ne compte pas me changer. Je me sens bien dans mes Emu claires, mon jean slim et mon gros pull. Je mets mes lunettes de soleil aviateur préférées, puis je regarde l'heure.

Je sens un pincement et place une main sur mon ventre, l'autre sur le bar.

– Qu'est-ce qui se passe, Laura ? demande Atilla, inquiet.

– Rien, je crois... Chaque fois que je pense à Massimo, je ressens cette douleur, comme s'il manquait à l'enfant, je sais que c'est idiot.

– Non... Tu sais, il y a quelques mois je me suis fait arracher une dent de sagesse. Même si la plaie est guérie, j'ai senti une douleur à cet endroit pendant encore quelques mois. Le médecin dit que c'est une douleur fantôme, donc tu vois, tout est possible.

– Oui, c'est exactement la même chose.

– Je suis là ! crie Olga en courant dans les escaliers.

L'automne en Hongrie est bien plus beau qu'en Pologne. Même si novembre approche, il doit faire vingt degrés dehors. On traverse les rues magnifiques de Budapest. Atilla conduit prudemment, mais sûr de lui ; son Audi bleu A5 passe avec élégance dans les petites rues de la capitale.

Une demi-heure plus tard, nous sommes arrivés. Le jeune Hongrois nous emmène jusqu'au cabinet privé de l'ami de son père. Il échange quelques mots avec la réceptionniste et je suis immédiatement conduite dans le bureau de mon nouveau gynécologue.

– Alors, tout va bien ? demande Olga en se relevant de sa chaise dès que je réapparais.

– Pas tout à fait. Ils ont fait des tests, on aura les résultats demain. Je dois me reposer, pas trop bouger, pas m'énerver. Putain, mais je vais devenir folle, à rester allongée tout le temps.

– Allez, ma belle, je vais t'acheter un langos, c'est une spécialité d'ici. Ensuite, on rentre à la maison et on va tous se coucher, ça va être sympa, dit Atilla en plaçant son bras sur mes épaules.

Olga me prend par la main.

– C'est ça, on va rester couchées, on est enceintes !

Après avoir mangé cette espèce de pain cuit dans l'huile avec du fromage et de l'ail, nous rentrons à la maison. J'enfile un jogging et me glisse au lit. Quelque temps plus tard, Istvan entre dans ma chambre et s'assied sur le fauteuil près du lit.

– J'ai parlé avec mon ami, j'espère que tu ne m'en veux pas de m'intéresser à ta santé. Je sais que ta grossesse est délicate. Je vais tout faire pour que tu te sentes le plus à l'aise possible ici. Ne t'inquiète de rien, tout à l'heure, on va t'installer la télé avec les chaînes polonaises, tu as un ordinateur branché à Internet sur la table de chevet. Et si tu as besoin de quelque chose, livres, magazines, dis-le-moi, je m'en occupe.

Je le regarde, très reconnaissante.

– Pourquoi tu fais tout ça, Istvan ? On ne se connaît pas, je suis chez toi parce que je fuis la mafia sicilienne, je suis enceinte, je ne peux t'apporter que des soucis.

– C'est assez simple. J'aime ton amie et elle, elle t'aime.

Il me caresse l'épaule, puis sort quand Olga entre avec une tasse de chocolat chaud.

– Et la visite ? Tu ne m'as pas raconté ce que le médecin a dit.

– Plutôt de bonnes nouvelles : l'enfant commence à ressembler à quelque chose, il a une tête, des bras, des jambes, c'est un petit être humain de quatre centimètres qui pèse l'équivalent d'une cuillerée de sucre. Il sait quand je suis heureuse et quand je ne le suis pas, car il ressent la même chose que moi grâce aux hormones. Il faudrait que je vive sur un nuage et que rien ne m'affecte. Le médecin viendra tous les jours me faire une échographie. Je devrais être à l'hôpital, mais comme Istvan est un ami, je ne suis pas obligée. Ah, et tu sais qu'Istvan t'aime ? Il vient de me l'avouer, comme ça.

Olga pose sa tête à côté de mes pieds. Elle cache son visage dans ses mains.

– Mon Dieu, oui, je sais, et alors, Laura ? Moi j'aime Domenico. Istvan m'excite, et oui, il est formidable, bon, protecteur et cette queue, tu sais... (Elle roule des yeux.) Mais il n'y a plus cette électricité entre nous comme avant. Je me rappelle quand je l'ai rencontré, on était en juillet, il venait de rentrer de deux semaines au bord du Balaton. Tu étais avec Pawel, celui qui avait un restaurant. Tu ne voyais que par lui. Bref, j'ai loué un appartement à Siofok et j'ai passé un superbe été hongrois. Un soir, j'ai décidé de sortir, je passais d'un bar à un autre, mais rien ne me plaisait, donc j'ai acheté une bouteille de rosé et un paquet de clopes. J'étais cuite. J'étais assise sur le trottoir et je regardais passer les gens. Bref, il est passé devant moi avec des amis et s'est retourné en me voyant. Je ne sais pas pourquoi, mais mon regard est resté bloqué sur le sien. On se regardait comme ça, comme des cons. Istvan est rentré dans son pote qui s'était arrêté pour l'attendre. Je n'ai pas bougé, et il a disparu dans la foule. Quelques minutes plus tard, il a reparu devant moi. J'ai d'abord vu des bottes de moto, puis un jean déchiré avec quelque chose de gros à l'entrejambe. Tu vois de quoi je parle ! Mon regard est remonté le long de son corps musclé, et à nouveau mes yeux se sont perdus dans les siens. Il a retiré ma clope de ma bouche et s'est assis à côté de moi. Il a fini ma clope sans dire un mot, a pris une gorgée de vin, s'est levé puis est parti. Je n'en revenais pas. C'était quoi, ça ? Je suis resté plantée là. Cinq minutes plus tard, il réapparaît à côté de moi, s'assied et pose une bouteille de vin sur le trottoir. Il l'ouvre à l'aide d'un couteau suisse qu'il sort de sa poche et me dit : « Si le souvenir que tu gardes de la Hongrie, c'est le vin, commence par en boire un meilleur. » J'étais sous le charme. On a discuté jusqu'à l'aube, toujours sur le trottoir. On a pris le petit déjeuner ensemble, puis on est allés à la plage. Tu ne vas peut-être pas me croire, mais à ce moment-là, il ne s'était toujours rien passé entre nous. Le jour d'après, on s'est vus pour dîner dans un restaurant qu'il avait choisi. On a encore une fois discuté jusqu'à l'aube, on s'est dit au revoir, je l'ai remercié pour ces deux belles soirées et je me suis enfuie.

– Quoi ? Mais pourquoi ?

– Il était super, parfait. Mais moi, j'étais jeune, répond Olga avec tristesse. Je ne me faisais pas confiance. Je n'arrivais pas à contrôler mes sentiments. J'avais peur de tomber amoureuse. Mais Istvan n'a pas abandonné. Un jour que je sortais d'un restaurant et que je marchais vers mon appartement situé à dix minutes à pied, j'étais presque arrivée à la porte quand quelqu'un m'a retournée violemment, plaquée contre la porte puis embrassée merveilleusement. Quand notre baiser s'est achevé, il a dit : « Tu as oublié de me dire au revoir. » Il a fait demi-tour et est parti. Passé le moment de stupeur, je lui ai couru après. On a passé la semaine suivante ensemble. Ensuite, nous sommes rentrés chez lui à Budapest. J'ai découvert qu'il était riche, divorcé et qu'il avait un fils. C'était trop pour moi, je suis partie très peu de temps après. Il a dit qu'il comprenait, mais qu'il ne pourrait pas m'oublier ni accepter cette situation. Il a continué à m'appeler, souvent, il est même venu quelquefois à Varsovie...

Je la dévisage, totalement sous le charme de cette belle histoire.

– Pourquoi tu ne m'as jamais raconté tout ça ? C'est si beau, je souris ironiquement.

Elle se venge en me jetant un coussin.

– Exactement pour ça, connasse. Parce que tu allais te foutre de moi. Raconter des histoires émouvantes, ce n'est pas mon genre, en revanche, je peux te raconter en détail ma semaine de cul avec lui. Excitation garantie !

Chapitre 6

Je suis allongée depuis des heures, des jours, des semaines. Olga et Atilla me tiennent compagnie, parfois Istvan se joint à nous. On joue à des jeux, on lit des livres, on regarde la télé, on s'ennuie, on s'habitue à être ensemble, comme des frères et sœurs. Mes résultats d'examens s'améliorent de jour en jour, ça me rassure. Je ne peux pas dire que je sois heureuse car il n'y a pas un jour qui passe sans que je pense à Massimo. Je survis.

J'appelle ma mère souvent, chaque fois avec une puce différente, heureusement mon téléphone a l'option « appel privé ». Ma mère n'imagine même pas que je puisse faire de telles choses.

L'automne passe de cette manière, décembre arrive. Je ne rentre plus dans mes vêtements. Mon ventre est petit, mais bien plus visible qu'il y a quelques semaines. Olga se bat contre elle-même. Istvan ne lâche rien jusqu'au jour où ils finissent par avoir une longue et sincère discussion.

Le lendemain, je prends mon petit déjeuner quand Olga vient me voir.

– Laura, il est temps de rentrer en Pologne, ou alors il faut que nous déménagions. (Elle s'assied à côté de moi au bar.) Ton bébé va bien, tu te sens bien, personne ne nous recherche. Ça fait plus d'un mois et demi qu'on est parties, rentrons.

Je suis heureuse qu'elle dise ça. La Pologne nous manque à toutes les deux, mais aussi nos familles et nos amis. La Hongrie est un superbe pays, mais ce n'est pas chez nous, on ne peut pas rester ici pour toujours.

– Tu as raison, Olga, tu en as parlé à Istvan ?

– Oui, on a discuté toute la nuit, il comprend notre décision. Je pense que ces dernières semaines lui ont fait réaliser qu'on n'avait pas d'avenir ensemble.

Atilla nous rejoint dans la cuisine et, comme à son habitude, me prend dans ses bras et m'embrasse sur le front.

– Comment va ma maman préférée ?

Le fait qu'il n'y ait aucune ambiguïté entre nous nous a beaucoup rapprochés, et même si c'est l'un des plus beaux mecs que j'aie jamais vus, je le traite comme un frère.

– Je me sens assez bien, on va pouvoir partir, dis-je en me collant contre lui.

Il s'éloigne surpris, contourne le bar, puis pose ses mains et hurle :

– Vous ne pouvez pas juste partir comme ça et me laisser seul ici ! En plus, Laura ne devrait pas changer de médecin comme ça. Et si ça s'aggrave en Pologne ? Qui va s'occuper d'elle ? Je ne suis pas d'accord, vous n'allez nulle part !

Il achève son discours en frappant le bar avec son poing. Il me regarde, furieux. Je suis très étonnée par sa réaction. Ce gentil garçon s'est transformé en mâle autoritaire qui ne veut pas abandonner ce qu'il considère comme lui appartenant.

Olga intervient.

– Atilla, arrête de nous engueuler et de te comporter comme un débile. On ne t'abandonne pas, nous rentrons chez nous, tu comprends ? On n'habite pas au Canada, il y a des avions, des voitures. On peut se voir chaque semaine si tu en as envie. Et puis, à Varsovie, on connaît des gars super.

Je me lève et le prends dans mes bras.

– Allez, Godzilla, ne t'énerve pas. Viens avec nous si tu veux, mais on doit rentrer.

Je lui tape sur le dos et monte à l'étage.

Comme je m'y attendais, il monte juste derrière moi, déboule dans la chambre et ferme la porte. Il s'approche, m'attrape par le cou d'une main, me plaque contre le mur de l'autre. Je ressens une sensation familière dans l'estomac. Massimo est le seul à me traiter de cette façon. Soudain, il colle son corps au mien et insère sa langue dans ma bouche. Je ferme les yeux et, pendant un instant, j'ai l'impression d'être remontée dans le temps. Nos langues dansent ensemble dans un rythme lent, ses grandes mains encadrent mon visage. Ses lèvres sont chaudes, passionnées et sauvages.

Perturbée, je détourne la tête

– Atilla, qu'est-ce que tu fais ? Je croyais que...

– Tu m'as vraiment cru ? demande-t-il en me léchant le cou. Laura, je suis hétérosexuel à cent pour cent. Je te désire depuis le moment où tu es arrivée. J'aime te voir à ton réveil, j'aime ton odeur, j'aime quand tu croises les jambes, quand tu réfléchis en te mordant les lèvres, J'aime te voir plongée dans un livre. Mon Dieu, tu n'imagines pas le nombre de fois où j'ai eu envie de toi.

Je suis en état de choc, je mets un moment avant d'intégrer ce qu'il me dit. Je le repousse.

– Mais je suis enceinte et je suis la femme d'un mafieux. Tu comprends ça ? Tu es dingue, je te vois comme un frère et toi, tu as inventé tout ça juste pour me baiser ? Tu me dégoûtes ! (J'ouvre la porte, furieuse.) Casse-toi !

Comme il ne réagit pas, je hurle :

– Casse-toi, Atilla !

Olga apparaît en quelques secondes, tel un pitbull.

– Qu'est-ce qui se passe ? Pourquoi tu cries ?

– Juste comme ça. Fais ton sac, on s'en va.

Elle nous regarde, inquiète. Sans obtenir aucune explication, elle regagne sa chambre.

Deux heures plus tard, nous sommes prêtes à partir. Olga a passé le plus clair de ces deux heures à dire au revoir à Istvan. Je n'ai aucune idée de la manière dont elle l'a remercié pour notre séjour, mais il semblait assez satisfait en sortant de sa chambre.

Je l'embrasse, il me fait un câlin très paternel et me garde dans ses bras un bon moment. Je l'aime bien, je me sens apaisée près de lui. Je sais qu'il n'a pas de mauvaises intentions, contrairement à son fils.

– Merci, dis-je en quittant ses bras.

– Appelez quand vous arrivez.

Après notre dispute, Atilla a quitté la maison. Il n'est pas revenu pour notre départ. Je suis triste, mais mon énervement prend le dessus, du coup, son absence m'est bien égale.

La route jusqu'en Pologne est longue, bien trop longue. Nous ne savons pas où nous allons. Nous commençons à en parler à mi-chemin.

– Laura, tu sais à quoi je pense ? demande Olga.

– À la même chose que moi, il me semble. On ne peut pas retourner dans ton appartement ?

– Ah non, ça, j'y ai pensé il y a quelques jours déjà. Je ne parle pas de ça.

Je la regarde, étonnée.

– Tu vois, j'y réfléchis depuis un moment. Notre fuite n'a aucun sens. Il va nous retrouver, que tu le veuilles ou non. En plus, chérie, il y a des personnes qualifiées pour régler ce genre de problème. On ne va pas foutre notre vie en l'air juste parce que Massimo est un enculé. Tu t'es reposée, tu as récupéré, tu vas beaucoup mieux. Je ne te propose pas de l'appeler, juste de ne pas passer notre temps à regarder derrière nous. Nous sommes en Pologne, pas en Sicile, ici, il ne peut rien faire, il n'a aucun pouvoir. Il n'est pas un Don devant lequel tout le monde s'agenouille.

Je l'écoute attentivement et je pense qu'elle a raison. Je me suis comportée comme une idiote égoïste en fuyant et en mêlant Olga à tout ça. Je comprends qu'elle en ait marre de toute cette situation.

– En vrai, tu as raison, mais je ne veux pas retourner à notre appart. Allons à mon ancien hôtel dans le centre-ville, et on cherche quelque chose en prenant notre temps. On a du fric, on doit juste choisir le quartier. J'aimerais bien habiter à Wilanow, c'est calme là-bas, pas de buildings, pas loin du centre, la clinique est à côté. Pawel Ome me trouvera un médecin et s'assurera que je ne meure pas de douleur à l'accouchement.

– Je vois que tu as tout prévu ?

Je hausse les épaules.

– En fait, je viens d'y penser.

Nous arrivons à Varsovie dans la soirée. Entre-temps, j'ai appelé Natalie, une ancienne collègue, pour lui demander de nous réserver une chambre à son nom. Je ne veux plus fuir, mais je ne veux pas non plus rendre la tâche trop facile à mon mari. Plus on s'approche de notre destination, plus je suis fatiguée. Je conduis depuis qu'on a traversé la frontière et j'accélère pour arriver le plus rapidement possible.

Je file le long du périphérique, il est tard et il n'y a aucune circulation. Je vois des lumières bleues clignotantes dans mon rétro, puis devant moi.

– Putain de sa race, la police !

Olga tourne la tête vers sa vitre, pas du tout stressée par la situation.

– Tu roulais à combien ?

– Je ne sais pas putain, mais vite.

– T'inquiète, je m'en occupe.

Malheureusement, après quinze minutes de négociations et d'histoires au sujet de ma grossesse, les policiers me collent une amende et quelques points en moins ; forcément je dois donner mes papiers. Ce qui implique que Massimo va vite savoir où je suis. Je suis peut-être parano, mais je dois considérer l'éventualité que Massimo ait accès aux données de la police. Lorsqu'on arrive enfin à l'hôtel, je paie une semaine complète et nous allons nous coucher.

En trois jours, j'ai trouvé un appartement. Pas exactement là où je voulais, mais il est tellement beau que je n'ai pas pu résister. Pour qu'il ne me passe pas sous le nez, je paie six mois de loyer d'un coup. Le propriétaire est ravi.

L'appartement se trouve malheureusement dans le même quartier que celui de Martin, mon ex. Mais je sais que même si on se croise, il m'évitera.

Je suis tellement soulagée, quand on emménage après toutes ces semaines, d'avoir un lieu à nous. L'appartement est superbe, un peu grand pour nous deux, mais ça ne fait rien.

Le grand salon avec cuisine américaine occupe la majorité de la superficie. Il y a aussi trois grandes chambres, un dressing, deux salles de bains et des toilettes d'invités. Même si nous n'avons pas l'intention d'organiser de fête, c'est toujours agréable d'avoir de l'espace.

Le mardi, nous regardons la télévision, bien installées dans le grand canapé du salon, quand Olga déclare :

– Il faut que j'aille voir mes parents. Pour un jour ou deux max. J'irai voir les tiens aussi pour les rassurer et leur dire à quel point tu es heureuse maintenant. Je partirai demain matin. Ma mère m'a appelée aujourd'hui, elle insiste vraiment.

– Oui, vas-y. Je ne vais pas changer de routine. Je vais rester allongée et regarder les films que j'ai ratés.

Olga part tôt le lendemain matin. Très vite, je me sens seule et j'allume mon ordinateur. Je regarde tranquillement ce qui se joue au cinéma. Il y a tellement de films que je veux voir que j'achète deux billets d'un coup, un film après l'autre. Je passe cinq heures au cinéma.

Lorsque mon marathon se termine, je prends un taxi et rentre à Wilanow. Quand je tourne la clé dans la serrure, j'entends la télé. Olga est déjà rentrée ? Je ferme la porte. Il fait noir dans l'appartement, seule la télé donne de la lumière. Quand je regarde l'écran, mon cœur s'arrête. J'ai vécu ce cauchemar des milliards de fois. L'image est divisée en deux, d'un côté la scène de la tromperie de Massimo et, de l'autre, une réunion dans le jardin. Je m'assieds sur le canapé, je me sens faible tout à coup. Quelqu'un appuie sur la touche « pause ». Le film s'arrête. Je prends une grande inspiration, ferme les yeux, je sais qu'il est là.

– Massimo ?

– Si tu regardes bien l'image de gauche, tu verras un grain de beauté sur le cul de mon frère que je n'ai pas. Si tu regardes le côté droit, tu verras que je suis, au même moment, assis avec des personnes de Milan dans le jardin.

En entendant sa voix, j'ai envie d'exploser en larmes. Il est là, je sens son odeur. Je n'écoute pas du tout ce qu'il dit et, pourtant, il hurle :

– Laura, putain, lève-toi et regarde. Ensuite, tu vas m'expliquer ce que tu as fait ces dernières semaines ! (Je ne réagis pas.) Si tu veux me quitter, dis-le-moi en face. Ne fuis pas, ne te cache pas. Tu m'as traité comme ton pire ennemi, pas comme ton mari. Comment as-tu pu croire que je t'ai trompée avec quelqu'un je déteste ?

La lumière du salon s'allume. Don se lève du fauteuil et se place debout devant moi. Je lève les yeux et le regarde. C'est le plus bel homme du monde. Il porte un pantalon noir et un col roulé de la même couleur. Il est superbe. Il se tient immobile, me transperçant de son regard glacial. Ça faisait un moment que je n'avais pas ressenti cette sensation de froid. Je me force à le quitter des yeux. Je regarde la télé. Massimo appuie sur « play ». Tout ce qu'il dit fait sens. Tout devient clair. Il remet la vidéo quelques secondes en arrière. Je le vois clairement se lever de la table, puis aller à bibliothèque où son frère est en train de baiser Anna. Je me sens mal, terriblement mal. J'ai merdé, tout simplement. J'ai envie de dire quelque chose, mais je ne sais même pas quoi.

Massimo reprend :

– Adriano est parti. La bonne nouvelle, c'est qu'il a emmené Anna. Je crois que c'est la femme la plus heureuse du monde maintenant. La trêve est donc officielle entre nos familles, tu es en sécurité maintenant. (Il s'assied sur le fauteuil à côté de moi.) Fais tes valises, on repart en Sicile aujourd'hui.

– Je ne peux pas laisser Olga.

– Elle est avec Domenico, ils reviennent de chez ses parents. Ils devraient être là dans une heure, fais tes valises.

– Je n'ai rien à prendre.

– Alors habille-toi, conclut-il fermement en se levant.

Il est en colère, je ne l'ai jamais vu aussi froid et indifférent. Je ne veux pas l'énerver davantage, donc je fais ce qu'il dit.

Quinze très longues minutes après, nous arrivons à l'aéroport. Avant de monter dans l'avion, Massimo me donne une gélule.

– Tiens, avale ça.

– Je ne veux pas, je ne vais pas y arriver.

– Tu as suffisamment mis mon enfant en danger, ne teste pas mes limites.

J'avale le médicament et me rends dans la cabine avec le lit. Je prends une grosse couverture, ferme les yeux. Je suis calme et heureuse. Savoir qu'il ne m'a pas trompée me libère, je ne me suis pas sentie comme ça depuis un moment. Je sais qu'il faut qu'on discute, mais comme il a besoin de temps, je compte lui en donner autant qu'il lui en faudra. Le plus important est qu'il est à nouveau à moi.

Quand j'ouvre les yeux le lendemain matin, je suis en Sicile, dans mon lit. Je souris. Je tends le bras pour vérifier si mon mari est là. Bien évidemment que non. Je mets mon peignoir, puis je file vers la chambre d'Olga. Je m'apprête à tourner la poignée, mais je me rappelle qu'elle peut ne pas être seule. Aussi discrètement que possible, je regarde à l'intérieur. Elle est allongée dans son lit, cachée par son ordinateur.

– Salut, je balance en fermant la porte et en me glissant dans le lit à côté d'elle. Massimo est tellement énervé, il ne m'adresse pas la parole. Il passe son temps à me donner des ordres, ça me saoule.

– TU es étonnée ? Il se fait accuser de tromperie alors qu'il n'a rien fait, et tu lui as enlevé ce à quoi il tient le plus au monde. Pardonne-moi, chérie, mais entre nous, je trouve qu'il a raison. Je me comporterais exactement de la même manière à sa place. (Elle ferme son ordi.) Je t'avais dit qu'il n'avait rien fait, mais tu ne voulais pas m'écouter. Peut-être que ça t'apprendra à clarifier les situations avant de fuir.

– Je me résigne à ma pénitence avec humilité, je dis en cachant mon visage dans un coussin. Comment va Domenico ?

Olga sourit, puis ferme les yeux.

– Il est venu me chercher hier quand j'étais chez mes parents. Imagine comme j'étais étonnée. En sortant le chien, je le croise devant la maison. Il est là, comme d'habitude charmant, italien, sérieux, adossé contre la Ferrari noir de Massimo. Mon Dieu, qu'il était beau ! Je me suis jetée sur lui, mais le chien m'a échappé à ce moment-là, bien sûr.

J'explose de rire.

– Je n'y crois pas ! Comment ça ?

– Cette espèce de bâtard a tellement tiré qu'il a cassé sa laisse. Je l'ai suivi parce que c'est le chien adoré de ma mère. Tout content, il a couru dans tout le quartier et moi, comme une débile, derrière lui.

– Et Domenico ?

– Il attendait en regardant la scène. Tu sais, il y avait du positif là-dedans parce que j'étais concentrée sur ce putain de chien, sinon je l'aurais sucé dans la rue. Laura, ça fait deux mois que je n'ai pas fait l'amour. Ce n'est pas possible...

– Et Istvan ? Quand on était à Budapest ? Rien ?

Olga fait non de la tête, je sens qu'elle est fière.

– Rien du tout. Je dormais avec lui, je lui faisais des câlins, mais sinon rien. Pour continuer mon histoire, du coup je rattrape le chien, je le raccompagne là-haut, je dis au revoir à mes parents et, quinze minutes plus tard, je le rejoins. Il m'ouvre la porte de la voiture. Avant que je monte, il me plaque contre le bord de la voiture et m'embrasse. Mais, Laura, quand il a fait ça, je te jure... on aurait dit qu'il voulait me manger. Il me léchait comme on le faisait en primaire, il me baisait avec sa langue.

– Ok, ça va, j'ai compris !

– Bon, après, il m'a baisé en route. Pas avec sa langue cette fois-ci. Le pauvre n'a pas pensé que dans cette voiture cosmique ça n'allait pas être possible, donc on a dû sortir. On était tellement excités qu'on n'a pas remarqué qu'il faisait zéro degré dehors. Tu sais, c'est quelque chose de nouveau pour moi et pour mon cul aussi, je dois admettre. Il m'est arrivé de l'exposer à de telles températures, mais uniquement dans des situations extrêmes ! Nous nous sommes arrêtés trois fois sur la route avant d'être rassasiés l'un de l'autre. Du coup, on a failli rater l'avion, même un jet privé a des horaires, semble-t-il. Bref, je sens que j'ai attrapé froid.

– On a volé ensemble du coup ?

Vingt minutes après avoir avalé ma gélule, je ne me souvenais plus de rien.

– Oui, moi, toi, Domenico, Massimo et les agents de sécurité.

– Qu'est-ce que disait l'homme en noir durant le vol ? je demande, toujours cachée derrière mon coussin.

– Aucune idée. Il t'a regardée dormir tout le voyage. On aurait dit qu'il priait pour toi. Je suis entrée dans la cabine à un moment, mais il n'a pas voulu me parler. Quand on est arrivés à la maison, il t'a emmenée dans ta chambre, s'est changé et s'est assis dans un fauteuil pour continuer à veiller sur toi. Je le sais parce que je voulais venir voir comment tu allais, mais il ne m'a pas laissée entrer. Après, j'ai rejoint Domenico et la nuit est vite passée.

Je soupire.

– Les jours qui viennent vont être difficiles. Bon, il faut que j'aille faire des examens. Je vais appeler le médecin pour prendre rendez-vous, je reviens.

Je vais chercher mon téléphone. J'appelle la clinique. Comme d'habitude, le nom Torricelli facilite bien les choses. J'ai bien plus de choix de créneaux qu'un patient lambda. Je m'habille d'une tunique en laine ample, de mes bottes Givenchy adorées et d'une veste en cuir de la couleur de mes chaussures. Il n'y a pas d'hiver en Sicile, mais il ne fait pas chaud non plus. Lorsque je reviens dans la chambre d'Olga, je découvre avec surprise qu'elle est prête.

– Je propose qu'on petit-déjeune à la plage. Tu en dis quoi ? On ira dans un restaurant à Giardini Naxos, où nous allions avec Domenico quand vous étiez aux Caraïbes. Ils font une délicieuse omelette.

– Parfait. Le rendez-vous est dans deux heures, on a le temps. Allons-y.

Nous traversons la maison qui semble vide. Arrivées dans l'allée, je laisse Olga et contourne le bâtiment jusqu'au garage pour récupérer la Bentley. J'ouvre la boîte dans laquelle sont habituellement les clés de voitures, elle est vide.

– C'est quoi ce bordel, putain ?

J'aperçois un agent de sécurité dans le jardin, je vais le voir pour lui demander ce qui se passe.

– Salut, j'aimerais bien aller chez le médecin, mais je ne sais pas où sont mes clés de voiture ?

– Malheureusement tu n'as pas le droit de quitter le domaine. Don en a décidé ainsi. Le médecin viendra te voir.

Si tu as besoin de quelque chose, dis-le-nous, nous te le ferons livrer.

– Tu te fous de moi ! Où est Massimo, où est Paulo ?

– Ils sont partis avec Maria et Domenico, ils seront de retour demain. Je suis à votre disposition aujourd'hui.

– Putain de sa race, je siffle entre mes dents en regardant le gorille. C'est sympa de rentrer à la maison !

Je retourne voir Olga qui n'a pas bougé.

– Qu'ils aillent tous se faire voir ! On n'a pas de voiture, on est coincées ici avec l'interdiction de sortir. Pas de clés, le portail est fermé, pas de bateau et le mur de clôture est bien trop haut.

Olga hausse les épaules et me prend dans ses bras d'un geste maternel.

– Tu t'énerveras plus tard, Laura. Allez, viens, on va prendre le petit déjeuner. L'omelette n'est pas si bonne que ça là-bas, en vrai.

Quelques heures plus tard, le médecin est passé et a dit que tout allait bien. Comme on tourne un peu en rond sans savoir quoi faire, j'ai la superbe idée de faire venir un coiffeur et son équipe à la maison. Une heure après, ils arrivent avec leur matériel.

Il n'y a rien de mieux qu'une équipe aux petits soins pour se sentir détendue. On se fait faire les ongles, couper les cheveux et refaire nos couleurs. Par acquit de conscience, j'ai tout de même vérifié sur Google qu'il n'y avait pas de risque pour le bébé. Je tiens ce genre de parano de ma grand-mère. J'apprends que si le coiffeur est prévenu, il peut utiliser des produits qui n'affecteront pas la grossesse. Après plusieurs heures passées entre toutes ces mains expertes, nous sommes prêtes. Je sens la vanille, Olga, la cerise. Nous nous demandons pourquoi nous nous sommes faites aussi belles alors que nos hommes ne sont pas là, mais ça nous a fait un bien fou.

Nous dînons exceptionnellement dans la salle à manger, à l'intérieur. Le temps ne permet pas de dîner dehors, il pleut comme il arrive souvent au mois de décembre en Sicile.

Olga vide une bouteille de vin, elle se bourre la gueule puis va se coucher.

Je retourne dans ma chambre, mais je ne suis pas du tout fatiguée. J'allume la télé, puis je vais dans le dressing du côté des affaires de Massimo. Je cherche désespérément son odeur. Je touche ses vêtements les uns après les autres, mais tout sent le propre. Je trouve enfin un manteau qui sent son parfum. Je l'enlève du cintre, m'assieds sur le tapis et le prends dans mes bras. J'ai envie de pleurer quand je pense à quel point il a dû être malheureux et inquiet. Je me rappelle comment je l'ai traité quand il a appelé. Je fonds en larmes.

– Je suis désolée, je chuchote pendant que les larmes coulent le long de mes joues.

J'entends une voix derrière moi :

– Je connais ce mot.

Je lève les yeux, Massimo est là, debout dans un costume noir. Son regard est mort et froid.

– Je suis furieux contre toi, bébé. Personne ne m'a jamais autant énervé. Je veux que tu saches qu'à cause de toi j'ai dû me débarrasser de mes meilleurs gars pour qu'ils s'occupent de vous. En vous cherchant partout en Europe, j'ai perdu un business qui me rapportait beaucoup d'argent. Mon autorité aux yeux d'autres familles a été remise en cause. (Il approche de son armoire et y accroche sa veste.) Je suis fatigué, donc permets-moi de me doucher et de me coucher.

Jamais personne ne m'avait ignorée comme il vient de le faire. Je sens que je le perds, qu'il s'éloigne de moi. Quand j'entends la douche, je décide de prendre un risque. Je me déshabille et entre dans la salle de bains. L'homme en noir est nu, l'eau chaude coule sur ses muscles. Il est exactement dans la même position que la première fois où je l'ai vu nu. Ses coudes sont posés sur le mur qui permet à l'eau d'envelopper tout son corps. Je m'approche par-derrière et me colle à lui. Instinctivement, mes mains cherchent son sexe. Avant que je ne le touche, il les attrape, puis se tourne vers moi en tenant mes poignets.

– Non, dit-il d'une voix calme, mais décidée.

Je m'adosse contre la vitre. Je n'arrive pas à croire qu'il me repousse.

Vexée, je sors de la cabine et déclare :

– Je veux retourner en Pologne, tu me diras quand tu seras calmé.

Ma provocation fonctionne parfaitement. Il m'attrape la main, puis d'un geste énergique me colle contre le mur. Il me transperce encore de son regard froid, puis ses yeux descendent le long de mon corps.

– Tu as un ventre ! rigole-t-il en s'agenouillant devant moi. Mon fils grandit.

– C'est une fille, Massimo. Eh oui, elle est assez grande maintenant, dix centimètres environ.

Il pose son front sur mon ventre et reste dans cette position sans bouger. L'eau chaude lui coule toujours le long du dos. Il m'entoure de ses bras et plante ses doigts dans mes fesses.

– Dieu seul sait à quel point tu m'as fait souffrir, Laura.

– Massimo, s'il te plaît, viens, on parle.

– Pas maintenant. Tu mérites une punition pour avoir fui.

– Elle ne peut malheureusement pas être trop sévère. (Massimo se fige à nouveau, les yeux entrouverts.) Le bébé serait en danger, je chuchote en lui caressant les cheveux. C'est pour ça qu'on ne peut pas...

Il se relève sans me laisser terminer. Sa mâchoire se serre, sa respiration s'accélère. J'ai l'impression que l'eau qui lui coule dessus va se mettre à bouillir. Il bout littéralement de fureur. Il s'éloigne de moi, ferme les poings et hurle, puis il sort de la douche.

Je réalise à quel point j'ai été bête de lui parler de mes soucis de santé comme ça. Je cache mon visage dans mes mains jusqu'à ce que je l'entende crier quelque chose en italien. J'attrape une serviette et cours vers le dressing. Massimo en sort, vêtu d'un jogging et de baskets. Il jette son téléphone qu'il tient à la main, puis me regarde comme s'il allait me tuer. Je veux l'arrêter, mais il passe devant moi en levant les bras, sans dire un mot. Je prends une de ses chemises, la culotte en dentelle que j'avais enlevée et le suis.

Il ne voit pas que je suis derrière lui, il marche le long du couloir en frappant les murs de ses poings et en hurlant en italien. Il disparaît dans les escaliers. Je m'arrête devant la porte de la cave qu'il vient de claquer. Je ne suis jamais descendue dans cette pièce, je n'ai jamais eu envie de découvrir ce qui s'y trouve. Mon imagination fertile m'a fait y voir des scènes horribles. Un cadavre enfermé dans un frigo ou une salle de torture dans laquelle un homme est attaché nu à une chaise. L'idée même d'y descendre m'affole, mais pas assez pour m'en empêcher. Je me lance.

Je tourne la poignée de porte et commence à descendre sans bruit, heureusement les marches sont éclairées. J'entends des hurlements et des bruits de coups. Mon Dieu, aidez-moi.

J'arrive en bas des escaliers et, après trois grandes inspirations, je passe une tête. À ma grande surprise, je découvre une salle de sport. Il y a un sac de boxe accroché au plafond, des barres de musculation, un mannequin et d'autres instruments dont je ne connais pas l'utilisation. En pénétrant un peu plus dans la salle, je découvre que la pièce est en forme de L. Discrètement, je marche jusqu'au mur et me penche à nouveau pour voir ce qui s'y passe.

Je vois une cage, et à l'intérieur Massimo et un des agents de sécurité. Ils se battent, ou plutôt l'homme en noir le fracasse. Même si la différence de poids entre eux est considérable, Don n'a aucun problème à le mettre en pièces. Lorsque son adversaire lève un bras en signe de capitulation, un autre homme entre dans la cage et Massimo recommence.

Je n'imaginais pas qu'il savait se battre. J'étais persuadée qu'il avait des hommes pour ça. Je me suis trompée, son corps est très souple et il a une superbe condition. Il balance des kicks très hauts, utilise agilement ses poings pour achever son adversaire. Je dois dire que cette scène est assez sexy.

Après avoir mis K.-O. un autre gars, il hurle à nouveau, puis s'écroule dans la cage en se tenant le ventre. Un de ses hommes lui donne une bouteille d'eau et ils sortent en passant devant moi. Je n'essaie même pas de me cacher, je suis sa femme après tout. Ils inclinent la tête et disparaissent. Je respire profondément pour me donner du courage et me dirige vers Massimo. Il lève les yeux en entendant mes pas, mais n'a aucune réaction.

Après l'échec de la douche, je décide d'une nouvelle approche pour aborder mon mari. J'entre dans la cage en ouvrant doucement ma chemise. Je lui montre mes seins gonflés et sa culotte en dentelle rouge préférée. Ses yeux s'assombrissent, il mord sa lèvre inférieure. Il termine sa bouteille et la jette dans un coin de la cage. Sans dire un mot, je me mets debout au-dessus de lui, une jambe de chaque côté de son corps. J'enlève ma culotte et la jette sur son ventre mouillé.

Il sent si bon, une odeur de transpiration mélangée à son gel douche. C'est incroyablement attirant. Je respire cet arôme sublime. Je sais qu'il faut que je fasse le premier pas, les premiers pas plutôt.

Je m'agenouille, j'attrape l'élastique de son jogging en le regardant pour obtenir son assentiment. Malheureusement, il ne bouge toujours pas.

– S'il te plaît... je chuchote doucement.

Il relève les hanches, ce qui me permet de lui retirer son pantalon. Lorsque je jette le jogging mouillé sur le sol, son énorme et magnifique érection apparaît.

C'est assez surprenant de le voir aussi en forme alors qu'il vient de livrer des combats violents contre ses hommes.

Je me relève pour me placer à nouveau jambes écartées au-dessus de lui. Je tends un bras et insère les deux doigts de ma main droite dans la bouche de l'homme en noir. Lorsque je décide qu'ils sont assez mouillés, je les ressors et je m'apprête à me caresser. Avant que j'aie pu le faire, Massimo m'attrape le poignet et colle ses lèvres à mon clitoris. Je gémis de plaisir. J'approche davantage mes hanches de sa bouche en m'agrippant à la cage derrière lui. Il me lèche en me pénétrant profondément avec sa langue, ses mains malaxent mes fesses. Je ne veux pas jouir, je n'en ai pas besoin, je veux juste être près de lui. J'ai l'impression que quand il sera en moi, j'aurai espoir qu'il me pardonne.

Je l'attrape par les cheveux et repousse son visage. Je me baisse doucement et lorsque nos yeux se retrouvent au même niveau, je sens les premiers centimètres de son sexe gonflé me pénétrer. L'homme en noir ouvre la bouche, prend une grande inspiration sans me quitter du regard. Il est en feu, son désir est presque palpable. Je me laisse glisser encore plus le long de son ventre en ajoutant du rythme à toute cette situation. Je sais qu'il n'aime pas quand j'ai le contrôle, mais comme il ne m'a pas laissée m'exprimer, il doit comprendre qu'il a mal agi.

J'enroule mes cuisses autour de ses cuisses nues, je serre contre moi son corps trempé de transpiration. Je n'ai qu'un seul besoin, le sentir en moi. J'attrape sa lèvre inférieure avec mes dents, puis je la suce. Massimo soulève légèrement mes fesses, il commence à les faire bouger doucement. Puis il accélère le rythme, il le rend plus intense. Ses yeux ne se détachent jamais des miens. On dirait qu'il cherche une confirmation de tout ce qu'il fait dans mes yeux.

– Je suis désolée, dis-je en chuchotant, en passant sur les genoux.

Mes hanches accélèrent sans que je le veuille. Elles bougent de plus en plus vite. Une panique naît dans son regard. Il m'enlace de ses bras, puis me plaque sur le tapis et me bloque. Il est penché au-dessus de moi, sur ses coudes. Son nez touche mes lèvres.

– C'est moi qui suis désolé, répond-il en me pénétrant à nouveau.

Il bouge très délicatement. J'ai quasiment oublié à quel point il peut être brutal et impitoyable. Les mouvements de son corps me mettent dans un état d'extase. Je sais que, comme moi, il a juste besoin de me sentir. Soudain, il arrête de bouger, il place son front sur le mien, ferme les yeux et chuchote :

– Je t'aime tant. Quand tu t'es enfuie, tu m'as arraché le cœur en l'emportant avec toi.

Je reste bouche bée, je sens les larmes arriver. Mon mari si fort et magnifique se donne à moi en toute sincérité. Sa lèvre inférieure récupère chaque larme qui coule le long de mes joues.

– J'ai cru mourir sans toi, ajoute-t-il.

Sa queue bouge à nouveau en moi. Je ne veux pas jouir. Je n'ai vraiment pas envie de ça après ce que je viens d'entendre. Je veux juste qu'il s'imprègne de tout ce que je lui ai enlevé ces dernières semaines.

– Pas ici, souffle-t-il en me soulevant et en me prenant dans ses bras.

Il traverse la pièce, prend au passage une serviette sur une étagère. Il me pose un instant, l'enroule autour de moi et me reprend dans ses bras. On monte les escaliers, il me porte le long des couloirs sans dire un mot. Nous arrivons enfin à la bibliothèque, il m'allonge sur le tapis à côté de la cheminée qui brûle.

– La première nuit, quand tu as voulu t'échapper, je me suis effondré exactement à cet endroit. Je pensais que je n'allais pas m'en sortir. (Il retire la serviette et glisse doucement en moi.) Quand ton peignoir s'est ouvert, la seule chose dont je rêvais, c'était de te prendre. (Il est maintenant entièrement en moi, et je gémis en me cambrant.) Je te désirais tant que lorsque j'ai tué ce type, je ne pensais qu'à te baiser. (Le corps de l'homme en noir accélère, le mien commence à se tendre.) Après, quand tu as perdu connaissance et que je t'ai changée...

– Menteur, je l'interromps, essoufflée.

Je me rappelle qu'il a dit que c'était Maria.

– ... j'ai inséré mes doigts en toi, tu étais si mouillée. Même inconsciente, tu as gémi de plaisir lorsque tu m'as senti.

– Pervers, je chuchote.

Il me fait taire en m'embrassant. Sa langue baise mes lèvres. Il les quitte, puis me regarde un instant, attrape mon visage d'une main et jouis en gémissant longuement. Il me remplit de son sperme chaud, j'ai l'impression que son sexe a pris quelques centimètres de plus. Il s'écroule sur moi en plaçant son visage dans mon cou.

Après quelques minutes dans cette position, son cœur reprend un rythme normal.

– Attrape la serviette, chérie, dit-il en se relevant légèrement et enroule-la autour de ma taille.

Je m'exécute, je ne pense pas qu'on va croiser quelqu'un sur le chemin, mais il ne vaut mieux pas prendre le risque que quelqu'un voie ses fesses.

On traverse toute la maison. En arrivant dans la chambre, il enlève sa serviette et la chemise que j'ai gardée sur moi tout ce temps et nous filons sous la douche.

Vingt minutes plus tard, nous sommes au lit, mais quelque chose a changé. Notre position habituelle « moi sur son épaule » s'est transformée en « Massimo parle à mon ventre ». Ce qui donne : lui allongé entre mes cuisses, son menton posé sur mon abdomen et sa main qui caresse mon ventre légèrement bombé.

– Vous parlez de quoi ? je demande en changeant de chaîne.

– Je raconte à mon fils combien de choses extraordinaires l'attendent. De qui il doit se méfier et de qui il peut se débarrasser.

– Ce sera une fille, Massimo, et c'est pour moi que vous devriez avoir des craintes. (Il lève les yeux.) Si tu veux bien, je vais terminer ce que je voulais dire. (Il ouvre la bouche, mais je le bloque avec ma main.) Ne m'interromps pas. Tu sais bien qu'à cause de mon cœur, cette grossesse n'est pas simple pour mon organisme. Les événements de cette nuit horrible n'ont pas aidé. Le médecin en Hongrie a dit que...

– Quoi ? Tu te cachais en Hongrie ?

– Bah quoi, tu pensais que j'allais rester à Varsovie dans notre appartement et attendre que tu viennes ? Peu importe ! J'ai eu des soucis pendant quelques semaines, mais je me suis beaucoup reposée car c'est ce qu'on m'a recommandé. Je ne sortais pas, je ne faisais rien, je restais allongée. Je n'ai pas pensé au sexe une seule fois, du coup je n'ai rien demandé au médecin à ce sujet.

Il vient s'allonger à côté de moi en grognant :

– Je suis énervé contre toi.

– Massimo, et moi alors ? (Je m'assieds sur le lit et prends un coussin contre moi.) Tu me reproches de m'être enfuie, d'accord, je le comprends. Mais moi, j'ai failli mourir. En plus, c'est moi qui devrais te faire des reproches que cette pute soit venue dans notre maison. Ah, et parlons de ton frère aussi, qui est incapable de se contrôler. Donc, ne m'énerve pas, Massimo, accepte mon pardon et fais-en de même !

Il se tourne vers moi et me regarde, très concentré. Je sais qu'il n'a pas l'habitude qu'une femme lui tienne tête. Tout à coup, je ressens une contraction, j'attrape son bras en grimaçant.

Massimo se relève et place sa main sur mon ventre.

– Qu'est-ce qu'il y a, chérie ? J'appelle le médecin.

Je le regarde courir à travers la pièce à la recherche de son téléphone. Il est nu et ses cheveux sont encore mouillés. Cette vue m'enchante, elle me donne beaucoup de bonheur et de satisfaction. Je réalise à quel point il a dû perdre la tête quand j'ai disparu.

– Tu as éclaté ton téléphone contre le mur il y a deux heures, si je me rappelle bien. Mais ce n'est rien, Massimo, j'ai juste un peu mal au ventre, c'est tout, c'est sûrement quelque chose que j'ai mangé. (L'homme en noir s'arrête et me regarde, inquiet.) Massimo, tu es parano, je poursuis, tu vas faire une crise cardiaque si tu continues comme ça. Je n'accouche que dans quelques mois, si tu continues à ce rythme, tu ne vas pas tenir jusqu'à la naissance de notre bébé.

Je hausse les sourcils en rigolant et prends la bouteille d'eau qui est sur la table de chevet.

Il me l'arrache des mains sans me laisser avaler une gorgée.

– Cette bouteille est ouverte depuis trois jours, ne la bois pas, dit-il en la jetant. Je vais demander du lait.

Il appelle du téléphone qui se trouve près du lit, son regard se pose à nouveau sur moi. Je vais devenir folle. Sa parano devient dangereuse et je sais qu'elle peut être pire encore.

– Massimo, je suis enceinte, je ne suis ni malade ni mourante.

L'homme en noir tombe à genoux, puis place sa tête sur mon ventre.

– Je perds la tête à l'idée qu'il pourrait vous arriver quelque chose, à toi ou au bébé. J'aimerais juste qu'il naisse et que je puisse...

– Devenir complètement fou, je termine pour lui. Chéri, arrête d'être aussi inquiet tout le temps. Soit heureux que je sois à toi car, dans quelques mois, je vais être occupée par une magnifique petite créature.

Il relève la tête, puis me regarde. Je remarque quelque chose de nouveau dans son regard.

– Tu suggères que tu n'auras plus de temps pour moi ?

– Chéri, pense au fait que je vais devenir la maman d'un petit être qui demandera beaucoup d'attention, donc pour répondre à ta question : j'aurai effectivement moins de temps à te consacrer, c'est normal.

– Il aura une nounou.

Il se relève car quelqu'un frappe à la porte.

– Si j'ai envie de te baiser, personne, même pas notre enfant, ne pourra m'en empêcher.

Je bois mon lait au lit quand je réalise l'heure qu'il est, mes yeux se ferment tout seuls. Massimo est assis sur le lit, son ordinateur sur les genoux, noyé dans son travail. J'enroule une de mes jambes autour de la sienne, puis je pose ma tête sur son torse et je m'endors.

Chapitre 7

Quand je me réveille, je tends le bras comme d'habitude. C'est bizarre, il est là. Je me retourne, surprise. Il s'est endormi avec son ordinateur sur les genoux. Mon Dieu, il va avoir tellement mal au cou !

J'essaie de lui prendre son ordi. Il ouvre les yeux et me sourit.

– Salut, chéri, tu n'as pas trop mal au dos ?

– Pas assez pour ne pas embrasser la chatte de ma belle femme.

Il pose son ordinateur par terre et essaie de se glisser sous la couette, mais il hurle et retombe sur l'oreiller.

– Retourne-toi, je vais te faire un massage.

Un instant après, je suis assise sur ses fesses nues et masse son dos musclé.

– Je crois que ton entraînement d'hier soir t'a achevé.

– Parfois, j'ai besoin de me défouler et la cage est le meilleur endroit pour ça. En plus, la MMA[1] est la façon de combattre

---

1. La MMA, les arts martiaux mixtes en français, anciennement combat libre ou free-fight, est un sport de combat complet, associant pugilat et lutte au corps à corps. (NdT, ainsi que pour les notes suivantes)

la plus efficace parce qu'elle combine beaucoup d'éléments techniques différents. Plus fort !

J'augmente l'intensité. Il gémit de plaisir.

– J'aime bien cette cage, dis-je en me penchant à son oreille. Elle peut être très polyvalente.

Massimo sourit et se retourne énergiquement, il m'attrape par la taille. Je me retrouve vite écrasée sous son poids.

– Tu vois, ma chère, c'est de la MMA aussi, c'est pour ça que ça te plaît. On peut aussi l'utiliser au lit. Je vais te surprendre peut-être, mais les galas européens de ce sport se déroulent en Pologne.

Il m'embrasse sur le nez puis part vers la salle de bains.

Quelques minutes, il en ressort, une serviette sur les hanches, prend son nouveau téléphone et sort sur la terrasse.

– Ne pense pas que je ne suis pas au courant de ce qui se passe dans mon pays, je réponds, vexée.

J'ai entendu parler de ces galas, ils passent tout le temps à la télé, mais je n'y suis jamais allée.

Il y a quelques années, Olga fréquentait un type qui s'entraînait à ça. Elle s'est dit que ce serait sympa que je l'accompagne à ses rencards, elle m'a donc trouvé un mec, Damian. Il était chaud. Un grand combattant de MMA, chauve, qui ressemblait à un gladiateur. Des yeux bleus, un nez cassé et des immenses lèvres avec lesquelles il faisait des miracles.

On s'amusait super-bien. C'est un type très bien, bon, intelligent. Je me souviens d'avoir été surprise car, en général, on imagine plutôt ce genre de mec bourrin et sans éducation. Lui était bien plus intelligent que moi et bien mieux éduqué.

Malheureusement, au bout de quelques semaines, il a obtenu un contrat en Espagne et a dû partir. Il m'a même proposé de l'accompagner, mais mon travail était plus important pour moi, à l'époque. Il a continué à m'appeler et à m'envoyer des mails pendant un certain temps, mais comme je ne répondais pas, il a laissé tomber. Je n'ai jamais cru aux relations à distance.

L'homme en noir me tire de mes souvenirs.

– Tu penses à quoi ?

Je décide de lui épargner l'histoire de mon ex.

– Que j'aimerais bien y aller.

– Ça tombe bien, car il y a un combat dans quelques jours à Gdansk. Si tu veux, on peut y aller, on en profitera pour passer voir ton frère par la même occasion.

Mes yeux s'illuminent. Je souris. Kuba me manque. Même si j'ai un souvenir plus que mitigé de la dernière fois où nous nous sommes vus, je suis ravie d'aller le voir. Je me mets debout sur le lit et saute dans les bras de Massimo.

– Une femme enceinte n'est pas supposée faire des sauts comme ça, me fait-il remarquer sévèrement en me portant nue jusqu'au dressing. Allons prendre le petit déjeuner.

Il m'allonge sur l'épais tapis et attrape un jogging sur l'étagère.

– Baise-moi, Don, ici, maintenant, dis-je en écartant les jambes et en repliant les genoux.

Massimo se fige, puis se tourne lentement vers moi comme s'il n'était pas sûr d'avoir bien entendu. Il repose son pantalon et s'approche de moi. Nos doigts de pieds se touchent. Ses yeux noirs se bloquent sur ma chatte, il mord sa lèvre inférieure nerveusement. Il attrape son sexe et fait glisser sa main de haut en bas, jusqu'à ce qu'il devienne totalement dur. Je l'aide un peu en mettant deux doigts dans ma bouche, puis en jouant avec mon clitoris. Il se met à genoux devant moi et se jette sur mes seins. Il les mord, les suce, chacun leur tour.

– Plus fort, je marmonne en glissant mes doigts dans ses cheveux.

Sa langue forme des cercles autour de mon téton, ses doigts tremblent sur mon clitoris. Je suis impatiente qu'il me prenne. Sa queue m'a vraiment manqué. Je bouge les hanches pour lui indiquer que je suis prête, mais il m'ignore, ses lèvres s'approchent des miennes, il entre sa langue dans ma bouche, me mord les lèvres, les baise avec une telle force que j'ai du mal à respirer.

Soudain, il casse notre baiser et déclare :

– C'est la seule brutalité à laquelle tu auras droit, bébé.

Je sais qu'il s'inquiète pour l'enfant et je lui en suis reconnaissante, mais tout mon corps demande de se faire baiser fort. J'accepte malgré tout sa tendresse et le sexe délicat qu'il m'offre ce matin.

Après m'avoir fait jouir, l'homme en noir répond à son téléphone, donc je m'habille pour partir petit-déjeuner. Quand j'arrive, je vois Domenico en train de lécher du chocolat sur les pieds d'Olga.

– Vous vous amusez bien ?

Ils m'ignorent totalement et continuent à jouer avec la nourriture, prêts à commencer une nouvelle orgie.

– Dans la chambre ! Dégagez de là ! je crie en rigolant et en m'asseyant à table. Honnêtement, Domenico, tu m'étonnes, quand je pense que les deux premiers mois, tu choisissais mes tenues, je n'aurais jamais pensé que tu étais un tel étalon.

Le jeune Italien a fini de lécher la jambe d'Olga, il s'essuie le visage avec une serviette et me lance un regard très étrange.

– Ce n'est pas tout à fait vrai, Je ne sais pas si ça va te décevoir, mais la majorité des choses que tu as eues, c'est Massimo qui les a choisies. Il sait dans quoi tu lui plais. En fait, il t'écoute et, quand tu dis que quelque chose t'a tapé dans l'œil, comme les bottes Givenchy, il te les offre. Donc je suis désolé de te dire que je n'ai pas fait tant que ça.

– Oh allez, arrête de dire des conneries, balance Olga nonchalamment en l'attrapant par son tee-shirt, moi aussi, tu m'habilles pour me peindre.

– Non, chérie, pour te peindre, je te déshabille, répond-il avant de l'embrasser passionnément.

Je lève les bras en signe de capitulation.

– Je crois que je vais vomir, je vous jure. Je vous préviens, je suis enceinte et j'ai des nausées, je vais vous dégueuler dessus si vous continuez.

Massimo apparaît dans la salle à manger. Dès qu'il s'assied à table, son portable sonne à nouveau, il balance une insulte puis décroche en s'éloignant.

Domenico l'écoute d'une oreille, les sourcils légèrement froncés, puis soupire en continuant à boire son café.

– Qu'est-ce qui se passe ?

Son téléphone n'arrête pas de sonner. Il répond sans me regarder.

– Rien, le business.

– Pourquoi tu mens ?

Je pose ma tasse en faisant plus de bruit que je le voulais. Massimo se retourne vers moi en entendant le verre taper sur le bois et plisse les yeux.

– Parce que je ne peux pas dire la vérité, arrête de me saouler.

Il se replonge dans son journal.

Je regarde Olga et reprends en polonais.

– Mais je l'emmerde, quel bâtard ! J'en ai vraiment marre d'eux, parfois.

– Oh tu sais… commence Olga en mangeant sa crêpe. Tu veux vraiment savoir ce qui se passe, Laura, mais à quoi ça nous servirait ? Tant qu'on habite dans ce cadre idyllique, moi, je suis heureuse.

– C'est réglé, affirme Massimo en souriant. (Il se sert un café.) On part en Pologne dans une semaine. On ira au gala, je réglerai quelques affaires avec Carlo et toi, chérie, tu verras Kuba.

En entendant le surnom de mon frère, Olga se redresse et roule des yeux. Domenico le remarque.

– Olga, ça ne te plaît pas ?

– Je suis ravie, marmonne-t-elle en me regardant.

Jacob, mon frère adoré, aime bien les filles, il a tout à fait conscience de son charme dont il se sert au maximum. Il saute sur tout ce qui bouge, et mon amie ne lui a pas échappé. On avait dix-sept ans environ quand ils ont eu leur petite aventure. Je préfère penser que ça ne s'est passé qu'une seule fois mais, en réalité, c'était sûrement bien plus. S'ils habitaient plus près l'un de l'autre, ils se verraient tout le temps pour baiser, j'en suis sûre. Dieu merci, presque quatre cents kilomètres les séparent.

– On fait quoi aujourd'hui ? Vous allez à nouveau nous enfermer dans cette prison ? Ou est-ce qu'on peut espérer qu'on aura l'honneur de votre présence ? je demande avec un sourire ironique.

Massimo se tourne vers moi en repoussant la table.

– Si vous étiez sages et vous ne vous échappiez pas, crois-moi, le portail serait encore ouvert et la Bentley garée dans l'allée. Tu as été sage, Laura ?

Je me demande quoi répondre, je cherche une bonne repartie :

– Bien sûr que je l'ai été, je réponds en lui souriant. Ta fille et moi, je continue en me caressant le ventre, nous avons été sages comme des images.

Je sais que l'évocation du bébé va le faire fondre.

Les yeux de Massimo ne quittent pas les miens, et ça me chamboule.

– Très bien, alors le Père Noël va passer, répond-il. (Ses yeux s'illuminent comme un petit garçon qui vient de voir les paquets sous le sapin.) Préparez-vous, il faut qu'on parte avant midi.

– Ah oui ! crie Olga. Le Père Noël, un 6 décembre !

Elle embrasse Domenico, puis court vers le couloir.

Je reste assise un moment à boire mon thé. Je finis par regagner ma chambre.

Dans le dressing, je réfléchis perplexe, devant toutes mes affaires, je n'ai aucune idée de ce qu'on va faire, du coup je ne sais pas quoi mettre. Je pense au temps qui passe, c'est fou comme ça va vite, je suis arrivée ici en août et on est déjà en décembre, l'année se termine bientôt.

Je pense à mes parents et aux fêtes que je passe toujours avec eux, normalement. J'aime m'occuper de leur trouver des cadeaux et ensuite, telle une petite fille, j'attends le réveillon avec impatience. La sonnerie de mon téléphone me tire de mes pensées. Je sors du dressing pour aller répondre. Massimo est assis sur le lit, mon iPhone à la main. Je lui fais signe de me le passer, mais il coupe le son et le repose sur la table de chevet.

– C'est ta mère, dit-il en souriant, et je sais pourquoi elle appelle.

Il m'énerve ! Je le regarde en grimaçant, attendant ses explications.

– Allez, passe-moi mon téléphone, s'il te plaît.

L'homme en noir m'attrape, puis me plaque sur le lit en m'embrassant tendrement. Je sais que je ne vais pas la rappeler tout de suite. Ce qui compte pour moi à cet instant précis, c'est mon homme.

– Elle t'appelle pour te remercier, marmonne-t-il entre ses baisers, pour le sac et le télescope de ton père.

Je le repousse, étonnée.

– Pardon ?

L'homme en noir embrasse mon visage. Ses lèvres caressent tendrement mes joues, mes yeux, mon nez, mes oreilles.

– J'aime bien faire des cadeaux toute seule, tu sais, surtout à ma famille.

– Je ne voulais pas que tu sois triste juste parce que tu ne passeras pas les fêtes avec tes proches. Ton frère, lui, a eu des billets pour le match de Manchester United.

Il tente de m'embrasser à nouveau, mais comme je ne réagis pas, il s'arrête, recule et me regarde. Je suis surprise et j'essaie de digérer ce qu'il vient de me dire. Ces dernières semaines, j'ai oublié qu'il était temps de commencer les cadeaux, mais comment a-t-il pu savoir que c'est si important pour moi ?

– Massimo ! (Je me dégage un peu de ses bras, il soupire, se tourne vers moi et croise ses mains derrière la tête.) Comment est-ce que tu sais ce qu'on prévoit pour les fêtes chez moi et comment as-tu su ce qui plairait à ma famille ?

Il lève les yeux au ciel de manière exagérée, mais ne dit rien pendant un long moment.

– Je pensais que ça allait te faire plaisir et que tu allais me remercier.

– Je suis très contente et je te remercie. Mais réponds-moi.

– Mes hommes ont vérifié tes comptes bancaires, je sais le genre de choses que tu achètes.

Il termine sa phrase en grimaçant, comme s'il savait ce qui allait suivre.

– Tu as fait quoi, putain ?

– Mon Dieu, je le savais.

– Massimo, bordel, est-ce qu'il y a une partie de ma vie dans laquelle tu n'interviens pas ?

– Laura, s'il te plaît, ce n'est que de l'argent.

– Non, Massimo ! C'est justement de l'argent, mon argent ! Je suis furieuse. Pourquoi est-ce que tu dois me contrôler à ce point ? Tu ne pouvais pas demander ?

– Il n'y aurait pas eu l'effet de surprise, répond-il en regardant le plafond, les yeux dans le vide.

Mon téléphone sonne à nouveau. C'est encore ma mère. Avant que je réponde, l'homme en noir a le temps de dire :

– Le sac est de la dernière collection Fendi, il est beige, tu as le même en jaune.

– Oh, salut maman, je commence joyeusement sans quitter Massimo des yeux.

– Chérie, le cadeau du Père Noël est sublime, mais je sais combien coûte ce sac. Tu es folle ?

Super, je vais devoir m'expliquer. J'ai envie de frapper l'homme en noir.

– Maman, mon salaire est en euros maintenant et les soldes sont bien meilleurs ici qu'en Pologne.

Mais qu'est-ce que je raconte, quels soldes ? On est début décembre. Je suis désespérée par l'erreur que j'ai commise. J'ai l'impression que je viens de me tirer une balle dans le genou. Je m'écroule sur le lit.

– Des soldes ? Maintenant ?

Bravo, bravo Laura ! Je pourrais me gifler. Le téléphone me glisse des mains tellement je suis énervée. Avant que je puisse tendre le bras pour le rattraper, il est déjà près de l'oreille de l'homme en noir qui commence à parler avec ma mère, un grand sourire aux lèvres. Non mais là, c'est n'importe quoi, la chambre commence à tourner, mon angoisse se transforme en hystérie. Ma mère pensait qu'on était séparés parce qu'il m'a trompée, et maintenant, il lui parle comme si de rien n'était.

– Mon Dieu, Jésus, putain... je marmonne jusqu'à ce que le téléphone se retrouve à nouveau à mon oreille.

– Laura Biel, comment tu parles ?

En l'entendant, je me redresse.

– Désolée, ça m'a échappé, dis-je en attendant de me faire engueuler ou qu'on me coupe directement la tête avec une vieille machette rouillée.

– Ce Massimo est quelqu'un de très bien élevé, je pense qu'il tient à toi.

Ma mâchoire m'en tombe quasiment jusqu'au sol, ou plutôt, elle roule et tombe de l'aile ouest de la propriété.

– Pardon ? je demande, stupéfaite.

– Il m'a expliqué le malentendu, c'est tout. Si tu parlais plus de langues, tu aurais compris notre conversation.

J'entends la voix de mon père au loin.

– Il faut que je fasse tout moi-même, souffle ma mère. Chérie, je dois te laisser, ton père n'arrive pas à installer son télescope, il ne va pas tarder à le casser. Je t'aime, mon trésor. Merci encore une fois pour cette merveilleuse surprise. On t'aime. À bientôt !

– Moi aussi. À bientôt ! je réponds en raccrochant.

Je pose le téléphone et regarde mon mari, attendant des explications. Il a l'air très content de lui.

– Tu lui as dit quoi ?

– Que je t'ai augmentée pour que tu reviennes travailler dans mon hôtel (il me prend dans ses bras), j'ai mentionné qu'il y a eu un malentendu sur une potentielle tromperie, mais ne t'inquiète pas, j'ai menti pour ne pas révéler ta bêtise. Elle a rigolé, elle a dit que ça te ressemblait bien. (Il se tourne, s'allonge sur le côté et passe une jambe sur mes hanches.) Et en réalité, je ne savais pas que tu étais jalouse, c'est une nouveauté pour moi. Bref, ta mère sait qu'on est toujours ensemble.

– Merci, je chuchote en l'embrassant tendrement. Merci de m'avoir enlevée.

L'homme en noir enveloppe sa jambe autour de moi et se retrouve vite au-dessus de moi.

– Je vais te prendre, chuchote-t-il en faisant glisser mon jogging. Tu sais pourquoi ?

Je gigote sous lui en retirant mes autres vêtements.

– Pourquoi ? je demande en lui enlevant son pantalon.

– Parce que je peux ?

Sa langue pénètre brutalement dans ma bouche, ses mains attrapent ma tête.

J'admire sa musculature. Je regarde vers le bas en repoussant les bords de sa chemise ouverte. Je soupire en voyant le petit ballon sur mon propre corps, on dirait qu'il est attaché à mon bas-ventre. Je suis si heureuse ! C'est son enfant. La chose qui me dérange, c'est la transformation de mon corps. Je relève les yeux et tombe sur ceux de l'homme en noir, inquiet, qui s'agenouille près de moi.

– Qu'est-ce qui se passe ?

Je pose ma tête sur sa poitrine et respire profondément l'odeur de son eau de toilette.

– Je deviens grosse, encore un mois ou deux et je ne pourrai plus rien mettre.

– Tu es bête, ma chérie, affirme-t-il en rigolant et en m'embrassant sur la tête. Pour moi, tu peux être la plus grosse de l'univers, même plus grosse que moi, car ça veut dire que mon fils pousse en toi, grand et fort. Mais maintenant, arrête de t'inquiéter pour des conneries et habille-toi. On doit partir dans moins d'une heure.

– On va où ?

– Quelque part où tu n'es jamais allée encore. Mets quelque chose de confortable.

Mon mari enfile un jean délavé sexy, un haut à manches longues et des boots militaires. Waouh, je ne l'avais jamais vu comme ça encore. Il coiffe ses longs cheveux, m'embrasse avant de partir. Je me lève et me rends à mon tour dans le dressing. Quelque chose de confortable veut dire quelque chose d'autre pour moi. Je sais que ce n'est pas une sortie officielle, donc je peux me détendre. J'attrape un cintre sur lequel est pendu un pull noir Kenzo avec un tigre imprimé dessus. Il ne fait pas chaud dehors, mais pas froid non plus. Je décide de montrer mes jambes qui sont encore fines en enfilant un short gris foncé One Teaspoon. Je complète le tout avec des cuissardes Burberry et des chaussettes hautes. Je passe mes affaires du sac Chanel à un Boy, puis je descends.

Devant l'entrée, Olga est là, en train de parler avec Domenico. Dès que l'homme en noir arrive, on part tous les quatre vers le parking. Massimo m'ouvre la porte d'un BMW i8, un autre engin cosmique qui est supposé ressembler à une voiture, pendant que Domenico accompagne Olga vers la Bentley.

– Tu as combien de voitures en tout ?

– Maintenant, je ne sais pas, j'en ai vendu quelques-unes et acheté d'autres. Et elles ne sont pas à moi, mais à nous. Je ne rappelle pas avoir signé un contrat de mariage, donc ce qui est à moi est à toi, chérie.

Il embrasse ma main et démarre.

Chapitre 8

Nous prenons une sortie d'autoroute et rejoignons une route « idéale » pour une voiture aussi basse que celle-ci. Tout secoue et tremble, on dirait qu'elle va exploser en morceaux. Je regarde autour de nous, nous sommes au milieu de nulle part. Un désert de rochers. Si cette sortie avait eu lieu il y a quelque mois, j'aurais été persuadée qu'ils nous amenaient quelque part pour nous exécuter, puis nous enterrer. Personne ne pourrait nous trouver ici. La route tourne et je découvre un immense mur en pierre flanqué d'un portail au milieu. Massimo sort son téléphone, dit quelques mots, et les portes métalliques commencent doucement à s'ouvrir.

On avance tout droit sur une route en asphalte. Une allée de palmiers forme un tunnel naturel. Je n'ai aucune idée de l'endroit où l'on se trouve. Je sais que si je demande, je n'aurai pas de réponse, c'est le principe d'une surprise ! La voiture s'arrête enfin devant un magnifique bâtiment à deux étages. Il est fait de la même pierre que celle de notre domaine. La plupart des bâtiments dans le coin se ressemblent.

Quand nous sortons des voitures, un homme âgé apparaît à l'entrée. Il accueille chaleureusement nos deux hommes. Je ne sais pas quel âge il peut avoir, soixante ans au moins. Il embrasse Massimo, puis lui lui donne une tape amicale sur le visage. Ils échangent quelques mots. L'homme en noir lui tend la main. Il attrape fermement le poignet de son interlocuteur.

– Don Matteo, je te présente ma femme, Laura.

L'homme d'un certain âge m'embrasse deux fois, puis sourit chaleureusement.

– Je suis ravi que tu sois enfin là, me dit-il dans un anglais hésitant. Ce garçon t'a attendue longtemps.

Des coups de feu retentissent autour de nous, je me colle à Massimo, terrorisée. Je regarde autour de nous nerveusement. Je cherche d'où vient le bruit, mais ne vois rien, à part le magnifique paysage.

– N'aie pas peur, chérie, dit Massimo en me faisant un câlin. Personne ne va mourir aujourd'hui. Viens, je vais t'apprendre à tirer.

Je le suis dans la belle maison, tout en essayant de comprendre ce qu'il vient de me dire. Tirer ? Je suis enceinte et lui veut m'apprendre à tirer ? Il ne me laisse pas approcher d'un sac un peu lourd et, tout à coup, je dois tirer ! Après avoir traversé d'immenses pièces, nous arrivons à l'arrière de la maison. Ce que je vois me stupéfie.

– Oh putain, comme dans les films ! balance Olga en m'attrapant la main.

Massimo et Domenico explosent de rire en voyant nos réactions.

– Où sont nos courageuses et tenaces Slaves ?

– Elles sont restées à la maison, je réponds en me tournant vers eux. Qu'est-ce qu'on fait ici ?

L'homme en noir me prend dans ses bras et me serre contre lui :

– On veut vous apprendre à utiliser une arme, je trouve que c'est nécessaire. Même si tu n'en auras jamais besoin, c'est une super-manière de se détendre, tu verras.

On entend un autre coup de feu, je sursaute et me cache à nouveau dans ses bras.

– Je ne veux pas, je chuchote. J'ai peur.

Massimo prend mon visage délicatement entre ses mains et m'embrasse.

– Chérie, c'est l'inconnu qui fait peur, sois tranquille, j'ai demandé au médecin si tu pouvais le faire, il m'a répondu que ce n'était pas plus dangereux que de jouer aux échecs. Allez, viens.

Après quelques minutes et beaucoup d'hésitations, je me retrouve avec un casque sur les oreilles. J'observe l'homme en noir prendre une arme dans la main. Don Matteo se place à côté de moi et passe un bras autour de mes épaules, comme s'il pensait que j'allais avoir besoin de soutien.

Massimo se tient bien droit, jambes écartées, il charge son pistolet Glock kaliber 9 mm. Il ne porte ni casque ni lunettes de protection, il a gardé ses aviateurs Porsche sur le nez. Il est mâle, beau, puissant et très sexy, et je serais volontiers prête à m'agenouiller pour le sucer. Sa tenue un peu sauvage prend sens, maintenant qu'il a l'arme à la main. Je n'arrive plus à penser logiquement tellement je suis excitée, cet homme, dangereux, redoutable, brutal est à moi ; j'en ai des papillons dans le ventre, je le désire plus que tout au monde. Mon Dieu, comme c'est facile pour lui, il n'a rien à faire. Il suffit que je le regarde pour avoir les jambes qui flageolent.

Il s'incline devant Don Matteo, respire à fond et tire. Dix-sept fois avec une telle rapidité qu'on n'entend même plus les tirs séparés, juste un long bruit. Il pose l'arme, puis appuie sur un bouton qui fait revenir la cible vers lui. Quand il la regarde de près, il rigole en montrant ses dents blanches et hausse fièrement les sourcils.

– Toutes dans la tête, dit-il avec une expression de petit garçon. Le travail paie.

Cette blague est tellement horrible que je ressens une brûlure dans la poitrine.

– Mais celle-ci est au milieu du cœur ? Donc tu n'as pas le maximum de points, je dis en attrapant la feuille.

– Mais j'ai tué mon adversaire. Embrasse-moi sur la joue, c'est à toi, bébé, viens. Je vais me mettre derrière toi, ce n'est pas très académique, mais tu te sentiras plus en sécurité.

Il m'accompagne au poste de tir, m'explique le fonctionnement de l'arme, où appuyer pour tirer, comment la recharger et comment tirer en continu pour ne pas recharger à chaque fois. Je charge mon pistolet, l'homme en noir se tient derrière moi, mon corps collé au sien.

– Regarde la cible, le cran de mire et le guidon doivent être alignés. Après, prends une inspiration calmement et vide tes poumons. Ton geste doit être souple, tu vas y arriver, chérie.

C'est exactement comme jouer aux échecs, c'est ce que je me répète en boucle en essayant de me convaincre qu'il n'y a rien à craindre. Massimo me tient par les hanches.

J'inspire et, en expirant, je fais ce qu'il demande. Une seconde plus tard, le coup part. La force du tir m'a propulsé le bras vers le haut, je ne m'y attendais pas du tout. Cette puissance que j'ai ressentie dans ma main me pétrifie, je commence à trembler et mes yeux se remplissent de larmes.

L'homme en noir me retire délicatement l'arme des mains, puis la pose sur la table. Je me tourne vers lui, hystérique.

– Comme les échecs, c'est ça ? je hurle. Je les emmerde, ces échecs !

Massimo me serre tendrement dans ses bras. Je suis prise d'un rire nerveux que j'étouffe contre sa poitrine. Je le regarde, les larmes aux yeux, inquiète.

– Chérie, mais tu n'as rien, pourquoi tu pleures ?

Boudeuse et embarrassée, je m'enfouis dans ses bras.

– J'ai eu peur.

– Mais de quoi ? Je suis là.

– Massimo, c'est une grande responsabilité de tenir une arme, sa force, sa puissance, son intensité... et imaginer qu'on peut tuer quelqu'un de réel, tout cela me terrorise. J'ai compris qu'il faut la manier avec respect.

L'homme en noir hoche la tête, je vois dans ses yeux qu'il est fier.

– Ta perspicacité m'impressionne, bébé, chuchote-t-il en m'embrassant délicatement. Reprenons la leçon.

Les tirs suivants deviennent plus simples. Après avoir terminé quelques boîtes de munitions, ça ne me fait plus aucun effet. J'ai l'impression que je suis devenue une experte.

Don Matteo disparaît un moment et revient avec un autre « jouet ».

– Elle va te plaire.

Massimo prend en main la carabine que l'homme a posée devant lui. C'est une M4, une carabine d'attaque. Elle est assez légère et agréable à utiliser.

– Ça ne te projette pas comme un glock, parce que tu la cales sur ton épaule.

– Une arme agréable, je répète. Essayons.

Effectivement, il est plus simple de tirer avec ce genre d'arme même si elle est plus lourde.

Une heure plus tard, je suis épuisée. Don Matteo nous invite sur la terrasse où nous attend un somptueux déjeuner. Des fruits de mer, des pâtes, de la viande, des antipasti et une grande sélection de desserts. Je me régale et goûte à tout comme si je n'avais pas mangé de la semaine.

L'homme en noir boit du vin, picore une olive de temps en temps et me fait souvent des câlins.

– J'adore quand tu as de l'appétit, chuchote-t-il à mon oreille. Ça veut dire que mon fils grandit.

– Ta fi... lle... j'arrive à dire entre deux bouchées. Ce sera une fille. Si tu veux clore ce débat, je peux demander le sexe du bébé à la prochaine échographie.

Ses yeux s'illuminent et il pose sa main sur mon ventre, sous ma chemise.

– Je ne veux pas savoir avant qu'il naisse, je veux avoir la surprise. Mais je sais que c'est un garçon.

– Une fille.

– Le plus drôle serait que ce soit des jumeaux, intervient Olga en versant du vin à tout le monde. Imagine le cirque, Domenico, Laura, son mari gangster et deux morveux hurlants. Si c'est le cas, on déménage.

– Dieu merci, c'est une grossesse simple. Il y a le battement d'un seul cœur.

Je hausse les épaules et continue à me gaver.

Après notre repas, je m'allonge sur le hamac, Olga me rejoint. Les trois hommes discutent, toujours à table. Moi, je remercie Dieu pour quelque chose qui me faisait hurler contre l'homme en noir il y a quelques semaines.

– Tu crois au destin, Olga ?

– Je pensais à la même chose. Regarde, c'est incroyable. Il y a six mois, nos vies étaient tellement différentes. Aujourd'hui, nous sommes réchauffées par le soleil d'hiver de Sicile, nos hommes sont des mafieux, des proxénètes et des tueurs. (Elle se redresse pour s'asseoir et manque tomber du hamac.) Putain, tout ça est plutôt malsain. Ce ne sont pas de bonnes personnes, mais nous les aimons pour qui ils sont. Donc, nous aussi, nous sommes mauvaises.

Je grimace en l'entendant dire ça, mais bon, elle n'a pas tort.

– Mais on les aime pour ce qu'ils font de bien. Et puis, tout le monde à des côtés sombres, c'est juste une question d'échelle tout ça. Tu te souviens quand, en première, j'ai donné un coup de pied dans le visage de Rafal, le blond, parce qu'il te piquait avec des épingles ? Ce n'était pas bien, mais tu m'aimes quand même.

Olga, lève les yeux au ciel.

– Putain.

Un bruit de chaises attire notre attention. En nous retournant, nous voyons Domenico et Massimo mettre quelque chose sur leurs têtes, ils sont heureux comme des petits garçons.

Olga marmonne en m'aidant à m'extirper du hamac.

– Putain, chaque fois que je les vois sourire comme ça, j'ai peur.

– Mesdames, je vous invite à regarder un film, dit Don Matteo en indiquant l'entrée de la maison.

– Tu as quoi sur la tête ? demande Olga en tapotant la petite boîte au milieu du front de Domenico.

– C'est une caméra, l'autre je vais la mettre sur le canon. On va vous montrer pourquoi vous pouvez vous sentir en sécurité avec nous.

Ils se tapent dans la main, puis partent vers quelque chose qui ressemble à un labyrinthe en pierre.

Matteo nous invite à entrer dans la maison :

– Mesdames.

Nous nous asseyons dans de confortables fauteuils, il tire les rideaux pour qu'il fasse complètement noir dans la pièce, puis allume un grand moniteur et les images des caméras de Massimo et Domenico apparaissent.

– Je vais peut-être vous expliquer ce qui va se passer. Ces messieurs vont s'entraîner en direct. C'est l'entraînement des forces spéciales. Il permet de travailler la rapidité des mouvements, l'analyse de la situation, les réflexes et, bien sûr, la technique de tir. Ils ont toujours été plus doués que les autres commandos qui viennent s'entraîner ici. Mais ça fait longtemps qu'ils n'ont pas pratiqué, on va voir le résultat.

Je n'y crois pas, un homme qui est en lien avec les forces spéciales et les commandos entraîne la mafia ?

On voit du mouvement sur l'écran, Domenico et Massimo passent par une porte, ils descendent des mannequins qui font office de voyous.

– Quelle hypocrisie, dit Olga en polonais, ils tuent des collègues.

Il faut avouer que leur entraînement est sexy. La concentration et le calme qu'on voit sur le visage de l'homme en noir m'excitent d'une façon étrange. Ils passent d'une pièce à l'autre en tirant et en se couvrant mutuellement. On dirait un peu des gamins qui jouent à la guerre, sauf qu'ils ont de vraies carabines. Quelques minutes plus tard, c'est déjà fini. Les deux frères rigolent et font les cons devant la caméra. Ils tiennent leurs armes comme les rappeurs dans les clips américains et font des grimaces.

– Ils sont cons, rigole Olga en se levant.

Après avoir salué Don Matteo, nous reprenons les voitures pour rentrer à la maison. Le BMW cosmique fonce sur l'autoroute avec une musique très peu masculine dans les enceintes, « Strani Amori » de Laury Pausino. L'homme en noir mime les paroles et chante pour moi en italien en rigolant. Il se comporte comme un petit garçon aujourd'hui. Comme un mec normal dans la trentaine qui aime bien s'amuser, jouer, et qui a de multiples passions. L'homme en noir puissant et impitoyable, qui devient fou au sujet de ma sécurité et qui ne supporte pas être contredit, a disparu.

Nous ne prenons pas notre sortie, contrairement à la Bentley derrière nous. Un peu étonnée, je regarde l'homme en noir, mais je ne fais aucun commentaire, je n'ai pas besoin, il sait très bien ce que j'ai envie de demander. Il se contente de sourire sans quitter la route des yeux et en accélérant.

Une dizaine de kilomètres plus loin, il sort vers Messine. Il serpente longtemps dans les rues étroites jusqu'à arriver devant un mur monumental aux pierres étrangement disposées.

Il sort une télécommande et ouvre un grand portail en bois. Devant mon étonnement grandissant, il relève juste les sourcils tout en continuant à sourire. Au bout d'une allée, il se gare devant une magnifique maison à deux étages. Il sort de la voiture et vient me chercher pour m'aider à descendre.

– Bienvenue.

J'attends qu'il dise quelque chose, mais rien. Il sort une clé et ouvre la porte en me faisant entrer. Merde alors… (Je manque soudain d'oxygène.) Dans l'immense salon, il y a un magnifique sapin aussi haut que le premier étage, le plus beau que j'aie jamais vu, décoré de boules et de lumières dorées et rouges. Devant la cheminée allumée, il y a un tapis blanc en peau de bête. Plus loin dans la pièce sont installés des canapés et des fauteuils marron et beiges, un banc en bois et une immense télé. Au fond, j'aperçois la salle à manger dotée d'une magnifique table en bois de chêne sur laquelle est posé un superbe chandelier. Les chaises sont recouvertes de tissu bordeaux. Ce mélange de couleurs s'harmonise parfaitement. Je me retourne vers Massimo.

– Qu'est-ce qui se passe ?

– C'est mon cadeau pour toi.

– Le sapin ?

– Non, bébé, la maison, je l'ai achetée. Ici, tu n'auras que de bons souvenirs de moi et de notre enfant. Je veux que tu aies ton endroit, que tu n'aies plus envie de fuir. Si un jour tu ressens le besoin de t'isoler, tu pourras le faire ici. Cette maison t'appartient. (Il s'approche et prend mon visage entre ses mains.) Si tu veux quitter le domaine, on peut habiter ici. Avec moins de personnel, mais juste nous trois : toi, moi et notre fils.

– Fille !

– ... je te garantis un maximum d'espace, de vie privée et de sécurité ici. Tous mes vœux, chérie.

Ses lèvres touchent les miennes, il attrape délicatement ma lèvre inférieure. Il me soulève par les fesses et j'enroule mes jambes autour de ses hanches. Je lui rends son baiser. Ses mains se baladent sur mon corps pendant qu'il me porte jusqu'à la grande table de la salle à manger, me pose dessus et enlève son tee-shirt d'un seul geste. Je ne souris plus autant lorsqu'il me retire mon short.

– Et les chaussures ? je demande quand mon short et ma culotte en dentelle glissent au sol.

– Les chaussures restent.

Il m'indique d'un geste de lever les bras et je me retrouve nue, seulement vêtue de mes chaussettes hautes et de mes cuissardes. Il me prend par les hanches et me déplace plus loin sur la table. Je suis surprise, car je m'attendais à ce qu'il me rapproche pour se glisser en moi. Il me regarde de ses yeux remplis de désir. J'écarte grand les jambes en posant mes talons sur la table. L'homme en noir gémit.

– J'adore, chuchote-t-il en déboutonnant son jean.

– Je sais.

Il est nu devant moi et caresse tendrement l'intérieur de mes cuisses.

– Cette maison a un autre très grand atout.

Il se dirige vers la cheminée, appuie sur un bouton, j'entends s'élever « Silence » version Delerium.

Il chuchote en rentrant sa langue dans ma chatte mouillée.

J'attends ce moment depuis qu'il a tiré sa première balle. Dès qu'il me touche, le plaisir est intense, il dévore mon clitoris gonflé, insère deux doigts dans ma chatte puis les bouge doucement. Je sais que je vais atteindre l'apothéose de mon plaisir très vite. J'y étais presque déjà au moment où il a retiré son pantalon, mais je ne veux pas jouir au bout de quelques secondes.

Il insère un autre doigt dans mes fesses :

– Je sais que tu veux jouir.

Et là c'est trop, je ne tiens plus, j'explose en une seconde. Mon corps se soulève comme si je venais d'être foudroyée. L'homme en noir n'arrête pas, au contraire, il accélère.

– Encore une fois, bébé.

– Mon Dieu ! je crie, surprise par l'intensité.

Sa langue frotte nerveusement mon clitoris, elle passe et repasse à un rythme effréné. Un nouvel orgasme arrive après quelques secondes, puis un autre, et un autre. Ils viennent et vont par vagues. Son regard sauvage, plein de désir, décuple l'intensité de mon plaisir. J'attrape sa tête. Lorsque le dernier orgasme arrive, j'ai des crampes et je m'effondre bruyamment sur la table.

– Sage petite fille, siffle-t-il en mordant sa lèvre inférieure et en m'attrapant les chevilles pour me rapprocher du bord de la table.

Lui, je l'aime plus que jamais.

Sans me quitter des yeux, il prend son sexe dans les mains et entre doucement en moi tout en observant ma réaction.

– Plus fort, je chuchote.

– Ne me provoque pas, bébé, tu sais que ce n'est pas possible.

Le Massimo agressif me manque. C'est la seule chose que je déteste avec cette grossesse. Ne pas pouvoir me faire sauter comme j'aime vraiment, mais la santé de notre enfant est plus importante que la baise.

Il gémit et penche la tête quand il me pénètre en entier. Ses hanches commencent à bouger minutieusement, il guette chacune de mes respirations, chacun de mes mouvements. Sa main droite s'occupe de mes seins et la gauche de mon clitoris. La combinaison de la douleur et du plaisir me procure une sensation d'apesanteur.

– Frappe-moi, je demande lorsque la chanson recommence. (Il s'interrompt brutalement.) Frappe-moi, Don ! j'insiste, parce qu'il ne réagit pas.

Ses yeux deviennent furieux, il place sa main sur mon cou et serre. Un cri s'échappe de ma bouche. Je sens qu'il a envie de me défoncer brutalement, mais je sais qu'il ne le fera pas. Il me fait descendre de la table et, d'un geste sec, me plaque contre le mur.

– Tu aimes ça ? siffle-t-il en me pénétrant à nouveau.

– Oh oui !

Je sens une nouvelle vague de plaisir arriver lorsqu'il attrape d'une main mes cheveux et de l'autre mon cou.

Son mouvement est lent et délicat, mais ces autres gestes m'excitent à un point inexplicable. De temps en temps, sa main abandonne mon cou pour pincer mes tétons gonflés, il me mordille les oreilles, le cou, les épaules...

Lorsqu'il sent qu'il y est presque, il me lâche et me tourne face à lui.

– Assieds-toi, dit-il en m'indiquant le repose-pieds.

Il attrape fermement mon visage entre ses mains, puis m'ouvre la bouche avec son pouce.

– Jusqu'au bout, bébé.

Il me baise la bouche jusqu'à la remplir d'une vague de sperme. Je me noie, j'attrape désespérément ses mains. Il ne bouge plus, mais sa queue est toujours dans ma bouche.

Il me jette un regard glacial :

– Avale !

J'obéis.

Puis il me dépose sur le canapé.

– Je t'aime ! je crie en souriant lorsqu'il se tourne vers le mur pour baisser la musique.

– Tu sais que la majorité des putes ne sont pas aussi tarées que toi ? dit-il en s'allongeant à côté de moi et en nous couvrant d'une couverture moelleuse.

– Alors, ce ne sont pas de bonnes putes ! (Je hausse les épaules et commence à lécher délicatement ses tétons.) On a une visite chez le médecin demain. J'espère qu'il nous autorisera à nous comporter normalement au lit.

Massimo me prend dans ses bras.

– Moi aussi, parce que je ne sais pas combien de temps encore je vais pouvoir résister à tes provocations.

– Je ne peux rien y faire, j'aime bien avoir un peu mal.

Je le regarde intensément.

L'homme en noir se tourne sur le côté pour bien voir mes yeux.

– Un peu ? J'ai failli t'étrangler, souffle-t-il bruyamment, puis il se rallonge sur le dos. Parfois, j'ai peur de ce que tu libères en moi.

– Alors, imagine à quel point j'ai peur de ce que je deviens à tes côtés.

Chapitre 9

– Bonjour.

Sa voix douce me comble, je n'arrive pas à émerger.

Je colle mon nez à sa poitrine pour respirer l'odeur de son eau de toilette.

– J'ai mal au cou.

– C'est sûrement parce qu'on a dormi sur le canapé.

J'ouvre les yeux. Après un instant de panique, je reconnais le gigantesque arbre décoré et je me rappelle où nous sommes. Je bâille à m'en décrocher la mâchoire.

– Je ne sais pas quelle est la tradition chez vous, mais chez moi, on fait le sapin le jour de Noël, parfois un peu plus tôt si les enfants insistent. Mais dès le 6 décembre ?

– Si sa vue te rend heureuse, je vais demander qu'il soit là à l'année. Qu'est-ce que je peux faire d'autre pour toi ? Attacher un ruban rouge tout autour de la maison ?

– Premièrement, tu n'étais pas obligé de l'acheter.

– Oh, chérie ! (Il s'étire de tout son long et je m'appuie sur son épaule, comme d'habitude.) C'est un investissement, je ne sais pas si le domaine de Taormine est un bon endroit pour un enfant. J'aime vous avoir pour moi, et là-bas, il y a tout le temps du monde.

– Il y a Olga aussi. (Je me relève en m'appuyant sur mon coude.) Qu'est-ce que je vais faire toute seule ici ?

L'homme en noir s'adosse au canapé, prend son temps puis se tourne vers moi.

– Tu vas avoir un enfant, ce n'est pas assez ?

Une ombre de tristesse passe dans ses yeux, c'est la première fois que je vois à quoi ressemble Massimo quand il est triste. Je prends son visage entre mes mains et pose mon front sur le sien.

– Chéri, tu n'es jamais là, dis-je sur ton de léger reproche tout en essayant de trouver une solution. Faisons comme ça : quand le bébé naîtra, on habitera au domaine et on verra comment ça se passe, s'il se trouve que tu as raison, on déménagera ici. Comme ça, cet endroit servira non seulement de refuge pour moi mais aussi, bien sûr, de lieu de débauche quand je pourrai enfin te sauter et profiter de toi comme il faut.

Je quitte la couverture et commence à danser de bonheur, comme l'accro au sexe que je suis. Massimo me regarde, très amusé, puis il me prend dans ses bras et me porte à travers la maison.

– Alors, je vais marquer chaque endroit pour que tu ne penses qu'à la débauche en venant ici.

Lorsqu'on rentre à Taormine, je saute de la voiture, puis je cours à la salle à manger. Manger, manger, je répète ce mot comme un mantra dans ma tête. Notre maison est effectivement superbe mais, malheureusement, personne n'a pensé à remplir le frigo.

– Des crêpes ! je m'exclame en entrant dans la pièce où Olga est assise.

Elle me regarde par-dessus son ordinateur. Elle semble heureuse de me voir et ferme son ordinateur.

– Tu te rappelles le bon vieux temps, quand tu avais envie de vomir en pensant à la nourriture. Et maintenant ? Tes fesses vont grossir !

– Pas mes fesses, mon ventre ! je riposte en me servant un peu trop. En plus, mon cul est tellement petit que je serai ravie s'il grossit un peu.

Olga me sert du thé en souriant. Elle y ajoute du lait et deux cuillerées de sucre.

Elle agite son poignet devant moi.

– J'ai eu une Rolex, or rose, nacre et diamants. Tu as eu quoi, toi ?

– Une maison, je réponds entre deux bouchées.

Olga ouvre de grands yeux. Je l'entends avaler sa salive si fort qu'on dirait que quelqu'un lui a tendu un micro.

– Tu... as... eu... quoi... ?

– Une maison, tu es sourde ?

– Super. Moi, une montre, toi, une maison, où est la justice ?

– Attends un enfant d'un mafieux, épouse-le et après accepte d'être avec un type qui frime avec ses armes. Alors, tu auras un château, je te le garantis.

On rigole toutes les deux en se tapant dans la main.

Massimo entre dans la pièce et s'assied à table.

– Pourquoi vous rigolez ?

Il porte un costume noir et une chemise noire, soit il va à un enterrement, soit il va travailler.

– Tu vas où ? On a un rendez-vous à treize heures chez le médecin.

– C'est là où je vais justement, répond-il en se servant un œuf.

– En tenue de fossoyeur ?

L'homme en noir lance un regard noir à Olga, puis se sert de café.

– Je crois que Domenico se branle tout seul dans sa chambre. Tu peux aller vérifier s'il n'a pas besoin de ta main ? répond-il sans même la regarder.

Olga grogne, s'enfonce dans son siège et croise les bras sur sa poitrine.

– Il a joui tellement de fois ces deux dernières heures que je doute sincèrement qu'il en soit encore capable. Mais merci, Massimo, de t'inquiéter pour ton frère, termine-t-elle, puis elle lui lance un de ses sourires préférés remplis de venin.

Je reprends la parole pour détendre l'atmosphère :

– Bon, ok, qui vient chez le médecin avec moi ?

– Moi ! disent-ils tous les deux, puis ils se lancent des regards à faire des étincelles.

– Super, alors allons-y tous ensemble.

Olga prend une gorgée de café et se lève.

– Sûrement pas, je rigolais. J'avais juste envie d'embêter l'homme en noir, il m'a manqué.

Elle m'embrasse sur le front et sort.

– Vous êtes des enfants, je grogne en me servant une autre portion de crêpes au Nutella.

Chez le médecin, on est tous les deux sur des charbons ardents. Le docteur Ventura semble très nerveux. Ce qui n'est pas très étonnant, car l'homme en noir a décidé de s'imposer tout au long du rendez-vous. Il veut être certain que le médecin ne va pas me révéler le sexe de l'enfant. Lorsque l'examen commence, le médecin met le préservatif sur l'embout de la machine, Massimo est à deux doigts de s'évanouir de colère et de le tuer au passage. Courageux, il tient tout le rendez-vous sans quitter le moniteur des yeux, il me regarde juste de temps en temps.

– Mes chers, commence Ventura en s'asseyant sur son fauteuil avec les images de l'échographie et les résultats des examens en main, j'ai appelé le médecin hongrois de Madame Laura parce que je n'avais pas une vision claire de la situation. Il m'a envoyé ses comptes rendus et je dois admettre qu'il s'est très bien occupé de vous et, effectivement, il y avait de quoi s'inquiéter. Là, en revanche, les résultats sont impeccables, l'enfant se développe comme il faut, il est grand et en bonne santé. Le cœur de Madame se porte très bien malgré le poids de la grossesse. Vous n'avez aucune raison de vous inquiéter.

– Docteur Ventura ?

– Oui, Don Massimo ? dit le médecin, pétrifié.

– La vie de mon enfant a-t-elle été en danger ?

– Alors... (Le médecin prend les documents en main et les regarde nerveusement.) D'après les résultats que j'ai pu voir de Hongrie, on dirait que Madame a subi un énorme stress qui a duré plus d'un jour ou deux, donc le cœur a souffert, l'organisme a commencé à se révolter et, pour le dire simplement, n'acceptait plus la grossesse car elle lui prenait trop d'énergie.

– Mais, maintenant, tout va bien ? je demande en caressant la main de Massimo tout en regardant le médecin.

– Oui, tout va très bien.

L'homme en noir transperce à nouveau le docteur Ventura d'un regard noir.

– Et le sexe ?

Je pense que même si le médecin estime que je dois m'abstenir jusqu'à la fin de la grossesse, il sera incapable de le dire à Massimo.

– Si Monsieur demande s'il est déconseillé, alors non, il n'y a aucune contre-indication.

– À toutes les intensités, si je puis dire ? je demande.

Le docteur me regarde moi, puis regarde Massimo.

Mon Dieu, si on ne le demande pas directement je vais encore être à moitié baisée pendant les six prochains mois. Je prends mon courage à deux mains.

– Docteur, je vais vous demander ça simplement : on aime bien le sexe fort, est-ce qu'on peut le pratiquer ?

Le docteur Ventura rougit. Il semble chercher la réponse dans ses papiers. Même si un gynécologue doit avoir l'habitude de ce genre de conversation, il est sans doute assez rare que son interlocuteur soit à la tête d'une famille de mafieux. Et, surtout, qu'il lui demande avec quel degré de violence il peut sauter sa femme.

– Vous pouvez avoir les pratiques amoureuses sous toutes les formes que vous voulez.

Massimo se lève élégamment de sa chaise et m'entraîne avec lui vers la sortie, je n'ai même pas le temps de dire au revoir. On sort quasiment en courant dans la rue et Massimo me plaque contre le premier mur.

– Je veux te sauter... maintenant ! Je vais te baiser vraiment fort, pour que tu sentes à quel point tu m'as manqué. Viens.

Il me prend la main et nous courons vers la voiture. Avant même que j'aie attaché ma ceinture, on fonce en direction de l'autoroute. Quelques dizaines de minutes plus tard, nous nous dirigeons vers Messine, j'ai compris où on va. Je suis contente d'aller dans notre nouvelle maison, sans personnel, sécurité ou amie tarée. Juste lui et moi.

– J'ai encore une surprise pour toi, dit-il en ouvrant le portail avec la télécommande.

Il me lance son regard glacial en attendant de pouvoir entrer dans l'allée, mais je perçois quand même le début d'un sourire coquin sur son visage. Lorsque le portail s'ouvre enfin, il démarre en faisant crisser les pneus et s'arrête juste devant la porte.

Il saute de la voiture, m'ouvre la porte comme un gentleman et me conduit vers la porte en me tenant par les épaules.

Il ouvre la porte d'entrée sans me lâcher et la referme d'un coup de pied. Nous montons les grands et larges escaliers qui mènent à l'étage.

– Tu vas d'abord te laver, me dit-il en arrivant dans la magnifique salle de bains. Je déteste avoir à supporter l'odeur d'un autre homme sur ton corps.

J'explose de rire, je ne pensais pas qu'un préservatif ou l'embout d'un appareil d'échographie avaient une odeur.

– Massimo, ce n'est qu'un médecin !

– C'est un homme, lève les bras ! (Il me retire rapidement mon pull en cachemire, mon soutien-gorge, ma jupe et ma culotte, et jette le tout au sol. À moi !) marmonne-t-il en regardant mon corps nu avec des yeux sauvages.

– Juste à toi, je le rassure lorsqu'il me place sous l'eau chaude.

– Tu as trois minutes.

Il se retourne et sort de la salle de bains.

Je suis surprise et déçue, je pensais qu'on allait baiser sous la douche ou au moins se savonner. Mais non, je me lave donc toute seule.

– Les trois minutes sont écoulées.

Putain, je pensais que trois minutes, c'était une métaphore. Je me rince rapidement.

J'ouvre grand les bras et tourne sur moi-même en lui montrant mon corps lavé.

– Je suis prête !

Massimo s'approche en enlevant sa chemise et hume l'odeur de ma peau.

– Ça va beaucoup mieux, déclare-t-il, satisfait.

Il me prend dans ses bras et me porte jusqu'à la chambre. Même si nous sommes en pleine journée, la pièce est plongée dans l'obscurité, ce qui est très agréable.

Ce qui me plaît beaucoup dans les pays méditerranéens, c'est que souvent les fenêtres sont équipées de stores. J'ai toujours bien aimé être dans le noir, Martin me disait que c'était une caractéristique de vampire et de dépressif, ça ne lui plaisait pas du tout.

La chambre est équipée d'un énorme lit à baldaquin noir monté sur quatre colonnes. Au pied est installé un banc gris foncé en satin matelassé. L'ensemble est complété par deux tables de chevet en bois, joliment décorées, et d'une commode sur laquelle sont posées des bougies. Tout est sombre et branché.

Il m'allonge sur le matelas moelleux et jette par terre les quelques dizaines de coussins qui sont sur le lit.

– Surprise, dit-il en tirant une chaîne avec une entrave en fourrure au bout.

Je revois la scène d'il y a quelques semaines, quand il m'a attachée au lit et m'a forcée à regarder Veronica le sucer.

– Ah non !

Je me relève pour sortir du lit.

– Ne m'énerve pas, bébé, grogne Massimo en m'attrapant par la cheville.

– Tu me dois trente-deux minutes, je veux les récupérer.

Il lâche ma jambe et me regarde, intrigué.

– Ah ! tu ne t'en souviens plus ?

Il plisse les yeux en reculant.

– La nuit après notre mariage j'avais une heure, j'en ai utilisé un peu plus de la moitié. Tu m'as promis que j'aurais soixante minutes, donc allonge-toi.

Les yeux de l'homme en noir sont remplis de désir, sa mâchoire se resserre, il mord sa lève inférieure et s'allonge sur le dos au milieu du matelas. Il écarte les bras vers les piliers. Je suis étonnée par sa soumission, j'en profite sans attendre, avant qu'il ne réfléchisse. Je lui attache les chaînes aux poignets.

– Sur les côtés, il y a des boutons qui ouvrent les entraves, il faut que tu appuies dessus avec deux doigts pour que ça marche. Essaie.

Je m'exécute, car il me donne une information qui me sera très utile dans une dizaine de minutes. Effectivement, le mécanisme est assez simple, mais suffisamment compliqué pour qu'on ne puisse pas se libérer seul.

– C'est malin, dis-je en le rattachant.

– Merci, c'est moi qui l'ai conçu.

– Donc, tu peux te libérer ?

Massimo se tait, inquiet.

– On ne peut pas se libérer seul, je n'avais jamais imaginé y être attaché un jour.

Je réfléchis quelques secondes en me demandant s'il dit la vérité. Mais, dans ses yeux, je vois de la peur et je sais qu'il ne ment pas. J'en suis heureuse mais, en même temps, ça m'effraie. Je sais très bien ce que je veux faire, je sais aussi que l'homme en noir ne sera jamais d'accord et que, quand je vais le détacher, il va se venger.

– Il y a quelque chose que je n'ai pas le droit de faire ? je demande en lui enlevant son pantalon lentement et en priant pour qu'il ne devine pas ce que j'ai intention de faire.

Massimo réfléchit et fait non de la tête. Je vois qu'il n'est pas rassuré.

Il est maintenant nu devant moi.

– Parfait.

J'attrape son sexe et commence à le branler, l'homme en noir gémit. Il pose la tête sur les oreillers et ferme les yeux. J'aime bien quand il est détendu, et il va avoir besoin de l'être pour ce que je veux faire. Sa queue durcit dans ma main et sa respiration s'accélère.

Sans le quitter du regard, je commence à lécher l'extrémité de sa queue, il inspire profondément mais n'expire pas tant que ma langue touche sa bite. Il est chaud bouillant et je sens au goût à quel point il me désire.

Je ne compte pas me presser ; comme notre accord le stipule, il me reste une demi-heure et j'ai bien l'intention d'en utiliser chaque minute. Je prends son gland entre mes lèvres puis je glisse plus loin, je veux sentir chaque centimètre entrer dans ma bouche. Les hanches de l'homme en noir se soulèvent, il veut que j'arrive au bout plus vite, mais j'en ai décidé autrement.

Je continue mon lent mouvement, Massimo marmonne quelque chose d'incompréhensible. Lorsque son pénis entre enfin totalement en touchant ma gorge, il laisse échapper un gémissement profond. Je me retire, puis je recommence la lente torture. Don gigote et me provoque pour que j'accélère, ce qui n'a pour conséquence que de me faire ralentir mes mouvements. Je me relève en m'appuyant sur mes bras et mords un de ses tétons. Je suis satisfaite d'entendre le cri qui sort de sa bouche. J'embrasse sa poitrine, serre ses épaules et frôle son sexe de mon corps. Je sais qu'il souffre. Je balade ma langue le long de son cou, jusqu'à ses lèvres fermement resserrées, j'insère un doigt dans sa bouche.

– Massimo ? Jusqu'à quel point tu me fais confiance ?

L'homme en noir ouvre les yeux et me regarde, débordant de désir.

– Sans limite. Prends-la dans ta bouche.

Je rigole, puis je lèche ses lèvres sèches, il essaie de m'attraper avec les dents, mais je suis trop rapide.

– Tu veux que je te suce ? (J'attrape fermement son sexe avec ma main droite et saisis son cou de la gauche.) Demande-le ! j'ordonne, les dents serrées.

– N'abuse pas, bébé, grogne-t-il en essayant encore d'attraper mes lèvres.

– D'accord, Don, tu vas avoir le droit à la meilleure pipe de ta vie.

Je lâche sa queue et redescends vers le bas. Il est dur comme fer, je le prends dans la bouche et commence à le sucer. Je crois que je n'ai jamais sucé aussi vite. L'homme en noir gémit, il marmonne quelque chose et tire sur les chaînes.

– Détends-toi, chéri, dis-je en léchant mon index que je dirige vers ses fesses.

Le corps de l'homme en noir se raidit, il ne respire plus.

Ma main n'a même pas eu le temps de s'en approcher d'un centimètre que, déjà, Massimo m'attrape et me retourne sur le dos. Je le regarde, abasourdie, ses yeux sont noirs, remplis de rage. Il ne dit pas un mot, il se contente de me transpercer du regard en reprenant son souffle.

– Tu n'as pas aimé, chéri ? je demande gentiment.

Je ferme les yeux, je ne veux plus voir son expression. À son tour, il m'attache aux chaînes et le matelas bouge. Quand j'ouvre les yeux, je découvre que je suis seule et j'entends l'eau de la douche couler. Super, il part se laver au milieu de l'action ! Je me demande si je suis allée trop loin. Je ne voulais pas lui faire mal, juste prouver quelque chose de manière non conventionnelle. J'ai lu un jour, au sujet de l'anatomie masculine, qu'apparemment certaines expériences peuvent être agréables pour eux, même plus que pour les femmes. Bon, peut-être pas pour l'homme le plus viril du monde.

Sa voix me tire de mes pensées :

– C'est la dernière fois que tu prends le contrôle sur moi.

Massimo est dans l'encadrement de la porte, dégoulinant. Je vois que sa respiration ne s'est toujours pas complètement calmée.

– Comment tu t'es libéré ? Et pourquoi est-ce que tu prends une douche en plein milieu...

Il sourit de manière coquine puis s'approche, de très près, son sexe est à quelques centimètres de mon visage.

– Tu penses vraiment que je vais te le dire alors que je compte te baiser si fort que tu vas vouloir t'enfuir ? On va t'entendre crier jusqu'à Varsovie. (Sur ces mots, il m'attrape la tête et insère son sexe dur dans ma bouche.) Suce fort, dit-il en bougeant ses hanches très vite. Et, pour ta gouverne, je ne me suis pas lavé, je me suis calmé sous l'eau froide.

Il m'étouffe avec son gros membre, il l'enfonce si profond que j'ai l'impression qu'il m'arrive jusqu'à l'estomac. Il ralentit un instant pour me caresser le visage avec ses pouces, puis accélère à nouveau.

Son téléphone sonne sur la table de chevet, l'homme en noir regarde l'écran et raccroche. La sonnerie retentit à nouveau, Massimo grogne en italien et prend le téléphone sans pour autant arrêter son mouvement de hanches.

– C'est Mario, il faut que je réponde, suce plus fort, souffle-t-il en me libérant une main pour que je puisse attraper sa bite à la racine.

Il sait que ça m'excite. Il sait que j'adore lui rendre ses conversations de boulot difficiles. Je serre ma main autour de lui fermement et l'avale.

– Mon Dieu... soupire-t-il en prenant une grande inspiration, puis il place le téléphone à son oreille.

Il ne fait qu'écouter sans dire un mot en essayant de gérer sa respiration. Ses genoux tremblent, son corps dégouline de transpiration froide. De sa main libre, il agrippe le montant du lit, je sais qu'il va bientôt venir. Après quelques secondes de conversation difficile, ou plutôt après le monologue de Mario, il dit deux phrases les dents serrées, raccroche et repose le téléphone.

Il libère mon deuxième bras, me retourne et me rattache. Je suis allongée sur le ventre cette fois.

– Tu as de la chance, bébé. Je n'ai pas autant de temps que je pensais, dit-il en relevant mes hanches pour faire ressortir mes fesses, mon visage est enfoncé dans le coussin. Il faut qu'on se dépêche.

Sa langue pénètre profondément dans ma chatte qui n'attendait que ça. Je gémis de plaisir et me cambre davantage. Alors que je suis quasiment au sommet de mon plaisir, il s'arrête et s'agenouille juste derrière moi. Il caresse délicatement mes fesses d'une main, l'autre attrape mes cheveux qu'il tire brusquement. Il se met à me fesser, fort, je crie et sa main se resserre dans mes cheveux. Il frappe à nouveau, ma peau me brûle.

– Détends-toi.

Il me pénètre brutalement et je sens que je m'envole. À ce moment-là, je me rends compte à quel point mon amant dominant m'a manqué. Il lâche ma tête, m'attrape fermement les hanches et me baise de plus en plus vite.

– Oui ! je crie, sidérée par l'expérience.

Massimo respire lourdement, ses doigts s'agrippent à ma peau. Une de ses mains me quitte, j'entends un bruit de vibration. Je voudrais voir ce que c'est, mais je ne peux pas me retourner, j'arrive juste à tourner la tête sur le côté.

– Ouvre la bouche, dit-il sans s'arrêter.

Je m'exécute et il y insère un objet en caoutchouc, un peu plus gros que son doigt. Quelques secondes plus tard, il le sort, puis commence à frotter délicatement mon deuxième trou. Je me doute de ce que c'est, donc j'essaie de me détendre même si ce n'est pas simple avec les mouvements brutaux de ses hanches.

Je sens que le petit sex-toy se glisse entre mes fesses. Je me mets à hurler sous la vague de plaisir qui m'envahit. Ses mouvements rythmés et les petites vibrations déclenchent un orgasme puissant que j'ai hâte de ressentir.

Tout en maintenant la vibration, il se met à me frapper à nouveau les fesses ; quand je le sens exploser en moi, je me joins à lui en remerciant Dieu que la maison soit vide. Nous jouissons à l'unisson longtemps et intensément, jusqu'à ce que je m'écroule inerte sur le matelas. Massimo fait de même, mais il reste sur ses genoux pour ne pas m'écraser complètement.

Il me détache d'un seul geste, me prend dans ses bras et dégage les cheveux de mon visage pour m'embrasser délicatement.

– Est-ce que tu peux le retirer maintenant ? je marmonne en sentant que mes fesses vibrent encore.

Massimo rigole, puis retire le bouchon magique, je gémis lorsqu'il quitte mon corps.

– Tu te sens bien ? demande-t-il, inquiet.

Je ne peux ni réfléchir ni parler, mais je sais que l'enfant et moi, nous nous sentons merveilleusement bien.

– Super.

– J'adore te baiser, bébé.

– Tu m'as tellement manqué, Don.

Après avoir pris notre douche, je me glisse dans le lit, vêtue d'un peignoir moelleux. Massimo revient dans la pièce avec une serviette à la taille et un verre de chocolat froid.

– Il y a deux mois, j'aurais eu le droit à du champagne, je soupire, déçue.

L'homme en noir hausse les épaules comme pour s'excuser et retire sa serviette pour s'essuyer les cheveux.

Mon Dieu, qu'il est beau ! Je m'en étouffe presque sur mon chocolat. C'est terriblement injuste, horrible et terrifiant qu'un homme puisse être aussi parfait. Presque quatre mois se sont écoulés et je ne me lasse pas de le regarder.

– Il faut qu'on rentre, je dois aller à Palerme aujourd'hui.

Je m'assieds en buvant une gorgée, je ne peux pas m'empêcher d'esquisser une moue.

– Ne me regarde pas comme ça, chérie. Il faut que je travaille, on a un souci avec un des hôtels. Mais j'ai une idée, ajoute-t-il en s'asseyant à côté de moi, le gala auquel on va est dans quelques jours, si tu veux, tu peux partir plus tôt en Pologne. Tu verras tes parents, et moi je te rejoindrai le plus vite possible.

Je suis heureuse de l'entendre prononcer le mot « parents ». Je regarde mon ventre qui grossit, maman ne va pas louper le fait que j'ai pris du poids.

– Domenico vient avec nous, du coup tu peux emmener Olga. L'avion est à toi, vous pouvez partir quand vous le décidez.

Je suis perplexe, triste et joyeuse à la fois.

– Qu'est-ce qui se passe, Massimo ?

Il se tourne, me regarde en se levant. Ses yeux sont calmes et inexpressifs.

– Rien, bébé. (Il passe son pouce sur ma lèvre inférieure.) Il faut juste que je travaille, habille-toi.

On retourne à la résidence. L'homme en noir s'échappe dans la bibliothèque après m'avoir dit au revoir tendrement. Je reste adossée contre le mur, à fixer la poignée. J'ai des millions de pensées contradictoires et des larmes me montent mes yeux. Qu'est-ce qui m'arrive ? Je ne le vois pas une minute et il me manque déjà. J'attrape délicatement la poignée et entrouvre la porte.

Don et Domenico se tiennent à côté de la fenêtre, le jeune Italien lui montre quelque chose. Mon Dieu, c'est une boîte avec une bague. Je suis sidérée, est-ce que Domenico veut demander Olga en mariage ? Ou peut-être y a-t-il autre chose que je ne sais pas ? Cette nouvelle information me trouble, ou plutôt c'est le manque d'information qui me trouble. Je décide de ne pas les déranger, je referme doucement la porte et m'en vais.

Je m'assieds sur la terrasse, enroulée dans une couverture, et je contemple le coucher du soleil. Il fait quelques degrés au-dessus de zéro, mais je suis bien. Je n'ai pas très envie d'aller en Pologne où il fait vraiment froid. Je n'ai pas envie d'affronter ma mère, pas sans lui. C'est vrai que ça me ferait plaisir de voir mes parents, mais leur révéler ma grossesse m'angoisse.

J'élabore un plan en buvant mon thé. Le plus important, c'est le choix de ma tenue pour cacher mon ventre. Pour la prise de poids, je peux me débrouiller en disant que j'ai mangé trop de pâtes et de pizzas.

Dieu merci, je ne vomis plus, les histoires d'indigestion commençaient à devenir suspectes. La panique monte, qu'est-ce que je vais mettre ? Ici, je n'ai pas besoin de cacher mon ventre. Fatiguée, je pose ma tête entre mes genoux repliés.

La voix d'Olga me tire de ma rêverie :

– Pas question que je tombe jamais enceinte, qu'est-ce que je ferais sans alcool ?

Inquiète à cette idée, elle s'assied à côté de moi et pose ses pieds sur la table.

– Je crois que je vais boire un coup.

– Je ne pense pas, dis-je en posant ma tasse. On part.

– Putain, encore ? Où et pourquoi ? On vient juste d'arriver, gémit-elle en regardant le ciel.

– En Pologne, chérie, notre pays, on partira demain matin, ça te va ?

Elle regarde autour d'elle, comme si elle cherchait quelque chose, puis déclare :

– Je vais aller baiser.

– Bah, avec qui ? je demande, perverse, car je sais que Domenico est avec Mario et Massimo.

– Ils sont où ? Je dors une heure et il disparaît. Je vais le trouver et le mettre au boulot.

Je me lève, replie la couverture et la pose sur le fauteuil.

– J'ai bien peur que ça ne soit pas possible. Du business encore ! Tu es condamnée à rester en ma compagnie cette nuit. Allez, viens !

Chapitre 10

Olga part faire sa valise. Malgré toute ma bonne volonté, je n'arrive pas à faire la mienne. Je perds une nouvelle bataille contre ma paresse, pour la troisième fois de la journée. Je décide d'aller prendre une douche, je ne me sens pas sale, j'ai juste envie d'être sous l'eau chaude.

Je rentre dans la grande salle de bains et ouvre toutes les buses de la douche. En quelques secondes, la vapeur remplit la pièce. Je connecte mon téléphone à l'enceinte et « Silence » de Delerium retentit dans la pièce.

Je me glisse sous l'eau, ferme les yeux, l'eau m'apaise, les basses de la musique me détendent. Je pose mes mains contre le mur, je laisse l'eau chaude couler sur tout mon corps, ça m'aide à me débarrasser de mes idées noires.

J'entends une voix tout près de mon oreille :

– Tu m'as manqué.

Je sursaute, même si je sais qui est derrière moi. Je ne suis pas effrayée par ce qui va se passer, c'est la surprise qui m'a fait réagir ainsi.

– Je trouve que nos aurevoirs n'ont pas été assez tendres, me dit-il en attrapant mes hanches.

Je lui tourne toujours le dos. J'agrippe les tubes en acier des jets d'eau latéraux et il pose ses mains sur les miennes. Il promène ses lèvres sur mes épaules, mon cou, jusqu'à atteindre mes lèvres. Nos langues s'entremêlent dans un baiser langoureux. Il est nu et prêt. Il fléchit légèrement les genoux, puis me pénètre. Je gémis. Les mains de l'homme en noir se posent sur mes seins sensibles. Il les serre progressivement. Ses hanches commencent à former des cercles réguliers. Je sens que le désir grimpe. Mon corps se tend, puis se détend au rythme de ses mouvements.

– Tu crois que je suis juste venu me frotter à toi ?

– Je t'attendais, Don Torricelli.

Il m'attrape brusquement, me sort de la douche et me pose devant le grand lavabo surmonté d'un miroir. Il appuie mon corps nu contre le rebord froid et me tire les cheveux pour que je voie son reflet.

– Regarde-moi, grogne-t-il en me pénétrant à nouveau.

De sa main libre, il attrape mes hanches. Il commence à me sauter à un rythme effréné. Comblée de bonheur, je referme légèrement les yeux d'extase, et je m'envole.

– Ouvre les yeux !

J'ouvre les yeux et j'y vois sa folie, même si je sais qu'il se contrôle. Ça m'excite. J'attrape le bord du lavabo pour m'immobiliser. J'entrouvre mes lèvres et les lèche.

– Plus fort, Don, je chuchote.

Ses muscles sont tellement tendus qu'il ressemble à un mannequin d'une leçon d'anatomie, toutes ces veines sont apparentes. Je me mords les lèvres. Ses yeux noirs ne me quittent pas.

– Comme tu veux, répond-il en accélérant le tempo.

C'est fatal pour moi, je sens que j'y suis presque.

– Pas encore, bébé.

Malheureusement, cette interdiction résonne pour moi comme un ordre. Je commence à jouir, noyée dans son regard, en gémissant bruyamment. Il ne ralentit même pas une seconde et je jouis à nouveau. Je suis essoufflée. Mon corps est pris de tremblements.

– À genoux !

Je fais ce qu'il demande tout en essayant de reprendre mon souffle. Il entre dans ma bouche en me tenant fermement la tête. Il entre et sort doucement, et me laisse donner le rythme. Je sens qu'il va bientôt jouir et je le suce vigoureusement, comme il aime.

Les fesses de l'homme en noir se tendent, il respire vite, soudain, il sort son sexe de ma bouche et jouit sur mes seins. Il me regarde en se vidant complètement sur moi. Je gémis en caressant ses couilles d'une main.

Hors d'haleine, il s'appuie sur le rebord en marbre.

– Tu vas m'épuiser un jour, bébé.

Je rigole en étalant le liquide collant sur mes seins.

– Tu penses que c'est aussi simple ? Tu penses vraiment que personne d'autre n'a essayé ?

Je répète ses mots de la première nuit, quand j'ai essayé de lui tirer dessus avec un pistolet sans retirer le cran de sécurité.

L'homme en noir sourit gaiement.

– Tu sais écouter, c'est bien et dangereux à la fois.

Je me lève et me colle à son corps magnifiquement musclé.

– Je n'aime pas te dire au revoir, Massimo, je dis en me retenant de pleurer.

– C'est pour ça qu'on ne va pas se dire au revoir, chérie. Je vais revenir avant même de te manquer. (Il essuie le reste du sperme avec une serviette tout en m'embrassant délicatement les lèvres.) L'avion est à midi, vous serez sur place dans l'après-midi. Sébastien viendra vous chercher. C'est le même gars qui vous a conduites la dernière fois. Tu as le numéro de Carlo enregistré dans ton portable, appelle-le. Il s'occupera de toi avant que j'arrive.

Je le regarde, effrayée. Ces instructions laissent penser que je suis en danger. Tout ce qu'il fait est un peu étrange, son départ soudain, le fait qu'il m'envoie en Pologne. J'ai l'impression qu'il m'éloigne sciemment de lui.

– Don, qu'est-ce qui se passe ?

Il ne répond pas, concentré sur la serviette.

– Putain, Massimo ! je crie en la lui arrachant.

Il laisse tomber les bras et me transperce d'un regard agressif.

– Laura Torricelli, combien de fois je dois te dire qu'il n'y a rien ? (Il prend mon visage entre ses mains et m'embrasse profondément.) Je t'aime, bébé, je serai avec toi dans trois jours, je te le promets. Maintenant, arrête de t'énerver, mon fils n'aime pas ça.

Il caresse mon ventre en souriant joyeusement.

– Ta fille !

– J'espère qu'elle ne sera pas aussi vicieuse que sa mère.

Il s'éloigne rapidement, car il sait qu'il va se prendre une claque pour avoir dit ça.

Je cours derrière lui, toute nue. J'essaie de lui enlever sa serviette, mais il est plus rapide que moi. Lorsque je rentre dans la chambre en courant, il m'attrape puis me jette sur le lit. Il me cache sous la couette.

– Tu me combles, bébé. Grâce à toi je me réveille pour vivre et pas seulement pour exister. (Ses yeux sont remplis d'amour et de chaleur.) Chaque jour, je remercie Dieu d'avoir failli mourir. (Il approche ses lèvres des miennes et m'embrasse délicatement.) Il faut vraiment que j'y aille maintenant, appelle-moi s'il se passe quelque chose.

Il se lève et file vers le dressing dont il ressort quelques minutes plus tard, vêtu de son habituel costume et d'une chemise de la même couleur. Il m'embrasse une dernière fois, puis disparaît dans les escaliers.

Je me réveille particulièrement tôt. Lorsque je regarde ma montre, je découvre qu'il est sept heures. Je reste allongée quelques minutes. Je regarde un peu la télé, puis je vais prendre une douche pour la quatrième fois ces dernières vingt-quatre heures. Comme j'ai le temps, je me lave les cheveux. Je ne sais même pas pourquoi puisque Massimo est parti. Je les coiffe n'importe comment, puis me maquille les yeux.

Je suis assise sur le tapis du dressing, déjà épuisée à l'idée de devoir faire ma valise. Maria pourrait la faire pour moi comme d'habitude mais, cette fois, je dois choisir minutieusement mes tenues. Je fouille dans mes vêtements de marque, la majorité de mes fringues préférées font ressortir mon ventre plutôt que le cacher. J'aime bien le montrer en Sicile, mais en Pologne je préférerais porter une tente. Mon Dieu, ce serait tellement génial de pouvoir dire à tout le monde que je suis enceinte, je me dis en m'asseyant au milieu d'un tas de chemises, de tee-shirts, de pulls et de robes.

– C'est les soldes ? demande Olga dans la porte, une tasse de café dans les mains. Je prends tout !

– Putain Olga ! Tu sais qu'il n'y a pas grand-chose que je peux prendre ? Je n'ai même pas de vêtements d'hiver parce qu'il n'y a pas d'hiver ici.

Olga pose sa tasse, fait le tour de la pièce en poussant des petits cris et déclare :

– Mon Dieu, c'est terrible, on va devoir faire du shopping ! (Elle tombe à genoux à côté de moi.) Comment on va faire ?

Elle m'énerve, à se moquer de moi comme ça. Je n'ai vraiment pas besoin de plus de vêtements.

– Casse-toi, je grogne en mettant les quelques affaires que j'ai choisies dans la valise. Heureusement que je rentre dans mes chaussures, dis-je en prenant dans mes bras mes bottes Givenchy. Tu es prête ?

Après avoir petit-déjeuné et un vrai travail d'équipe pour boucler ma valise, nous sommes en route pour l'aéroport avant onze heures. Avant de pénétrer dans ce piège volant, je prends une pilule pour me calmer. Grâce à ça, quand je m'installe dans un des fauteuils, je suis déjà dans un autre monde, j'ai l'impression que je vais me faire téléporter.

Sébastien nous accueille à l'aéroport et nous ouvre la porte de la Mercedes.

– Je suis ravie de vous revoir, Madame.

– Moi aussi.

Je lui souris chaleureusement, puis je m'assieds, un peu ensuquée, sur la banquette arrière.

Nous pénétrons dans le parking souterrain de mon immeuble et, quelques minutes plus tard, nous sommes dans l'appartement.

Olga s'écroule sur le canapé.

– Pourquoi est-ce que je ne vais pas chez moi, au fait ? J'ai un appartement quand même.

Je mets de l'eau à bouillir pour faire du thé, ouvre le frigo, surprise de découvrir qu'il est plein à craquer.

– Parce que Massimo veut qu'on soit ensemble. Et pourquoi est-ce que tu veux glander toute seule ? Tu en as marre de moi ?

Je prends un pot de chocolat à tartiner et une cuillère. Olga se lève. Je la vois s'appuyer contre le cadre de la porte.

– On fait quoi ? Je me sens si désorientée et... étrangère ici.

– Je sais, moi aussi. C'est fou comme une vie peut changer en quelques mois ! On ira voir nos parents demain, toi les tiens, moi les miens. Il faut les prévenir que nous n'allons pas passer Noël avec eux.

Rien que penser qu'il faut qu'on y aille me donne la nausée. Ils me manquent, mais penser au mensonge que je dois leur faire avaler m'ôte tout le bonheur de les voir.

– Oh, il neige, dit Olga en regardant par la fenêtre. Il... neige...!

On regarde bêtement par la fenêtre comme s'il se passait quelque chose d'extraordinaire. Je rêve de rentrer en Sicile.

Sans quitter la fenêtre des yeux, je marmonne :

– Shopping ? Il faut qu'on améliore notre humeur.

– Ah oui, en parlant de shopping, Domenico m'a donné une carte de crédit. C'est bizarre, car elle est à mon nom. J'ai l'impression qu'il veut imiter Massimo. Du coup, je ne sais pas s'il ressent vraiment quelque chose pour moi ou s'il veut juste copier son frère.

Je pense à la scène que j'ai aperçue dans la bibliothèque hier. Je me demande si je lui dis. Je conclus que ce ne sont pas mes affaires et que je ne veux pas lui gâcher la surprise.

– À mon avis, Olga, tu te prends trop la tête. Avalons notre thé et allons acheter plein de vêtements chauds et larges.

– Laura, tu sais que tu exagères avec ton ventre ? On le voit à peine. Il ne se remarque que si on le sait.

– Bah, je ne sais pas. (Je prends mon ventre entre mes mains et le caresse.) Peut-être que tu as raison, mais je connais ma mère, elle pourrait détecter ma grossesse même sur mes cheveux, donc je préfère être prudente.

Après un thé, quelques biscuits et un pot de Nutella, nous entrons enfin dans le parking du centre commercial avec ma BMW. Bien sûr, il a fallu que nous nous changions car il fait vraiment froid ici. Je porte mes bottes Givenchy noires, un legging en cuir dans lequel j'ai l'impression d'avoir à peine rentré mon ventre, une ample tunique ample beige et un manteau en fourrure de renard gris. Olga, elle, aime les extrêmes, donc elle a mis un short court et des cuissardes Stuart Weitzman. Avec ça, un pull un peu large de la couleur de ses chaussures et une veste en cuir. Un style sexy, comme à son habitude.

Nous passons d'une boutique à une autre en dépensant beaucoup d'argent. Nous nous retrouvons avec un nombre de sacs incalculable, remplis d'affaires d'hiver. On finit par se demander pourquoi on a acheté autant de vêtements que nous ne porterons pas en Italie. Finalement, pour ne pas culpabiliser, nous décidons de tout laisser en Pologne parce que, lorsque nous reviendrons, nous en aurons certainement besoin. Grâce à cette idée brillante, nous dépensons plus facilement l'argent durement gagné par nos mecs. Entre deux boutiques, j'entends mon téléphone sonner, je le sors de mon sac et souris en voyant « numéro privé ».

Je décroche en entendant un bel accent britannique :

– Salut, bébé, comment se passe le shopping ?

– Très bien, tu sais que j'adore les vêtements bien larges, je réponds, ironique. Comment tu sais où je suis ?

Quelle question idiote, je l'ai à peine posée que je me frappe la tête de la paume de la main !

Il rigole.

– Chérie, ton téléphone à un GPS, ta montre aussi et tu as pris ta voiture qui, elle aussi, en a un. La robe rouge que tu viens d'acheter est magnifique, elle ne ressemble pas du tout à un sac.

J'ai un frisson. Je regarde autour de moi nerveusement. Comment est-ce qu'il sait ce que j'ai acheté ? Je suis sur le point de le lui demander quand je remarque deux hommes baraqués pas loin.

– Pourquoi j'ai besoin de gardes du corps, Don ? Je suis en Pologne et je ne crains rien, n'est-ce pas ? je demande, inquiète.

– Bien sûr que non, mais j'aime bien savoir que mes êtres préférés sont en sécurité.

– Tu parles d'Olga et de moi ?

Je m'assieds sur un banc au milieu du passage.

– De toi et notre fils.

– Notre fille !

– Tu n'as pas le droit de porter cette robe rouge avant que je l'aie bénie ! (Sa voix est puissante, et même si je ne le vois pas, je sais exactement à quoi ressemble l'expression de son visage.) Continue à faire ton shopping et embrasse tes parents de ma part.

Je soupire en rangeant mon téléphone dans mon sac et regarde Olga qui se rentre deux doigts dans la gorge comme si elle allait se faire vomir.

– J'en vomis ! balance-t-elle en levant les yeux au ciel.

– Ne sois pas jalouse ! (Je me lève et lui prends le bras.) Regarde, on a de la compagnie qui observe tout ce qu'on fait.

Je lui montre les deux gars d'un geste de la tête.

– Oh putain, il est encore plus tordu que ta mère !

– Ça c'est vrai ! (J'explose de rire.) Allez, viens.

Le lendemain, habillée d'une tunique large qui ne me serre qu'au niveau de la poitrine, d'un legging et d'un long manteau, je pars chez mes parents. J'ai décidé de ne pas les prévenir de mon arrivée. Je veux que ce soit une surprise. Je dépose Olga devant l'immeuble dans lequel elle a habité toute son enfance, puis je continue vers chez moi. La maison de mes parents est le seul endroit que j'appelle « ma maison ». On s'est mis d'accord avec mon frère pour ne jamais la vendre, même si aucun de nous ne l'habite. Jacob habite à cinq cents kilomètres et moi à Varsovie, ce qui ne change rien au fait que nos meilleurs souvenirs sont ici.

Maman a beaucoup transformé le jardin. D'ailleurs, la maison elle aussi a énormément changé ces dernières années, on a du mal à la reconnaître.

Je me tiens devant la porte d'entrée et je sonne. Mon père ouvre la porte.

– Salut, chérie ! s'écrie-t-il en me faisant entrer. Qu'est-ce que tu fais ici ? Que tu es belle !

Je sais qu'il a les larmes aux yeux, donc je le serre dans mes bras un peu plus fort.

– Surprise, je chuchote, ma tête posée sur son épaule.

Ma magnifique maman sort du salon, toujours bien habillée et coiffée.

– Mon enfant, dit-elle en ouvrant les bras.

Je me jette contre elle et me mets à pleurer, je ne sais pas pourquoi. Chaque fois qu'elle réagit si émotionnellement en me voyant, les larmes arrivent toutes seules à mes yeux.

– Ma maman !

– Pourquoi tu pleures ? demande-t-elle en me caressant la tête. Il s'est passé quelque chose ? Pourquoi tu nous fais cette surprise ?

Voir tout en noir, c'est la passion et talent cachés de ma mère, elle adore s'inquiéter et trouver des problèmes là où il n'y en a pas.

– Je suis juste émue.

– Allez, chérie, ça suffit. (Elle me tape dans le dos.) Tomasz, fais-nous du thé et, toi, enlève ton manteau et viens t'asseoir.

Je dois à nouveau tester mes capacités à mentir. Je raconte ma formation à Budapest et à quel point tout va parfaitement bien au travail. Je détaille longuement des soirées imaginaires et comment je les ai formidablement organisées. Lorsqu'elle me pose la question de mes cours d'italien, je sors les trois mots que je connais, puis je change de sujet.

Après un monologue d'une heure et demie, papa veut me faire une démonstration du télescope que l'homme en noir lui a offert, officiellement de ma part. Je le regarde s'agiter, l'objet à la main. Il le tourne, le retourne et marmonne des trucs dans sa barbe.

– Ça peut durer un moment, remarque maman en posant une bouteille de vin rouge et deux verres sur la table.

Je suis foutue… Je n'avais pas prévu ça, j'aurais dû.

Maman nous sert, puis lève son verre pour porter un toast, elle m'attend. Paniquée, je lève le mien aussi et nous trinquons. Je trempe juste mes lèvres, mon Dieu, que c'est bon, si je le pouvais, je terminerais la bouteille.

Papa continue à se battre avec son engin pendant que maman se sert un autre verre.

– Il ne te plaît pas ? demande-t-elle en regardant mon verre intact C'est ton préféré, un pinot noir.

– En réalité, je ne bois plus trop. (Son regard surpris n'indique rien de bon.) En Italie, ils boivent tout le temps, (je réfléchis à quoi dire) et l'alcool c'est du sucre, je finis en souriant bêtement.

– J'ai remarqué que tu as l'air en meilleure forme, répond maman en montrant mon corps. Tu es un peu plus ronde, tu ne fais plus de sport ?

Je suis enceinte, putain ! Je lui souris faussement.

– Euh, je n'ai pas trop le temps, mais malheureusement j'ai le temps de manger, surtout au travail. Donc pizza et pâtes tout le temps, et mes fesses grossissent. C'est pour ça que j'ai calmé sur l'alcool, pour me nettoyer l'organisme.

Je prie pour qu'elle me croie, ce qui n'est pas évident, parce que j'ai toujours aimé le vin et je ne m'en suis jamais privée. J'arrêterais plus facilement la nourriture que l'alcool.

Elle me regarde, étonnée, en faisant tourner le pied de son verre. Ses yeux plissés montrent qu'elle ne me croit pas. Mon papa chéri me sauve de cette situation inconfortable.

– Ah ! C'est bon ! Laura, viens voir, dit-il en gesticulant.

Je me lève d'un bond comme si quelqu'un m'avait brûlée et vais le rejoindre à toute vitesse. Je place mon œil sur le télescope, effectivement, je vois la lune, elle me paraît si près ! C'est impressionnant et magnifique. Je réagis de manière exagérée en commentant ce que je vois. J'ai de la chance, car papa partage volontiers ses connaissances et j'ai droit à un cours de quinze minutes sur l'astronomie. Ma mère, ennuyée, est partie. Je fais encore semblant d'écouter en me demandant comment éviter une deuxième confrontation. Papa connaît si bien son sujet que son explication dure une heure.

Je lutte pour ne pas mourir d'ennui, je sens mes yeux se fermer. Je pense avoir perdu la bataille au moment où maman se joint à nous, cette fois c'est elle qui me sauve de papa.

– Le dîner est prêt, vous venez ?

Je vais perdre la tête si je ne pars pas d'ici demain. Mon père me sauve de ma mère, ma mère de lui. Je vais bientôt me perdre dans mes mensonges. Ça fait longtemps que je n'ai pas fourni un tel effort intellectuel !

Mon cerveau me supplie de faire une pause.

Je m'assieds à table et regarde la nourriture qui a l'air délicieuse. J'ai soudain très faim. Je me sers un peu de chaque plat, et me ressers encore et encore. On peut dire que je me gave, je n'appellerais pas ça manger. Après vingt minutes de festin, je relève mon nez de mon assiette, mes deux parents m'observent, médusés. Putain, je pense, je vais partir aujourd'hui. Maman mâche doucement sa bouchée, regarde mon assiette vide, puis moi.

– Bah quoi ? (Je lève les sourcils, étonnée.) J'ai un peu augmenté mes capacités en ne mangeant que des pâtes.

– Je vois ça ! répond ma mère qui désapprouve clairement.

Je m'apprêtais à manger toute la charlotte aux pommes avec de la chantilly, mais j'ai laissé tomber, ils n'auraient pas tenu le coup. Du coup, je décide d'aller dans la cuisine cette nuit, comme ça, personne ne me dérangera ou ne me lancera de regard inquisiteur.

Après le dîner, nous regardons un film ensemble, puis je vais me coucher dans mon ancienne chambre à l'étage. J'aurais pu dormir dans le salon, mais il se trouve juste à côté de la chambre de mes parents, donc je laisse tomber.

Le lendemain matin, je me rappelle que mes parents sont partis travailler, donc j'ai au moins quelques heures devant moi sans me soucier de leurs regards suspicieux. Je regarde un peu la télé, puis je vais prendre une douche. Je me glisse sous l'eau chaude, ferme les yeux et me souviens de ma dernière douche avec Massimo. Il me manque. Je sens quasiment ses caresses. Ces souvenirs m'excitent et je commence à me toucher, je caresse mes seins gonflés, puis mon clitoris. Je commence à prendre du plaisir bien trop rapidement. C'est un des points positifs de cette grossesse, mon corps est très sensible. Il réagit au quart de tour.

Je pense à quel point Massimo peut être brutal avec moi, et à quel point j'adore ça. Un cri sourd sort de ma gorge lorsque l'orgasme arrive. Je souffle quand la tension redescend. Ouf, c'est précisément ce dont j'avais besoin.

J'éteins l'eau et sors de la cabine, je regarde autour, il n'y a pas de serviette, donc je décide d'aller dans ma chambre récupérer mon peignoir.

– Super, je soupire en ouvrant la porte de la salle de bains.

Après quelques pas, je me fige à l'entrée de la chambre. Ma mère est là, qui fixe mon ventre rond. Je suis comme clouée au sol, les bras le long du corps, je n'arrive même pas à faire un pas. Ma mère ne dit rien, elle secoue la tête comme si elle voulait se réveiller ou sortir d'un cauchemar. Ses yeux ne quittent pas mon ventre. Elle finit par s'asseoir et me regarde droit dans les yeux. Je me sens faible, ma respiration est trop rapide et j'ai un sifflement dans les oreilles.

Je chope mon peignoir sur le fauteuil et l'enfile en m'écroulant sur le siège. Je ferme les yeux pour calmer mon cœur.

– Tiens, dit-elle en me tendant une pilule.

– Je n'ai pas le droit à celles-là. Dans mon sac.

Je l'entends fouiller et elle en sort une boîte de médicaments. Elle me donne la gélule qu'il faut. Je la mets sous la langue et attends qu'elle fasse son effet. Je sens une brûlure et une douleur dans la poitrine, les forts battements de mon cœur atténuent tous les autres bruits autour de moi. Mon Dieu, je crois que je préférerais mourir plutôt que d'affronter ma mère.

– J'appelle les urgences, dit-elle en se levant.

– Maman, non (j'ouvre les yeux pour la regarder), ça va vite passer.

Elle s'assied sur le tapis devant moi et prend mon pouls. Moi, je demande à Dieu de faire un miracle et de me téléporter en Sicile. Les minutes passent, même les yeux fermés, je sens son regard perçant planté sur moi. Inconsciemment, je pose ma main sur mon ventre, puis je prends une grande inspiration. J'ouvre les yeux.

Je vois sur son visage qu'elle est déçue, trahie, inquiète et triste. Comment est-ce que j'en suis arrivée là ? J'avais tout prévu, les vêtements, l'histoire...

– Maman, qu'est-ce que tu fais à la maison ?

– Je voulais passer la journée avec toi, donc j'ai annulé mes rendez-vous, répond-elle en se relevant et en s'asseyant sur le fauteuil à côté de mon lit. Tu te sens comment ?

Je réfléchis à ma réponse. Physiquement, je ne me sens pas mal, mais psychiquement c'est la catastrophe.

– Ça va. Je me suis un peu énervée. (Je sais qu'elle ne dit rien car elle ne veut pas me stresser, mais je ne pourrai pas éviter la conversation.) Le début du quatrième mois, je chuchote sans la regarder, et je sais ce que tu vas dire, donc s'il te plaît, ne le fais pas.

– Je ne sais pas quoi dire. (Elle couvre son visage de ses mains.) Laura, tout s'est passé si vite dernièrement, tu n'as jamais été comme ça. Tout d'abord, ton départ à l'étranger, après cet homme étrange, ces secrets et ces cachotteries perpétuels et maintenant... un enfant !

Je sais qu'elle a raison. Je sais aussi que je ne peux rien y faire, peu importe ce que je dirai.

– Maman, je l'aime.

– Mais un enfant ? s'écrie-t-elle en se levant. Tu n'es pas obligée d'avoir un enfant avec quelqu'un juste parce que tu l'aimes. Surtout si tu ne le connais que...

Elle s'interrompt, je ne sais pas pourquoi.

Je m'approche rapidement de mon sac et en tire le premier vêtement qui me tombe sous la main. Je l'enfile pendant qu'elle réfléchit. Je range mes affaires et referme le zip.

– Laura Biel, bon sang, après combien de temps ensemble avez-vous décidé de devenir parents ?

Je ferme mes poings de colère, en réalité, c'est contre moi que je suis énervée.

– Maman, ça change quoi ?

– Je ne t'ai pas élevée comme ça. Tu le connais depuis combien de temps ?

– Ça n'était pas prévu, c'est juste arrivé. Tu ne penses pas que je suis aussi bête que ça ? Je le connaissais depuis trois semaines.

C'est en le disant que je me rends compte de l'absurdité de la situation. J'attends de ma mère qu'elle comprenne quelque chose qui n'a pas de sens, même pour moi.

Elle est pâle et immobile. Je sais que je lui ai fait du mal et je savais que ça allait se passer comme ça. Je ne peux quand même pas lui dire la vérité au sujet de l'enlèvement, des visions de Massimo quand il était en train de mourir, de la mafia et de tout le bordel en Sicile.

– Et que va-t-il se passer quand le riche garçon en aura marre de toi ? demande-t-elle en élevant la voix, il t'abandonnera avec l'enfant. Je pense que je t'ai élevée différemment, tu te souviens qu'une famille se compose d'au moins trois personnes ? Comment as-tu pu être aussi irresponsable ? (Elle essaie d'être calme, mais ses émotions prennent le dessus.) Tu as pensé à ce qui peut arriver à une femme célibataire avec un enfant ? Il ne s'agit plus de toi toute seule maintenant !

– Je me suis mariée une semaine après mon retour de Pologne, sans contrat de mariage, maman, je lui crache au visage. J'ai donc droit à toute sa putain de fortune. J'ai tellement d'argent que le bébé pourrait s'en faire des couches. Massimo nous aime si fort, le bébé et moi, qu'il se tuerait plutôt que de nous laisser partir. (Je lève un bras quand je vois qu'elle veut dire quelque chose.) Je le sais parce que je me suis déjà enfuie une fois. Ne me juge pas, maman, car tu ne connais pas du tout la situation ! je hurle.

Puis je descends les escaliers en courant.

J'attrape mon manteau, mets mes chaussures et je sors de la maison. Il neige, je sens l'air glacé sur mon visage. J'inspire profondément, puis j'appuie sur le bouton de mes clés. Je jette mon sac sur le siège et démarre. J'ai envie de pleurer, de vomir, de mourir, je suis énervée contre moi-même. Très vite, je quitte la ville, puis je tourne sur une petite route de forêt.

Après avoir roulé quelques mètres, je m'arrête, sors de la voiture et me mets à crier. Je hurle jusqu'à ce que je n'en puisse plus. Je frappe dans les pneus de la voiture avec mon pied chaussé de mes chaussures Givenchy hors de prix. J'ai besoin de l'homme en noir, maintenant plus que jamais.

Il me faut un long moment pour me calmer, je remonte dans la voiture et appelle mon mari. Il répond à la troisième sonnerie. J'essaie de parler, mais dès que j'entends sa voix, j'explose en larmes. Dans un anglais mélangé de polonais, j'essaie de lui expliquer ce qui s'est passé, tout en frappant contre le volant. J'entends Massimo murmurer quelque chose en italien, puis, dans mon rétro, je vois une Passat noire arriver vers moi à toute vitesse. Les deux hommes que j'ai vus au centre commercial en sortent, l'un d'eux court jusqu'à ma portière, il l'ouvre et me regarde avec consternation.

– Bah quoi, putain, je n'ai pas le droit de pleurer ? je hurle en lui fermant la porte à la gueule.

Le gars met le téléphone à son oreille et s'en va avec son collègue.

– Chérie (j'entends une voix calme et douce dans l'enceinte de la voiture), calme-toi et raconte-moi ce qui s'est passé, en anglais.

Je lui raconte tout, puis je me cogne le front sur le volant et y reste collée.

– Je n'ai pas la force, Massimo, je blesse des gens qui m'aiment, je suis furieuse et déprimée et tu n'es même pas là. (Je sens la fureur monter en moi, la colère prendre possession de mon corps.) Et tu sais quoi, Don ? Tu as compliqué ma vie. C'est à cause de toi que rien ne va plus, de toute façon, je vais raccrocher sinon je vais recommencer à pleurer.

Je raccroche, puis éteins mon téléphone. Je sais que je n'ai pas le droit, mais la Passat est toujours derrière moi, donc Massimo a toutes les informations dont il a besoin : où je suis et ce que je fais. J'exécute un demi-tour, passe devant les deux beaux gosses de la voiture noire en soulevant un nuage de neige.

Je m'arrête devant l'immeuble d'Olga. Je sonne à l'interphone et lorsqu'elle répond, je l'informe qu'on repart, elle est ravie.

– Alors, qu'est-ce qu'il y a ? dit-elle joyeusement en entrant dans la voiture.

– Oh, ne demande pas ! Je me suis disputée avec ma mère, elle a découvert pour la grossesse et le mariage. Après, je me suis disputée avec Massimo parce que j'ai pété un plomb. (J'explose en larmes et je m'écroule dans ses bras.) J'en ai marre, Olga !

Elle a du mal à croire ce qu'elle entend, je le lis dans ses yeux.

– Allez, on change de place. (Elle détache sa ceinture et contourne la voiture pour venir à ma portière.) Sors, Laura, tout de suite, répète-t-elle en défaisant ma ceinture et en me tirant par mon manteau, tu ne vas pas conduire dans cet état, sors de là !

On a l'air ridicules. Moi je hurle, je suis en larmes, je m'accroche au volant comme si ma vie en dépendait. Olga me bouscule et gesticule en essayant de décrocher mes mains du volant, elle se penche puis me mord le doigt.

– Aïe ! je crie en desserrant ma prise.

Elle arrive à me faire sortir de la voiture.

– Bon sang, si tu n'étais pas enceinte je t'aurais défoncée, monte !

Les premiers kilomètres se passent dans un silence total, jusqu'à ce que je sente toute cette colère en moi se transformer en consternation et en culpabilité.

– Je suis désolée, je chuchote, la grossesse est une maladie mentale !

– Dans ton cas, c'est sûr. Bon, maintenant raconte-moi ce qui s'est passé à la maison.

Je lui raconte donc toute l'histoire depuis le début, et j'attends sa réaction.

– Pas mal, Klara doit l'avoir mauvaise !

Je hausse les épaules.

– Elle va me renier, elle ne va pas supporter quelque chose comme ça et elle va me virer.

– Oh, ça lui passera !

Après avoir réfléchi un instant, elle ajoute d'une voix douce :

– Tu sais, ce n'est pas tous les jours qu'on apprend que sa fille est enceinte et récemment mariée. En plus, ce n'est pas si mal, au moins elle ne sait pas que Massimo est à la tête d'un clan mafieux ni que vos vies sont perpétuellement en danger. Vois le côté positif (je la regarde, interloquée), je plaisante,

Laura, écoute, au moins c'est fait, pas de manière idéale, mais elle est au courant, fini les mensonges.

En réalité, elle a raison. La situation est claire maintenant, mais ça ne change rien au fait que maman ne voudra plus jamais me parler. Et comme nous sommes aussi têtues l'une que l'autre, je ne compte pas l'appeler non plus après ce qu'elle m'a dit.

Deux heures plus tard, nous arrivons à la maison. Il n'est même pas quatorze heures, mais je suis épuisée, la grossesse, un cœur malade, une dispute avec ma mère, je n'ai qu'une envie, dormir pour le reste de la journée. Olga me prépare un thé, puis me prévient qu'elle va voir son pseudo-ex pour lui dire que tout est fini, comme elle aurait dû le faire il y a quelques semaines déjà. Je lui dis qu'elle a raison et dès qu'elle est partie, j'allume la télé et je m'endors.

Chapitre 11

J'entends un doux chuchotement à mon oreille :

– Pourquoi tu n'es pas toute nue ?

J'ouvre les yeux, il fait totalement noir, même si la montre de la télé indique qu'il est onze heures. Je me tourne pour poser la tête sur le torse nu de mon mari.

– Parce que, premièrement je ne pensais pas me réveiller à tes côtés et, deuxièmement, j'avais besoin de sentir ton odeur.

Je retire sa chemise avec laquelle je m'étais endormie et la jette par terre.

L'homme en noir me serre contre sa poitrine, puis se recule pour mieux me voir.

– Je n'ai pas trop manqué à ma femme ? Ton téléphone est éteint depuis hier.

Paniquée, je réalise qu'effectivement, j'ai coupé mon téléphone et, avec tout ce bazar, j'ai oublié de le rallumer. Je me rends compte que je ne vais pas tarder à me faire baiser comme jamais, et il aura tout à fait raison. Son regard est étonnamment doux, il me caresse les cheveux. Il semble que je ne vais pas me faire punir.

– Mais qu'est-ce que tu fais ici, d'ailleurs ? je demande en fronçant les sourcils. Tu ne devais arriver que demain, il s'est passé quelque chose ?

– Chérie, chuchote-t-il en m'embrassant le front, ton coup de fil m'a fait peur. Tu étais dans un tel état, j'aurais dû être avec toi quand tu as annoncé à ta mère pour l'enfant.

– Je suis désolée d'avoir hurlé comme ça, parfois je ne me contrôle pas. (Je m'allonge sur le dos en expirant fort.) Elle ne sait pas seulement pour le bébé, elle sait aussi pour le mariage. Dans un élan d'honnêteté, je lui ai tout déballé.

Massimo se lève élégamment du lit, appuie sur un bouton de la télécommande, la lumière pénètre dans la chambre. Il se mord la lèvre inférieure, concentré, son magnifique corps musclé se tend puis se détend. Debout, il regarde par les grandes fenêtres, il semble troublé. Je pourrais l'observer la journée entière dans toute sa splendeur. Malheureusement, mon estomac voit les choses différemment.

– Laura, il faut que je règle quelques affaires, dit-il enfin en se rendant dans la salle de bains.

Il se brosse les dents, puis passe dans le dressing et en ressort habillé de son costume noir.

– Nous partons à Gdansk aujourd'hui, Domenico et Olga sont chez elle, je devrais être là avant seize heures.

Je suis toujours allongée et je me demande ce qui s'est passé pour qu'il s'habille en trente secondes et qu'il soit déjà en train de partir.

– Massimo, tu viens d'arriver, on ne peut pas petit-déjeuner ensemble ?

– Je suis arrivé hier soir et, si tu veux la jouer comme ça, j'ai passé toute la nuit avec toi ! (Il s'assied et m'embrasse tendrement.) Je règle ça rapidement et je suis entièrement à toi.

Je croise mes bras sur ma poitrine comme une petite fille boudeuse.

– Tu dois savoir, Massimo, que je ne vais pas bien, en qualité de mari, tu as l'obligation de satisfaire ta femme, je suis énervée, frustrée, triste, pas soulagée, j'ai faim...

Les mots sortent de ma bouche sans que je puisse les retenir et, en même temps, je sens une vague de désespoir et de tristesse m'envahir.

Les yeux de l'homme en noir s'assombrissent, j'ignore ce signal sauvage, c'est mon erreur. Il enlève sa veste, sourit sournoisement puis me prend dans ses bras d'un geste décidé. Il traverse le salon sans dire un mot, me pose face à la grande table de la salle à manger et se place derrière moi.

– On va le faire à l'ancienne, dit-il d'un ton sévère en m'enlevant ma culotte et en m'écartant les jambes avec son genou.

Il s'agenouille, puis me pousse légèrement vers la table. Sa langue chaude caresse ma chatte et je gémis bruyamment en me laissant aller contre la table. Massimo me lèche, m'envoyant rapidement au septième ciel. Il se redresse, me pénètre avec deux doigts, comme s'il voulait me préparer à la taille de son pénis. Sa main droite caresse ma chatte, la gauche défait la ceinture de son pantalon.

– Vite et fort, chuchote-t-il quand son pantalon tombe. Ne dis plus jamais...

Il glisse son sexe en moi, attrape mes cheveux et me tire la tête en arrière.

– ... que je ne te satisfais pas.

Ses hanches bougent à une allure folle, un cri sort de ma gorge, il lâche ma tête, attrape fermement mes fesses et continue à me baiser à un rythme qui me convient parfaitement.

– Tu aimes bien me provoquer, c'est ça ?

Je prends un tel plaisir que je sens que je ne vais pas tarder à jouir. Il attrape mon sein avec sa main gauche et le caresse. C'est trop pour moi. Je jouis en gémissant fort, étalée sur la table humide de ma transpiration. Lorsque l'homme en noir sent que je jouis, son sexe se contracte à son tour, il me mord l'épaule, puis se joint à moi.

– J'adore ça, gémit-il en reprenant son souffle.

Au bout d'un moment, il se redresse et me retourne d'un geste. Je suis allongée sur le dos, face à lui. Son sexe est toujours dur, il sourit de manière coquine et me pénètre à nouveau. Épuisée par l'intensité de l'orgasme précédent, je n'ai même pas la force de dire quelque chose.

– Tu m'as parlé de soulagement (il plie mes jambes molles pour poser mes pieds sur la table), alors viens encore une fois, bébé.

Après m'être fait sauter pendant un quart d'heure, je prie pour qu'il n'y ait pas de troisième round. Comment est-ce qu'un type de son âge peut faire l'amour comme un adolescent ? je me demande, allongée sur le tapis du salon. Massimo remet son pantalon, sourit, content de lui, en regardant mon corps rassasié par le plaisir. Il m'attrape par les mains pour me relever et m'installe sur le canapé avec une couverture. Il m'embrasse gaiement le front et les lèvres.

– Comme je te l'ai dit, je devrais être de retour vers seize heures.

Il prend son manteau noir et sort.

Je me suis bien fait prendre, je me dis quand la porte d'entrée se referme. J'en ai même eu un peu plus que ce que je voulais, la prochaine fois je réfléchirai à deux fois avant de le provoquer.

Je reste allongée pendant une demi-heure, à contempler la neige. Je finis par me lever pour aller prendre une douche.

Je me coiffe, me maquille les yeux, minutieusement pour une fois. Mon magnifique bronzage a disparu, mais même sans, je me sens belle. Je me balade en peignoir dans mon dressing, cherchant quelque chose d'adapté à porter quand j'entends du bruit. Olga bien sûr !

– J'ai faim, allons manger quelque chose.

Je regarde dans le salon, elle n'y est pas, Je rentre dans la cuisine et je la vois, ses fesses bien moulées dans un legging, en train de fouiller dans le réfrigérateur.

– Des sucreries, du vin sans alcool, des jus... énumère-t-elle en passant d'une étagère à une autre. Dommage, j'aurais bien mangé des pâtes... ou un steak. (Elle referme le frigo.) Oui, je veux un steak, des pommes de terre, une salade et une bière. Bouge ton cul, sinon je vais mourir de faim.

Appuyée contre le mur, je la regarde avec de grands yeux.

– Ne me dis pas que vous n'avez rien mangé aujourd'hui ?

– Il y avait des choses plus importantes à faire que manger, Laura. Domenico est en train de gérer quelque chose avec les gars en face et je pense qu'il est dans le même état que moi, alors dépêche-toi.

La porte d'entrée s'ouvre, puis se ferme bruyamment, Domenico déboule dans la cuisine. Je le regarde terrorisée en me demandant ce qui se passe.

– Tu n'es pas prête, toi ?

Je fais non de la tête et file m'habiller. J'ai préparé ce que je veux mettre aujourd'hui dans le but de plaire à mon mari. Des bottes noires en daim Casadei, une robe courte grise Victoria Beckham et un manteau Chanel de la couleur de mes chaussures. Dix minutes plus tard, je prends mon sac et retourne dans la cuisine. Domenico et Olga s'embrassent, barbouillés de Nutella.

– Vous êtes vraiment dégueulasses, allez on y va.

On descend tous les trois au garage. On prend le SUV noir, Domenico s'installe devant avec le gars de la sécurité, Olga est avec moi à l'arrière.

– Tu as pu tout régler ? je chuchote en oubliant que personne ne parle le polonais.

– Rien du tout, Adam n'avait pas le temps, les Siciliens sont arrivés, et voilà.

Je hausse les épaules, désolée pour elle.

– Mais vu le ton de notre conversation, je crois qu'il a compris ce que j'ai à lui dire.

La voiture s'arrête devant le restaurant d'un célèbre cuisinier polonais. Je suis surprise que des Italiens connaissent ce genre d'endroit à Varsovie.

Quand nous entrons, toutes les tables sont prises, normal, il est midi. Le jeune Italien s'approche du manager, lui chuchote quelques mots et lui glisse quelque chose dans la main. Quelques minutes plus tard, nous sommes conduits vers une petite salle à l'arrière du restaurant. Les clients, étonnés, nous suivent du regard quand nous traversons la salle. Nous nous installons à une table ronde et commençons à étudier le menu. Le serveur vient prendre notre commande et apporte des amuse-bouches polonais. Olga et moi sommes ravies.

Une fois que le smalec et les cornichons nous ont calés, Olga se penche vers moi :

– Je dois aller aux toilettes.

Nous nous excusons et repartons vers la salle principale.

L'intérieur du restaurant est décoré de manière minimaliste, mais avec goût. Tout est en bois, des tableaux noirs et blancs sont accrochés aux murs, de grands vases remplis de lys blancs, de la musique d'ambiance en fond sonore et une merveilleuse odeur de nourriture. Je recommence avoir faim.

Olga se fige en fixant un homme assis à une table.

– Putain de sa race ! dit-elle tout bas en me serrant la main.

Je suis son regard. Et je comprends. Un beau blond aux larges épaules et aux lèvres charnues se lève, il porte un costume ajusté qui lui va magnifiquement bien. Adam est riche, attirant et très intelligent. Lorsqu'il voit Olga, il excuse auprès de ses invités et vient vers nous.

Il s'approche d'un pas décidé, l'embrasse pour lui dire bonjour et me salue laconiquement.

– Tu m'as manqué, dit-il en léchant ses lèvres sans la quitter du regard.

Il prend une position nonchalante, jambes écartées, mains dans les poches. Ce sont les manières de tous les hommes riches : la nonchalance, le sentiment de pouvoir et la confiance en soi. On les aime comme ça toutes les deux.

– Salut Adam ! (Elle se balance nerveusement en regardant derrière elle.) Je voulais, tu sais, parler, mais ce n'est pas trop le moment ni l'endroit.

J'essaie de m'échapper de cette situation inconfortable, mais Olga serre ses doigts autour de mon poignet pour me faire comprendre que je dois rester.

Il hausse les sourcils et sourit, amusé.

– Le moment et l'endroit n'ont jamais été un souci pour toi...

– Adam, on s'appelle, dit-elle en me tirant derrière elle.

Elle essaie de passer devant son amant, mais il l'en empêche, il l'attrape par les épaules et lui rentre sa langue dans la bouche. Olga lâche ma main pour le repousser de toutes ses forces. Elle prend de l'élan, puis le frappe tellement fort que l'impact couvre le bruit de la musique. Tous les clients nous regardent. Je recule et vois Domenico qui arrive vers nous d'un pas rapide.

– Domenico...

J'ai juste eu le temps de prononcer son nom avant que son poing se retrouve sur le visage d'Adam.

Le blond s'écroule, mais le Sicilien ne s'arrête pas pour autant, il le roue de coups.

La sécurité intervient, le manager crie, les clients se lèvent de leurs chaises et le jeune Italien qui a des envies de meurtre est maintenu par deux gorilles. Les gardes du corps italiens tentent de libérer Domenico, malheureusement les vigiles du restaurant sont plus nombreux. Soudain, sans savoir ni d'où ni comment, la police arrive et passe les menottes à Domenico. Adam se relève en marmonnant des insultes et Olga est en larmes. Mon Dieu, est-ce qu'il y aura un moment de notre vie qui sera calme, facile et agréable ?

Un instant plus tard, les deux hommes disparaissent et nous nous retrouvons seules au milieu de la salle, le regard de tous les clients rivés sur nous. Olga les salue avec ironie, puis retourne à notre table. Avant même qu'on puisse s'asseoir, mon téléphone sonne.

J'entends la voix paniquée de Massimo :

– Tu n'as rien ?

– La police a embarqué Domenico.

– Je sais, mais toi, tu n'as rien ?

– Non.

– Retournez à la maison et attendez-moi là-bas, dit-il en raccrochant.

– Ça, c'était une discussion ! je grogne en chopant mon manteau et en tirant Olga en larmes vers la sortie.

Nous montons dans le SUV et les larmes d'Olga se transforment en hystérie.

– Quelle putain de honte ! Comment on peut être aussi con, comment ?

Elle frappe, furieuse, contre le siège du conducteur.

– Oh ça va, dis-je en attachant ma ceinture, ça leur apprendra. Adam n'embrassera plus les femmes des autres et Domenico comprendra qu'il n'est pas Dieu.

– J'ai faim ! ajoute-t-elle après un moment de silence.

J'explore de rire, puis j'indique au chauffeur la route de mon chinois à emporter préféré.

Arrivées à la maison, nous nous asseyons sur le tapis pour déballer toute la nourriture que nous avons achetée. Je sors le vin du frigo et sers un verre à Olga qui le boit cul sec puis indique qu'elle a besoin d'un autre. Après en avoir bu trois cul sec, elle s'écroule sur le dos et cache son visage dans ses mains.

– Mon Dieu, et s'il lui arrive quelque chose ?

– Je crois qu'il lui a cassé le nez...

– Je n'en ai rien à faire d'Adam et de son nez, je parle de Domenico.

– Peut-être qu'il a fourré son nez partout sur ton corps, mais c'est du passé, ça, j'ajoute en prenant une bouchée de pâtes au canard.

Olga dégage son visage, puis me lance un regard amusé.

– Tu es méchante.

– Et toi tu as faim, mange !

Olga, frustrée, finit la bouteille, puis attaque les plats. Pour lui tenir compagnie, je décide de boire le mien aussi. J'allume la cheminée et nous nous installons côte à côte sur le canapé, enroulées dans des couvertures, pour regarder la télé. Nous ne parlons pas, c'est une des choses que j'apprécie dans l'amitié : se sentir à l'aise dans le silence.

Il est minuit passé, Massimo n'a toujours pas donné de nouvelles. Je regarde mon amie qui s'est endormie bourrée, son maquillage a coulé. Je décide de la déshabiller, mais dès que je la touche, elle grogne quelque chose et se recroqueville davantage.

– Bon alors non, je chuchote en lui embrassant le front.

Je vais prendre une douche, puis reviens dans le salon pour qu'Olga ne soit pas seule à son réveil. Je zappe de chaîne en chaîne, allongée sur le canapé. Je m'ennuie. Je veux appeler l'homme en noir pour vérifier que tout va bien, mais je décide de ne pas le faire, s'il avait envie de me parler, il m'aurait appelée. Je m'endors un peu après deux heures du matin.

Dans un demi-sommeil, je sens que quelqu'un me prend dans ses bras et me porte vers la chambre, j'ouvre les yeux sur le visage fatigué de mon mari.

– Il est quelle heure ? Dors.

– Cinq heures, dors, chérie.

J'ouvre grand les yeux pour lui montrer qu'il ne m'aura pas si facilement.

– Alors, Domenico ?

– Il est en garde à vue, je pense qu'il va y rester un moment. (Il baisse la tête, puis soupire profondément.) Je lui ai dit tellement de fois que ce n'est pas la Sicile ici. Il n'y aurait pas eu de problèmes s'il avait frappé un type lambda, mais il s'en est pris à une personnalité en vue, une fierté de la nation ! (Il lève la tête, puis fixe le mur.) Carlo dit que les sanctions qu'il encourt sont inévitables malgré ses connexions.

– Des sanctions ?

– Trois mois de prison pour agression et tentative de fuite. On aurait pu tout arranger si le type en question n'était pas l'un des hommes les plus riches de la ville. En plus, il a le nez cassé, ce qui entraîne sept jours d'incapacité et, en Pologne, c'est directement la case prison, il n'a même pas besoin de porter plainte. Il peut, s'il le veut bien sûr, mais même s'il ne le fait pas, le Parquet prendra quand même en charge son dossier.

Je n'ai plus du tout envie de dormir. Don est assis, mais ne bouge pas. Je sens que son cœur galope, je me colle contre son dos.

– Massimo, et après ?

– J'ai rendez-vous avec les avocats demain, on va sûrement voir ce connard. Peut-être vais-je lui tirer dessus et l'enterrer dans les bois.

Je m'assieds sur ses genoux et prends son visage dans mes mains pour mieux le regarder dans les yeux :

– Ça ne me fait pas rire.

– On partira demain, ça ne sert à rien que je reste ici de toute manière. On ira à Gdansk pour le gala, j'ai quelques rendez-vous là-bas. Ensuite, on rentrera en Sicile. (Il soupire, puis pose son front sur le mien.) Carlo s'occupera de tout, ne t'inquiète pas, bébé. (Il embrasse mon nez.) Ce n'est pas le premier séjour de Domenico derrière les barreaux. (Il sourit, me soulève et me porte jusqu'aux draps soyeux où il m'allonge, puis me recouvre.) Tu te doutes qu'avec son caractère, ce n'est pas sa première expérience.

Je suis surprise qu'il ne semble pas plus inquiet.

– Tu vois, chérie, mon frère est assez impulsif, mais je ne t'apprends rien. Il est aussi, même s'il n'en a pas l'air, assez possessif. Il a eu une histoire avec une de nos managers dans un club à Milan. Malheureusement, la femme avait un mari qui ressemblait à la fois à un gorille et à un cheval ! Comme mon frère est un champion en matière de discrétion, l'homme-cheval l'a su (il rigole puis commence à embrasser mon cou), je pouvais intervenir mais, en même temps, il savait très bien ce qu'il faisait. Quand la confrontation est arrivée, Domenico a pu tester ses capacités. Ils se sont battus pendant quinze minutes jusqu'à ce qu'il lui tire dans le genou.

– Pardon ?

Massimo a l'air de s'en amuser comme un enfant, je ne comprends pas du tout pourquoi.

– Bah, il lui a tiré dessus parce qu'il savait qu'il n'allait pas gagner la bagarre. Le problème était que le type venait d'une famille de policiers. Domenico a passé quelque temps derrière les barreaux, j'ai payé ce qu'il fallait et l'affaire était réglée. (Il hausse des épaules.) Donc, chérie, il n'y a aucune raison de se faire du souci pour lui. Même s'il n'apprend pas de ses erreurs. (Il s'allonge à côté de moi en regardant le plafond, toujours amusé.) Le problème est que, cette fois-ci, il est tombé sur quelqu'un comme lui, fier et fortuné. Rien ne pourra convaincre Adam de changer de version.

J'entends du bruit venant du salon, Olga apparaît à la porte, enroulée dans sa couverture, pétrifiée. Ses yeux sont mouillés de larmes.

– Tu es là depuis longtemps ?

– Si tu veux savoir si j'ai tout entendu, alors oui. Putain ! (Elle se laisse glisser le long du mur et cache son visage dans ses mains.) Tout ça à cause de moi, comment j'ai pu être aussi bête ?

Un sanglot de désespoir sort de sa gorge, elle tremble. Je me penche au-dessus d'elle et la prends dans mes bras.

– Chérie, ce n'est pas de ta faute, tu n'as rien fait.

Elle hurle de plus en plus fort. Ça me déchire le cœur.

– Olga, s'il y a quelqu'un à blâmer ici, c'est Domenico, dit Massimo en s'approchant d'elle. Comme tu as tout entendu, tu sais que ce n'est pas sa première fois. (Il l'attrape par les épaules et la place en face à lui.) Si tu veux le voir demain, tu viendras avec moi, mais faire une crise d'hystérie ne résoudra rien. (Il regarde l'heure sur sa montre, il est presque six heures du matin.) Je n'ai pas dormi depuis vingt-quatre heures, donc je vous en supplie, allez vous coucher, on discutera demain. (Il pousse Olga vers la porte.) Bonne nuit, lui dit-il.

Je le regarde avec un air de reproche et je la suis. Je la couche dans la chambre d'amis à l'étage, lui donne un calmant. Elle s'endort presque tout de suite.

Lorsque je retrouve l'homme en noir, je suis étonnée de découvrir qu'il dort. Je ne sais pas pourquoi je suis surprise qu'un homme fatigué dorme, sûrement parce que j'ai rarement l'occasion de le voir dormir. Mon mari se repose entre les draps blancs, son beau visage est calme, ses lèvres légèrement entrouvertes et sa respiration régulière. Il a une main sous la tête et la deuxième étendue, comme s'il attendait à ce que je me glisse sur son épaule. Mes yeux se baladent sur son torse musclé, son ventre, puis entre ses cuisses.

Son beau sexe repose paresseusement sur sa jambe droite, ça m'excite comme jamais.

– N'y pense même pas, dit-il les yeux fermés, couche-toi.

Je râle, soupire et me plains, puis je fais sagement ce qu'il demande.

Je me réveille à midi passé, pas très étonnée de constater que Massimo n'est plus là. Je vais dans la cuisine me préparer un thé avec du lait, puis j'allume la télé dans le salon. Une heure plus tard, inquiète du long sommeil de mon amie, je me rends dans sa chambre, j'ouvre la porte aussi discrètement que possible et là... surprise ! Le lit est vide.

– Qu'est-ce qu'il se passe ici, putain ? je marmonne en redescendant.

J'appelle Olga sans succès, puis l'homme en noir qui ne me donne que peu d'informations car il ne peut pas parler, mais Olga n'est pas avec lui. Complètement perdue, je me pose sur le canapé en me massant les tempes. Où est-ce qu'elle est partie et pourquoi est-ce qu'elle ne répond pas, bordel ?

Un grondement dans mon ventre me sort de mes pensées et je me rappelle que je suis enceinte. Depuis que je n'ai plus de nausées le matin, il m'arrive de l'oublier. J'augmente le volume de la télé, où j'ai mis une chaîne de musique, et je vais me préparer un petit déjeuner. Je regarde ma montre en ouvrant le frigo, il est presque quatorze heures, très bonne heure pour un premier repas.

« Don't stop the music » de Rihanna m'accompagne pendant que je fais cuire mes œufs. En dansant dans la cuisine, je prépare un déjeuner comme si nous étions cinq, et j'emporte mon assiette dans le salon.

Je manque avoir une crise cardiaque quand je passe la porte pour entrer dans l'immense pièce. Olga est là sur le canapé, elle me fixe d'un regard de pierre, sans dire un mot. Je la regarde, pose mon assiette sur la table et baisse le volume de la télé.

– Pourquoi tu es habillée comme ça ?

La robe qu'elle porte est plus adaptée à une sortie du samedi soir que pour le milieu de la journée. Et ses immenses talons aiguilles sont plus faits pour draguer que pour une balade. Le tissu noir de sa minirobe fait ressortir sa poitrine et ne cache presque rien de ses fesses. Elle fait glisser au sol sa fourrure grise, enlève ses chaussures et ses collants déchirés et explose en larmes.

– J'étais obligée, dit-elle entre deux sanglots. J'étais obligée.

Mon cœur s'arrête en la voyant comme ça, je m'approche pour m'asseoir sur le tapis devant elle.

– Olga, qu'est-ce que tu as fait ?

Les larmes font tomber ses faux cils et couler son maquillage, elle ne ressemble à rien.

– Tu as de la vodka ?

– Putain, mais t'es sérieuse ? je crie. (Elle répond juste en hochant la tête.) Je dois en avoir dans le congélateur.

Je pars à la cuisine et reviens avec un verre, une cannette de Coca Zéro et une bouteille de Belvedere. Je lui sers un shot qu'elle boit cul sec sans même prendre de la boisson à bulles avant.

– Doucement.

Elle en boit trois d'affilée, s'essuie le nez et me raconte.

– J'ai beaucoup réfléchi à tout ça, je connais Adam, il ne laissera pas tomber. (Elle prend une gorgée de Coca.) Il ne s'agit pas du fait qu'il m'aime, c'est tout simplement une histoire de fierté. Cette putain de fierté que Domenico a bousculée. Tu sais avec qui il était à table ? Ses amis sont des connards riches, propriétaires de la moitié des boîtes de nuit d'ici, obsédés par le cul. Alors, imagine comme il s'est senti quand il s'est pris le poing de Domenico dans la figure devant eux. Adam a le nez cassé, un os de la mâchoire pété, il est très amoché. (Elle m'indique de la tête qu'elle a besoin d'un autre verre.) Je suis donc allée lui parler.

– Tu as fait quoi ? je hurle en renversant la vodka.

– Qu'est-ce que tu voulais que je fasse ? Que j'attende le procès, la condamnation de Domenico et ensuite sa sortie de prison ? Putain, Laura, ils ne font pas ce qu'ils veulent ici, Massimo a dit lui-même hier que ça n'allait pas être facile, donc j'ai voulu aider.

– Tu as fait quoi ? je demande à nouveau, un peu plus doucement mais encore trop fort.

– Ne crie pas putain, écoute ! (Elle boit son shot, puis se secoue.) Ce matin, après le départ de Massimo, je me suis levée, habillée, et je suis allée chez moi pour me changer. Adam a toujours eu une faiblesse pour les prostituées de luxe. J'ai pris ma voiture pour me rendre chez lui. Devant sa porte, j'ai respiré un bon coup et j'ai frappé. Il m'a ouvert, apparemment pas du tout étonné que je sois là, et sans un mot est retourné au salon où il regardait la télévision. Je l'ai suivi, me suis assise et lui ai tendu un papier sur lequel je lui demandais d'écrire que Domenico ne l'avait pas attaqué mais s'était défendu.

Je m'étouffe :

– Quoi ! Tu te fous de ma gueule ?

– Il a eu la même réaction que toi. Je voulais qu'il écrive noir sur blanc que s'il obtenait ce qu'il voulait, et je sais très bien ce que c'est, alors il lâcherait l'affaire avec Domenico.

– Et... ?

– Il a appelé son avocat, lui a demandé en détail ce qu'il devait écrire pour que la garde à vue soit levée. Ensuite, il a rédigé la lettre, l'a pliée et glissée dans une enveloppe fermée qu'il a mise dans mon sac. (Elle sort une enveloppe et la jette sur la table.) Ensuite, il faut qu'il aille voir les flics pour raconter la même histoire et tout devrait être réglé.

Mes yeux passent de l'enveloppe à Olga, je me demande si je veux entendre la suite. Elle pousse un profond soupir et me regarde avec des yeux tristes.

– Et... ?

– Il m'a demandé d'attendre un moment et est sorti de la pièce. Il s'est absenté quelques minutes, quand il est revenu, il m'a indiqué la salle de bains et m'a donné cinq minutes pour me préparer. Je m'y suis rendue, sans me séparer de mon sac, j'y ai découvert une tenue complète en cuir posée sur les toilettes : des bottes, un fouet... Je me suis changée et l'ai rejoint et... Qu'est-ce que tu veux que je te dise, Laura, je me suis laissé baiser comme une vraie pute, pas une fois, pas deux fois, il m'a sautée pendant deux heures, jusqu'à ce qu'il en ait marre. Quand je suis partie, il a souri en déclarant « qu'une pute serait toujours une pute ».

Elle me tue en me racontant ça, j'ai l'impression d'être devant un film d'horreur, sauf que tout a réellement eu lieu.

– Et maintenant ? Ils vont juste le laisser partir ? Tu ne penses pas que c'est un peu bizarre et que les Siciliens ne vont pas croire à sa soudaine clémence ?

– J'y ai pensé. L'avocat d'Adam va les contacter et leur demander une certaine somme d'argent pour apaiser les choses et ne pas poursuivre l'affaire en justice. Connaissant Adam, il voudra aussi des excuses. Massimo obligera son frère à en faire et tout sera fini avant même que ça n'ait commencé. Ah, et le meilleur, tu sais pourquoi la police était là si vite ? (Je fais un non de la tête.) Ils étaient venus récupérer de la thune qu'un des amis d'Adam devait leur donner, sympa non ? Ce con m'a dit fièrement avec qui il était, en plus.

– Toi, tu te sens comment ?

– Moyen. (Elle hausse les épaules.) Le pire est qu'avant que je me rende dans la salle de bains, Adam m'a dit qu'il n'avait pas envie de sauter une planche et qu'il voulait que je prenne du plaisir et que je jouisse. Et aussi que je devais lui parler en anglais comme je le fais avec mon mec. Tu imagines, j'avais envie de le tuer et, en plus, je devais lui parler en anglais. J'ai imaginé que c'était Domenico. Si ce n'est que je me suis fait sauter par une ordure, je vais très bien. Calme, baisée, défoncée et très très satisfaite. Mais c'était Adam... J'ai eu six orgasmes. Je me sens comme une merde d'avoir trompé le premier type que j'aime. Je vais prendre une douche, j'ai l'odeur de ce sauvage sur moi.

Assise sur le canapé, j'essaie d'assimiler tout ce que je viens d'entendre. Je ne sais pas quoi en penser. D'un côté, j'admire sa détermination et son sacrifice, mais d'un autre, je lui en veux de ne pas avoir laissé l'homme en noir régler tout ça seul. Je me demande si j'aurais fait la même chose, quand je réalise que oui, je ne lui en veux plus du tout.

Je regarde mon assiette froide sur la table, elle y est depuis une bonne heure, du coup, c'est immangeable, de toute façon je n'ai plus faim. Je suis énervée, mais le bébé n'y est pour rien, il faut que je me nourrisse. Je vais dans la cuisine, sors les restes du chinois d'hier, les réchauffe et les mange, assise au bar de la cuisine.

Quand j'ai terminé, je retourne au salon, Olga est sur le canapé, enroulée dans son peignoir, elle zappe sur la télé sans la regarder. La porte d'entrée s'ouvre sur Massimo et Domenico. Olga fond en larmes dans les bras de l'Italien tout juste libéré de prison.

– Ce n'est rien, répète-t-il en la serrant contre lui. Je suis là, c'est fini, on est des Torricelli, on ne se laisse pas faire.

Il s'assied sur le canapé en caressant encore le dos d'Olga.

J'approche de l'homme en noir, me love dans ses bras. Il m'embrasse tendrement sur le front, puis sourit en caressant mon ventre :

– On part dans deux heures. Comment va mon fils ?

– C'est une fille ! crie Olga en se tournant vers nous.

Massimo m'embrasse à nouveau, retire sa veste et allume son ordinateur. Je m'approche par-derrière et lui passe les bras autour du cou tout en gardant un œil sur les amoureux. Au bout de dix minutes, Olga arrête de pleurer et commence à lui hurler dessus, à le frapper en lui reprochant d'avoir agi aussi bêtement hier. Domenico évite ses coups en rigolant jusqu'à ce qu'il la plaque sur le tapis moelleux et l'embrasse. Je détourne mon regard, gênée. Quelques instants plus tard, Massimo dit quelque chose en italien à Domenico qui se lève, embrasse encore une fois mon amie, puis ils disparaissent tous les deux à l'étage.

Je me rends dans le dressing pour commencer à faire mes valises.

– Et s'il veut baiser ? chuchote Olga en s'asseyant à côté de moi. Putain, tu penses que les mecs sentent ce genre de chose ?

J'ouvre grand les yeux en pliant une robe.

– Je n'en ai aucune idée, mais pour ne prendre aucun risque, invente quelque chose. Une indigestion, un mal de tête, tes règles ?

– Les règles ne sont pas un obstacle pour lui, dit-elle en grimaçant. Mais une histoire sur le besoin de tendresse et de câlins marche toujours.

– Quand je ne savais pas comment dire à Massimo que j'étais enceinte, je lui ai fait croire quelque chose dans le même genre et c'est passé comme une lettre à la poste.

Une heure plus tard, nous sommes prêtes. Les gars de la sécurité ont pris nos bagages. Vers dix-huit heures, nous sommes dans l'avion. Je me sens particulièrement bien aujourd'hui, je n'ai même pas pensé à prendre ma gélule. Mais après un moment dans ce tube en métal, mon courage s'envole, j'attrape mon sac pour y chercher mes médicaments, mais mon mari me prend la main et me conduit jusqu'à la chambre.

– Le vol ne dure que trente minutes, je vais faire en sorte que tu ne voies pas le temps passé, dit-il en me poussant sur le matelas et en retirant sa chemise.

Chapitre 12

Le vol m'a effectivement paru très court. Avec Massimo entre les jambes, je n'ai vu ni le décollage ni l'atterrissage. À Gdansk, les hommes de la sécurité prennent nos bagages et approchent la Ferrari de l'homme en noir. Mon Dieu, un de ces pauvres gars a dû se taper toute la route pour que le prince puisse rouler avec son jouet ! Je secoue la tête en y pensant. Mais, en voyant l'intérieur, il me semble que ce n'est pas la même voiture.

– Quelqu'un te l'a conduite jusqu'ici ?

L'homme en noir rigole, puis démarre en laissant tout le monde derrière.

– Chérie, ce n'est pas la même. À la maison, c'est une Ferrari italia, mais elle n'est pas adaptée pour rouler l'hiver à cause de sa traction arrière. Celle-ci, c'est une Ferrari FF, une quatre roues motrices, bien plus appropriée pour ce genre de température.

Je me sens bête de ne pas pouvoir reconnaître deux voitures en théorie complètement différentes. Pour moi, un vaisseau spatial ressemble à un vaisseau spatial ; rassurée par cette idée, je me tourne vers la vitre. Nous sommes partis tellement vite que je n'ai même pas eu l'occasion de demander à Massimo pourquoi Domenico a été libéré si vite. Je lui attrape le genou et lui pose la question.

– Comment as-tu réussi à faire sortir Domenico ?

– Je n'ai pas réussi, ce connard a retrouvé un peu de lucidité. Son avocat nous a contactés, nous nous sommes mis d'accord sur une certaine somme, et l'affaire était réglée.

Je réponds laconiquement, ne voulant pas continuer sur le sujet.

– Ahhh, ok.

– Mais c'est bizarre, ce type a tellement d'argent que j'étais certain qu'il ne serait pas intéressé par un accord financier. J'avais même déjà fouillé dans son passé trouble, mais je n'ai pas eu besoin d'utiliser ce que j'ai découvert.

– Comment ça, trouble ?

L'homme en noir rigole en quittant le périphérique.

– N'oublie pas, chérie, qu'il n'y a pas un homme riche sur terre qui ne fasse pas des choses illégales. Adam fait partie de ce club très restreint, il nous ressemble bien plus qu'à Mère Teresa.

– Donc, Domenico serait sorti de toute façon ? je demande, consternée que le sacrifice d'Olga ait été inutile.

– Bébé, il y a deux choses que je connais bien : l'argent et le chantage.

Rien que penser à ce qu'elle a fait me donne la nausée. J'ai peur que ça se sache, mais elle pensait qu'elle n'avait pas le choix, elle a agi par pur altruisme.

– On est arrivés, dit Massimo quand nous approchons du Sheraton à Sopot.

Dépitée par ces nouvelles informations et noyée dans mes pensées, je le suis. Nous traversons le hall et entrons dans l'ascenseur.

L'appartement, situé dans l'aile avec vue sur mer, occupe tout le dernier étage du bâtiment. Malheureusement, je n'ai pas trop l'occasion d'apprécier la vue car il fait noir et il neige. Je m'assieds tout de même dans la véranda et regarde dehors, je ne sais pas quoi penser, je ne sais pas si je dois m'inquiéter ou tout oublier puisque l'affaire est réglée.

– À quoi tu penses ? me demande Massimo en se plaçant derrière moi et en me massant délicatement les épaules. Quelque chose t'occupe l'esprit aujourd'hui et j'aimerais bien que tu me dises ce que c'est, car comme ça fait des heures que tu y penses, ça doit être important.

Je réfléchis à plusieurs mensonges potentiels pour apaiser sa curiosité, mais je n'ai pas trop d'idées.

– Je pense à ma mère.

Je grimace en me remémorant ce qui s'est passé chez mes parents.

Massimo contourne le fauteuil, s'agenouille devant moi et écarte légèrement mes genoux. Son corps se glisse près du mien, ses lèvres s'arrêtent à quelques millimètres des miennes. Il me caresse le visage, son regard s'assombrit et une ride apparaît sur son front.

– Pourquoi est-ce que ma femme me ment ?

Je soupire, puis je baisse les épaules en signe de résignation.

– Massimo, il y a des choses dont je ne peux et ne veux pas discuter avec toi. (Je prends son visage entre mes mains et l'embrasse.) Ta fille a faim, je dis en m'éloignant et en espérant qu'il veuille bien changer de sujet, tu peux faire quelque chose ?

– J'ai déjà commandé le dîner, on mangera dans la chambre, dit-il en m'attrapant par les hanches et en me rapprochant à nouveau de lui. Maintenant je t'écoute, qu'est-ce qui se passe ?

Putain de sa race ! Je ne vais pas réussir à me débarrasser de cet homme ni de sa curiosité. Je décide de ne pas répondre, je sais que ça n'a aucun sens, mais il ne peut pas me forcer à parler. Massimo est toujours à genoux devant moi, il me scrute d'un air de plus en plus énervé :

– Ok, alors laisse-moi deviner. (Il se relève et se tourne vers la fenêtre.) C'est au sujet d'Olga ? (Il tourne sa tête au moment où il prononce ces mots et croise mon regard paniqué.) Ah j'ai trouvé, dit-il en croisant les bras sur sa poitrine. Je vais te dire ce qui s'est passé, ça va te soulager que je sois déjà au courant.

J'espère qu'il bluffe, je ne vois pas comment il a pu trouver aussi vite ; d'un autre côté, ça ne me surprendrait pas, il sait toujours tout.

Je joue l'indifférence :

– Massimo, tu veux dire quoi par là ? Qu'est-ce qu'elle a fait encore ?

L'homme en noir rigole, s'adosse contre la baie vitrée et met les mains dans ses poches.

– Le sacrifice qu'elle a fait pour mon frère est admirable, malheureusement, c'était inutile, dit-il, sarcastique. (Mes yeux deviennent ronds comme des billes.) Oui, chérie, je sais ce qu'elle a fait pour que ce connard se retire. Au début, j'étais furieux contre elle, parce qu'elle n'a pas écouté quand j'ai dit que je m'en occupais. Mais après, j'ai réalisé à quel point elle est allée loin pour Domenico. Et tu sais quoi ? (Il s'approche, puis se penche au-dessus de moi en appuyant ses mains sur les accoudoirs.) C'est une qualité très appréciable chez une femme, dans une famille comme la nôtre. Elle m'a impressionné.

Il m'embrasse sur le front, puis part ouvrir la porte à laquelle quelqu'un vient de frapper.

Je suis clouée sur mon fauteuil. Je me demande si un jour pourrait passer sans de nouvelles révélations.

Le serveur entre avec le dîner. Il retire les fleurs de la table, pose la nourriture, installe un seau avec du vin, puis s'en va. Je m'assieds à table, glisse la serviette en lin sur mes genoux. Don a eu le temps de se changer, il s'installe en face de moi avec une chemise légèrement déboutonnée et un pantalon noir, il est pieds nus. Je cherche un sujet de conversation, mais je ne trouve rien.

– J'ai commandé de l'oie.

Je l'interromps :

– J'aurais fait la même chose. (Les couverts de Massimo s'entrechoquent sur son assiette.) C'est normal quand on aime quelqu'un.

– Ça suffit ! hurle-t-il en se levant de table. Ne dis pas ce genre de choses, Laura.

– Bah quoi, tu dis que ça t'a impressionné ? je marmonne.

Il est debout et me regarde, incrédule.

– Oui, dans le cas d'Olga qui est irresponsable. J'avais des doutes sur ses sentiments envers mon frère. Maintenant, je n'en ai plus.

– Ah je comprends ! Donc si elle, elle donne son cul pour sauver l'homme qu'elle aime, c'est bien ; si moi, je le fais, c'est mal.

Il s'approche et m'attrape brutalement par les épaules pour me mettre debout.

– Tu es ma femme, tu portes mon enfant. Je te tuerai et ensuite je me tuerai à l'idée que tu puisses te sacrifier de cette manière pour moi, ne pense jamais à ce genre de solution, bébé. Putain !

Il hurle, puis me lâche et se met à faire les cent pas dans la pièce en marmonnant en italien.

Bon, ma remarque n'était pas nécessaire, vu sa réaction. Ça ne change rien au fait que pour le sauver, j'aurais agi de la même façon.

– Et comment tu le sais, d'ailleurs ? je demande en me rasseyant et en plantant ma fourchette dans la viande goûteuse.

Massimo s'arrête puis me regarde, visiblement étonné par mon calme.

– Grâce à l'enregistrement.

Cette fois, c'est moi qui lâche mes couverts.

– Quoi ?

– Mange, je vais t'expliquer.

Je commence à manger, sachant que ça ne sert à rien de le contredire. L'oie, les pommes de terre, la salade, les betteraves qui n'ont pas le goût de betteraves, un dessert, et enfin une autre portion de dessert. Je m'arrête au thé au citron, car je me sens un peu faible avec la quantité de nourriture que j'ai ingurgitée. L'homme en noir me regarde, son verre de vin à la main, visiblement satisfait de mon appétit.

Je m'adosse au fond de mon siège, rassasiée.

– C'est bon, je t'écoute.

Massimo prend une grande inspiration, puis se ressert de vin.

– Au début, j'étais troublé car j'avais l'impression qu'Olga avait provoqué toute cette situation. La scène ressemble à ça : elle entre dans la pièce dans une tenue très très sexy, il sourit légèrement. Ensuite il la baise, pendant deux heures d'après l'horloge, puis elle s'en va, et voilà.

– Alors, comment tu peux savoir de quand date cet enregistrement ?

– Parce que, chérie, Adam a le visage défoncé et il y a le journal du jour sur la table.

Il ouvre les bras, puis hausse des épaules, désolé.

– Et comment as-tu récupéré l'enregistrement ?

– Il ne m'était pas destiné. En fait, ce connard voulait ridiculiser Domenico et, en même temps, gâcher la vie d'Olga. Son avocat a transmis le disque aux policiers, mais ces cons nous ont confondus et ils me l'ont donné à moi.

D'un seul coup, tout ce qu'il dit et ce qu'a dit Olga prend sens. Adam avait une stratégie dès le départ pour humilier son adversaire et, en même temps, briser leur couple. Le fait qu'il ait demandé à Olga de parler anglais et d'avoir des orgasmes, tout ça devient très logique. Sur le film, il fallait qu'on voie qu'elle prenait du plaisir. Il a préparé les vêtements dans la salle de bains, donc il a eu le temps d'installer la caméra. Comme ça, tout paraît très logique. De ce que dit Massimo, la vidéo commence après la signature du papier qui garantit la liberté de Domenico. Donc, ce qu'il montre est juste une séance de baise torride pendant deux heures.

– Comment tu as pu savoir qu'Olga n'a pas juste trompé Domenico ?

– Je ne le savais pas, j'ai bluffé. C'est ta réaction qui vient de me convaincre. Je voulais t'en parler dans la voiture, mais j'ai eu du mal à me concentrer après le voyage.

– Et maintenant ?

Je me place à côté de lui pour lui faire un câlin.

– Rien, j'ai détruit l'enregistrement. Domenico est libre et, demain, on va au gala, sourit-il en s'éloignant légèrement de moi. Et si ta question est à propos de ce soir, je veux juste profiter de ma femme enceinte.

Le lendemain, à ma grande surprise, je me réveille à côté de mon mari. Je n'y crois tellement pas que lorsqu'il ouvre les yeux, je lui demande ce qui s'est passé. Il rit nerveusement. On descend même ensemble prendre le petit déjeuner. D'habitude, on se fait monter le petit déjeuner dans la chambre parce qu'il est toujours pressé, aujourd'hui il prend son temps. Quand nous entrons dans la salle du restaurant, je me fige en voyant Olga assise à table avec Domenico. L'homme en noir attrape ma main et me fait avancer.

Notre repas familial se prolonge pendant une trentaine de minutes.

– Notre premier rendez-vous est à midi, dit Massimo en se tournant vers moi. Après, on en a un autre. Nous rentrerons vers seize heures. Sebastian est là et si vous voulez sortir, il suffit d'appeler la réception et dire que tu as besoin d'une voiture.

Il m'embrasse sur la tête, caresse le bras d'Olga, puis s'éloigne.

La tête qu'elle a faite quand Massimo lui a touché le bras vaut le coup d'œil. De la terreur mélangée à du dégoût et de l'inquiétude.

– Mais qu'est-ce qu'il veut, celui-là ? demande-t-elle en essuyant l'endroit qu'il a touché.

Je ne la regarde pas pendant un moment en me demandant si je lui dis la vérité, mais sur ce sujet, mon amie est exactement comme Massimo, implacable, insistante et curieuse. Impossible de s'en débarrasser.

– Laura ! grogne-t-elle. Je te parle.

Mon Dieu, je me sens à nouveau envahie, une autre journée s'annonce avec trop d'informations en tête, j'aurais préféré pouvoir l'éviter.

– Il sait, je finis par balancer, il sait pour Adam.

Olga prend une grande inspiration, son visage en devient violet.

– Avant que tu commences à hurler, ce n'est pas moi qui le lui ai dit. (Cette fois-ci, son visage devient vert et très pâle.) Respire, je vais tout te raconter.

Elle commence à cogner son front sur la table. Les verres s'entrechoquent à chacun de ses coups. Je place ma main à l'endroit où elle cogne pour amortir les chocs.

– Arrête, putain, il n'y a rien.

Je regarde autour de moi et chuchote :

– Il vaut mieux que je te dise ce que ton amant avait planifié.

Elle lève son regard, puis plisse les yeux.

– Allez balance, ça ne peut pas être pire, de toute façon.

Je lui raconte tout ce que l'homme en noir m'a dit. Ce qui explique son comportement un peu étrange envers elle. C'est en effet suspect, car il ne lui a jamais montré grande affection. Il la respecte et il sait que je ne peux pas vivre sans elle, mais je pense qu'il ressent une sorte de jalousie irrationnelle qui ne lui permet pas de l'apprécier. Or, tout ça est terminé depuis qu'il sait ce qu'elle a fait pour Domenico. Son attitude envers elle a changé d'au moins cent quatre-vingts degrés.

– Bonjour !

J'entends une voix derrière moi et regarde le visage pétrifié d'Olga.

– Quoi encore, putain ? grogne-t-elle en regardant mon frère arriver.

Je me lève et me jette dans ses bras. J'oublie complètement qu'il sautait mon amie il y a quelques années.

– Salut, sœurette, dit-il en me faisant un câlin. Ton mec m'a arraché du lit et un de ses gorilles m'a conduit jusqu'ici.

(Il s'assied à côté de moi, puis se tourne vers sa gauche.) Salut, Olga chérie, comment tu vas ?

Il caresse délicatement sa cuisse en souriant bêtement.

– Jacob, arrête !

Il fixe mon ventre.

– Oh putain, maman n'a pas menti. (Je me rassieds sur mon fauteuil en grimaçant.) Putain, je vais être tonton, mais ce n'est pas rien, ça. Toi, tu vas être mère, c'est sacrément tordu.

Je regarde l'endroit qu'il reluque. Effectivement, dans mon tee-shirt assez serré, mon ventre parfaitement plat n'est plus si plat.

– Je vais à la salle de sport, j'ai besoin de courir un peu, avoue Olga en quittant la table.

– Pourquoi tu mens ? dit mon frère. Je suis sûr que tu vas sucer quelqu'un comme la championne que tu es.

Mon Dieu, ça commence !

– Tu as deviné, riposte-t-elle, sarcastique. Malheureusement, ma prestation ne t'est pas destinée.

Elle part effectivement courir, ce qui n'est pas vraiment son genre.

Jacob reporte son attention sur moi.

– Donc, une grossesse, un mari, un déménagement... Quoi d'autre ? dit-il en touillant son café. (Je grimace nerveusement en caressant mon ventre.) Ah et, Cosa Nostra, j'ai failli oublier le plus important.

Je le regarde, terrifiée, lui boit tranquillement son café. Ses larges épaules de nageur rebondissent tellement il rit. Il repose sa tasse, puis croise les mains derrière sa tête.

– Ma sœur, je le sais depuis le début. Et j'ai Google en plus, ton mari est anonyme.

– Jésus-Christ ! je chuchote en cachant mon visage dans mes mains. Nos parents le savent ?

– Tu es bête ou quoi ? Bien sûr que non. Peut-être qu'ils se doutent de quelque chose. En plus, depuis un certain temps, je regarde les finances d'une des filiales de Massimo, donc j'ai remarqué des choses.

– Pardon ? dis-je un peu trop fort, si bien que les autres clients me dévisagent. Tu travailles pour lui ?

– Je le conseille. Mais ne parlons pas de ça. Dis-moi plutôt comment tu te sens et ce qui s'est passé à la maison.

Nous discutons longtemps et, quand ils commencent à débarrasser le petit déjeuner, nous retournons dans la suite, nous avons beaucoup de sujets à aborder. Mon charmant frère se révèle très protecteur vis-à-vis de sa sœur enceinte.

– On déjeune ensemble ? je demande quand je vois qu'il est tard.

– On dîne plutôt, car tu dois te préparer, je reviendrai vous chercher vers dix-neuf heures, le gala commence à minuit.

– Comment ça, tu viens nous chercher ?

– Massimo m'a demandé de vous y conduire, il vous rejoindra parce qu'il a un rendez-vous.

Je suis triste, car encore une fois, il a un rendez-vous et quelqu'un prend ma place à ses côtés. En réalité, ces combats ne m'intéressent pas vraiment sans lui, c'est l'homme en noir qui m'a donné envie d'y assister, je voulais passer du temps avec lui.

Mon frère s'en va. J'appelle Olga qui m'informe qu'elle nous a pris rendez-vous avec des coiffeurs et des maquilleurs. J'ai une heure pour prendre un bain et chercher une tenue adaptée pour ce soir. Je m'assieds devant mes valises et sors tout ce qu'il y a dedans. Je ne suis jamais allée à ce genre de gala, donc je n'ai aucune idée s'il faut mettre une robe avec des plumes ou juste un jean. D'un seul coup, j'ai une révélation, le noir, peu importe ce que je porte, si c'est noir, ce sera idéal.

Je trouve mes bottes à talons Manolo Blahnik, avec ça je choisis un pantalon de la même couleur qui ressemble plus à un legging et une chemise Chanel ample qui cache parfaitement mon ventre. Contente de mon choix, je file sous la douche puis j'enfile ma lingerie de dentelle noire et mets mon peignoir.

Les maquilleuses et coiffeurs finissent peu après dix-huit heures. Lorsqu'ils s'en vont, je me place devant le miroir. Le résultat est sublime, mes cheveux forment une tresse épaisse et mon maquillage gris smokey est parfaitement assorti à ma tenue. J'enlève mon peignoir blanc, puis je prends mon haut. Je le repose car j'entends la voix de mon amie.

– Appelle-moi quand ton con de frère sera là, dit Olga en sortant de la chambre. Et habille-toi, tu te balades en sous-vêtements comme si tu voulais séduire quelqu'un !

– Je m'habille ! je grogne. Je suis enceinte, ce n'est pas très sexy.

– Tu es débile, ta grossesse ne se voit quasiment pas, tu es plus mince que moi et moi je n'ai pas mis en route une descendance. Habille-toi et appelle-moi.

Je ferme la porte, éteins les lumières et clique sur Delerium, « Silence », sur mon portable, puis je mets mes écouteurs. En réalité, je ne suis pas pressée. Dans le noir, je regarde par la fenêtre la neige qui tombe, elle est si dense qu'elle couvre quasiment la vue de la mer.

La chanson recommence une deuxième fois. Un de mes écouteurs sort de mon oreille et j'entends un doux accent britannique.

– À moi, dit Massimo en passant ses mains sur mes hanches et mon ventre. Je ne te dérange pas, chuchote-t-il en remettant l'écouteur dans mon oreille.

Je n'arrive plus du tout à me concentrer sur la magnifique voix de la chanteuse, je suis désorientée. Massimo me met un foulard sur les yeux, je place une main sur la vitre pour me retenir. Je suis sourde et aveugle, à sa merci. Toujours derrière moi, il prend mon téléphone de mes mains puis le place dans mon soutien-gorge. Ensuite, il me retourne, lève mes bras au-dessus de ma tête en les maintenant d'une main. Il mord mes lèvres délicatement en laissant sa langue se glisser au milieu. J'ouvre la bouche. J'attends qu'il y entre. Mais non. Je sens ses dents agripper mon menton, mon cou, ma clavicule jusqu'à atteindre mon sein. Il le taquine à travers la dentelle, le mord puis le lèche, et inversement. Je gémis. Sa main libre caresse l'intérieur de mes cuisses en les écartant. La musique continue à résonner, je suis désorientée.

À un moment, je sens qu'il frotte mon clitoris gonflé. Il rentre brutalement sa langue dans ma bouche. Il libère mes bras et m'embrasse. Je presse mon visage contre le sien. Je laisse glisser mes mains sur ses épaules. Elles sont nues. Je les glisse encore plus bas et découvre qu'il est totalement nu. Il place ses mains sous mes fesses et me soulève.

– Massimo, je veux...

– Je sais ce que tu veux, chuchote-t-il à nouveau en me libérant une oreille. Tu ne l'auras pas.

Il remet l'écouteur à sa place puis m'allonge sur le matelas moelleux. Il retire mon téléphone de mon soutien-gorge, fait glisser une bretelle, puis l'autre, jusqu'à ce que mes seins soient libres. Il les mord, les suce, les caresse, les fait tourner dans ses mains. La musique m'irrite, j'ai l'impression qu'elle intensifie les sensations sur chaque millimètre de mon corps. Je sais que je gémis plus fort que d'habitude, mais je n'entends pas le bruit de ma propre voix. La bouche de Massimo se balade sur mon ventre. Elle atteint mon petit string en dentelle. J'écarte les jambes, lui donne le signal pour qu'il s'occupe de moi sérieusement, fini les chatouilles. Malheureusement, la seule chose que je sens, c'est sa respiration, puis plus rien, car il se lève.

J'ai envie d'enlever le foulard et les écouteurs, mais je sais que je le regretterai. Pas parce que mon mari me punira mais parce que ça ruinerait la surprise. Je sens sa main tourner ma tête délicatement, son sexe gonflé se glisse dans ma bouche entrouverte. Son goût est parfait. Je ne sais absolument pas si ça lui fait du bien, ses mains attrapent mes cheveux. J'aime bien quand il me dirige, il donne le rythme qui lui convient et je suis certaine que ça le rend fou.

Au bout d'un moment, il me déplace à nouveau, ma tête repose sur le lit. Son membre cogne mes lèvres, je les ouvre pour le prendre à nouveau dans ma bouche. Les hanches de l'homme en noir donnent le rythme. Sa bouche se pose sur mon clitoris, il me retire ma culotte en dentelle et m'écarte les jambes. Il se met à me lécher vigoureusement tout en me pénétrant avec deux doigts. À ce moment-là, il se retourne sur le dos, je suis maintenant allongée sur lui, mon coude repose sur sa cuisse et je le branle vite et fort. Je sens qu'il est de plus en plus dur. Il continue à me mordre et à me sucer, il accentue mon plaisir en insérant ses doigts. J'adore cette position, le soixante-neuf donne deux effets que j'apprécie : le pouvoir et le plaisir.

Je sens que je commence à avoir chaud dans le bas du ventre, tous mes muscles se contractent, ma respiration s'accélère. Les mouvements de Massimo en moi deviennent plus intenses lorsqu'il sent que je vais jouir.

– Non ! je crie en arrachant le foulard et les écouteurs. (L'orgasme s'en va, l'homme en noir me regarde, surpris, en souriant légèrement.) Je veux te sentir.

Je ne suis pas obligée de le répéter, Don se jette sur moi et me pénètre.

– Saute-moi, je t'en supplie, je chuchote en l'attrapant par les cheveux et en plaquant ses lèvres contre les miennes.

Il aime ça. Massimo adore le sexe brutal, il adore quand je suis vulgaire. Il se redresse, s'agenouille puis attrape une de mes jambes pour la placer sur son épaule. Son sexe rentre au plus profond de moi, sa main gauche se serre autour de mon cou et son index s'introduit dans ma bouche. Quand il sent que je commence à le sucer, il se met à me baiser de toutes ses forces.

Après quelques minutes, je sens mon orgasme revenir et exploser en moi. La neige tombe derrière la fenêtre, il fait noir dans la chambre, j'entends juste ma respiration irrégulière et Delerium au loin dans mes écouteurs. Je jouis longtemps et fort. Je plante mes ongles dans ses cuisses. Quand je pense que le plaisir s'en va, Massimo jouit à son tour, ce qui me provoque à nouveau un plaisir intense.

Nous restons allongés quelques minutes, essayant de reprendre notre respiration.

– J'étais coiffée, dis-je avec tristesse quand je reprends un peu mes esprits. Et maquillée...

– Et pas satisfaite ! (Il m'embrasse sur le front.) De toute façon, tu es magnifique. Il est tard, il faut qu'on y aille.

Il disparaît dans la salle de bains.

Quel hypocrite ! Lorsque je me vois dans le miroir, je suis furieuse, c'est bien ce que je pensais : le maquillage, passe encore, mais les cheveux, sûrement pas. Je prends mon téléphone en priant pour que le coiffeur de l'hôtel ait encore de la place. Heureusement, il en a et, cinq minutes plus tard, il me tresse à nouveau les cheveux en me regardant bizarrement.

Entre-temps, Massimo a fini de se doucher, il parle au téléphone en marchant et en criant en italien. Je remercie mon sauveur ; l'homme en noir, sans interrompre sa conversation, lui tend un billet et ferme la porte derrière lui en le poussant presque dans le couloir.

Chapitre 13

– Je vous invite à me suivre ! crie une fille à côté de l'entrée du hall, en levant la main en l'air.

La neige qui tombe la cache, on la voit à peine. Elle porte un jogging, un manteau et un micro serre-tête dans lequel elle s'exprime de temps en temps. Je regarde autour de moi, une longue file d'attente s'allonge devant l'entrée. Je suis contente qu'on ne soit pas obligés d'attendre avec tous ces gens. Massimo prend ma main et m'entraîne vers la porte. Derrière nous, Domenico, Olga et mon frère avancent à travers la neige. Je perçois que sa présence énerve les amoureux.

La jeune femme m'attache un bracelet VIP autour du poignet, puis nous indique le chemin. Nous suivons un étroit couloir qui débouche sur une vaste pièce. Des serveurs passent avec des plateaux de coupes de champagne, les bouteilles sont dans des seaux à glace. Il y a également un magnifique buffet. J'ai l'impression qu'on s'est trompés de fête, mais quand je reçois le programme des combats, je comprends qu'on est au bon endroit.

Olga rentre, nonchalante, elle chope deux coupes et en bois une d'un trait.

– Tu as quoi, là ? demande-t-elle en me prenant le programme des mains. Regardons ces beaux gosses.

Elle pose sa coupe et feuillette la brochure en plissant des yeux. Je me tourne vers mon mari plongé dans une discussion avec Domenico et Jacob. J'essaie d'écouter ce qu'ils complotent, mais ils font exprès de parler tout bas et je n'entends pas un traître mot. Olga glousse, nous nous tournons tous les quatre vers elle, elle semble un peu éméchée, debout à côté du bar à cocktails. Elle fait une tête ridicule, comme si le drôle de bruit qu'elle venait d'émettre n'avait rien de particulier.

– Bah quoi ? Je suis contente qu'il y ait de si bons combats.

Elle hausse des épaules, puis s'approche de moi et m'attire à l'écart. Elle pointe du doigt l'avant-dernière page.

– Regarde, putain.

Je plante mon regard sur la photo d'un des participants. Mon ex, Damian ! Je lui arrache la brochure des mains pour étudier la photo de plus près. C'est bien mon ex qui participe aux combats. Olga me regarde en riant. J'avale la boule qui s'est formée dans ma gorge.

– Et tu en es contente, débile ? je demande en la giflant avec les feuilles. Avoue-le, tu le savais.

Olga se décale un peu. Elle se place de l'autre côté de la table haute, par mesure de sécurité. Elle prend une gorgée.

– J'en avais entendu parler, marmonne-t-elle en montrant ses dents.

Je plisse les yeux, énervée.

– Et pourquoi tu ne m'as rien dit ?

– On ne serait pas venus, et moi j'en avais envie. (Elle s'approche de moi, puis place sa main sur mon épaule.) En plus,

Laura, il y a plusieurs milliers de personnes ici, il n'y a aucune chance que tu le croises.

Je regarde à nouveau la photo de Damian. Cette fois-ci, j'admire ce que je vois. Les notes qui décrivent ses succès sont impressionnantes, des records, des résultats sur des rings internationaux. J'ai chaud au cœur en lisant ça. Des souvenirs me reviennent. Malheureusement, je n'ai rien de mauvais à dire sur lui. Tout ce que je me rappelle est bon et joyeux. Je dis malheureusement, parce qu'il serait bien plus simple de ne pas l'apprécier.

– Tu penses qu'il gagnera ? (J'entends une voix dans mon oreille et me raidis.) Son adversaire est costaud dans le combat au sol, il peut avoir des soucis.

Jésus, au sol ? Moi aussi, j'avais des soucis quand il m'y amenait. Je secoue ma tête comme si je voulais me débarrasser de ces pensées inutiles. Avec un sourire bête, je me tourne vers l'homme en noir.

Je hausse des épaules avec un sourire espiègle.

– Je pense qu'il gagnera, je réponds, sûre de moi, tout en l'embrassant délicatement. Il finira soit par une guillotine ou par une clé articulaire. C'est un grappler, donc il va chercher à le terminer au sol.

Massimo ouvre de grands yeux, ébahi.

– Qu'est-ce que tu as dit ? rigole-t-il en secouant la tête. Chérie, est-ce que je devrais savoir quelque chose ?

Je ne dis rien pendant un instant, jubilant à l'intérieur de moi.

– Tu devrais savoir que je sais lire. (Je pointe le magazine du doigt.) Apparemment, c'est ce qu'il fait.

– Apparemment, il l'a testé sur toi, ajoute Olga en polonais, le visage de marbre.

J'ignore sa remarque, prends le verre de jus que Massimo place à côté de moi et bois une gorgée en faisant comme si tout ça ne m'affectait pas du tout alors qu'à l'intérieur de moi, je tremble en repensant à l'époque où j'étais avec ce guerrier. Je vais devoir assister à son combat.

L'hôtesse vient nous voir pour nous conduire vers le fond du hall. Assez amusés, nous la suivons le long des couloirs jusqu'à une barrière métallique. Nous nous retrouvons dans le hall principal. Je regarde autour de moi, c'est gigantesque. Tout autour, il y a des tribunes, plus bas devant certains des secteurs, des chaises sont installées et, au centre, il y a la cage. Je sens mon estomac remonter dans ma gorge, ma main se resserre autour de celle de Massimo. La cage est bien plus grande que celle qui est à la résidence, mais ce n'est pas important. Les souvenirs que j'ai de l'intérieur remontent en moi, et je ressens soudain un besoin malsain de me faire sauter. Jésus, à cause de cette grossesse, je vais le tuer avec toute cette baise !

Massimo m'observe avec calme, on dirait qu'il perçoit chacune des idées salaces qui me traversent l'esprit. Il sourit en se mordant la lèvre. Il sait exactement à quoi je pense. Sans aucune considération pour les gens autour de nous ni pour la jeune femme qui nous accompagne, il approche ses lèvres des miennes et glisse sa langue dans ma bouche, je passe mes bras autour de son cou et le laisse entrer encore plus loin et profondément en moi.

Nous restons comme ça un moment, jusqu'à ce que mon frère lève les yeux au ciel et lui demande de nous indiquer nos places, ils disparaissent tous les trois derrière l'ouvreuse. Quand finalement mon besoin d'amour est rassasié, nous nous dirigeons vers la cage.

Nous sommes assis au premier rang, ce qui ne m'étonne pas du tout, ce serait bizarre que ce soit autrement. Ce qui me surprend, c'est qu'Olga s'assied à côté de moi alors que Domenico et Jacob prennent place à côté de Massimo. Ils sont à nouveau en grande conversation et j'en déduis que cette sortie n'est pas seulement amicale. J'abandonne toute idée d'entendre ce qu'ils se disent.

Les deux premiers combats sont longs et fascinants : la brutalité du MMA est excitante. Même si la discipline a des règles très précises, parfois on dirait qu'elles ne sont pas vraiment respectées. Après la troisième confrontation, on annonce une pause de quinze minutes. J'en profite pour aller aux toilettes avec Olga sans oublier de prévenir mon mari. Massimo voulait venir avec nous, mais le président de la fédération qui organise les combats l'arrête. Ça nous sauve. Nous nous présentons poliment, puis nous nous échappons.

Lorsque les vigiles voient la couleur de nos bracelets, ils nous laissent passer où on veut. D'un seul coup, je réalise que je ne sais plus du tout où on est.

– Laura, tu m'emmènes où ? demande Olga en regardant autour d'elle, ce ne sont pas les toilettes ici.

Elle a raison, nous sommes dans un couloir totalement vide, on ne peut même pas demander de l'aide. J'attrape la poignée de la porte par laquelle on est arrivées, mais elle est fermée, pour l'ouvrir de notre côté, il faut une carte magnétique.

– Viens, on va bien finir par arriver quelque part.

Après avoir ouvert plusieurs portes, nous arrivons dans ce qui semble être les coulisses de l'évènement. Des gens courent dans tous les sens en parlant dans leur radio. Un homme surveille un écran tout en mangeant un sandwich, d'autres fument. Fascinée, je ralentis pour observer ce chaos.

On passe à côté d'hommes habillés de tee-shirts aux logos d'entreprises et de l'organisateur, ce sont sûrement des membres du staff, plus loin il y a les loges des artistes qui font l'ouverture et des filles qui affichent les numéros des rounds. « Oktagon girls », c'est ce qui est inscrit sur la porte. Elles sont impressionnantes : minces, athlétiques, elles ont les cheveux longs et un sourire parfait. Elles sont agréables à regarder quand elles profitent des quinze minutes de pause pour se repoudrer le nez et retoucher leur rouge à lèvres. La femme qui semble être leur manager s'agite autour d'elles en criant, sans grand résultat, car elles l'ignorent totalement. Quelle femme répugnante, elles devraient la foutre dehors, d'autant qu'elles sont plus nombreuses.

– J'ai trouvé ! crie Olga en voyant un panneau w.-c. J'y vais en premier, je n'en peux plus après tout ce champagne.

Quand nous avons terminé, nous nous décidons à demander à quelqu'un du staff de nous indiquer comment retourner à nos places. Je vois des panneaux qui indiquent l'accueil et je me dis que quelqu'un pourra certainement nous aider là-bas. Je m'apprête à bouger quand la porte à côté de moi s'ouvre sur un très grand type barbu. Surpris, nous sursautons tous les deux. Avant que la porte ne se referme, je croise un regard qui m'est bien connu, et ça me paralyse.

– Oh putain ! je marmonne devant la porte qui vient de se refermer. C'est...

Je n'ai pas le temps de prononcer un autre mot, car la porte s'ouvre à nouveau et Damian apparaît, l'air très désorienté.

– Je n'y crois pas... Tu es enfin là.

Il m'attrape les mains, puis me prend dans ses bras. Je suis comme une marionnette dans ses bras. Olga est tellement surprise qu'au lieu de me venir en aide, elle reste plantée à me regarder, les yeux ronds. Je prie pour que Massimo n'apparaisse pas.

– Je t'ai écrit si souvent, et tu es là, dit-il en me reposant par terre, tu as changé... ces cheveux, il me caresse le visage de ses mains bandées.

– Salut, tu as l'air en forme.

J'ai à peine terminé ma phrase que je la regrette. Il est vraiment canon. Olga ricane à côté, jusqu'à ce qu'elle voie apparaître son ex à elle.

– Oh putain... gémit-elle comme si quelqu'un l'avait brûlée.

On est là tous les quatre. Je me demande si j'ai envie de mourir ici et maintenant ou de tuer Olga. La voix du speaker annonçant la reprise des combats dans trois minutes met un terme à cette situation tellement embarrassante :

– Il faut qu'on y aille, dit Olga en me tirant par le bras.

L'ami de Damian le tire vers la pièce d'où ils sont sortis.

– Bon courage, je chuchote lorsque je le vois disparaître.

Ignorant l'accueil qui était notre destination de départ, nous courons dans les couloirs jusqu'à la salle principale.

Je m'adosse au mur pour reprendre ma respiration. Je regarde Olga qui respire avec difficulté devant moi.

– Quelques milliers de personnes, c'est ça ? On ne va pas le croiser, c'est ça ?

Olga tente de prendre une mine désolée, mais soudain, elle explose de rire.

– Il est putain de beau gosse, gémit-elle en se léchant les lèvres. Tu as vu comme il est costaud, et Kacper, comme il est bien... ?

– Et nous, on ne passe jamais inaperçues, je rigole.

Je n'arrive pas à croire à ce qui vient de se passer mais, d'un autre côté, je suis totalement d'accord avec elle. Ils sont trop beaux.

On se rassied à nos places. Je croise le regard désapprobateur de Massimo.

– Tu étais où, tout ce temps ? La sécurité te cherche, siffle-t-il entre ses dents.

– C'est un grand hall, on s'est perdues. (Je le regarde, désolée, et je l'embrasse délicatement.) Ta fille voulait aller aux toilettes.

Je lui prends la main et je la place sur mon ventre.

C'est ma manière de le gérer, peu importe la situation. Chaque fois que je parle de l'enfant, il s'adoucit et oublie qu'il est en colère et, encore une fois, ça fonctionne à merveille. Son regard furieux disparaît et il sourit.

Je ne suis pas très concentrée sur les combats qui suivent, j'ai le ventre noué en attendant l'avant-dernier combat de la soirée. Lorsque, enfin, j'entends son nom, je sursaute presque. Les lumières s'éteignent, la chanson de Carmina Burana « O Fortuna » résonne dans la salle. Un frisson traverse tout mon corps, les muscles de mon bas-ventre se contractent. Je me rappelle bien les fois où j'ai entendu cette musique et ce que j'ai vécu pendant que cette musique passait.

Je regarde l'homme en noir du coin de l'œil, il est obnubilé par l'entrée du combattant, totalement insouciant. Je regarde Olga qui a déjà les yeux posés sur moi et les sourcils relevés. Je connais bien ce regard, elle sait exactement à quoi je pense. Les spots illuminent l'entrée de Damian. Il marche, sûr de lui, en roulant des épaules, Kacper et les autres entraîneurs le suivent. Ils lui retirent son peignoir et le gladiateur se laisse admirer, sur la scène octogonale, en levant le bras pour saluer le public. Enfin, il se place devant une des poutres de la cage.

La main d'Olga se resserre sur la mienne, j'essaie d'observer sans émotion le corps musclé qui se tient à quelques mètres de moi. Les lumières s'éteignent, une nouvelle musique est lancée. Damian s'échauffe en attendant son adversaire. J'ai l'impression que ses yeux qui se baladent sur le public me cherchent. Je n'ai même pas eu l'occasion de lui expliquer pourquoi je suis là ni que je me suis mariée et que j'attends un enfant.

L'une des belles filles entre dans la cage en tenant une pancarte sur laquelle est écrit « Round 1 ». Le gong donne le départ, je suis nerveuse et je pense que ça se voit. Massimo me caresse la cuisse à travers mon pantalon en cuir. Les combattants échangent quelques coups, ensuite, Damian attrape fermement son adversaire et le cogne contre la cage. Le public hurle lorsqu'il s'assied sur lui et commence à lui asséner des coups de poing dans la figure. Au bout d'un moment, la tête du type tape le sol, et l'arbitre se jette sur Damian pour l'arrêter. Il annonce la fin du duel. Tout le public se lève en applaudissant et en criant. Le vainqueur saute en dehors de la cage, les bras levés en signe de triomphe, puis s'assied sur le bord du ring.

Quand il m'aperçoit, il s'arrête quelques secondes, comme paralysé. Je suis assise, obnubilée par lui. En quelques secondes, il se retrouve à côté de moi. Massimo, à fond dans sa discussion au sujet du knock-out si rapide, n'a même pas remarqué que ce costaud s'était téléporté à quelques centimètres de lui. Damian est essoufflé et je m'enfonce de plus en plus dans mon siège. L'homme en noir se tourne, puis se lève, Domenico et Jacob aussi. Le guerrier concentré me regarde, moi, puis Massimo. Après quelques secondes, un gars de la sécurité lui demande de retourner dans la cage pour l'annonce des résultats. Damian m'envoie un baiser silencieux et lève à nouveau les bras en signe de victoire. Les applaudissements retentissent à nouveau. Il retourne vers la cage sans me quitter des yeux.

Je suis clouée sur ma chaise, effrayée de tourner la tête, car je sens le regard brûlant de mon mari.

– Tu m'expliques ce qui vient de se passer ? dit-il à travers ses dents en s'asseyant.

– Non, je réponds sèchement, car je ne veux pas déclencher une dispute. Je suis fatiguée, on peut rentrer ?

– On ne peut pas.

Il se tourne vers Domenico pour lui dire quelque chose, celui-ci se lève et part vers la sortie.

Je me tourne vers Olga, attendant qu'elle me soutienne. Je vois juste qu'elle tente bêtement de retenir un fou rire.

– Olga, putain !

– Bah quoi ? (Elle ne tient pas le coup et commence à rigoler nerveusement.) Ce n'est pas de ma faute si on est au premier rang et que ton ex a essayé de t'embrasser devant ton mari gangster. (Elle rigole de plus belle.) Et en plus, c'est un beau spectacle, je sens qu'on va s'amuser.

Je la déteste.

– Ton mari me fusille du regard, je ne sais pas trop ce que je dois faire.

Je tourne la tête et tombe sur les yeux en feu de Massimo. Il tremble de colère, il avale sa salive si fort que malgré le bruit dans la salle, je l'entends. Il serre la mâchoire tellement fort que j'ai l'impression qu'elle va se briser et ses poings sont tellement serrés que son sang ne circule plus.

Je me penche vers lui et lui caresse le genou.

– Tu m'excites quand tu es énervé, Mais ça ne me fait rien, tu ne me fais pas peur, donc tu peux arrêter !

Je lève les sourcils, puis je hoche de la tête plusieurs fois.

Son visage est de marbre, il serre sa main autour de ma cuisse.

– Et si je t'apporte son bras gauche avec lequel il a essayé de t'embrasser, ça ne te fera toujours rien ? (Je suis figée.) C'est ce que je pensais, bébé. (Il caresse ma joue avec son pouce.) C'est le dernier combat, après il y a l'after party. J'espère que tu ne prévois pas d'autres excès.

Il se tourne puis s'enfonce dans son siège, son regard se pose sur Damian qui entre sur le ring.

Je masse mes tempes, encore une fois je me demande s'il est sérieux ou s'il cherche juste à me faire peur. Je décide de ne pas tester les limites de mon mari et ne regarde même pas mon ex.

Je n'ai quasiment pas fait attention au dernier combat, perdue dans mes pensées. Je n'ai pas envie d'aller à cette fête, je me demande comment l'éviter quand j'ai une idée.

– Chéri, je dis à mon mari lorsque nous traversons le hall vers la sortie après la fin du gala, je ne me sens pas très bien.

L'homme en noir se fige et me regarde, paniqué.

– Qu'est-ce qui se passe ?

– Rien. (Je place délicatement la main sur mon bas-ventre.) Je me sens faible tout à coup, j'aimerais aller me coucher.

Il incline la tête, m'attrape par le bras et nous marchons vite vers la voiture.

Domenico se joint à nous et s'assied ostensiblement à côté d'Olga, comme s'il marquait son territoire.

Il commence à parler avec l'homme en noir. Quelque chose ne plaît pas à Don, car d'un seul coup, il hurle et frappe le siège. Toute la limousine en tremble. Le jeune Italien n'abandonne pas et insiste.

– Il faut que j'y passe rapidement, dit-il quand la voiture démarre. Olga rentre avec toi, Domenico a déjà appelé le médecin.

– Pourquoi un médecin ? demande Olga en polonais. Tu ne te sens pas bien, qu'est-ce qui se passe ?

– Mon Dieu, je lève les yeux au ciel, je ne veux pas y aller et croiser Damian.

Jacob se joint à la discussion :

– Je savais que je le connaissais ! Ouais, ce serait peut-être mieux que tu ne viennes pas à la fête.

– Merci, je grogne en regardant mon frère.

– En anglais, dit Massimo sans quitter son téléphone des yeux où il écrit quelque chose. Je serai rentré dans une heure, Olga restera avec toi. Et s'il se passe quelque chose, appelle-moi.

Il regarde mon amie qui acquiesce le plus sérieusement du monde.

Mon Dieu, quelle merde ! Malheureusement, je suis encore en train de causer des problèmes.

Quelques instants plus tard, nous arrivons au bout d'une rue à côté de laquelle se déroule la fête. L'homme en noir m'embrasse et me regarde, inquiet. Les trois hommes quittent la voiture.

– Ah putain, enfin ! (Olga s'installe sur le siège à côté de moi.) Sebastian, demande-t-elle au chauffeur, s'il te plaît, trouve-nous un McDo, j'ai besoin de manger du gras.

– Oui, moi aussi.

Je ne sais pas ce qu'on a mangé, mais pendant les trente minutes qu'on passe dans le fast-food, nous commandons trois fois des choses sales et dégoulinantes de gras. La femme qui nous sert est étonnée par mon appétit, surtout que dans ma tenue d'aujourd'hui, on ne voit pas du tout que je suis enceinte.

Le chauffeur se gare devant l'hôtel et nous ouvre la porte. Nous entrons et sourions chaleureusement au garde du corps de Massimo qui est assis dans le lobby. Il se lève en nous voyant. On crie un « bonne nuit » en chœur. Il se rassied et replonge dans son ordinateur.

En attendant l'ascenseur, j'appuie ma tête contre le mur. Nous sommes fatiguées, gavées, prêtes à nous écrouler à cause de l'excès de sucre.

La porte s'ouvre, je lève les yeux et vois Kacper sortir et Damian appuyé contre le miroir. Lorsqu'il réalise que je suis à un mètre et demi de lui, il pousse son ami désorienté qui fonce droit sur Olga, puis me tire à l'intérieur. La porte se referme et l'ascenseur monte.

– Salut, souffle-t-il en posant ses mains de chaque côté de ma tête.

– Coucou, je gémis silencieusement sans vraiment comprendre ce qui se passe.

– Tu m'as manqué.

À ce moment-là, ses mains se placent sur mon visage, il se colle à moi, je n'arrive plus à respirer.

Je bouge les bras pour me libérer de sa prise, mais je n'ai aucune chance. Je le repousse, mais il ne se laisse pas faire. Ses lèvres touchent les miennes, sa langue dévore ma bouche d'une manière que je connais bien. Malgré toute cette brutalité, il arrive tout de même à être doux et terriblement tendre. Mon Dieu, aidez-moi à ne pas lui retourner son baiser. J'entends le bruit de l'ascenseur qui s'arrête, la porte s'ouvre. Je sens Damian s'éloigner de moi et il se retrouve par terre. Lorsque je tourne la tête, je vois Massimo qui, en se tenant à la rampe de l'ascenseur, lui donne des coups de pied violents.

Damian se relève à toute vitesse et lui fonce dessus en le poussant dans le couloir. Pétrifiée, je veux leur courir après, mais ils ne font pas du tout attention à moi et continuent à se mettre des coups de poing, des coups de pied, jusqu'à ce qu'ils se retrouvent par terre. Une fois, l'un est au-dessus, une autre fois, c'est l'autre. Ils se fracassent, se cognent avec leurs poings, leurs genoux, leurs pieds. Ils ne font pas du tout le même poids, mais le duel est assez égal.

Je suis furieuse et terrifiée, je ne compte pas pour autant intervenir, ils pourraient me faire mal ou, encore pire, faire mal à l'enfant.

La porte au bout du couloir s'ouvre, Domenico arrive en courant, les hommes de la sécurité derrière lui. Ils séparent les deux hommes, l'homme en noir crie quelque chose, Domenico ne bouge plus. Un instant plus tard, ce sont les hommes de la sécurité de l'hôtel qui débarquent par l'ascenseur. Les autres clients, inquiets, ouvrent les portes de leurs chambres pour regarder.

Les gardes du corps libèrent Damian, il me lance un regard furieux, puis monte dans l'ascenseur et disparaît.

Domenico s'approche de moi, il me montre la direction de la chambre d'un grand geste, tout en me poussant délicatement dans le dos. Je pars vers ma chambre, mon mari sur mes pas.

– C'était quoi ça, putain ? hurle-t-il en claquant la porte. Apparemment, tu ne te sentais pas bien ! (Il commence à faire des allers-retours dans la pièce en essuyant le sang sur son visage.) Je pars d'un rendez-vous important pour rejoindre ma femme car je suis inquiet et elle... (il s'arrête devant moi) ma femme enceinte roule une pelle à un autre mec dans l'ascenseur.

Un rugissement sort de sa gorge. Il commence à frapper le mur de son poing, jusqu'au sang.

– C'est quoi, ce bordel ?

Il s'approche et me relève le menton.

– Je t'ai posé une question !

J'ai peur. C'est la première fois, depuis plusieurs mois, que j'ai peur de cet homme. C'est la première fois, depuis très longtemps, que je réalise qui il est, comment il est. Je sens que mon cœur accélère, ma respiration devient difficile. J'entends un sifflement dans ma tête et j'ai comme un voile noir devant les yeux. J'attrape le bord de sa veste déchirée, puis je m'écroule par terre. Je sens qu'il me rattrape juste à temps.

Quand je me réveille, Massimo est assis sur le fauteuil à côté du lit. Il fait jour, je vois la neige tomber, les rideaux ne sont pas fermés.

– Je suis désolé, chuchote-t-il en s'agenouillant devant moi. Olga m'a tout expliqué.

– Tu n'as rien ? je demande en remarquant son bleu sur sa joue et son arcade ouverte.

Il secoue sa tête, puis attrape ma main qu'il pose sur ses lèvres pour l'embrasser en me regardant dans les yeux.

– Il ne savait pas que j'avais quelqu'un, je souffle en essayant de me lever. Moi aussi, je suis désolée que ce soit allé aussi loin. (Je ferme les yeux en retombant sur mon oreiller.) Tu faisais quoi à l'hôtel ?

En terminant ma phrase, je me rends compte à quel point elle ne sonne pas bien. L'homme en noir s'assied à côté de moi, les yeux légèrement plissés.

– Si je n'avais pas appris ce qui s'est précisément passé, j'aurais très mal pris ce que tu viens de dire. (Il inspire profondément, puis passe sa main dans ses cheveux.) Je suis allé à la fête pour voir la personne qu'il fallait que je rencontre, mais je n'arrivais pas à me concentrer en sachant que tu n'allais pas bien, donc je suis revenu. Tu n'étais pas dans la chambre, j'ai appelé le chauffeur car tu ne répondais pas. (Il me regarde, l'air déçu.) Il a dit qu'il venait de vous déposer à l'hôtel car il vous avait emmenées manger quelque chose. (Il secoue la tête.) Je suis sortie de la chambre pour venir à ta rencontre et je vous ai trouvés. (Ses poings blessés se serrent.) Pourquoi tu m'as menti ?

Je cherche une bonne explication, je ne trouve rien de convaincant, donc je me dis qu'il vaut mieux dire la vérité.

– C'était la seule manière pour ne pas aller à cette fête, je réponds en haussant les épaules. Je savais que je risquais de le croiser là-bas, je voulais à tout prix l'éviter. (Je me cache sous la couette, mais l'homme en noir la retire aussitôt de mon visage.) Tout ça s'est très mal terminé. Promets-moi que tu ne vas pas le tuer. (Des larmes me montent aux yeux.) Je t'en supplie.

Il me fixe, irrité.

– Heureusement que le médecin était sur place. (Il me caresse la joue.) Je pense que je vais l'embaucher à plein temps.

Je ne veux pas qu'il essaie de changer de sujet.

– Promets-moi !

– Je te le promets. De toute manière, je ne l'aurais pas fait, c'est le cousin de Carlo.

Il soupire et disparaît dans le salon.

Je m'étire et regarde l'heure, il est presque midi. L'homme en noir revient avec son ordinateur, puis s'allonge à côté de moi. Il place mes jambes sur les siennes.

– Tu as dormi ? Tu n'as pas l'air en forme, je demande en me tournant vers lui.

Il fait non de la tête sans quitter son écran des yeux.

– Pourquoi ?

Il lève les yeux au ciel et souffle en posant son ordinateur sur le côté.

– Peut-être parce que ma femme enceinte a perdu connaissance et que je m'inquiétais pour elle ? (Il me regarde plus attentivement.) Ou peut-être parce que ma femme a tellement fait monter ma tension en embrassant un autre homme que je ne vais pas dormir jusqu'au week-end prochain ? Je continue ?

Il reprend son ordi.

– Tu es si sexy quand tu t'énerves (je plonge ma main dans son jogging), ça me donne envie te sucer.

Mes mots le tendent immédiatement et il se mord la lèvre.

– S'il te plaît, Don, laisse-moi te sucer.

Mes mains caressent son membre qui se réveille. J'embrasse son torse plein de bleus.

– Il y a quelques heures, tu étais mourante. D'où te vient cette soudaine énergie ?

– On me donne de la bonne drogue, je réponds, amusée, en me battant avec son pantalon. Tu ne m'aides pas !

Je fais la moue puis je m'assieds sur mes talons en baissant les bras, résignée.

Les hanches de l'homme en noir se soulèvent, mais lui ne quitte pas son écran, il m'ignore. Ça ne me dérange pas. Il est nu à partir de la taille et son sexe énorme me nargue. Même s'il fait le maximum pour ne pas montrer son excitation, il est trahi par son anatomie.

Lorsque je me déplace le long de ses jambes en me préparant à le sucer, quelques mots en italien sortent de la bouche de Massimo. De manière inattendue, il se lève en posant son ordinateur. J'ouvre grand les yeux. Je suis immobile, dans une position provocante au centre du lit. Je l'observe en grimaçant, je suis stupéfaite quand je le vois remettre sa chemise noire.

– J'ai une vidéoconférence, dit-il en approchant la table avec son ordi du lit.

Il ferme sa chemise, mais il ne remet pas son pantalon. Il s'installe confortablement, puis oriente sa caméra pour qu'on ne voie que le haut de son corps. Il appuie sur quelques boutons, j'entends une voix d'homme s'élever. Je m'assieds sur le lit et observe cette scène. Mon mari mafieux porte seulement une chemise noire et règle ses affaires, la queue à l'air.

L'homme en noir prend en main des documents sur la table, tourne les pages et en montre certaines à la caméra. Il est concentré sur sa discussion.

Uniquement vêtue de ma lingerie en dentelle noire, je rampe vers lui, tel un félin. Massimo regarde d'un coin de l'œil ma cambrure, se racle la gorge et continue sa conversation. Je me déplace doucement vers ses pieds, que je commence à lécher et à embrasser. Il a une vue imprenable sur mes fesses. Je continue à avancer et j'écarte ses jambes, il ne me voit plus, son ordinateur lui cache toute la partie basse de son corps sur lequel j'ai un contrôle total.

Lorsque j'atteins son sexe, je lui indique en soufflant où je me trouve. Il serre le drap de sa main libre et se tend en attendant l'attaque qui arrive. Je souffle encore, puis je l'effleure avec la langue de manière quasi indécelable. Je caresse la peau autour de son pénis. Au bout d'un moment, l'homme en noir pose ses documents et décale son ordinateur, il veut voir ce que je fais. Je me penche au-dessus de lui en le regardant droit dans les yeux. Je ne bouge plus, j'attends. Il attend lui aussi. Je change de position et vérifie l'angle de la caméra et son champ de vision. Je m'allonge contre lui, attrape sa main accrochée aux draps et la rentre dans ma culotte en dentelle. Les yeux de Don, concentré sur son interlocuteur, s'agrandissent lorsqu'il sent à quel point je suis déjà mouillée. J'enfonce ses doigts de plus en plus profondément. Je frotte mon clitoris, puis je les réinsère à nouveau. De temps à autre, je les sors pour les lécher, puis je les remets à leur place.

Sa poitrine commence à se gonfler de plus en plus rapidement. Je ne contrôle plus ses doigts, mais ils vont de plus en plus loin en moi. Je pose ma tête sur un oreiller. Je ferme les yeux. Je profite du plaisir que je ressens. J'ai envie de gémir, je sais que je ne vais pas tarder à faire du bruit. Je l'attrape par le poignet pour me libérer. L'homme en noir, sans interrompre sa conversation ni détourner son attention de la caméra, se frotte les lèvres et lorsque l'odeur de ma chatte se retrouve dessus, il les lèche. Son sexe est dressé, il laisse glisser sa main vers ma tête pour attraper mes cheveux. Il me pousse délicatement vers son entrejambe, me faisant comprendre que le tourment doit prendre fin. Je laisse sa main m'accompagner là où il faut et j'ouvre sagement la bouche. Je sens les premiers centimètres se glisser dans ma bouche, et l'odeur de mon homme puissant. Ça me rend folle. Je l'avale entièrement et saisis son sexe pour le branler en même temps. La main de Massimo presse mes cheveux pour que je ralentisse la cadence, mais il est concentré sur deux choses en même temps et je ne compte pas lui obéir. Je le suce fort et jusqu'au bout, de temps en temps, je m'arrête pour lui lécher les couilles, c'est la seule chose que je lui concède.

Ses hanches commencent à gigoter nerveusement, son corps entier se tend et il n'arrive plus à dire un mot. Je lève les yeux et vois qu'il est en sueur. Je sais qu'il regrette de m'avoir autorisée à jouer ce petit scénario. La conversation doit vraiment être importante, sinon il y aurait mis un terme depuis longtemps. J'aime bien le torturer de cette façon, c'est très excitant. Il prend ses documents en main et les place de telle sorte que l'interlocuteur pense qu'il les regarde. Il bout, ses pupilles noires font la taille de ses yeux, il peine à respirer. Soudain, je sens une goutte, puis une vague de sperme me remplit la gorge. Massimo écoute toujours la personne qui lui parle tout en faisant semblant de regarder ses documents. Il jouit longtemps, bien plus longtemps que d'habitude. Je pense qu'à ce moment précis, il est heureux. Son corps se détend enfin, il se racle la gorge, puis repose ses yeux sur l'écran. Je m'agenouille devant lui. Je nettoie sa queue, puis me lèche les lèvres de manière ostentatoire avant d'aller dans la salle de bains.

Quand je reviens dans la chambre après la douche, Massimo n'a pas bougé, la réunion continue. Je m'essuie les cheveux avec une serviette en regardant la mer. Soudain, le silence envahit la pièce. J'ai à peine le temps de me retourner que mon mari est déjà derrière moi et me plaque contre la vitre.

– Tu es insupportable, dit-il en me retirant mon peignoir. Tes petites fesses vont me le payer. (Il me soulève, puis me pose sur le canapé.) Tu aimes bien tester mes limites, agenouille-toi !

Mes seins sont posés sur le rebord du canapé, mes jambes écartées et les doigts de Massimo caressent mes fesses.

– J'aime bien quand tu es dans cette position, détends-toi. (Je fais sagement ce qu'il dit, mais quand son pouce me pénètre brutalement, je crie.) Tu ne m'écoutes pas, Laura, dit-il en rentrant un deuxième doigt.

J'ai envie de me libérer, mais il m'attrape les bras.

– On sait tous les deux que tu vas aimer si tu m'écoutes.

Ses lèvres touchent mon dos nu et un frisson court tout le long de ma colonne vertébrale. Il lâche mes mains. De son autre main, il caresse mon clitoris. Je gémis en reposant ma joue sur le canapé.

– Tu vois, dit-il en augmentant la vitesse de ses mouvements. Tu veux que j'arrête ?

– Saute-moi, je chuchote.

– Je n'entends pas.

– Saute-moi, Don !

– Si tu le désires...

D'un geste, il remplace ses doigts par son sexe et commence à me baiser.

Ses hanches claquent sur mes fesses. Ses doigts ne se décollent pas de ma chatte un seul instant. Je sais que je ne vais pas résister longtemps, j'ai failli déjà jouir en le suçant. Il s'arrête tout à coup, s'assied, me prend sur ses genoux et plante ses doigts en moi.

Je crie fort, je me fous qu'on m'entende. Sa deuxième main caresse mes seins. Dans cette position, c'est moi qui ai le pouvoir, j'impose le rythme. Je pose mes mains sur le dossier et je bouge de plus en plus vite. Je sais que je ne vais pas tenir longtemps, mes mains commencent à trembler après avoir supporté mon poids pendant quelques minutes. L'homme en noir m'attrape par la taille, puis me plante fermement sur lui.

– Touche-toi, murmure-t-il dans mon oreille.

Lorsque mes doigts commencent à former des cercles sur mon clitoris, je sens que tous mes muscles se tendent. Mes gémissements se perdent dans le rythme pantelant de ma respiration. L'homme en noir me soulève, puis me fait retomber sur lui jusqu'à ce qu'un orgasme prenne possession de chaque partie de mon corps. En jouissant, je sens que

Massimo coule à nouveau en moi en criant. Je suis comblée. Après quelques secondes, Massimo se tourne puis s'allonge sur le côté.

Nous reprenons notre souffle quand le téléphone sonne. Don tend la main et répond. Il écoute ce qu'on lui dit, puis rigole.

– Du bruit ? dit-il de son bel accent britannique. J'aimerais donc louer tous les appartements qui sont voisins du mien. Merci de bien vouloir les libérer, vous rajouterez leurs compensations sur ma facture. (Il raccroche sans attendre de réponse et me serre contre lui.) Des puritains ! En Italie, ils auraient suivi notre exemple au lieu d'appeler la réception. (Il embrasse mon cou et mes joues.) Je veux pouvoir sauter ma femme aussi bruyamment qu'elle le souhaite.

Chapitre 14

Malheureusement, nous n'avons pas vraiment eu le temps de profiter de tout cet espace pour faire du bruit. À dix-neuf heures, après avoir dit tendrement au revoir à Jacob, puis déjeuné tardivement, nous reprenons le chemin de la Sicile.

C'est en arrivant que je réalise que Noël est dans une semaine. Le personnel installe déjà les décorations. Il y a un immense arbre dans le jardin, habillé de millions de lumières. Dans les couloirs, de beaux bouquets de fleurs remplacent le houx de mon pays. Il y a deux choses qui manquent à cette merveilleuse atmosphère : la neige et mes parents.

– On fêtera Noël en famille, dit Massimo en posant sa tasse de café. C'est pour ça que j'ai un service à te demander. Vérifie que tout soit comme tu le souhaites. J'aimerais bien qu'il y ait aussi des plats polonais, j'ai fait venir un cuisinier de ton pays. Il sera là dans trois jours.

Olga pose son journal et regarde Don, étonnée.

– La famille de qui ? Les mafieux, comme d'habitude ?

Massimo rigole, puis replonge sur son écran d'ordinateur. Je me balance sur ma chaise en me gavant de crêpes et j'observe l'homme en noir assis à une table à côté. Depuis notre retour de Pologne, il est étrange : calme, silencieux et très concentré. Il ne veut pas se disputer avec moi et il est presque gentil avec Olga. Je n'ai encore aucune idée de ce qui se trame.

L'après-midi, pendant que Domenico et Massimo discutent dans la bibliothèque, je prends mon ordinateur et sors sur la terrasse. Je ne sais même pas à quel moment Olga apparaît à côté de moi avec une bouteille de vin et un verre de jus.

– On fait quoi ? demande-t-elle en s'asseyant.

– Toi, comme d'habitude, dis-je en indiquant l'alcool d'un signe de tête. Je voulais vérifier comment vont mes parents. (Mon visage devient triste.) Je ne sais pas ce que je dois faire. D'un côté, je sais que maman avait raison, mais d'un autre elle n'aurait pas dû me dire ce genre de choses. (J'appuie sur le bouton pour allumer mon laptop.) En plus, elle a aussi un téléphone, elle pourrait m'appeler.

– Vous êtes aussi têtues l'une que l'autre. (Elle prend une gorgée de vin.) Putain, qu'il est bon ! Domenico me fait goûter sa sélection pour les fêtes.

– Ne m'énerve pas ! je grogne en buvant mon jus. Je vais voir ce qui se passe sur Facebook.

Pendant quelques dizaines de minutes, j'examine le profil de mes parents, des amis, de mon frère. Je vérifie ce que font mes anciens collègues, puis je réponds aux messages que j'ai reçus ces dernières semaines. Avant, je ne pouvais pas me passer des réseaux sociaux, j'en étais totalement dépendante. Maintenant, j'ai tellement d'autres choses à faire que je n'y pense même plus.

J'allais fermer l'ordi quand un post de mes amis attire mon attention. J'ouvre le lien qu'il contient et je n'en crois pas mes yeux.

– Putain, mais je vais le tuer ! Écoute ! Ils parlent de Damian et de son « accident » : « Dans la nuit après le gala où il a encore une fois assuré une victoire, le jeune lutteur de Varsovie a eu un grave accident de voiture. Sa vie n'est pas en danger, mais il a les bras et les jambes cassés. Il va devoir tirer un trait sur les combats pour de nombreux mois. » (Je ferme violemment mon ordi.) Mais je l'ai vu entrer dans l'ascenseur sur ses deux jambes et il devait bien avoir un chauffeur pour retourner à la boîte de nuit. Je n'y crois pas !

Je hurle, puis je traverse la maison en courant jusqu'à la bibliothèque.

Je déboule dans la pièce comme une folle. Je me fous que Don ne soit pas seul.

– Mais tu es complètement dérangé !

En voyant mon état de fureur, Mario m'attrape avant que je puisse atteindre Don.

– Massimo, putain, dis-lui de me lâcher.

L'homme en noir dit quelque chose aux hommes qui quittent la pièce en me lançant des regards amusés. Mario me repose par terre et ferme la porte derrière lui.

Don est appuyé contre le mur, les bras croisés sur la poitrine.

– Tu peux m'expliquer la raison de cette hystérie ?

– Pourquoi est-ce que Damian est à l'hôpital ?

– Je ne sais pas. (Il hausse des épaules.) Peut-être qu'il ne se sent pas bien ?

– Massimo, ne me prends pas pour une conne, il a les bras et les jambes cassés.

Un sourire apparaît sur son visage.

– Mais c'était un accident.

– Donc, tu sais ce qui s'est passé ! (Je m'approche et le frappe tellement fort que ma main me brûle.) À quoi a servi notre discussion après le gala ? Tu as promis que tu n'allais rien faire !

L'homme en noir remet doucement sa tête en place après le coup qu'il vient de se prendre. Ses yeux noirs sont en feu.

– J'ai promis de ne pas le tuer, siffle-t-il entre ses dents en m'attrapant par les épaules et en me plaquant sur le canapé. De plus, ma chérie, notre conversation a eu lieu après coup et n'oublie pas que tout ne se passe pas forcément comme tu l'imagines.

J'agite les bras pour essayer de me relever, mais il m'immobilise en s'asseyant sur moi.

– D'abord, tu vas te calmer, sinon je vais à nouveau devoir appeler un médecin. Et deuxièmement, écoute-moi un instant.

– Je ne veux pas te parler, je réponds le plus calmement possible. Lâche-moi !

L'homme en noir m'observe un instant, il semble réfléchir.

Je me lève en lui lançant un regard noir et claque la porte derrière moi, aussi fort que je peux. Furieuse, je retourne dans ma chambre pour prendre mon sac et les clés de ma nouvelle maison. Puis je me rends au garage, heureusement, toutes les clés de voitures sont revenues à leur place. Je récupère celle de la Bentley et quitte le domaine.

Je ne m'enfuis pas. Massimo sait très bien où je me trouve, d'autant plus que dès que je quitte la résidence, je vois les gars de la sécurité démarrer derrière moi. Je veux juste ne pas avoir à le regarder. Je veux m'énerver dans un lieu isolé et calme.

La route jusqu'à notre nouvelle maison n'est pas longue, je m'arrête en chemin pour acheter des boissons, des chips, des gâteaux et des glaces. Trois sacs de nourriture pour me réconforter. En arrivant à la maison, je descends de voiture en trimbalant les sacs en plastique derrière moi. En quelques secondes, un des hommes saute du SUV pour les porter. Ça ne sert à rien de m'énerver contre lui ou de lui demander gentiment d'aller se faire voir, il ne m'écoutera pas, de toute façon.

Il pose mes courses sur la table de la cuisine.

– On sera dehors, si vous avez besoin.

Je déballe tout et, armée d'une cuillère, des glaces, des chips et des gâteaux, je vais dans le salon. J'allume la cheminée, sors mon téléphone et appelle Olga. Elle répond après trois sonneries.

– Tu es où, putain, Laura ?

– Dans ma nouvelle maison. Je me suis énervée et je ne veux pas lui parler.

– Et moi ? Avec moi non plus ?

– Je veux être seule. C'est possible ?

Elle ne dit plus rien pendant quelques secondes.

– Tu te sens bien ?

– Oui, j'ai mes médicaments avec moi, tout va bien. La sécurité est devant la porte, je rentrerai demain.

Je raccroche et réfléchis en regardant le feu. Est-ce que j'appelle Damian pour m'excuser ? Peut-être, mais je ne sais pas de quoi. Maintenant que je suis plus calme, je réalise que je n'ai pas laissé Massimo finir sa phrase, je suis juste sortie. Je ne suis donc pas au courant de tout, je ne peux que faire des suppositions. Il est vrai que j'ai un caractère très impulsif, mon comportement est dicté par mes émotions. La seule excuse que je me trouve, c'est que je suis enceinte et que je ne contrôle pas tout ce que je fais.

Le lendemain, je regarde l'heure en me réveillant : neuf heures passées, et Massimo n'a pas appelé une seule fois. Toujours allongée, je me demande si j'ai bien fait de partir hier. Ma colère qu'il n'ait pas essayé de me joindre prend vite le dessus sur ma culpabilité d'être partie. Mon cœur est malade, je suis enceinte, et ce con se fout de savoir comment je vais. Les gardes du corps qui sont dehors n'ont aucune idée de mon état.

Je descends à la cuisine et m'assieds à table avec une tasse de thé, sans lait malheureusement, j'ai oublié d'en acheter. Je déballe le dernier paquet de gâteaux au chocolat. Au moment où j'en porte un à ma bouche, un point rouge au plafond attire mon regard. Je m'en approche.

– Pourquoi tu n'appelles pas ? dis-je en secouant la tête.

La maison est truffée de caméras, jusque dans la salle de bains. L'homme en noir sait très bien ce que je fais, il peut m'observer en permanence et partout. Je finis mes gâteaux. Puis, en poussant un profond soupir, je pars dans ma chambre récupérer mes affaires pour rentrer à la maison.

Quand je passe le grand portail de la résidence, je vois une BMW avec une vitre cassée garée devant la maison. Hésitante, je sors de la Bentley en regardant autour de moi, il n'y a personne, pas même la sécurité. Je fais quelques pas et constate que la porte de la salle de sport est ouverte, des cris et du bruit s'en échappent. Je descends les escaliers en longeant le mur et je passe une tête.

Domenico est en train de casser le matériel de Massimo, mais autour de lui, tout le monde est calme. Je comprends qu'il veut sortir, mais que les mecs l'en empêchent. Il court, hurle, cogne les murs avec ses poings, je ne l'ai jamais vu dans cet état. Même la fois où il a failli tuer un de mes gardes du corps, il n'était pas dans un tel état de fureur.

Je sors de ma cachette. En me voyant, Domenico pète encore plus les plombs. Massimo se retourne. Il se précipite vers moi :

– Remonte !

– Qu'est-ce qui se passe ?

– Je t'ai dit quelque chose !

Son hurlement me fait sursauter et monter les larmes aux yeux.

Je remonte et cours jusqu'à la chambre d'Olga. En passant la porte, je m'arrête d'un coup. La chambre est sens dessus dessous, le lit est cassé, les meubles sont par terre, les vitres brisées. Je sors mon téléphone pour appeler Olga, j'ai du mal à trouver son numéro tellement mes mains tremblent. J'entends la sonnerie retentir sous un tas de gravats. Je passe à nouveau la chambre en revue pour m'assurer qu'Olga n'est pas là. Je décide de me rendre à la bibliothèque, escortée par un garde du corps cette fois-ci.

– Pourquoi tu me surveilles ? je grogne.

– Je ne vous surveille pas, je m'assure de votre état de santé.

Je ne réponds pas.

J'attends depuis bien trop longtemps quand, enfin, la porte s'ouvre sur Massimo, il a les bras griffés et il ressemble à quelqu'un qui vient de sortir du lit, les cheveux en bataille et le costume froissé.

Dès qu'il arrive près de moi, des larmes me gagnent à nouveau et, malgré tous mes efforts, elles se mettent à couler. L'homme en noir s'assied à côté de moi et me prend sur ses genoux pour m'enlacer.

– Ne pleure pas, ce n'est rien.

Je le repousse pour mieux le regarder dans les yeux.

– Ce n'est rien ? La chambre d'Olga est en ruine, elle a disparu, Domenico est devenu fou et, toi, tu dis que ce n'est rien ?

Don se lève en prenant une grande respiration, il s'appuie des deux mains sur l'âtre de la cheminée.

– Domenico a vu l'enregistrement, ça l'a rendu fou, ils ont commencé à se disputer, mais il n'a pas laissé Olga s'expliquer, il se déchaînait sur les meubles. Elle est sortie de la chambre pour venir me chercher, je suis donc allé voir ce qu'il faisait et quand je suis entré dans la chambre, il était sur le point de se supprimer avec son flingue.

– Pardon ?

– Mon frère, malgré les apparences, est très sensible. C'est un artiste, un peintre, tu le sais. Il ne survivra pas à une deuxième tromperie.

– Putain d'enregistrement, je marmonne, où est Olga ?

– Elle est partie.

– Et la BMW avec la vitre cassée ?

– Elle a d'abord tenté de fuir avec cette voiture, mais ça l'a rendu dingue, et il a essayé de l'arrêter. Les gars l'ont enfermé dans la cave parce qu'elle est insonorisée. Olga est en sécurité, ne t'inquiète pas pour elle. Lorsque les choses se seront calmées, je t'emmènerai la voir.

Je n'arrive pas à croire à ce qu'il me raconte, j'ai besoin de réentendre toute l'histoire.

– Est-ce que tu peux tout me réexpliquer calmement ?

– Ce matin, un coursier a livré un pli. Olga dormait encore, Domenico comme d'habitude était levé depuis six heures, donc il a réceptionné la livraison. Il s'est rendu dans le bureau pour regarder ce qu'il y avait sur le CD. Quand il a vu les images défiler sous ses yeux, il est devenu fou. Il a foncé la voir, elle s'est réfugiée auprès de moi, je suis descendu, on s'est un peu bousculés, puis je lui ai retiré son arme. Olga est revenue, il ne comprenait rien à ce qu'elle racontait et s'est encore plus énervé. Elle a dit qu'elle partait et il l'a poursuivie dans la maison en lui balançant tous les objets qu'il trouvait sur son passage. Elle a réussi à atteindre l'allée et à monter dans la BMW qui, soit dit en passant, était garée là car je comptais rejoindre ma femme. Quand elle a démarré, Domenico s'est jeté sur le capot, puis comme il ne pouvait pas ouvrir les portières, il a commencé à frapper sur les vitres. Après, il a commencé à donner des coups de pied, et là, j'ai décidé que ça suffisait. On l'a emmené dans la cave et j'ai mis Olga dans une voiture. Je l'ai envoyée dans un hôtel avec des gardes du corps, celui ou tu étais lors de ton premier séjour en Sicile, c'est le plus proche.

Je suis consternée par ce que je viens d'entendre :

– Tu as dit : « Il ne survivra pas une deuxième tromperie » ? La première, c'était quand ?

Massimo se rassied, puis se frotte les yeux en bâillant :

– Quelle matinée intense ! Si on allait prendre le petit déjeuner, je te raconterai tout là-bas. Il faut que tu manges quelque chose de sain, un régime de glaces, de chips et de gâteaux, ce n'est pas bon pour mon fils.

Il me prend par le bras et nous nous rendons dans la salle à manger.

La grande table déborde de nourriture, mais je sens un vide. Je ne me rappelle plus la dernière fois que nous avons pris le petit déjeuner sans Olga et Domenico.

– Ils vont se réconcilier ? je demande en grignotant du bacon.

L'homme en noir me regarde, puis hausse les épaules.

– S'il l'écoute et la laisse s'expliquer, je pense que oui. Mais est-ce qu'elle va vouloir revenir après ce qu'elle a vu ? (Il recule sa chaise et se tourne vers moi.) Tu sais, chérie, aucune fille normale n'a envie d'être avec un mec qui pète les plombs au point de casser des meubles, des voitures et qui essaie de se tuer.

– Ah oui ? Et avec quelqu'un qui tue des gens, leur tire dans les mains ou leur casse bras et jambes dans un accès de jalousie ?

– C'est totalement différent ! Domenico a déjà été amoureux, Olga n'est pas son premier amour. La première s'appelait Katja. (Il boit une gorgée, puis se perd dans ses pensées.) Il y a quelques années nous sommes allés en Espagne pour un voyage d'affaires. Nous avons dormi dans l'hôtel d'un de nos associés. La veille de notre départ, il nous a invités chez lui. Il nous a reçus avec de la cocaïne, de l'alcool et des filles. L'une d'elles s'appelait Katja, c'était une très jolie blonde ukrainienne. Et, bien sûr, c'était la préférée de l'Espagnol, même s'il la traitait comme de la merde. Je ne sais pas ce qu'elle avait de si particulier pour que Domenico devienne à ce point fou d'elle. À la fin de la soirée, n'y tenant plus, il lui a demandé pourquoi elle se laissait traiter comme ça. Elle lui a dit qu'elle ne pouvait pas quitter l'Espagnol car elle n'avait nulle part où aller. L'honorable Domenico lui a donc demandé sa main en lui proposant de partir avec lui, elle a refusé et nous sommes repartis en Sicile. Quelques jours plus tard, elle a appelé pour dire que l'Espagnol voulait la tuer, qu'il lui avait cassé les dents et qu'il la gardait prisonnière. Mon con de frère a pris l'avion pour aller la récupérer. L'homme ne s'est pas méfié quand Domenico s'est présenté chez lui puisqu'il le connaissait. Mal lui en a pris, Domenico lui a cassé les dents, l'a attaché et a pris quelques photos compromettantes.

– Qu'est-ce que ça veut dire ?

– Chérie, rigole-t-il en me caressant le genou. Comment te l'expliquer pour que tu comprennes... (Il réfléchit un moment.) Il lui a mis sa queue dans la bouche, puis a fait des photos, on aurait dit qu'il le suçait, après il lui a dit que s'il le poursuivait, il les afficherait dans toute l'Espagne. Il est allé chercher Katja et l'a ramenée ici. Ça m'a rendu fou, mais je ne pouvais rien faire. Pendant quelques mois, tout s'est bien passé, l'Espagnol ne voulait plus travailler avec nous, mais il n'a pas poursuivi Domenico. Après l'été, ça a été le chaos. Nous étions à une soirée à Paris, les Espagnols aussi. (Il explose de rire en se remémorant cette soirée.) Domenico a trouvé Katja en train de baiser avec son ex dans les toilettes. Bien sûr, ce n'était pas un hasard qu'il tombe sur cette scène, mais ce n'est pas important, l'important, c'est ce qu'elle était en train de faire. Domenico s'est effondré en morceaux, il s'est mis à se droguer, à boire et à sauter sur tout ce qui passait. Katja ne réagissait pas, comme si elle s'en foutait complètement. L'Espagnol l'a récupérée et, une semaine plus tard, on l'a retrouvée morte d'une overdose. (Il soupire.) Tu vois, bébé, la situation est un peu compliquée et plus subtile que tu le penses.

– Je veux lui parler, je vais lui expliquer.

Massimo ouvre de grands yeux, comme s'il était pétrifié.

– D'accord, mais ne me demande pas de le détacher.

– Pardon ? Tu l'as attaché ?

Il acquiesce en souriant, l'air désolé.

– C'est une maison de fous. Allez, viens.

Je demande à Massimo de rester en haut, je ne veux pas qu'il vienne avec moi. Il décide qu'il restera quand même à mi-chemin pour entendre notre conversation.

Dans la pièce à moitié détruite, Domenico est assis au centre, les bras et les jambes attachés à une chaise en métal avec des accoudoirs. Il est calme ou tout simplement épuisé. Il lève ses yeux mouillés de larmes sans dire un mot.

– Mon Dieu, Domenico, qu'est-ce que tu as fait ? je chuchote en lui caressant le visage. Écoute-moi, et tout deviendra clair. Mais il faut vraiment que tu écoutes ce que je vais te dire.

– Elle m'a trompé ! (Ses yeux sont furieux, je me décale.) Une autre pute m'a trompé ! hurle-t-il en se débattant sur sa chaise.

Il essaie de défaire les cordes avec lesquelles il est attaché. Mais je sais d'expérience que Massimo est maître des nœuds, il n'a aucune chance d'y parvenir.

– Putain, Domenico ! je crie. Tu n'es qu'un égoïste et un con ! (J'attrape son visage entre mes mains.) Maintenant, écoute-moi cinq minutes et je te détache.

On se regarde un instant et au moment où je pense qu'il est assez calme pour que je commence mon explication, un rugissement sort de sa gorge. Il recommence à se débattre avec une telle énergie qu'il fait tomber la chaise et lui avec.

L'homme en noir sort de sa cachette pour relever son frère. Il ouvre une des armoires, sort du scotch noir, arrache un morceau puis, après avoir essuyé le visage mouillé de Domenico, il le lui colle sur la bouche.

– Maintenant tu te tais et tu l'écoutes, après on ira tous déjeuner, dit-il en s'asseyant sur le sac de boxe arraché du plafond.

Je m'installe sur une chaise en face de Domenico et commence à parler.

Après un monologue de vingt minutes pendant lequel je lui révèle qu'Olga s'est sacrifiée pour lui, qu'Adam avait tout planifié et que le CD était une vengeance, Massimo confirme mon histoire. Je lui enlève le scotch de la bouche, et quand l'homme en noir le détache, Domenico s'écroule par terre et explose en larmes.

Don relève son frère et ils se prennent dans les bras. C'est la scène la plus touchante de réconciliation que j'aie jamais vue. Je décide de les laisser seuls, je vais m'asseoir dans les escaliers en les attendant. Ils restent plantés comme ça un long moment, serrés l'un contre l'autre, parlant en italien, cette langue que je ne comprends toujours pas.

– Allons la voir, dit Domenico en venant vers moi, il faut que je la voie.

– Tu devrais peut-être prendre une douche avant, intervient Massimo. Le médecin va regarder tes blessures, il me semble que certaines méritent des points de suture. Il est là à attendre depuis une heure, je pensais qu'on serait obligés de te donner un tranquillisant, ajoute-t-il en souriant.

– Je suis désolé, elle ne me pardonnera jamais.

Je me lève pour remonter.

– Elle te pardonnera, elle en a vu d'autres dans sa vie.

Sur la route, nous avons décidé que je parlerais d'abord à Olga, avant que Domenico commence à s'excuser à sa manière. Je suis devant la porte de sa chambre d'hôtel, j'insère la clé et traverse l'entrée jusqu'au salon. Elle n'est nulle part, je sors sur la terrasse et la trouve assise là, une bouteille de vodka à la main.

– Elle est bonne ?

Elle répond sans même me regarder :

– Pas ouf, comme de la vodka.

– Il est là, en bas.

– Qu'il aille se faire voir ! Je veux rentrer en Pologne. (Elle se tourne vers moi en posant la bouteille), tu sais qu'il m'a balancé un vase dessus ?

Elle est furieuse et moi, je ne sais pas pourquoi, j'ai envie de rigoler bêtement. N'arrivant plus à me contenir, j'explose de rire.

– Je suis désolée...

Olga est consternée, elle me regarde, très irritée.

– Laura, il a essayé de me tuer !

– Mais avec quoi, un vase ? (Je n'arrive toujours pas à me retenir, je ricane comme une folle en levant les bras en signe d'abandon.) Olga, pardonne-moi, mais c'est drôle.

Peu à peu sa colère semble disparaître, elle finit même par rire avec moi.

– Ne m'énerve pas, dit-elle en rigolant, une tentative de meurtre avec un vase, c'est quand même une tentative de meurtre !

– Il a abîmé la voiture, détruit la salle de sport et la chambre, Massimo a fini par l'attacher dans la cave.

– Bien fait pour lui, il devrait le laisser là-bas !

Je me tourne vers elle et pose ma main sur la sienne.

– Olga, il avait le droit de réagir comme ça, on le sait toutes les deux. Que voulais-tu qu'il fasse en voyant les images de cette scène ?

Je lâche sa main, me lève et ajoute :

– Je pense que vous devriez vous parler, maintenant.

Je m'apprête à appeler mon mari, mais les deux frères déboulent dans la pièce. Je lève les bras, résignée, Olga claque la porte de la terrasse. Avant que j'aie eu le temps de dire quelque chose, Massimo m'attrape pour laisser passer son frère qui traverse la pièce en courant et s'agenouille devant Olga.

– Laisse-les, dit Don en m'embrassant sur le front avec un sourire coquin.

Je ne peux pas m'empêcher de jeter un œil et je vois Domenico tendre une bague à mon amie. Olga semble pétrifiée et totalement surprise. Elle s'enfonce dans son fauteuil en portant ses mains à ses joues. Domenico parle et parle, les secondes passent comme des heures.

Soudain, Olga se lève, passe à côté de nous et puis s'en va. Je la suis le long du couloir et nous montons dans l'ascenseur. Arrivées au rez-de-chaussée, Olga me regarde, les larmes aux yeux :

– Je pars, chérie, tout ça n'est pas pour moi, je suis désolée.

Je la prends dans mes bras en pleurant aussi, je ne peux pas la forcer à rester, elle a déjà fait tellement de choses pour moi.

Nous prenons une voiture pour rentrer à la résidence où Olga fait ses valises. Une heure plus tard, Massimo vient l'informer que l'avion pour la Pologne l'attend.

Je pleure pendant tout le trajet vers l'aéroport, qu'est-ce que je vais faire maintenant, seule ?

Olga s'en va.

Chapitre 15

Noël est dans deux jours et je m'en fous complètement. Ma famille n'est pas là, mes amis ne sont pas là, Olga n'est pas là. Domenico a disparu le jour où Olga est partie. Massimo se comporte comme si de rien n'était, il travaille, se rend à des rendez-vous et me trouve des occupations différentes chaque jour pour m'occuper l'esprit. Maria et moi faisons les boutiques pour choisir la décoration de la maison, le chef me fait goûter les plats de Noël et il m'a aussi envoyée à Palerme pour faire des courses. Ça ne m'a même pas fait plaisir, sans Olga, ce n'est pas la même chose. Massimo me fait l'amour jour et nuit, comme si ça pouvait soulager mes manques, mais il n'y a rien à faire. Je suis totalement et absolument seule. Les gens qui se marient ne perdent habituellement que leur liberté sexuelle, moi, j'ai perdu ma vie.

Quand j'appelle mon amie, elle est toujours pressée et bourrée la plupart du temps. J'essaie de discuter avec Jacob, mais lui aussi mène sa vie. Ma seule consolation est que le bébé grandit bien et qu'il est en pleine forme. La veille de Noël, j'ai un besoin terrible d'être seule et j'en informe Massimo dès le petit déjeuner.

– Massimo, je vais partir passer un jour à Messine.

L'homme en noir pose ses couverts, puis se tourne lentement vers moi, me regarde et réfléchit.

– Tu veux y aller quand ?

Je suis contente qu'il réagisse comme ça, je pensais qu'on allait se disputer.

– Maintenant, je réponds en me levant de table.

– Je vais demander à Maria de t'emballer de la nourriture. Je ne veux pas que mon fils ne mange que des gâteaux et des glaces à nouveau.

Je monte dans la Bentley pendant que mes gardes du corps chargent des tonnes de nourriture dans le SUV. Je les regarde faire en me demandant qui va manger tout ça.

À peine une heure après, j'arrive dans l'allée de notre nouvelle maison. Les hommes déchargent la voiture et laissent tout dans la cuisine. Je m'écroule sur le canapé du salon et je regarde le plafond, la cheminée, le sapin, jusqu'à ce que je réalise à quel point je suis frustrée. Il faut que je partage tout ça avec quelqu'un. J'allume mon ordi et fais défiler la liste d'amis avec qui j'aimerais éventuellement discuter, je me rends compte qu'il n'y a personne.

Je vais fermer mon ordi quand je pense à quelqu'un avec qui non seulement je veux discuter mais avec qui je dois le faire. Dans la barre de recherche de Facebook, je tape le prénom et le nom du guerrier de Varsovie. Il s'affiche, car nous sommes amis. Je clique juste sur l'icône de message, je réfléchis à ce que je veux lui dire et, surtout, à la raison pour laquelle je veux le contacter. Peut-être qu'inconsciemment c'est de la pure malveillance envers mon mari, ou peut-être ai-je juste envie de lui parler ? Soudain, mon doigt glisse et, dans les messages envoyés, apparaît un signe de ponctuation sans aucun sens.

– Putain de sa mère !

Quelques secondes plus tard, je reçois une notification d'un appel de Damian. L'application émet, et je n'arrive pas à couper le son, bon tant pis, je réponds.

– Tout va bien ? demande Damian en me regardant droit dans les yeux.

Je ne sais pas quoi répondre, je me contente de le fixer, c'est moi qui devrais lui demander s'il va bien.

Malgré les bleus sur son visage et ses lèvres gonflées, il est toujours aussi attirant. Il est allongé, la tête sur un coussin blanc, et il m'observe attentivement. Il répète sa question à laquelle je n'ai toujours pas répondu :

– Laura, tout va bien ?

– Salut, guerrier, je finis par articuler. Tu te sens comment ?

Il sourit, puis hausse les épaules en grimaçant.

– Si ça m'était arrivé pendant un combat, je me sentirais mieux, mais là...

Il soupire, puis détourne les yeux de la caméra.

– Tu m'expliques ce qui s'est passé ?

– Je ne peux pas.

– Putain, Damian ! Qu'est-ce que ça veut dire, je ne peux pas ? Si mon mari te menace, je veux le savoir parce que...

– Ton mari ? m'interrompt-il. Massimo Torricelli est ton mari ?

J'acquiesce.

Il se redresse pour prendre sa tête dans les mains.

– Dans quoi tu t'es embarquée ? Laura, est-ce que tu sais que cet homme est...

– Je sais très bien ce qu'il fait, et je n'ai pas besoin d'une leçon de morale, surtout venant de toi. Apparemment, tu n'es pas un saint non plus. En plus, qu'est-ce que ça peut changer, je me suis mariée et je suis enceinte. J'ai essayé de te le dire au gala, mais je n'ai pas trouvé le bon moment.

Il me regarde, les yeux écarquillés et la bouche ouverte, les secondes défilent et je me demande s'il faut que je dise quelque chose ou que je coupe cette communication.

Il parle enfin.

– Vous allez avoir un enfant ?

Je hoche la tête en souriant légèrement.

– Putain, tout est clair maintenant.

Je le regarde, surprise.

– Si j'avais su tout ça, je n'aurais jamais agi comme je l'ai fait. Je ne suis pas suicidaire. Je ne peux m'en prendre qu'à moi-même si je suis dans cet état.

Je le regarde à nouveau, des questions plein les yeux. J'attends des explications.

– Bah voilà, Laura, quand je suis descendu, les hommes de Carlo sont arrivés. Il voulait discuter avec moi. J'y suis allé sans savoir avec qui je m'étais battu dans le couloir. J'ai demandé à mon cousin d'appeler mon adversaire pour que nous puissions terminer notre combat. Carlo était furieux, mais il a appelé Massimo qui a tout de suite accepté. On s'est rencontrés chez Carlo. Nous nous sommes battus dehors comme des enfants, soupire-t-il en secouant la tête. La neige tombait, le sol était mouillé, j'ai glissé et, en tombant, ma jambe a vrillé et je me suis cassé le bras. Ton mari en a profité pour m'achever, mais il m'a épargné. Je lui en suis très reconnaissant depuis que je sais qui il est, en temps normal, il m'aurait juste flingué.

Toujours assise dans mon canapé moelleux, je comprends enfin les mots de Don quand il disait que tout ne se passe pas forcément comme je l'imagine. Je n'ai plus aucune raison d'être en colère. La voix calme de mon ex me sort de mes pensées.

– Et toi, tu te sens comment ?

– Très bien, en dehors du fait que mon mari passe son temps à vouloir tuer quelqu'un à cause de moi. (Je ris en voyant sa réaction.) J'habite en Sicile, à Taormine, mais là je suis dans une autre maison, toute seule, et j'avais envie de parler à quelqu'un.

Il croise les bras derrière sa tête et me demande :

– Tu me fais visiter ?

Il est si beau, je ne peux pas le lui refuser. Je retourne mon ordi pour que la caméra soit face à la pièce et je déambule d'une chambre à l'autre, d'un étage à l'autre, jusqu'au jardin. Je m'assieds dans un des grands fauteuils blancs, mets mes lunettes de soleil et ouvre une bouteille de mon vin mousseux sans alcool que j'ai pris au passage dans la cuisine.

– Voilà où j'habite. Je me suis échappée ici, mais...

– Tu bois de l'alcool ?

Je rigole.

– C'est du vin sans alcool, mais le goût est plutôt bon. Si Massimo me voit prendre une goutte d'alcool, je passerai le reste de ma grossesse dans la cave.

– Tu n'en as pas marre de lui parfois ? Tu n'aimerais pas retrouver une vie normale ? Revenir dans ton pays ?

Ces derniers jours, ce sont effectivement des questions que je me suis posées. Mais lorsqu'il faut que je mette des mots sur ce que je ressens ou ce que je veux faire, je ne sais pas quoi dire.

– Tu sais, Damian, ce n'est pas si simple. Sans même parler du fait que je suis la femme d'un homme puissant qui ne me laissera pas partir si facilement, je porte son enfant. Aucun homme normal ne voudrait d'une femme avec autant de bagages.

– Normal peut-être pas, mais un qui s'est laissé casser les bras et les jambes pour elle...

Après cette phrase, un silence inconfortable s'installe entre nous.

– C'est une proposition un peu étonnante, mais...

Je l'interromps, car je sens qu'il va aller trop loin.

– Je l'aime, Je suis follement amoureuse de cet homme. Le plus gros du problème est là. (Je hausse les épaules, puis je prends une autre gorgée.) Bon, mon cher, parlons un peu toi maintenant et de ce que tu fais pour Carlo.

Je croise les bras sur ma poitrine et attends sa réponse. Les secondes passent, lui s'agite dans ses draps.

– En réalité je ne fais plus grand-chose pour lui. Tu sais comment c'est, j'étais jeune et naïf lorsqu'il m'a proposé d'être vigile dans une de ses boîtes de nuit. Je m'entraînais énormément, j'étais costaud et bête, donc j'ai dit oui. Je gagnais bien ma vie et le travail n'était pas compliqué. Après, il s'est avéré que je suis plus malin que ça, donc j'ai commencé à superviser un peu plus attentivement le travail des autres. Si ce n'était pas ce contrat que j'ai décroché en Espagne, j'aurais sûrement rencontré Massimo à ce moment-là.

– Attends... Quand on était ensemble, tu étais...

– Je n'étais pas un garçon « sage », comme tu dis.

– Comment ça se fait que je ne l'ai jamais remarqué ?

Il rigole en se cognant sans faire exprès avec son bras plâtré.

– Aïe. (Il frotte l'endroit où il s'est tapé.) Laura, chérie, commence-t-il en ricanant, je n'allais pas commencer notre histoire de couple en te disant : « Salut, je fais partie d'un gang de criminels, mais en vrai, je suis un gentil garçon. »

– Attends une seconde, dis-je en voyant deux clones courir dans le jardin, Rocco et Marco, mes gardes du corps.

Ils regardent nerveusement autour d'eux. Je me demande ce qu'ils font.

– Ne dis rien, dis-je au micro de mon ordi, et regarde ce que je dois vivre, je chuchote, puis je repasse à l'anglais : Qu'est-ce qui se passe, Messieurs ? Vous êtes perdus ?

Ma plaisanterie fait rire mon ex, qui se tait rapidement.

– Madame Laura, les caméras du jardin ne sont pas encore installées, est-ce que vous pouvez revenir à l'intérieur ?

Je ne peux pas croire ce qu'ils me demandent.

– Est-ce que vous avez mon mari en ligne ? je demande en tendant la main. (L'homme hoche la tête en regardant le sol.) Passez-le-moi.

Je ne lui laisse pas le temps de parler :

– Massimo, n'exagère pas, le temps est magnifique, il fait chaud et j'ai besoin de respirer. Ton fils aussi doit prendre l'air, alors rappelle tes gorilles.

Après un silence, j'entends la voix calme de mon mari.

– Si tu restes dans le jardin, ils ne peuvent pas vérifier que tu vas bien, peut-être que Rocco devrait rester avec toi.

Je regarde la tête de mon ex sur l'écran, je sais que le gorille troglodyte sera très intéressé par la voix d'homme qui sort de mon ordi.

– Chéri, dis-je calmement en espérant que ça va marcher, si je voulais de la compagnie, j'aurais choisi la tienne, donc s'il te plaît contrôle ta parano et laisse-moi être seule. Je me sens très bien, je vais bientôt déjeuner. Si tu veux, je peux t'appeler dans une heure.

– Je commence un rendez-vous qui va sûrement durer jusqu'à ce soir, les gars viendront vérifier de temps en temps si tout va bien.

– Je t'aime, je chuchote, ravie qu'il soit d'accord.

– Moi aussi, à demain. Passe-moi Rocco.

Je soupire, puis rends le téléphone au garde du corps en lui offrant un sourire radieux par la même occasion. Il me regarde sans montrer la moindre émotion, puis disparaît en reprenant sa conversation au téléphone.

– Je suis là. Tu as vu comment se passent les choses ici ? (J'ouvre grand les bras et hausse les épaules.) Du contrôle, du contrôle et encore plus de contrôle.

Damian rigole, puis secoue la tête, incrédule.

On passe une heure ou peut-être deux à discuter et à se rappeler des souvenirs, à parler de nos amis communs. Il me raconte sa vie en Espagne et les lieux qu'il a visités, il me dit qu'il combat de mieux en mieux et dans des meetings de plus en plus importants. Il me parle des gens qu'il a rencontrés et de ses entraînements aux États-Unis, en Thaïlande, au Brésil. Je l'écoute, émerveillée, je suis désolée qu'il ait été blessé, mais ça m'a permis de parler avec lui.

– Il faut que j'y aille, Sebastian arrive avec de la bouffe… (Il sourit tendrement.) Laura, tu me promets quelque chose ?

– Je déteste ce genre de question, parce que je ne sais pas ce que tu vas demander.

– Promets-moi de me donner des nouvelles de temps en temps, moi j'en ai l'interdiction. (Il grimace, puis secoue sa tête en signe de résignation.) Carlo me cassera le reste des os si je t'appelle, ou ton mari finira par me tuer.

– Je t'adore, guerrier, et oui, je te le promets. Bon appétit.

Damian fait un bisou à la caméra de son ordi et coupe la conversation.

Je suis à nouveau seule.

J'ai un peu la nausée à cause de tout ce vin, puis je me souviens que je n'ai rien mangé depuis ce matin. Je prends mon temps pour me préparer un bon repas. Trente minutes plus tard, le déjeuner est prêt et je m'assieds devant mon ordi tout en mangeant.

– Madame Torricelli... (Je sursaute.) Je suis désolé, je ne voulais pas vous faire peur.

Je lève les yeux en les protégeant de la main pour me faire de l'ombre. Devant moi se tient un homme qui se rapproche pour se placer à l'ombre. Je reste bouche bée devant cet invité qui me sourit chaleureusement. Il est totalement chauve, le visage carré avec des traits marqués, une barbe de trois jours et de grosses lèvres. Il m'observe bizarrement de ses beaux yeux verts. Et me tend la main.

– Je suis votre jardinier, Nacho. Enchanté.

– Ce n'est pas très italien, je réponds maladroitement.

– Je suis espagnol.

Il hausse les sourcils, visiblement amusé, puis il passe totalement à l'ombre et je le vois parfaitement maintenant.

Mon Dieu ! Son corps entier est tatoué. Du poignet jusqu'à la base de son cou. Il est élancé et musclé, certainement grâce au travail physique qu'il fait dans le jardin. Il n'est ni trop grand ni trop musclé, plutôt sec comme un footballeur ou un coureur. Son débardeur couvre à peine son torse totalement rasé. Son jean tombe légèrement sur ses fesses, laissant apparaître son boxer. Si ce n'était la ceinture avec ses outils, il perdrait sûrement son pantalon, ça dévoilerait l'endroit le plus intéressant. Au bout d'un moment, je réalise que je bave un peu en fixant ce très bel homme.

– Tu n'es peut-être pas rassasié ? je demande.

Rassasié, rassasié... je suis folle ! Moi non plus je ne suis pas rassasiée alors que je ne fais que boire et manger...

L'homme sort un mouchoir de sa ceinture et s'essuie le front avant de s'asseoir.

– J'ai soif oui, merci, répond-il en se servant de l'eau.

Je suis surprise par son ouverture d'esprit, le personnel à la résidence est plutôt distant.

– Depuis quand tu travailles pour mon mari ? je demande en croquant une olive et en poussant l'immense quantité de nourriture vers lui.

– Depuis pas longtemps, je ne vais m'occuper que de cette maison, dit-il en prenant un morceau de melon. Don a des idées précises pour le jardin, est-ce que je vais pouvoir en parler avec lui aujourd'hui ?

– J'en doute. Premièrement, il va travailler tard et deuxièmement, je me suis enfuie. (Je lève mon verre avec ironie.) Du champagne sans alcool ?

Ma réponse l'a enchanté, c'est l'impression que j'ai en tout cas. Il se détend, regarde sa montre et prend un autre morceau de melon.

– Tant pis, je discuterai avec lui la prochaine fois.

Il se lève et cherche quelque chose dans sa ceinture. Sans lever les yeux, il demande :

– Pourquoi tu bois du champagne sans alcool ?

– Je suis enceinte.

Le melon lui tombe presque de la bouche, il semble paniqué.

– Massimo Torricelli va avoir un enfant ?

Son comportement est de plus en plus bizarre. Sa curiosité et son manque de discrétion sont même un peu énervants.

– Nacho, quel est le rapport avec le jardin ?

– Aucun, Laura, mais c'est important pour toi, et pour moi aussi, ma sœur est également enceinte. Bon après-midi.

Il embrasse ma main, puis disparaît en jetant un œil sur l'entrée de la résidence.

Quelques secondes plus tard, Rocco apparaît à l'entrée, il me regarde, inspecte l'intérieur, incline la tête et s'en va.

Bizarre comme jardinier, ce type, je pense en continuant à manger et en répondant à des messages d'amis. C'est sûr, il doit prendre de la drogue qu'il fait pousser lui-même. Les gens normaux ne sont pas aussi joyeux, sûrement pas en discutant de choses aussi banales.

Chapitre 16

Le matin du réveillon, lorsque les rayons du soleil pénètrent dans la chambre, je suis énervée contre moi-même de ne pas avoir fermé les rideaux. Je sors du lit sans savoir qu'il est déjà si tard. Les Italiens ne fêtent pas Wigilia[2], mais le jour de Noël. Massimo a décidé de faire un effort pour moi.

En descendant, je trouve un gros carton sur la table, je l'ouvre pour voir ce qu'il y a à l'intérieur. Sur le dessus est posée une lettre dans une enveloppe rouge où sont écrits ces mots : « La voiture sera là à quinze heures. » Je continue ma fouille et, cette fois, je sors une boîte « Chanel », ça m'enchante. C'est une combinaison noire en satin et soie et des talons aiguilles ouverts sur le devant. Je frappe dans mes mains comme une petite fille et mets la combinaison devant moi. Le décolleté est coupé droit, les épaules dénudées, il y a des élastiques au bout des manches larges. Le haut est

2. Le nom que les Polonais donnent à la nuit de Noël, qu'ils fêtent plutôt que le jour du 25 décembre.

plutôt ample et serré à la taille. Du coup, le pantalon tombe de manière sexy sur mes fesses sans les comprimer, il révèle juste ce qu'il faut de rondeurs : c'est parfait. Je sors mon téléphone pour appeler le coiffeur, rendez-vous pris pour treize heures. J'accroche ma nouvelle tenue, prends mon petit déjeuner, puis file sous la douche.

Quinze minutes avant l'heure, je suis prête et découvre que la voiture qui devait venir me chercher est elle aussi en avance. Je monte dans la limousine et sors mon portable pour appeler ma mère. J'ai envie de lui souhaiter un joyeux Noël, mais je ne sais pas comment m'y prendre. Est-ce que je m'excuse ou j'attends qu'elle le fasse ? Je fixe l'écran et, finalement, le range dans ma pochette.

La voiture s'arrête dans l'allée de la résidence, Massimo m'attend à l'entrée, appuyé contre le mur. Il ne fait pas aussi chaud qu'hier, même si le soleil brille, en réalité, il fait même froid. Le thermomètre indique onze degrés. Massimo m'ouvre la porte et me tend la main pour m'aider à descendre. Étrangement, il m'a manqué. Je lui saute dans les bras et je sens qu'il sourit lorsqu'il me caresse les cheveux et m'embrasse dans le cou.

– Joyeux Noël, chérie, chuchote-t-il. Rentrons, tu vas attraper froid.

Quand je le regarde, j'ai du mal à tenir sur mes jambes tellement il est beau. Délicatement, je glisse ma main dans ses cheveux et l'attire plus près de moi. Nos lèvres se joignent pour un baiser passionnel, comme si c'était le dernier.

– Sautons le dîner, dis-je en lui mordant la lèvre et en lui attrapant l'entrejambe. (Je ne suis pas étonnée que son sexe réagisse sur-le-champ.) Baise-moi « noëlement » !

L'homme en noir gémit et se libère avec difficulté de mes bras.

– J'aimerais beaucoup, mais les invités nous attendent, allez viens, dit-il en remettant son pantalon en place.

J'entends des voix, des rires et des chants de Noël polonais venant de la salle à manger. Je me dis que, même si les invités sont italiens, mon mari veut donner une ambiance polonaise à la fête. Je glisse ma main dans la sienne, pleine de gratitude. Il m'embrasse sur le front juste avant d'entrer.

La première chose que je vois, c'est l'immense sapin avec une montagne de cadeaux en dessous, puis la magnifique table avec des millions de bougies et de décorations. Quand je tourne la tête, je me fige.

– Tous mes vœux, chérie.

Massimo me prend dans ses bras et m'embrasse sur la tête.

Je n'arrive pas à y croire, je regarde les invités, puis Massimo, et des larmes de joie coulent sur mon visage.

En me voyant aussi émue, maman vient vers moi.

– Je suis désolée ma fille, chuchote-t-elle.

Je suis incapable de répondre, mes sanglots redoublent et quand papa se joint à nous, c'est pire. Je peine à respirer, mon maquillage coule, nous ne bougeons pas, tous les trois enlacés.

La voix de mon frère me sort de ma torpeur :

– Apparemment, si on pleure beaucoup quand on est enceinte, le bébé fera de même. Salut sœurette, dit-il en poussant mes parents et en passant un bras autour de mes épaules, l'autre étant occupée par son verre de vin.

C'est trop pour moi.

– On va aux toilettes ? dit Olga en s'approchant.

J'acquiesce sans réfléchir et tout le monde explose de rire, amusés par ma réaction. Lorsque je passe à côté de mon mari, nos mains s'effleurent et il me fait un clin d'œil :

– Surprise !

Dans la salle de bains, je m'assieds et essuie mon visage. Je regarde mon amie en me demandant comment poser la question sans qu'elle sonne bizarre.

– Qu'est-ce que vous faites tous là ?

– Eux, je ne sais pas, moi, je crois qu'on m'a enlevée. En vrai, Domenico est venu chez mes parents en pleurant et en suppliant. Quand je l'ai remballé, il a charmé mon père. Tu sais, ce n'est pas compliqué de faire un complice d'un simple prof d'anglais. Il lui a expliqué que je serais la plus heureuse des femmes à ses côtés, qu'il était venu de Sicile pour me retrouver et à quel point il m'aimait. Mais ce n'est pas tout, il l'a convaincu de participer à un événement qui allait m'achever.

– Mon Dieu, qu'est-ce qui s'est passé ?

– Il a loué un théâtre ! Un théâtre, putain, avec une scène gigantesque. Un théâtre ! hurle-t-elle comme si j'étais sourde. Sans spectateurs, heureusement. Papa m'a conduite là-bas et qu'est-ce que je découvre, une chorale et un orchestre. Oui, ma chère, des dizaines de personnes chantant « This I Love » de Guns N'Roses. Et lui au milieu de ce bordel… lui, si beau, si bien habillé. Et, putain, il s'est mis à chanter. Encore une autre chose que je ne savais pas de lui. C'était si beau que je ne pouvais plus refuser. (Elle tend sa main pour me mettre sa bague sous le nez.) J'ai dit oui.

Je les regarde, elle et son diamant, bouche bée. Je me demande pourquoi ma demande en mariage s'est déroulée dans une chambre alors que j'ai toujours rêvé qu'on me fasse cette demande de manière spectaculaire, époustouflante. Massimo s'est contenté de se mettre à genoux. Je me sors de mes pensées et la prends dans mes bras.

– Et au milieu de tout ce décor idyllique, il a dit à tes parents qu'il appartenait à une famille de mafieux ?

– Il a même commencé par ça, dit-elle en explosant de rire. Il a aussi raconté qu'il avait essayé de me tuer, détruit la maison et une voiture qui valait des milliers de zlotys. Mais tu sais, papa est très tolérant et ne se prend pas trop la tête... Tu es folle, il pense qu'il mène une vie de saint, que c'est un artiste et un vrai gentleman italien.

– Il a bien tort. Allez viens, on y retourne.

Dans la salle à manger, toute ma famille est à table, plongée dans une conversation animée. Lorsque j'entre dans la pièce, je vois ma mère qui commence à larmoyer. Je m'approche d'elle pour l'embrasser à nouveau et je lui demande d'arrêter de pleurer, sinon je vais recommencer aussi. Papa la prend dans ses bras pour la calmer et lui tend un mouchoir pour qu'elle s'essuie les yeux.

Massimo fait signe au serveur, le premier service commence. Je découvre avec surprise des plats polonais revisités avec des accents italiens. Plus les plats défilent, plus l'atmosphère se détend. Je ne sais pas si c'est grâce aux bouteilles de vin qui ne cessent d'apparaître sur la table ou au fait qu'il fallait tous qu'on digère cette surprise.

Après le dîner, Jacob, papa et Don disparaissent, une odeur de cigare arrive vite à nos narines. Mon Dieu, comme dans les films, un cigare et un verre d'alcool fort après le repas. Maman a été kidnappée par Olga qui lui fait visiter la résidence. Quant à moi, j'attrape Domenico pas le bras avant qu'il rejoigne les hommes.

– Il faut qu'on parle, je lui dis très sérieusement en le tirant vers le grand canapé. Domenico, est-ce que tu es certain de ce que tu fais ?

– Tu es gonflée de me demander ça, répond-il en me fixant d'un regard tendu, je te rappelle que tu as épousé mon frère un mois après l'avoir rencontré, si je me souviens bien.

– Un mois et demi, je grogne, et je te signale que je n'ai pas eu le choix, Massimo m'a enlevée.

– Il ne t'a pas obligée à l'épouser ni à tomber enceinte. (Je fais une moue dubitative.) Ok, l'enfant, c'est lui mais, Laura, regarde... pourquoi attendre ? Je suis tombé amoureux d'elle, je n'ai rien à perdre, juste tout à gagner. Bien sûr, les divorces, ça arrive, mais je sens que c'est la bonne. (Il serre les poings, de la colère apparaît dans ses yeux.) En plus, ce qu'elle a fait pour moi prouve qu'elle ressent la même chose.

Je hoche la tête, je n'ai rien à redire, je suis d'accord avec lui. En réalité, je suis la dernière personne qui devrait lui faire une leçon de morale. Je le prends dans mes bras.

– Eh ! C'est mon fiancé ! hurle mon amie en me poussant.

Olga s'assied sur les genoux de Domenico et l'embrasse sans pudeur, pas du tout gênée par la présence de ma mère.

– Pourquoi tes parents ne sont pas là ?

– Ils ne pouvaient pas laisser ma grand-mère, et elle est trop âgée pour faire le voyage.

Le reste de la soirée se déroule près de la cheminée, nous chantons des chants de Noël, chacun les nôtres, puis nous ouvrons les cadeaux. Olga a eu une voiture, une Alfa Romeo spider cabriolet rouge. Olga ne peut s'empêcher d'espérer qu'elle ne soit pas détruite lors d'une prochaine dispute et je ne peux m'empêcher de lui taper sur les fesses devant tant d'ingratitude. Je savais que les cadeaux de Massimo pour mes parents allaient être magnifiques, mais il quand même réussi à me surprendre. Pour ma mère, un manteau en zibeline de Russie. Quand elle le déballe, j'ai un coup au cœur et je crois bien qu'elle aussi. Mon père est ravi de découvrir qu'il est propriétaire d'un bateau à voile ancré dans la région de Mazury en Pologne. Il est au bord des larmes, il en a toujours rêvé. Je regarde Massimo en secouant la tête.

– Tu exagères, chéri, je lui chuchote à l'oreille. Personne n'attend ce genre de cadeaux.

L'homme en noir sourit légèrement, puis m'embrasse en me serrant contre lui.

– Bébé, je suis supposé les donner à qui ? Et tu sais que je n'attends rien en retour. Ouvre le tien, dit-il en me poussant vers le sapin.

Je fouille parmi les branches, mais ne trouve rien, du coup je m'assieds par terre en faisant la moue. Massimo se lève, amusé, il retire une enveloppe noire d'une branche au-dessus de moi et me la tend. Il recule un peu et patiente. Je suis surprise et terrifiée à la fois, je déteste les enveloppes qu'il me donne, elles me rappellent la nuit de mon enlèvement, c'est de cette façon que j'ai tout appris. Je fais tourner l'enveloppe dans mes mains tout en observant mon mari. Je crois qu'il a compris à quoi je pense et il secoue légèrement la tête en souriant :

– Tu peux l'ouvrir.

Je déchire le haut et sors les documents, j'essaie de lire, mais tout est en italien et je ne comprends rien.

– C'est quoi ?

Il s'agenouille devant moi et me prend la main :

– Une entreprise, je veux te donner de l'indépendance mais en même te permettre de faire ce que tu aimes. J'ai créé une marque de vêtements, ton atelier sera à Taormine, Emi t'aidera à choisir les designers. Tu décideras...

Je ne le laisse pas terminer, je me jette dans ses bras, Don bascule en arrière et je l'embrasse sans retenue. Quant à lui, il pose ses mains sur mes fesses sans aucun scrupule. Même le raclement de gorge de ma mère ne le dérange pas. C'est le plus beau cadeau qu'il pouvait me faire, du travail. Je ne m'y attendais pas du tout.

– Je t'aime, je chuchote lorsque je me décolle enfin de ses lèvres.

– Je sais.

Il m'attrape et me place à côté de lui.

Mes parents nous regardent, ils ont l'air heureux. Je remercie Dieu que cette journée se passe sans qu'aucun drame ne vienne la perturber même si je sais que les fêtes de Noël ne sont pas terminées et, que connaissant ma chance, je ne suis pas à l'abri que quelque chose se passe avant la fin des festivités. Je suis heureuse que mes parents ignorent qu'ils se trouvent dans la résidence d'un Don, surveillée par des dizaines de gardes du corps, et que ce même Don a tué un homme dans l'allée il y a quelques mois.

– Moi aussi, j'ai un cadeau. (Je me décale pour que tout le monde me voie.) C'est difficile de faire un cadeau à quelqu'un qui a absolument tout, dis-je en deux langues et en caressant délicatement mon ventre. Je vais te donner quelque chose que tu veux par-dessus tout... (Ma voix commence à trembler, je prends une grande inspiration.) Je vais te donner un fils. (Massimo se fige.) C'est un garçon, chéri, je sais qu'on ne devait pas demander, mais...

L'homme en noir me prend dans ses bras et me fait décoller du sol, je pousse un cri en survolant ma famille. Il est ivre de bonheur et il triomphe.

– Je le savais ! hurle-t-il en tapant dans la main de Domenico. Je savais qu'il y aurait un descendant, Luca Torricelli.

Je lui lance un regard de défiance, mais il n'en a rien à faire. Un descendant mafieux, jamais de la vie, je me dis. Tout le monde nous félicite.

Il est enfin l'heure d'aller se coucher, Massimo a stratégiquement choisi la chambre de mes parents. C'est la plus éloignée de la nôtre et loin de tous les endroits qui pourraient dévoiler les autres facettes de l'homme en noir.

Je pose enfin la question qui me perturbe depuis le début de la soirée :

– Chéri, comment as-tu fait ? (Il me regarde, étonné.) Mes parents, par quel miracle sont-ils arrivés ici ?

Il me prend dans ses bras.

– Tu te rappelles, le jour où ils ont arrêté Domenico, je devais régler quelque chose ? (J'acquiesce.) En fait, j'avais rendez-vous avec tes parents. Je leur ai expliqué toute la situation et les ai assurés de mes sentiments et de mes intentions à ton égard. Je me suis excusé pour tout en endossant toutes les fautes. J'ai également promis à Klara un deuxième mariage et une fête. (Il me caresse les cheveux comme s'il voulait me rassurer.) Évidemment, je ne leur ai pas dit ce que je fais, j'ai pensé qu'il valait mieux les épargner.

– Tu es le meilleur mari de la terre.

Ma langue se glisse dans sa bouche, mais je n'ai pas beaucoup de succès.

– Il faut que je parle à Domenico, dit-il. Je serai revenu avant que tu sortes de la douche.

Je grimace, frustrée, j'espérais qu'il allait se joindre à moi, malheureusement mes projets pour calmer ma libido tombent à l'eau. Don m'embrasse à nouveau, puis disparaît dans les escaliers. Ça m'énerve qu'il me plante comme ça. Quand j'entends la porte de la chambre se fermer, je laisse exploser ma colère en tapant des pieds et en hurlant, puis je vais me calmer sous la douche.

Je ne me presse pas, je me rase les jambes, ce que je déteste faire. Il faut aussi que je me lave les cheveux, car le coiffeur m'a mis une quantité de laque presque oppressante. Du coup, pour nourrir mes pointes je prends le temps de me faire un masque. Une heure plus tard, je suis prête, ma peau est douce et elle sent bon.

Je mets le grand peignoir noir de Massimo, l'eau goutte de mes cheveux. Je traverse la chambre et me place en haut des escaliers qui donnent sur le salon. Mon mari alimente la cheminée en bois tout en buvant du liquide ambré. Il se retourne et met une main dans sa poche, nous sommes hypnotisés l'un par l'autre ; ses longues jambes sont écartées, il est pieds nus, sa chemise blanche est à moitié déboutonnée.

Lentement, je défais la ceinture du peignoir, elle tombe au sol. Massimo se mord la lèvre et se redresse. J'écarte les pans du tissu foncé, le fais glisser sur mes épaules et lorsqu'il tombe, je m'avance vers mon mari. Il a les yeux légèrement plissés, je sais que son pantalon ne va pas tarder à gonfler.

– Pose ton verre, dis-je en arrivant à la dernière marche.

L'homme en noir s'exécute sans précipitation, il pose son verre sur le banc. Lorsqu'il se redresse, je suis à quelques centimètres de lui, je déboutonne le reste de sa chemise et lui enlève ses boutons de manchette. Ensuite, délicatement, je lui retire sa chemise en lui effleurant la peau. J'embrasse chacune de ses cicatrices sur ses épaules, sa poitrine et son ventre. Je descends progressivement jusqu'à sa braguette, je l'entends avaler bruyamment sa salive. Sans le quitter des yeux, je me bats avec sa braguette, la tension entre nous est palpable. Tout ça l'excite au plus haut point, son sexe sort de son pantalon. Les mains de l'homme en noir se déplacent à l'arrière de ma tête et me poussent vers son érection.

Je résiste et continue à lui retirer son pantalon.

– Pourquoi tu ne portes pas de sous-vêtements ? je demande en feignant d'être énervée et en me relevant.

Il hausse des épaules, clairement amusé par la situation. Totalement nu, il reprend son verre et me suit du regard quand je marche vers le canapé sur lequel je m'assieds, les jambes écartées.

– Viens ici, je lui ordonne.

Le sourire de Massimo se fait coquin, il vide son verre et s'agenouille devant moi. Je l'attrape par les cheveux et le regarde dans les yeux. Ils sont en feu. Il est impatient, mais je décide de le punir pour ma douche solitaire, je passe lentement mon pouce sur ses lèvres, il bouge la tête pour m'indiquer qu'il veut commencer, mais je l'ignore.

Soudain, n'y tenant plus, il attrape mes cuisses et me tire vers le bas. Ma chatte se retrouve pile à la hauteur de son menton, sa langue se glisse entre mes lèvres. Il me suce vigoureusement, je m'accroche au canapé et crie fort, il écarte mes lèvres pour accéder à mon endroit le plus sensible. Il aime voir la façon dont mon corps réagit à ses caresses, je n'arrive même plus à le regarder, j'attrape un coussin et le mords. Comme si sa langue ne suffisait pas, il ajoute des doigts et me baise au même rythme que sa langue. Je gémis, je gigote, j'ai chaud et j'ai des frissons Mon orgasme est tel que j'ai du mal à respirer quand il arrive, puis un second et enfin un troisième, le plaisir que je ressens est immense et presque douloureux, je n'en peux plus et je repousse Massimo.

Il me fait glisser un peu plus sur le canapé et me pénètre, je suis prête à l'accueillir. À peine consciente, je sens qu'il bouge en moi, qu'il accélère et que ses mains sont posées sur mes seins.

– Je veux te sentir encore plus, souffle-t-il en plaçant un coussin sous mes fesses, mon dos se cambre.

Il grogne de bonheur, puis recommence à me sauter si fort que je ne suis même plus capable de crier.

Les orgasmes se succèdent et quand j'ouvre les yeux, je vois le regard fou de mon mari, il est comme en transe. Cette vision me fait immédiatement réagir :

– Plus fort, je hurle en le frappant au visage.

Tous les muscles de mon corps se tendent et une vague intense de plaisir m'envahit.

À son tour, il explose, ses hanches ne ralentissent pas pour autant, tout son corps tremble et il s'écroule sur moi, totalement épuisé.

Nous sommes à bout de souffle. Je passe ma main dans ses cheveux et embrasse délicatement sa barbe bien entretenue. Sa peau n'a aucun défaut, elle est parfaite et lisse.

– Pourquoi tu n'as pas de tatouage ? je demande en m'allongeant sur le dos.

– Je n'aime pas les tatouages, je ne comprends pas l'intérêt de scarifier son corps. (Il se tourne vers moi.) Je suis assez conservateur sur ce point, et puis les tatouages me font penser aux prisonniers, du coup, ça ne m'a jamais tenté.

– Alors, pourquoi tu as embauché un jardinier qui en est couvert ? Je pensais, que...

– Un jardinier ?

Massimo m'interrompt, son regard devient sombre.

Je fronce des sourcils, surprise par sa réaction.

– Nacho, notre jardinier chauve espagnol, il voulait te voir pour discuter du jardin.

L'homme en noir s'assied, me place face à lui et, l'air très concentré, me demande :

– Chérie, tu peux m'expliquer précisément de quoi tu parles.

Malgré son calme apparent, je sens qu'il bout à l'intérieur. Ça me terrifie, je me lève et commence à marcher de long en large.

– Tu peux d'abord me dire quel est le problème ?

Il ne me quitte pas des yeux ; pendant un long moment, il ne dit rien puis finit par lâcher :

– Je n'ai pas embauché de jardinier. Maintenant, Laura, lentement et en détail, je veux entendre toute l'histoire de ce jardinier.

– Comment ça, il n'y a pas de jardinier ? (Mes jambes sont toutes faibles d'un coup.) Je lui ai parlé, il était gentil, beau et un peu bizarre, mais il ne faisait pas peur.

Je m'assieds dans le canapé, Massimo s'agenouille pour écouter l'histoire de bout en bout. Dès que j'ai fini, il prend son téléphone et se met à parler en italien tout en me jetant des regards de temps en temps. Il raccroche et balance son téléphone qui se brise en mille morceaux contre le mur.

– Putain ! hurle-t-il en anglais.

Sa colère m'effraie tellement que je me recroqueville sur le canapé.

Au bout d'un moment je me lève pour le rejoindre, sentant que sa colère le consume de l'intérieur.

– Massimo, qu'est-ce qui se passe ?

Il ne répond pas tout de suite, comme s'il cherchait ses mots.

– C'était Marcelo Nacho Matos, un membre d'une famille de mafieux espagnols et... (Il s'arrête, je sais que ce que je vais entendre ne va pas me plaire.) Laura, chérie... (L'homme en noir se tourne vers moi, il prend mon visage entre ses mains.) L'homme que tu as vu est un tueur à gages.

– C'est-à-dire ?

– Un meurtrier. (Sa mâchoire se serre.) Je ne sais pas pourquoi il s'est fait passer...

Il se tait à nouveau, un long frisson me parcourt tout le corps.

– Je suis en vie ? je souffle. C'est ce que tu veux dire, Massimo ? Tu es étonné que je sois en vie ?

La douce atmosphère qui régnait entre nous il y a quelques instants s'est envolée. J'ai l'impression que Don va exploser de fureur d'une minute à l'autre. Il passe à côté de moi sans dire un mot, puis revient, vêtu d'un survêtement. Je suis toujours dans le canapé, enroulée dans une couverture, je fixe le feu. Il vient me rejoindre et me prend sur ses genoux, je me love contre son torse chaud, dans ses bras je me sens tellement en sécurité.

– Pourquoi voulait-il me tuer ?

– S'il l'avait voulu, tu ne serais plus en vie, je soupçonne donc qu'il avait un autre but. (Il me serre tellement fort que je gémis de douleur.) Je suis désolé, chuchote-t-il en relâchant la pression. Il y a quelques mois, j'ai eu un léger conflit avec ces gens... (Il s'interrompt, comme si une idée venait de lui traverser l'esprit.) Laura, tu n'iras plus nulle part seule, je suis sérieux. (Ses yeux noirs se plantent dans les miens, je suis pétrifiée.) Je vais doubler tes gardes du corps, finies les escapades solitaires à Messine, en fait, le mieux serait que je t'envoie quelque part...

– Tu as perdu la tête ! Tes hommes ne sont pas capables de me protéger ! Il ne m'est jamais rien arrivé avec toi, mais dès que tu me laisses avec eux, il se passe quelque chose. (J'essaie de me dégager de ses bras, mais il ne me lâche pas, alors je renonce.) Massimo, je ne veux aller nulle part. (Je sens les larmes arriver.) Et mes parents ?

Il soupire bruyamment.

– Demain, on ira faire un tour sur *Le Titan* et après les fêtes, lorsque tout le monde rentrera en Pologne, les hommes de Carlo les protégeront. Je te promets que je vais m'occuper d'eux.

Son ton sérieux me rassure, je sais qu'il contrôle la situation.

– Ils ne sont pas en danger. La seule chose que peuvent vouloir les Espagnols, c'est me faire du mal à moi. La seule façon de m'atteindre, c'est de passer par toi. (Nos regards se croisent.) Je te garantis que je donnerai tout ce que j'ai, ma vie y compris, avant que quelqu'un touche à un seul de tes cheveux ou de ceux de mon fils.

Après m'avoir réconfortée, il disparaît car Domenico frappe à la porte, visiblement il a des informations à lui communiquer. Je m'allonge, je n'arrive pas à comprendre comment l'homme joyeux que j'ai rencontré peut être un assassin. Son regard si doux ne correspond pas à la description que Massimo fait de lui. Je me repasse en boucle notre rencontre, repensant à ce qu'il m'a dit ou ce qu'il a fait, mais je ne vois rien d'inquiétant dans son attitude. Je n'arrête pas de me demander pourquoi il ne m'a pas tuée, il en a eu largement l'occasion pendant notre conversation. Pourquoi a-t-il agi de cette façon ? Est-ce qu'il pensait que je n'en parlerais pas à mon mari ? Est-ce qu'il voulait vraiment me tuer mais que, finalement, il a eu des remords ou que je lui ai plu ?

Je me bats toute la nuit avec des cauchemars dans lesquels le héros est l'Espagnol sexy.

Le matin de Noël, je me réveille seule, comme d'habitude. Les draps du côté de Massimo sont intacts. Il n'y a que deux explications, ou il n'a pas dormi cette nuit, ou il ne voulait pas dormir avec moi.

La porte s'ouvre alors que je suis prête pour aller prendre mon petit déjeuner. Mon mari apparaît, il semble épuisé. J'attends qu'il me dise d'où il vient.

– Il fallait que je m'occupe de la sécurité et que je vérifie le parc de la résidence, marmonne-t-il.

– Toi-même ?

– Lorsqu'il s'agit de toi, je fais tout moi-même. Donne-moi une demi-heure, je vous rejoins.

Tous les invités sont à table quand j'arrive, les joyeuses conversations en trois langues vont bon train. Dès que je m'installe, toute leur attention se porte sur moi. Maman me force à manger de tout ce qu'il y a sur la table. Papa raconte pour la soixante-dixième fois comment maman se comportait quand elle était enceinte de moi. J'écoute à nouveau l'histoire de maman qui a eu une envie de chocolat au milieu de la nuit. Il n'était pas si simple d'en trouver à leur époque avec les tikets de rationnement[3] et les longues files d'attente. Papa avait dû faire la queue des heures pour lui acheter des sucreries qu'elle voulait par-dessus de tout. Difficile de trouver un magasin ouvert la nuit, papa avait parcouru toute la ville pour lui en rapporter et à peine maman avait-elle croqué dans son premier morceau qu'elle s'était mise à vomir en avouant que ce n'était pas ce dont elle avait finalement envie. Comme il raconte l'histoire en polonais, Olga traduit pour son futur mari.

– Laura, tu peux venir un instant ? demande maman de l'autre côté de la pièce.

Je me lève pour la rejoindre. Elle tient une cigarette à la main.

– Qui sont ces gens ? dit-elle en pointant du doigt deux hommes à côté de l'entrée de la plage, puis deux autres un peu plus loin.

– Des agents de sécurité, je marmonne.

– Pourquoi est-ce qu'il y en a autant ?

3. En 1980, au moment des négociations de Gdansk avec Solidarnosc, la Pologne vit une grave crise et les autorités, à l'approche des fêtes de Noël, devront distribuer des tickets de rationnement pour les denrées alimentaires.

– Il y en a toujours autant, je mens sans hésiter, mais j'ai peur de la regarder. Massimo est obsédé par le fait qu'on le suive. Ils ne sont pas si nombreux que ça, vu le terrain gigantesque qu'il y a autour de la maison.

Je lui caresse le dos, puis je m'échappe pour éviter d'autres questions.

Doux Jésus, ces deux prochains jours vont être très longs, je vais passer mon temps à avoir peur que mes parents remarquent quelque chose de bizarre.

Je me demande pourquoi l'homme en noir les a fait venir ici, il aurait pu organiser un Noël en Pologne, ça m'aurait épargné toutes ces angoisses. J'espère qu'il va arriver bientôt ou, mieux encore, qu'on sera vite tous à bord du *Titan*. Même si la météo n'est pas formidable, je préfère me geler sur le yacht que de passer mon temps à lutter contre ma parano ici. On ne va pas se plaindre de la météo non plus car, en Pologne, il neige et les températures sont négatives. Ici, le ciel est bleu et il fait quinze degrés. On gagne définitivement au change.

– Mes chers, dit Massimo en entrant dans la salle à manger, j'aimerais vous annoncer quelque chose.

Ma tête tombe presque sur la table tellement je suis soulagée. Premièrement, parce qu'il est là et, deuxièmement, parce qu'il va tous nous faire partir d'ici. Je commence à traduire de l'anglais en polonais pour que mes parents comprennent bien.

– Ce soir, nous nous rendons à un bal de Noël à Palerme.

– Putain, je gémis en posant réellement ma tête sur la table cette fois-ci.

Ma mère se lève, inquiète, mon père la fait se rasseoir. Désorientée, je me tourne vers Don. Toujours le sourire aux lèvres, je m'approche de son oreille.

– On devait faire du bateau ?

– Les plans ont changé, dit-il en m'embrassant tendrement le bout du nez.

Mon Dieu, comme je rêve d'une vie normale et rangée ! Je voudrais qu'elle soit la plus banale et ennuyeuse possible. J'aimerais rester chez moi toute la journée, à boire du vin en regardant *Maman, j'ai raté l'avion*.

– Qu'est-ce qui se passe, chérie ? (J'entends le stress dans la voix de maman.) C'est une nouvelle assez inattendue et je n'ai rien à me mettre, en plus.

– Bienvenue dans mon monde !

J'ouvre les bras, un sourire ironique sur le visage.

Massimo ressent l'énervement de ma mère, ça ne m'étonne pas, pour ne pas le remarquer, il faudrait être sourd et aveugle. Il passe au russe et lui explique la situation, appuyant son propos d'un sourire époustouflant que je découvre pour la première fois. Klara Biel lui fait les yeux doux en battant des cils. Je me demande bien quel genre de connerie il lui a fait gober. Après leur échange, elle se rassied, totalement ravie, en caressant l'épaule de mon père.

– C'est réglé, chuchote l'homme en noir en pressant sa main sur ma cuisse. Viens.

Il se lève subitement, ce qui surprend tout le monde, et m'entraîne derrière lui.

– On revient ! je crie en souriant et en disparaissant dans le couloir.

Je me fais trimbaler de pièce en pièce, jusqu'à la bibliothèque. À peine a-t-il claqué la porte derrière lui qu'il m'embrasse passionnément. Ses lèvres, ses dents, sa langue se promènent sur mon visage.

– J'ai besoin d'adrénaline, souffle-t-il. Puisque la cocaïne est interdite.

Ses mains passent sous ma robe, il m'attrape les fesses, me soulève et traverse la pièce pour me poser sur son bureau. Désorientée, je sens que mon cœur s'emballe d'excitation. Massimo enlève sa ceinture, ouvre sa braguette et se libère d'un seul coup de son pantalon et de son boxer.

Il pose ses mains sur le bureau et ordonne :

– Suce-moi !

Je l'observe et retrouve son regard noir rempli d'un désir sauvage. J'attrape lentement son membre et l'approche de mes lèvres. La bouche de l'homme en noir s'entrouvre, il gémit déjà. Je glisse ma main de la racine jusqu'à l'extrémité sans le quitter des yeux. Vite et fort.

Des gouttes de transpiration apparaissent sur le visage de Massimo, ses jambes tremblent légèrement.

J'ouvre la bouche et avale entièrement son sexe. Il place sa main sur ma tête, ses hanches se joignent au mouvement de ma bouche. Très vite, je ne le suce plus, c'est lui qui me baise la bouche. Il gémit fort et marmonne des choses en italien, le rythme s'accélère. Mes mains qui ne servent plus à rien se placent sur ses fesses, et je plante mes ongles dans sa peau douce. Il adore ça. Il n'aime pas que donner des sensations fortes, il aime aussi les recevoir. La douleur est un élément incontournable de notre vie érotique. On est stimulés tous les deux de la même manière. Je sens que son pénis me cogne la gorge. Je suis à la limite de mes capacités, je commence à étouffer, je veux me retirer, mais il me retient. Des larmes me montent aux yeux, je suffoque. Quand je sens une vague chaude me remplir, je plante mes ongles encore plus fort dans la peau de l'homme en noir. Il relâche ses mains. J'essaie d'avaler chaque goutte, mais j'arrive à peine à déglutir. Il recule légèrement pour me laisser respirer. Doucement, je sors son sexe encore dur de ma bouche, j'essuie mes larmes sur mes joues.

Le pouce de l'homme en noir me caresse la joue lorsque je relève son boxer et son pantalon. Je referme sa braguette, remets sa ceinture et sa chemise dans son pantalon.

– Réveillé ? je demande en relevant les sourcils et en essuyant mon maquillage qui a coulé.

– Éveillé, chuchote-t-il en m'embrassant le front.

Don n'aime pas trop le goût du sperme, ce qui me semble logique. Mais moi, j'aime m'opposer à lui et tester ses limites quand il tente de reculer, j'attrape son visage puis insère brutalement ma langue dans sa bouche. Le corps de Massimo se raidit, mais il ne me repousse pas. Il attend que j'aie fini de lui faire partager le goût de son sperme.

– C'est pour mon maquillage, je grogne en l'embrassant encore plusieurs fois sur la bouche.

Je lui souris, espiègle.

Nous rejoignons les autres et passons le reste de l'après-midi à discuter, à nous promener dans la propriété et à nous rappeler nos souvenirs d'enfance. Mes parents ne manquent pas de raconter que, petite, j'aimais manger du sable. L'homme en noir dit qu'il possède une gravière et propose en riant un déjeuner là-bas.

Maman a du mal à comprendre pourquoi quatre hommes suivent chacun de mes pas. J'ignore ses questions, par peur d'en dire trop. Si ce n'était ce renfort de sécurité, j'aurais déjà complètement oublié ma rencontre avec le jardinier et le danger qui, d'après mon mari, pèse sur moi. Je suis persuadée que je n'ai rien à craindre de l'assassin espagnol. La manière dont il me regardait me laisse à penser qu'il ne me voulait aucun mal. Cette fois, je ne partage pas la parano de Massimo.

Chapitre 17

Plus tard dans l'après-midi trois coiffeurs et visagistes arrivent à la propriété. Papa et l'homme en noir sont ravis de pouvoir aller faire une sieste. Olga, maman et moi allons nous préparer. Pendant notre séance de mise en beauté, maman me dévoile ce que lui a dit mon mari avec ce sourire époustouflant. Il l'a informée qu'un grand choix de robes l'attendait dans son dressing. En entendant ça, je me dis que soit mon mari m'a menti, soit il a des pouvoirs surnaturels. Nous devions partir naviguer, pas participer à un bal. L'homme en noir est vraiment paré pour toutes les situations. C'est bizarre. Plus j'y pense, plus je me dis que l'histoire de la balade en bateau n'était faite que pour me calmer hier soir. Il ne voulait pas m'énerver en m'annonçant que nous allions à une fête où j'allais à nouveau jouer le rôle de bracelet. Quoi qu'il en soit, je décide de rester calme.

Lorsque je rentre dans le dressing, Massimo est devant le miroir en train d'attacher son nœud papillon. Vêtue de mon seul peignoir, j'admire ce beau tableau. Il porte un pantalon gris de smoking et une chemise blanche, il a soigneusement coiffé ses cheveux en arrière. Il ressemble à un vrai mafieux sicilien. Il est très concentré sur ce qu'il fait. Quand il a terminé, son regard noir se plante dans mon reflet. Il se retourne, prend sa veste et l'enfile d'un geste énergique. Il ferme le bouton, arrange ses manches et me lance un regard mystérieux.

– Je t'ai choisi une robe, dit-il en se plaçant à quelques centimètres de moi.

J'aspire son odeur qui me fait tourner la tête. J'essaie de trouver comment ne pas aller à la fête et rester avec lui ici jusqu'à la fin de nos jours.

J'attrape la ceinture de mon peignoir que je défais pour qu'il tombe au sol.

– Je ne peux pas y aller comme ça ?

La mâchoire de l'homme en noir se resserre, ses pupilles envahissent ses yeux lorsqu'il voit sa dentelle préférée.

– J'ai une proposition. (J'attrape le bouton de sa veste que je défais.) Tu me poses sur le lavabo et tu me lèches, dès que je jouis, tu me retournes et, en regardant mon reflet dans le miroir, tu me baises...

J'attrape sa ceinture, il attrape mes poignets.

– Où ? Je vais rentrer où ?

– Dans mes fesses, je chuchote en effleurant sa lèvre avec ma langue.

L'homme en noir grogne, puis m'arrache du sol en m'embrassant, ses doigts me pénètrent déjà.

– Je ne peux pas.

Ces mots me font l'effet d'un coup dans le diaphragme, mon mari s'éloigne en me donnant une fessée.

– Tu n'auras pas besoin de cette lingerie, change-toi, on n'a plus qu'une demi-heure.

Je sais à quoi il joue, ce n'est pas la première fois que sa cruauté envers moi est quasi palpable. Je ferme les poings, tremblant intérieurement et lui criant silencieusement tous les mots vulgaires que je connais. Je prends une grande inspiration et vais chercher ma robe.

Je défais le zip de la housse de la marque polonaise La Mania. Ce que je découvre me coupe le souffle. Une robe claire, quasi blanche, avec des parties argentées. On dirait qu'elle est cousue de toile d'araignée. Elle est délicate, aérée et extrêmement sexy. Elle s'attache autour cou, totalement dos nu, transparente à certains endroits et cousue de fleurs argentées grises à d'autres. Elle est cintrée, puis s'évase vers le bas. Je comprends pourquoi Massimo a dit que je n'aurais pas besoin de lingerie, impossible de mettre un soutien-gorge, et le string doit être microscopique. Quand je l'enlève du cintre et de son emballage, je découvre un autre élément, une cape gris argenté de chez Tom Ford. Il avait lancé ce modèle dans sa collection de 2012. Je n'aurais jamais pensé pouvoir porter quelque chose d'aussi époustouflant.

– Les voitures attendent, dit l'homme en noir en entrant dans le dressing vingt minutes plus tard. Ma reine... ajoute-t-il en me voyant dans cette magnifique création.

Il prend ma main, l'embrasse et me regarde avec des yeux émerveillés.

Effectivement, je suis vraiment belle. Mes cheveux à la coupe rafraîchie tombent parfaitement, mon maquillage gris smokey est parfaitement assorti avec les éléments plus foncés de ma tenue, mes chaussures Manolo Blahnik, petite découpe sur le devant, complètent parfaitement l'ensemble. Je prends une pochette Valentino, puis je me retourne nonchalamment vers mon mari.

– On y va ?

Mon bel homme me sourit franchement et, sans prononcer un mot, m'entraîne vers les escaliers.

– La route est longue ?

– On va à l'aéroport, le vol dure vingt minutes.

Au mot « vol », ma main se resserre sur la sienne. Il me lance un regard entendu, je sais qu'il trouvera quelque chose pour m'occuper malgré la présence de mes proches.

Dans l'immense hall d'entrée, nous rejoignons le reste de la joyeuse équipe. Leur humeur est excellente, sans doute dopée par l'effet de l'alcool. Tout le monde est magnifique. Les hommes portent des smokings noirs, ils ressemblent à des stars de cinéma. Celle sur laquelle je m'arrête le plus longtemps, c'est Olga. Pour la première fois de ma vie, je remarque qu'elle a abandonné son style ultra-sexy, peut-être que c'est Domenico qui a choisi sa tenue ? Elle porte une longue robe moulante noire sans manches qui souligne ses formes. Son boléro en fourrure cache le haut de ses épaules.

– Vous êtes enfin là.

La voix de ma mère me surprend, je me retourne pour la regarder.

Ma mâchoire tombe quand je la vois dans sa robe fourreau sans manches. Je l'observe, puis je me rappelle que c'est mon mari qui lui a fait ce cadeau. Je lui lance un regard désapprobateur. L'homme en noir hausse joyeusement les épaules, puis indique le chemin vers les escaliers.

– Quand tes parents sont là, j'ai l'impression qu'on est à nouveau au lycée, chuchote Olga quand nous descendons de voiture devant un magnifique hôtel à Palerme. Il faut que je sois sage et exagérément polie parce que tout le monde comprend le mot *fuck* en anglais, putain !

– D'après ce que je sais, ils repartent en Pologne demain, je rigole en lui attrapant le bras. Moi aussi, j'en ai marre de cette atmosphère et d'être constamment sur le qui-vive pour qu'ils ne devinent pas qui est exactement Massimo.

– Ah justement, j'ai oublié de te demander... (Elle baisse la voix.) Pourquoi est-ce qu'il y a autant de gardes à la maison ? Domenico ne veut rien me dire.

– Ah parce que... je commence, mais l'homme en noir m'attrape le bras.

– Prête ? dit-il en indiquant les photographes devant l'entrée et la foule massée sur les côtés.

Doux Jésus, je ne serai jamais prête. Je ne vais jamais pouvoir me sentir à l'aise. Je serre fermement le bras de mon mari. La foule hurle, les photographes se battent entre eux pour être devant et faire la meilleure photo. Massimo est calme, quant à moi, j'essaie juste de garder les yeux ouverts, aveuglée par des milliers de flashs.

– Signora Torricelli !

Je relève le menton et offre à tous un sourire rayonnant. Au bout d'un moment, Don fait un geste du bras et nous entrons.

– Tu te débrouilles de mieux en mieux.

L'homme en noir m'embrasse la main en m'accompagnant jusqu'à la salle de bal.

À table, je suis heureuse de découvrir que nous sommes assis entre nous. Je sais, malgré tout, que les hommes aux sinistres visages ne vont pas tarder à défiler. Je contemple la grande salle. Le plafond fait trois étages de haut et est soutenu par des colonnes décorées de sculptures. C'est époustouflant. Il y a des bougies allumées partout, de beaux sapins et des décorations de Noël. Les tables scintillent d'argenterie et le buffet déborde de nourriture internationale. Les serveurs, en queue-de-pie, servent des délices. Je me demande, encore une fois, ce que je fais là. Ma mère pense sûrement tout le contraire. Elle est comme un poisson dans l'eau dans n'importe quelle situation. Elle attire l'attention de la majorité des hommes présents. Papa est assis, fier, pas du tout soucieux du fait que depuis que nous sommes arrivés, six hommes ont déjà invité maman à danser.

– C'est quoi comme fête ?

Je me penche vers Massimo en lui caressant la cuisse.

– Un gala de charité, chuchote-t-il. Et arrête de me provoquer !

Il fait glisser ma main entre ses jambes sur son membre dur et gonflé.

– Je n'ai pas de culotte !

J'affiche un sourire éclatant, car je sens que maman nous regarde.

La main de l'homme en noir se serre sur la mienne, il l'écrase presque. Ses yeux noirs se plantent dans les miens.

– Tu mens !

Il se racle délicatement la gorge en levant son verre de champagne vers Klara.

– Ma robe n'a pas de tissu derrière, glisse ta main dans mon dos et vérifie !

Je hausse les sourcils, puis je lève mon verre d'eau en direction de ma mère.

Je sens la main mon mari descendre sous ma robe, il se raidit. Quand je m'habillais, je me suis rendu compte que quelle que soit la couleur, on voyait ma culotte. Après m'être assurée que même sans je restais décente, j'ai décidé de ne pas en porter.

Don est raide comme la justice sur son siège et caresse l'endroit où commencent mes fesses. Il inspire profondément, puis place ses deux mains sur la table. Je t'ai eu, je me dis.

Je me penche et fais semblant d'ajuster ma chaussure. Quand je me relève, je découvre ma chatte et joue quelques instants avec. Quand mes doigts sont bien mouillés, je tends ma main à Massimo.

– Embrasse-moi et sens-moi !

Je mords son lobe d'oreille.

Il obéit en glissant ses lèvres sur mes doigts. Ses pupilles se dilatent, sa respiration s'accélère lorsqu'il sent mon goût.

– On... ne... me... refuse... rien... je chuchote en séparément chaque mot.

Don brûle de l'intérieur, plus que les bougies sur la table. Il observe mes parents qui ont l'air heureux, boit une gorgée de vin. Il respire de plus en plus vite, ses lèvres se relèvent sur un léger sourire. J'admire son self-control, mais son sexe gonflé qui est à deux doigts de faire exploser sa braguette atteste de son véritable état.

– Ces talons aiguilles Louboutin vont me tuer, dit Olga en s'écroulant sur la chaise à côté de moi, après avoir fait la fête pendant trois heures. Domenico ne sait pas danser, et je ne suis pas très calée non plus. Il me trimballe sur le parquet comme si c'était la finale de « Danse avec les stars ! »

Elle lève les yeux au ciel.

Je la regarde avec compassion, je sais ce qu'elle vit. Au Festival de Venise, j'en avais vraiment marre au bout de deux morceaux. Je guette Massimo qui est en plein débat avec Jacob. Je suis contente qu'au moins lui soit un très bon danseur. Mon mari ne me lâche pas d'une semelle ce soir, je ne sais pas si c'est dû à la présence de mes parents ou au fait que je ne porte pas de culotte. En tout cas, il me colle comme un pansement.

Il est presque une heure quand maman et papa nous disent au revoir. Un des hommes de Don les raccompagne. Ensuite, un homme âgé s'assied à notre table, salue tout le monde, y compris mon frère. Très vite, ils se plongent tous les quatre dans une conversation animée.

– Ça commence, je marmonne en touchant le pied d'Olga sous la table.

– Oh, putain, Laura, tu t'attendais à quoi ? Allons nous coucher.

Sa proposition est la meilleure option possible, Je me tourne vers mon mari pour lui dire que je vais monter dans la chambre. Il n'a pas l'air d'accord et me lance un regard frustré.

– On va y aller, j'affirme en me levant.

L'homme en noir fait signe à deux gardes du corps qui sont plantés près du mur. Quelques secondes plus tard, ils forment un mur à côté de moi. Je grimace, furieuse, puis nous sortons de la salle.

Les deux gorilles connaissent le chemin jusqu'à la chambre. Je les suis sans moufter quand je réalise que j'ai laissé mon portable dans la veste de Don car mon sac était trop petit.

J'informe les gardes du corps.

– Je reviens.

Un des deux hommes me suit, mais je lui indique de ne pas bouger.

– J'irai plus vite toute seule.

Quand j'arrive dans la salle, je découvre que notre table est vide. Je reste planté à côté de ma chaise et regarde autour de moi. J'aperçois le serveur qui s'occupait de nous et lui demande où sont partis les hommes qui étaient assis à la table. Il m'indique une porte au bout de la salle. Je m'y rends et ouvre la porte.

Derrière la porte en bois, il fait très sombre, seules de petites appliques éclairent le passage. Je marche en longeant le mur, jusqu'à ce que je sente une nouvelle porte. J'entends des voix et j'entre. La pièce n'est pas grande, je vois des hommes assis autour d'une table, dont celui que je cherche.

– Putain de sa race, je grogne en voyant Massimo se pencher pour prendre une ligne.

Il pose le billet roulé et, comme les autres, me regarde.

– Tu t'es perdue, chérie ?

J'ai la nausée. Malgré les rires moqueurs qui m'entourent, je m'approche et tends la main.

– Donne-moi mon téléphone. (Massimo glisse sa main dans sa poche, en sort mon smartphone et me le donne.) Et défonce-toi bien, Don !

Un silence s'abat sur la pièce, les hommes me regardent, attendant la suite des événements.

– Sors, grogne-t-il en indiquant la porte.

Un des hommes à la mine sinistre m'ouvre la porte.

Je lui lance un regard haineux et serre la mâchoire pour ne pas exploser en larmes. Je fais demi-tour sur mes talons puis, la tête haute, je quitte la pièce. Quand la porte se referme, j'entends l'homme en noir dire quelque chose en italien et tous les autres explosent de rire.

Je suis furieuse. Je sais bien que devant les autres il faut qu'il joue le Don tout-puissant. Mais pourquoi est-ce qu'il doit se droguer ? Je traverse la salle en courant et en contenant mes larmes pour rejoindre Olga.

Tout à coup, je réalise que je me suis trompée de chemin.

– Putain de merde, je sanglote en tapant du pied comme une enfant.

L'orientation n'a jamais été mon point fort.

Je m'apprête à faire demi-tour quand je sens un goût légèrement sucré dans ma bouche.

Chapitre 18

J'ai mal au crâne comme si j'avais la gueule de bois, mais je suis enceinte, donc ce n'est pas possible. J'ouvre lentement les paupières, il fait très clair dans la pièce, c'est désagréable. La lumière n'est pas un bon remède pour la migraine. Mon Dieu, est-ce que j'ai encore perdu connaissance ? Je ne me rappelle rien des événements d'hier soir. Je gémis, me tourne sur le côté et me couvre avec la couette. En le faisant, je glisse ma main le long de mon corps et découvre que je porte des boxers en coton alors que je n'en possède pas de cette matière.

J'ouvre un peu plus grand les yeux en ignorant mon mal de tête. J'enlève la couverture et, totalement paniquée, je regarde vers le bas en hurlant :

– Qu'est-ce qui se passe, putain ?

Quand j'entends une voix d'homme s'élever, mon cœur s'arrête.

– Je ne comprends pas le polonais, si tu te sens mal, tes médicaments pour le cœur sont à côté du lit.

Je sens ma tension monter et ma respiration s'accélérer. Je ferme les yeux, puis je prends une profonde inspiration en me tournant vers la voix.

– Salut, dit Nacho en souriant. Ne crie pas.

J'essaie de respirer, mais je sens que ma crise arrive, l'oxygène n'atteint plus mes poumons.

– Laura... (L'homme s'assied à côté du lit, il me prend la main.) Je ne vais pas te faire de mal, ne t'inquiète pas. (Il attrape le flacon avec les gélules, puis en sort une.) Ouvre la bouche.

Je le regarde, pétrifiée, mes oreilles sifflent. Il introduit le médicament sous ma langue et commence à me caresser la tête, je me dégage aussitôt.

– On m'a prévenu que tu allais faire ça.

Sa voix est calme et joyeuse.

Je ferme les yeux en essayant de me calmer. Je ne sais pas si je me suis évanouie, mais quand je les rouvre, je suis à nouveau aveuglée par la lumière. Il est toujours assis devant moi.

– Nacho, je chuchote en le regardant, tu vas me tuer ?

– Marcelo, mais tu peux m'appeler Nacho. Tu n'as rien compris si tu penses que c'est mon intention. (Il attrape mon poignet et vérifie mon pouls.) Pourquoi est-ce que je te sauverais si je voulais te tuer ?

– Je suis où ?

– À l'endroit le plus magnifique du monde, dit-il sans quitter sa montre des yeux. Et tu vas vivre.

Il plante à nouveau son regard sur moi.

– Où est Massimo ?

Il rigole, puis me tend un verre d'eau, je relève légèrement la tête, juste pour pouvoir boire sans tout renverser.

– Il est sûrement en train de perdre la tête en Sicile. Comment tu te sens ?

Sa question me paraît déplacée. Je lui prends le verre des mains et me décale.

– Tu es un assassin et je suis en vie.

– C'est une remarque juste et vraie, en partie. (Il s'appuie contre le matelas en passant un bras au-dessus de moi. Son expression devient de plus en plus sérieuse, mais ses yeux sont encore joyeux.) Tu as été enlevée, mais ce n'est pas nouveau pour toi, dit-il en haussant les épaules. Je ne veux pas te faire de mal, j'obéis juste. Si tout se passe comme prévu, tu devrais retrouver ton mari d'ici quelques jours. (Il se lève du lit, puis regarde sa montre.) Des questions ?

J'ai l'impression que c'est une blague. L'homme au tee-shirt blanc que j'ai devant moi ne rappelle en rien le terrible criminel dont a parlé Don. Il remonte son jean qui tombe et me sourit en enfilant ses tongs.

– Comme tu n'en as pas, je vais nager.

– Et moi ? (Je pose mon verre.) Je suis où exactement et tu vas me garder prisonnière combien de temps ?

– Tu as disparu il y a deux jours, on est le vingt-sept décembre, tu es sur les îles Canaries, à Tenerife plus précisément. (Il met ses lunettes de soleil, puis se dirige vers la porte.) Je suis Marcelo Nacho Matos, fils de Fernando Matos qui m'a demandé de te ramener ici. (Il se retourne.) Pour que ce soit clair, tu ne risques rien ici, personne ne te tuera. On a juste quelque chose à régler avec ton mari, et tu repartiras. (Il passe la porte, puis glisse sa tête dans la pièce juste avant de la fermer.) Ah, et si tu as envie de t'échapper, n'oublie pas que tu es sur une île et que le bracelet à ta cheville est un traqueur. (Je touche ma cheville, je sens une matière en plastique.) Je sais ce que tu fais et où tu es à chaque instant. (Il laisse glisser ses lunettes, puis me regarde.) Et si tu essaies de contacter tes proches sans mon accord, je les tuerai.

La porte se ferme. Il disparaît.

Je me rallonge, j'ai peine à croire ce qui se passe. Je remercie Dieu d'être une femme mariée et enceinte, car l'idée de revivre cette situation malsaine me donne la nausée. Je fixe le plafond en essayant de digérer tout ce que je viens d'entendre. Je suis fatiguée, j'ai envie de pleurer et, en plus, avant ma disparition, mon mari m'a traitée comme une merde. Je me tourne sur le côté, la tête dans le coussin, et je m'endors.

C'est la faim qui me réveille pendant la nuit. Les gargouillis de mon ventre ne me laissent pas dormir, je suis enceinte et j'ai besoin de me nourrir. Je me lève et allume la lampe sur la table de chevet.

La chambre est moderne, claire et simple. Le blanc, le bois, la toile et le verre dominent. En cherchant des vêtements, je fais glisser une porte coulissante et tombe sur un dressing. J'y découvre des survêtements, des tongs, des shorts, des tee-shirts, quelques sous-vêtements et des maillots de bain. Je prends un pull à capuche avec un zip, puis j'enfile un pantalon.

De l'air chaud et un bourdonnement monotone pénètrent par la fenêtre ouverte. Je sors sur le balcon. Devant moi, l'océan, noir et très calme. Quand je me penche, je découvre, très étonnée, qu'on n'est pas dans une maison mais dans un immeuble. En dessous de nous, il y a un petit jardin avec un jacuzzi entouré d'herbe.

J'attrape la poignée de la porte, elle est ouverte. C'est un changement agréable, au moins je ne dois pas attendre qu'un Domenico me l'ouvre à chaque fois. Je sors dans le couloir, le sol est frais. Je descends les escaliers, passe une porte et trouve vite la cuisine.

– Le frigo ! je gémis en ouvrant une double porte vers le pays des délices.

Je suis ravie de découvrir du fromage, des yaourts, beaucoup de fruits, de la charcuterie espagnole et des boissons. Je sors tout ce dont j'ai envie, je prends aussi le pain qui est sous une cloche en verre.

– Si tu as faim, je peux te réchauffer la paella. (Je sursaute, effrayée par la voix, et fais tomber mon assiette qui se casse en morceaux sur le sol.) Ne bouge pas.

Nacho s'agenouille à côté de moi, ramasse les morceaux de verre puis les jette dans la poubelle. Quand il s'aperçoit qu'il y en a partout, il me soulève, me pose un mètre plus loin. Et balaie lui-même. Je regarde tout ça, stupéfaite.

– Écoute, je ne comprends pas quelque chose. (Je croise mes bras sur ma poitrine.) Tu t'occupes de moi, tu t'inquiètes, je dirais même que tu te fais du souci pour moi et tu m'enlèves ?

L'homme se redresse et me regarde dans les yeux.

– Tu es enceinte, ton seul problème, c'est que tu es mariée avec le mauvais type. (Il relève mon menton avec son pouce.) Tu ne m'as rien fait, tu es innocente et, en plus, tu as l'air sympa, donc qu'est-ce qu'il y a à comprendre ?

Il s'assied sur le bar et je réalise qu'il ne porte que des boxers.

– Laura, continue-t-il, tu n'es qu'un outil pour parvenir à un but, ça n'a rien de personnel. (Il soupire, puis pose ses mains sur la table en s'étirant.) Si tu étais un mec, tu serais dans la cave, attaché à une chaise, probablement nu. (Il secoue la tête.) Mais tu es une femme enceinte, donc tu es ici et, moi, je ramasse l'assiette que tu as cassée pour que tu ne te blesses pas. En plus, tu sais... (Il se penche légèrement.) On ne veut pas déclarer la guerre à Torricelli, on veut juste qu'il nous parle.

Il saute par terre et se place à côté de moi.

– Alors, paella ?

– Putain, c'est tellement bizarre tout ça... je marmonne en m'asseyant sur une chaise haute.

– N'en dis pas plus. Tu sais, je préférerais avoir une école de surf que tirer dans le crâne des gens. (Il range tout ce que j'ai sorti, puis sort une grande poêle.) Des fruits de mer avec du riz aromatisé au safran, je l'ai faite moi-même.

Il m'offre à nouveau son sourire désarmant.

Pendant qu'il prépare le plat, j'admire la couleur de ses tatouages. Il en a partout : sur le dos, la poitrine, les bras, je suis sûre qu'il en a sur les fesses aussi. Seules ses jambes ont été épargnées.

– Et ta femme, elle en dit quoi de tout ça ?

Nacho pose le récipient sur le gaz, puis allume le feu.

– Je ne sais pas, je n'en ai pas ! Tu sais, j'attends beaucoup d'une femme, je veux qu'elle soit intelligente, belle, maligne, sportive et, si elle ne sait pas qui est mon père, ce serait encore mieux, mais l'île est petite. (Il sort deux assiettes.) Sur le continent, elles sont toutes un peu... (Il réfléchit un instant.) *Loca,* tu vois ce que je veux dire ?

Je n'en ai aucune idée, mais j'acquiesce. Il est tellement mignon en train de cuisiner. Je l'observe préparer le repas et je réalise que je n'ai pas du tout peur de lui. À moins que tout cela ne soit qu'une stratégie, qu'il veuille que je me détende, que je me sente à l'aise pour pouvoir m'attaquer par surprise. J'imagine divers scénarios jusqu'à ce qu'une assiette remplie de choses délicieuses apparaisse devant moi.

– Mange, dit-il en s'asseyant à côté de moi et en attrapant une fourchette.

C'est tellement bon que je m'aperçois à peine que je me sers deux fois. Je descends de ma chaise, complètement rassasiée, je le remercie et m'apprête à remonter.

– Tu vas encore dormir, il est vingt heures ?

– Seulement ?

– On peut regarder un film, si tu veux, dit-il en me montrant le canapé d'angle blanc dans le salon.

Je le regarde, confuse.

– Nacho, tu m'as enlevée et tu penses qu'on va passer des soirées amicales ?

Mon ton est un peu trop agressif, je n'attends pas sa réponse et remonte les escaliers.

– Tu es enceinte de celui qui l'a fait avant moi, répond-il sans lever la tête de son assiette.

Je m'arrête, prête à riposter, mais je réalise qu'il a raison. Je me mords la langue et retourne dans ma chambre. Tout ça est très malsain, je me dis en allumant la télé et en me glissant sous les draps.

Lorsque j'ouvre les yeux, il fait encore noir, j'ai peur d'avoir encore dormi une journée entière. Je ne veux pas que le bébé ait faim tout le temps. La télé accrochée en face du lit indique qu'il est sept heures et demie. Même en Pologne, il ne fait pas aussi noir à cette heure-ci. Je me glisse à nouveau sous la couette, rassurée à l'idée qu'il est encore tôt.

Le flamboiement de la lumière pénétrant dans la chambre me réveille à nouveau, je m'étire. Et fais glisser la couette au bout du lit avec mes pieds.

– Je ne me fais pas avoir avec ta grossesse ? (J'ai failli avoir un arrêt cardiaque en entendant cette voix masculine.) Tu es très mince.

Je me tourne pour découvrir Nacho, une tasse de café à la main. Comme la dernière fois, il est assis à côté du lit. Je me dis qu'il doit dormir sur ce fauteuil.

– Le deuxième trimestre a commencé, j'attends un fils, je grogne en me levant. Explique-moi quelque chose... (Je me place debout devant lui, son regard arrogant est planté sur mon ventre.) Tu voulais quoi à Messine ?

– La même chose qu'à Palerme, je voulais t'enlever, rigole-t-il. Ces cons que Massimo appelle des gardes du corps ne remarqueraient même pas si je m'asseyais sur leur visage. On ne m'avait pas dit que tu étais enceinte et le somnifère que je voulais te donner aurait pu te faire mal, ou plutôt lui faire mal à lui. (Il indique mon ventre de la tête.) Bon, ça suffit les bavardages ! (Il sort son téléphone de sa poche.) Appelle Massimo et dis-lui juste que tu te sens bien et que tu es en sécurité. C'est tout.

Je m'exécute sans attendre :

– Massimo ?

– Tu vas bien ?

Sa voix calme est feinte ; je sais, malgré les milliers de kilomètres qui nous séparent, qu'il est fou d'inquiétude. Je prends une grande inspiration et, en regardant mon geôlier, je décide de tenter le tout pour le tout.

– Je suis à Tenerife dans un appartement avec vue sur mer...

Je déballe les mots à toute vitesse.

Nacho m'arrache le téléphone, furieux, et coupe la communication.

– Il sait très bien où tu es. Tant que mon père ne l'y aura pas autorisé, il ne viendra pas sur l'île. (Il range son téléphone dans sa poche.) Tu as pris beaucoup de risques, Laura, j'espère que tu es contente. Bonne journée !

Et il sort en claquant la porte.

Je reste plantée là quelques minutes, en fixant la porte. Je sens que la colère monte en moi et cet état n'annonce jamais rien de bon. J'attrape la poignée, puis je fonce vers les escaliers.

Avant même de le voir, je commence à hurler :

– Qu'est-ce que tu imagines ? Tu penses que je vais rester ici et attendre de voir ce qui va se passer ? (Je descends les marches le plus vite possible.) Si tu penses que...

Je m'arrête net, une jeune femme se tient à côté de Nacho.

Elle me regarde de ses grands yeux, se tourne vers Nacho et ils entament une conversation en espagnol. Telle une statue, je reste prostrée sur la dernière marche.

– Amelia, voici ma copine, Laura. (Le chauve m'attrape, puis m'attire contre lui en me tenant fermement.) Elle est arrivée il y a quelques jours, c'est pour ça que je ne répondais pas. On a un petit souci, tu nous donnes un moment ?

Il me soulève dans ses grands bras tatoués et me porte jusqu'en haut.

– Je m'appelle Amelia.

La fille me sourit et me fait signe de la main.

J'essaie de me débattre, mais ça ne sert à rien, il me tient bien. Il entre dans la première chambre, ferme la porte et me pose par terre. Lorsque je sens mes pieds posés au sol, je prends de l'élan avec mon bras, mais je n'arrive pas à porter mon coup, Nacho a le temps de l'éviter. Ça me rend folle et je repars à l'attaque en balançant mes bras et mes poings sur lui. Il esquive mes coups en reculant, quand il touche le mur, il attrape mes poignets d'une main, me retourne et me plaque dessus. Je suis bloquée. Il se penche vers le tiroir d'une commode, en sort un pistolet et le pose sur ma tempe.

– On sait tous les deux que tu ne peux pas me tuer, je siffle entre mes dents en le regardant avec toute la haine dont je suis capable.

– C'est un fait, répond-il en enlevant le cran de sécurité, mais en es-tu certaine ?

Je réfléchis quelques secondes, je sais que j'ai perdu. La tension disparaît de mon corps et quand il le sent, il me lâche et remet le pistolet dans son tiroir.

– C'est ma sœur en bas, elle n'a aucune idée de ce que je fais dans la vie. (Il s'éloigne de moi de quelques centimètres.) Et j'aimerais bien que ça reste comme ça. Elle pense que je gère une des entreprises de mon père et que toi, tu es ma copine de Pologne. On s'est rencontrés il y a quelques mois quand j'étais à Varsovie pour le travail.

– Mais tu es complètement taré ! je l'interromps, et il s'éloigne encore un peu. Je ne vais sûrement pas faire semblant d'être ta copine !

Je lève les bras et m'apprête à sortir de la chambre.

Nacho m'attrape, me pousse sur le lit et s'assied à califourchon sur moi.

– ... et là-bas on a couché ensemble, c'est pour ça tu es enceinte. Notre relation a été un peu précipitée, mais c'est quand même le grand amour par-delà les frontières. Tu comprends ?

J'explose de rire. Abasourdi, il me lâche les bras. Je croise les miens sur ma poitrine en riant de plus belle.

– Non, j'affirme en redevenant sérieuse. Je ne compte pas t'aider.

Nacho se penche sur moi comme s'il voulait m'embrasser. Je me fige, je n'ai aucun moyen de m'échapper. Je sens sa respiration sur mes lèvres, un frisson incontrôlé traverse mon corps. Il sent le chewing-gum à la menthe et une eau de toilette fraîche, ou son gel douche peut-être. J'avale bruyamment ma salive.

– D'après ce que je sais, tes parents ne savent rien de ce que fait ton mari, chuchote-t-il en me regardant de ses yeux verts, avec un sourire acerbe. Nous sommes dans des situations similaires, toi et moi. La tienne est pire, comme tu peux le constater. Donc, mettons-nous d'accord : moi, je ne leur dis pas que leur fille est avec un Don et, toi, tu ne dis pas à Amelia que son frère est un kidnappeur et un assassin. (Il s'éloigne un peu en me tendant sa main droite.) Marché conclu ?

Je le regarde, résignée. Je me rends compte que j'ai perdu, je lève la main et la lui donne.

– Marché conclu, je réponds en grimaçant.

Ses yeux redeviennent joyeux et enfantins, il remet son tee-shirt en place, puis le mien.

– Parfait. Viens, chérie, j'ai oublié qu'Amelia reste petit-déjeuner.

Il attrape mon poignet, puis me tire vers la porte ; lorsque j'essaie de l'arracher, il ajoute : on est un couple qui vient de se réconcilier, montre-moi un peu d'affection.

Nous descendons les escaliers main dans la main. Quand on est devant sa sœur, il m'embrasse. La haine monte à nouveau en moi quand je réalise qu'il est plus important pour moi de garder le secret pour mes parents que de lui en coller une. Je tends la main vers la belle fille aux yeux bleus assise sur une des chaises du bar de la cuisine.

– Laura, je souris chaleureusement. Ton frère est un con.

Amelia sourit en retour en approuvant. Elle ressemble beaucoup à Nacho, ce qui les différencie, ce sont ses cheveux clairs et aucun tatouage. Au premier coup d'œil, elle semble distante et hautaine, mais dès qu'on regarde ses yeux joyeux, l'effet est inversé.

– Mon frère est un con et un égoïste. (Elle se lève en lui tapant dans le dos.) Il tient ça de notre père, mais au moins il sait cuisiner, ajoute-t-elle en l'embrassant sur la joue.

Ils sont magnifiques, mais ne ressemblent pas du tout à des Espagnols.

– Vous êtes d'origine espagnole ? Vous n'avez pas l'air d'être du Sud.

– Maman vient de Suède et, clairement, ses gènes ont pris le dessus sur ceux de notre père.

– Et on ne vient pas d'Espagne, mais des îles Canaries, rectifie Nacho. Qu'est-ce que ces dames veulent manger ? demande-t-il joyeusement en s'approchant du frigo.

Ils parlent anglais entre eux pour que je comprenne tout, même si la conversation ne me concerne pas. Ils parlent des fêtes et des amis qui sont supposés venir pour le nouvel an. Globalement, ils sont assez décontractés et l'atmosphère est très détendue.

Je me tourne vers Nacho.

– Chéri, ton italien m'a impressionnée, tu parles combien de langues ?

– Quelques-unes, répond-il en mélangeant quelque chose dans une poêle.

– Ne sois pas si modeste, dit Amelia. Marcelo parle l'italien, l'anglais, l'allemand, le français et le russe, dit-elle fièrement.

– Et japonais depuis pas longtemps, ajoute-t-il, la tête dans le frigo.

Je suis impressionnée, mais je ne veux pas le lui montrer, donc je me contente de hocher la tête. Ils reprennent leur conversation.

Amelia a raison, son frère est vraiment doué pour la cuisine. Après quelques dizaines de minutes, la table se remplit de mets délicieux. Nous commençons à manger et c'est seulement en voyant les quantités qu'elle ingère que je me rends compte qu'elle aussi est enceinte.

– Quelle semaine ?

– Encore un mois et demi (elle m'adresse un sourire radieux), il s'appellera Pablo.

Je vais pour partager mon expérience, mais je vois Nacho qui fait non de la tête.

– J'espère qu'il tiendra de sa mère, grommelle-t-il en mangeant une tomate, son père est un gros con, un vrai homme des cavernes, en plus, il ressemble à une crotte de nez. (J'explose de rire, et m'excuse immédiatement auprès d'Amelia.) C'est la vérité, continue-t-il. Elle s'est choisi un drogué tout maigre, et comme si ce n'était pas suffisant, il est italien. Je ne sais pas pourquoi papa l'apprécie tant.

Tous les muscles de mon corps se tendent. Je me sens plutôt bien ici, j'ai même l'impression d'être un peu en vacances, mais ce mot me rappelle ce que je fais là. Je pose mes couverts, puis je regarde Nacho.

– J'adore les Italiens, ce sont des gens super.

Amelia approuve.

Nacho se penche au-dessus de la table et me regarde sauvagement.

– Non, chérie, toi, tu adores les Siciliens !

Son sourire sarcastique appelle une riposte.

– C'est vrai, on peut même dire que je les aime plus que tout !

Je lui rends un sourire tout aussi ironique.

Amelia nous observe, l'un puis l'autre, jusqu'à ce qu'elle casse le silence pour parler à son frère :

– Tu vas nager aujourd'hui ? (Nacho acquiesce.) Super, on va à la plage ? (Elle se tourne vers moi.) Il ne fait pas trop chaud, une vingtaine de degrés, on va bronzer en regardant Marcelo surfer.

– Surfer ?

– Bien sûr, mon frère est un multiple champion international, il ne t'a rien dit ? (Je fais non de la tête.) Alors, tu auras l'occasion de voir ce qu'il sait faire aujourd'hui. J'ai entendu qu'il y aura de grandes vagues et un vent fort. (Elle claque des mains.) Super, alors on déjeunera à la plage, je viens te chercher un peu avant quinze heures. (Elle m'embrasse la joue, puis celle de son frère.) *Adios* ! crie-t-elle en fermant la porte.

Je regarde Nacho taper sur son assiette vide avec son couteau, je vois qu'il pense à quelque chose.

– Je veux discuter, je commence, car ce bruit me rend folle. Je vais rester ici combien de temps ? Tu as dit qu'on doit attendre ton père, mais tu n'as pas dit quand il revient ni pourquoi on doit attendre. (Il ne répond toujours rien, mais il me transperce d'un regard intense que je ne lui avais encore jamais vu.) Marcelo, s'il te plaît !

Des larmes s'accumulent dans mes yeux, je mords ma lèvre inférieure en essayant de me contenir.

– Je ne sais pas. (Il cache son visage dans ses mains.) Je ne sais absolument pas combien de temps tu seras ici. Mon père a demandé qu'on t'enlève avant Noël mais, comme tu sais, il y a eu des complications. (Il indique mon ventre.) Après, il a dû partir, je ne connais pas son programme, malheureusement. Je dois juste te garder ici en assurant ta sécurité jusqu'à son retour.

– Ma sécurité ? je demande, irritée. Mais c'est vous le danger, le seul autre danger qu'il peut y avoir, c'est que Massimo me retrouve et m'enlève d'ici.

– Ton mari a plus d'ennemis que tu le penses.

Il se lève pour mettre les assiettes dans le lave-vaisselle.

Après notre conversation qui ne m'a rien appris de nouveau, je retourne dans ma chambre. Je cherche une tenue adéquate pour la plage. Je me souviens de ce qu'Amelia a dit, et tout devient clair : les tee-shirts colorés, les tongs, les survêtements, les shorts, tout ça est logique pour un surfeur comme Nacho. Il a fait le shopping lui-même et a choisi ce qu'il aimait.

Je décide d'arrêter de lutter contre cette nouvelle situation en me disant que lorsque j'ai accepté la précédente, tout est devenu plus simple. Je choisis un short court en jean, un bikini arc-en-ciel et un tee-shirt blanc avec un dessin de coucher de soleil dessus. Je pose les vêtements sur le lit et vais dans la salle de bains.

J'avais remarqué qu'il n'y en avait qu'une dans la maison, je vais devoir la partager avec un mec. Nacho a fait de son mieux pour m'assurer un certain confort. Sur le double lavabo, ses affaires sont d'un côté, les miennes de l'autre. Il n'y a pas grand-chose, mais suffisamment pour des besoins de base. Une crème pour le visage, une crème pour le corps, une brosse à dents et mon parfum préféré de chez Lancôme, Trésor Midnight Rose. Ce détail m'étonne, comment le sait-il ?

Je me brosse les dents, puis prends une douche. En sortant, je me fais deux tresses, me mets de la crème sur le visage. Il n'y a pas de raison que je me maquille, je vais même peut-être bronzer un peu.

Quelqu'un frappe à la porte, j'enfile le peignoir qui est suspendu à côté du miroir et j'entrouvre la porte.

– On n'a qu'une salle de bains, dit Nacho en souriant, et un seul peignoir. Dépêche-toi.

Je referme la porte et termine ce que j'étais en train de faire. Puis je retourne m'habiller dans la chambre et descends dans le salon en passant devant la salle de bains, maintenant occupée.

La télé est allumée, j'aperçois un laptop ouvert, je tends l'oreille quelques secondes, j'estime que le bruit de la douche me donne du temps. Je cours vers l'ordinateur, le démarre et tapote nerveusement sur la table comme si je voulais accélérer le processus, une demande de mot de passe s'affiche.

– Putain de sa race !

– C'est du matériel délicat, j'entends derrière mon dos. J'ai besoin de quelque chose.

Je me retourne et me fige. Nacho est nu, dégoulinant, sur les escaliers. Je devrais détourner le regard mais, malheureusement, je n'y arrive pas. Il cache son membre de sa main droite, la gauche est appuyée contre le mur. « J'ai besoin de quelque chose », ses mots résonnent dans ma tête, je me demande ce qui va se passer maintenant. Est-ce qu'il va descendre plus bas, retirer sa main et m'enfoncer son sexe dans la bouche, ou peut-être me sauter sur la table de cuisine ? Allongée sur le dos, je pourrais contempler ses magnifiques tatouages.

– Tu as pris mon peignoir.

Eh non ! Je me hais pour avoir trompé mon mari en pensée. Je ne peux rien n'y faire, je suis une jeune femme en bonne santé avec une libido déchaînée à cause de sa grossesse et attirée par quasiment tous les hommes. J'ignore totalement ce qu'il dit et continue à le regarder. Comme je ne dis rien, il rigole et se retourne pour remonter. En voyant ses fesses tatouées, un gémissement silencieux m'échappe.

– J'ai entendu ! crie-t-il en disparaissant.

Je m'écroule sur le canapé moelleux et cache mon visage dans un coussin. Je déteste le fait que tant de beaux mecs apparaissent dans ma vie. Peut-être est-ce ma grossesse qui les rend tous aussi attirants ? C'est impossible que, tout à coup, la terre soit envahie de mecs canon, roulés comme des demi-dieux. Quand j'ai fini de m'apitoyer sur mon sort, je prends la télécommande.

Je zappe d'une chaîne à l'autre quand j'ai une révélation. Mes parents sont forcément au courant de ce que fait Massimo sauf si, par miracle, ils n'ont remarqué ni mon absence ni la fureur de leur gendre. Tout à coup, je ne tiens plus en place, cette prise de conscience me donne une vraie chance de négocier avec un argument de poids. Je suis en train d'élaborer une stratégie quand j'entends des pas dans l'escalier. Nacho apparaît, vêtu d'un short et d'un pull zippé, il s'assied à côté de moi.

– Discutons.

Il cache son visage dans ses mains.

– Sérieusement ? Il y a un sujet qu'on n'a pas abordé ?

Il ouvre deux doigts sans décoller ses mains et me regarde, amusé. Je me lève en le menaçant du doigt.

– Mes parents savent déjà ce que fait Massimo, et ce parce que tu m'as enlevée. Maintenant donne-moi une bonne raison pour ne pas dire à ta sœur que tu tues des gens moyennant finances.

Il change de position, place ses mains derrière sa tête, me sourit et dit :

– Continue, ou attends, j'ai quelque chose de mieux.

Il prend son ordinateur, tape son mot de passe à une telle vitesse que je suis incapable de le voir.

– Parlons à ta mère ! (Il tourne l'ordinateur sur lequel je vois apparaître la page d'accueil de Facebook.) Connecte-toi et vérifie toi-même ce que savent tes parents. (Il se rapproche assez pour que je sente à nouveau sa magnifique odeur.) Tu veux le tenter ?

Je ne sais pas s'il bluffe, mais il me donne l'occasion de parler à ma mère et de la rassurer. J'appuie sur quelques touches pour accéder à mon compte, malheureusement, ma mère n'est pas connectée.

– D'après mes informations, ton mari leur a servi une sacrée histoire pour justifier le fait que tu ne sois pas venue leur dire au revoir. (Il me déconnecte et éteint son ordinateur.) Massimo ne pouvait pas se permettre que Klara, paniquée, prévienne la police. (Il me fait un clin d'œil.) Bon, c'est sympa de discuter, mais il faut que j'y aille. N'oublie pas de ne pas trop raconter notre vie à ma sœur.

– Qu'est-ce qu'elle sait ?

– Quasiment tout, sauf pour la grossesse, mais je pense qu'elle ne le remarquera pas. (Il lève les yeux au ciel.) Et si je suis le seul à ne pas remarquer ton ventre, alors tiens-toi à la version établie. (Il sort sur la terrasse et revient, une planche sous le bras.) N'oublie pas, on l'a su et c'est pour ça que tu es venue ici. Salut.

– Et comment tu vas expliquer ma disparition lorsque je partirai, génie ?

Il s'arrête, puis enfile ses lunettes de soleil arc-en-ciel.

– Je dirai que tu as fait une fausse couche.

Il prend son sac posé à côté du mur et s'en va.

Toujours assise sur le canapé du salon, je réfléchis à la situation. Nacho a réponse à tout, il a planifié tous les détails de son scénario. Je me demande depuis combien de temps il s'est préparé à l'action. Je me laisse glisser et m'allonge sur le dos en soupirant lourdement.

En regardant le plafond, je pense à Massimo. Il a déjà dû tuer la moitié des agents de sécurité. Il y a peu, cette pensée m'aurait provoqué un arrêt cardiaque, mais maintenant plus rien ne m'effraie. Combien de fois est-ce qu'on peut encore m'enlever ? Combien de personnes étranges vais-je encore rencontrer ?

Je caresse mon ventre que je trouve énorme.

– Luca, je chuchote, papa va bientôt nous ramener à la maison, pour l'instant on est en vacances.

J'entends frapper à la porte, puis une clé tourner dans la serrure. Amelia apparaît.

– Je ne sais pas pourquoi je frappe alors que j'ai la clé ! Alors, tu viens ? Où est ton sac ?

– Je n'en ai pas, je suis venue à l'improviste.

– Ok, viens, j'ai des lunettes de soleil dans la voiture, le reste, on l'achètera sur place.

Chapitre 19

Nous sortons de l'appartement et entrons dans l'ascenseur en verre qui nous amène quelques étages plus bas. Nous traversons un hall gigantesque et arrivons dehors. Après un court moment, un jeune homme gare une BMW M6 à l'entrée, il en sort puis attend, la portière ouverte, qu'Amelia s'installe derrière le volant. Le cuir bordeaux est parfaitement assorti à la carrosserie claire et la boîte automatique facilite beaucoup la conduite.

– Je déteste cette voiture, elle est tellement voyante, même s'il y a pire à Costa Adeje, comme celle de mon frère par exemple.

Costa Adeje, je me répète. Mais c'est où, ça, bordel ? La route que nous empruntons est magnifique. Amelia me raconte des histoires de famille et comment elle a perdu sa mère dans un accident de voiture. J'apprends qu'elle a vingt-cinq ans et que Marcelo à neuf ans de plus qu'elle. De ce qu'elle dit, je comprends qu'elle ne connaît pas vraiment les activités de son père et qu'elle n'a aucune idée de ce que fait son frère.

Elle est très ouverte et, visiblement, elle pense que je suis l'amour de la vie de Nacho, elle veut donc que je connaisse au plus vite l'histoire de la famille. Elle continue en me disant que le retour de son père est prévu pour le nouvel an et qu'il sera accompagné de famille et d'amis venus pour l'occasion. Je réalise qu'elle connaît la date de retour du commanditaire de mon enlèvement, ce qui signifie que son frère m'a menti. Je hoche la tête en posant une question de temps en temps, j'espère bien découvrir plus de détails intéressants.

– Nous sommes arrivées, dit-elle en se garant devant un hôtel. J'ai un appartement ici pendant l'absence de Flavio. (Je la regarde, confuse.) Mon mari est parti avec mon père, et j'aime bien être près de Marcelo quand je suis seule. Les conditions sont plutôt spartiates sur les plages de surf, du coup, j'ai demandé qu'on nous installe deux transats et quelques autres trucs. On va avoir l'air de touristes ou de groupies, mais je m'en fous, ma colonne vertébrale me fait tellement souffrir que je ne peux pas imaginer m'asseoir par terre.

Nous traversons l'hôtel, puis le jardin, et arrivons enfin sur la plage. C'est incroyable, mais le long du rivage l'océan ondule calmement alors que, quelques centaines de mètres plus loin, les vagues atteignent des hauteurs impressionnantes. Les surfeurs, assis sur leur planche, attendent la vague idéale qui les emportera. La vue est magique : d'un côté le soleil et la mer et, de l'autre, le pic du volcan Teide enneigé. Les gens, réunis en petits groupes sur la plage, boivent du vin, rigolent et visiblement fument de l'herbe, vu l'odeur qui me parvient dans le nez.

Il n'est pas compliqué de trouver où on va s'asseoir. Deux énormes transats sont préparés, avec immense parasol fermé pour l'instant, une table, un panier avec de la nourriture, une couverture et un serveur qui, me semble-t-il, joue aussi le rôle de garde du corps, ou inversement. Il est assis discrètement sur un fauteuil inclinable, à un mètre derrière toute cette installation. Il n'est pas habillé aussi officiellement que ceux de Sicile, il porte un pantalon en lin clair et une chemise déboutonnée. Lorsqu'on s'approche, il nous fait un signe de la main, puis continue à regarder l'océan.

– Trop bien, souffle Amelia en se déshabillant et en s'allongeant en maillot sur le transat.

– Tu bronzes en étant enceinte ?

– Bien sûr, je ne couvre que mon ventre. (Elle y place un foulard, puis me regarde par-dessus ses lunettes.) La grossesse n'est pas une maladie, au pire, j'aurai des taches. Pourquoi tu portes ce bracelet ? demande-t-elle en montrant ma cheville où le traqueur figure sous forme d'une bande assez épaisse en silicone.

– C'est une longue histoire ennuyeuse.

Je fais un signe de la main, puis j'enlève ma tenue, je m'allonge sur le transat moelleux à côté d'elle.

Je réalise qu'elle me fixe avec la bouche ouverte. Putain, elle a remarqué.

– Tu es enceinte ? (Je ne réponds pas.) C'est l'enfant de Marcelo ?

Je porte un doigt à ma bouche, je commence à le mordre.

– C'est pour ça que je suis là. (Je gémis, puis je ferme les yeux en remerciant Dieu pour les lunettes de soleil que j'ai sur le nez.) On a couché ensemble en Pologne, j'ai su que j'étais enceinte et lorsque je lui ai dit, il m'a enlevée pour s'occuper de nous.

J'ai à peine fini ma phrase que je sens la colère monter, j'ai l'impression que je vais vomir. Je bois une gorgée d'eau pour essayer de ravaler ce sentiment.

Amelia est toujours assise, avec la bouche ouverte qui se transforme rapidement en un grand sourire.

– Mais c'est merveilleux ! crie-t-elle en sautillant. Les enfants auront le même âge, tu es à quel mois, le quatrième ? (Je hoche la tête sans vraiment l'écouter.) C'est bien dans le style de Marcelo, ça, il a toujours été responsable. (Elle secoue la tête.) Lorsqu'on était enfant, c'était toujours...

Je n'entends plus que le bourdonnement de l'océan, les larmes me montent aux yeux. L'homme en noir me manque, j'ai envie qu'il me prenne dans ses bras et qu'il ne me lâche plus jamais. Ce n'est qu'à ses côtés que je me sens en sécurité. Je ne veux partager qu'avec lui le bonheur de la grossesse. Faire semblant d'être la femme d'un autre ne me plaît pas, ça me met de plus en plus mal à l'aise. Et puis, ça m'énerve de mentir à quelqu'un comme Amelia pour que d'autres secrets ne soient pas révélés.

– Voilà Marcelo ! crie-t-elle en pointant un doigt. (Je regarde dans la direction qu'elle indique, je vois un homme se lever sur sa planche.) C'est celui qui porte un horrible legging fluo.

Il est effectivement très moche, mais au moins on le reconnaît comme ça. Les autres portent des combinaisons grises à manches longues, lui est torse nu avec un pantalon qui permet de le repérer. Il fonce sur les vagues, on dirait qu'il a un pied posé dessus qui lui permet de garder l'équilibre. Ses genoux sont comme des ressorts ; il équilibre parfaitement son corps sans être dérangé par la vague derrière lui qui commence à se briser.

Tout le monde le regarde avec admiration et applaudit lorsqu'il saute en l'air en attrapant sa planche d'une main.

– Moi aussi je veux essayer, je chuchote, étourdie et époustouflée à la fois.

– Les vagues sont trop grosses aujourd'hui et je doute que Marcelo te permette d'apprendre dans ton état, mais tu peux toujours nager sur une planche avec une pagaie. Je le fais parfois, même si je n'aime pas trop l'eau salée.

Je me tourne vers l'océan. Je vois l'homme chauve s'approcher de nous avec sa planche sous le bras. Il est magnifique dans son pantalon moulant et ses tatouages mouillés. S'il ne m'avait pas enlevée, qu'il n'était pas tueur à gages, que je n'avais pas de mari et que je n'étais pas enceinte, j'aurais pu facilement tomber amoureuse de lui.

– Salut les filles !

Il jette sa planche, puis s'approche de moi.

Je sais très bien ce qu'il veut faire, c'est pour ça que je bouge juste à temps pour que ses lèvres atterrissent sur ma joue. Il sourit sournoisement et murmure à mon oreille :

– Un partout.

– Félicitations, papa !

Elle lui fait un câlin.

Quand il me regarde, étonné, je hausse les épaules.

– Je t'ai dit que ça se voyait, tu ne voulais pas me croire, je chuchote avant de prendre une gorgée d'eau.

– Je suis si contente, on va avoir des enfants du même âge, jacasse-t-elle sans s'arrêter tout en l'embrassant toutes les deux secondes. On devrait faire une fête quand papa sera là, ou encore mieux, l'annoncer au nouvel an ! (Elle se lève, tellement elle est excitée.) Je vais m'occuper de tout, on a peu de temps, mais ça devrait le faire. Je suis si heureuse !

Elle sort son téléphone, puis s'éloigne de quelques pas.

– Qui va lui dire, toi ou moi ? (Je me tourne sur le côté, puis j'enlève mes lunettes de soleil.) En fait, tu sais quoi, c'est ton problème, règle-le toi-même. Comment tu peux faire du mal à ta sœur comme ça ? (Il me regarde, confus.) Oui, lui faire du mal. Tu sais ce qu'elle va vivre quand j'aurai ma fausse couche et que je vais disparaître ? Elle me traite déjà comme un membre de la famille, tu n'as pas de cœur.

Je me tourne sur le dos, le visage face au soleil.

– Je tue des gens pour de l'argent, dit une voix calme juste à côté de mon oreille. Je n'ai pas de cœur, Laura.

Je me retourne et je découvre un regard que je n'avais encore jamais vu chez lui.

L'homme agenouillé sur le sable correspond parfaitement à la description de Massimo. Il est froid, déterminé, sans aucun état d'âme.

– Tu peux bronzer encore deux heures pendant que je surfe. Après, on rentrera à la maison et tu ne verras plus jamais Amelia.

Il reprend sa planche, puis se dirige vers l'eau.

Lorsqu'Amelia revient, je suggère qu'elle décale les projets de fête pour annoncer la grossesse. Je lui explique que j'ai un cœur malade et que la grossesse est à problème, que je peux perdre l'enfant à tout moment. Elle s'en inquiète beaucoup, mais elle comprend que je n'aie pas envie de l'annoncer à la terre entière. Je ne le fais pas pour le chauve mais pour elle, je veux lui épargner une trop grande déception. Elle est sincère et très gentille.

Nacho a effectivement passé encore deux bonnes heures dans l'eau. Quand le soleil commence à se coucher, il balance sa planche sur le sable à côté de nous, puis s'essuie avec une serviette.

– On dîne ensemble ? demande Amelia en regardant son frère.

– On a rendez-vous.

Assise sur son transat, enroulée dans une serviette, elle le regarde, déçue, pendant que je me rhabille. Je me sens responsable. Le chauve devrait ressentir un malaise, mais il ignore le caprice de sa sœur, sort un pull du sac et me le lance.

– Mets-le, il peut faire froid dans la voiture.

Après avoir raccompagné Amelia à son appartement, on descend au parking à côté de la plage. Nacho range sa planche dans la voiture d'un ami, puis m'attrape par la main et m'emmène à sa voiture.

– Tu ne rapportes pas ta planche à la maison ?

– Je n'ai pas le choix, c'est elle ou toi. Monte, dit-il en ouvrant la porte de la voiture.

J'observe le véhicule le plus étrange que j'aie jamais vu.

– C'est quoi, ça ?

– Une Corvette stingray de soixante-neuf, allez monte, insiste-t-il d'un ton légèrement irrité.

Elle est brillante, unique, avec des inscriptions blanches sur les pneus. Effectivement, Amelia a eu raison de dire que la voiture de son frère est plus ostentatoire que la sienne. Il démarre, le moteur rugit si fort que je sens mon sternum trembler. Un sourire incontrôlé apparaît sur mon visage. Le chauve le remarque, bien évidemment.

– Quoi ? Le Sicilien roule en Ferrari à pédales ?

Le monteur résonne dans les petites ruelles, le long de la promenade. Le jour commence à tomber, je serais heureuse si j'étais dans le bon pays, avec l'homme que j'aime.

Je regarde à gauche vers Nacho qui bouge la tête au rythme de « I want to live in Ibiza » de Diego Miranda. Sa conduite est fluide, il tapote le volant et chantonne les paroles de la chanson. Je ne pensais pas que ce type, qui est un kidnappeur et un assassin, pouvait aimer ce genre de musique. C'est aussi étrange que de me voir un marteau à la main. C'est incroyable à quel point il ne me fait pas peur, même quand il essaie d'être moins sympathique, voire de m'effrayer, ça ne me touche pas le moins du monde.

Quand on arrive à la maison, il jette son sac à l'entrée, sort sa serviette mouillée et se rend sur la terrasse. Je ne sais pas trop quoi faire, je m'assieds à la table de cuisine et je grignote des raisins. Amelia a un appétit énorme, notre déjeuner a été aussi long que la séance de surf de Nacho. Je ne peux rien manger de plus.

Soudain, je me rappelle ce que m'a dit sa sœur dans la voiture.

– Pourquoi tu m'as menti ?

Il s'appuie contre la table, face à moi, en souriant.

– De quel mensonge tu parles ?

– Il y en a beaucoup ?

– Oui, étant donné ce que je fais dans la vie et les circonstances de ta présence ici.

– Amelia m'a dit quand ton père rentre. C'est bizarre, parce que toi, tu ne le sais pas et, apparemment, tu travailles pour lui ! (Je hausse le ton, il sourit d'autant plus.) Pourquoi tu te moques de moi, Marcelo ?

– Je n'aime pas trop quand tu m'appelles comme ça, je préfère Nacho. (Il se tourne vers le frigo et l'ouvre.) Tu es encore là deux jours, normalement.

– Normalement ?

– Bah tu sais, un volcan peut toujours exploser et ton prince sicilien ne pourra pas se déplacer ! (Il pose une bière sur la table.) Ou sinon, je pourrais le tuer et tu resteras avec moi ici pour toujours.

Il prend une gorgée et me regarde, les yeux mi-clos.

Totalement confuse, je ne sais plus quoi dire, lui continue à boire sa bière, les yeux rivés sur moi.

– Bonne nuit, dis-je en repoussant ma chaise.

– Tu n'as pas dit que tu ne le voulais pas ! crie-t-il, mais je ne réagis pas. Bonne nuit !

Je ferme la porte de la chambre et m'appuie dessus comme si je voulais la bloquer. Mon cœur bat vite et mes mains tremblent. Qu'est-ce qui se passe ? Je ferme les yeux en essayant de me calmer. J'ai envie de pleurer, mais les larmes ne coulent plus. Quelques minutes plus tard, je décide d'aller prendre une douche, l'eau froide me fait du bien et mon malaise disparaît petit à petit. Je me lave, m'enduis le corps de crème et quitte la salle de bains le plus rapidement possible pour ne pas croiser Nacho. Je me glisse sous la couette en serrant mon oreiller dans mes bras. Allongée dans le noir, je pense à mon mari et à tous les bons moments que nous avons passés ensemble. J'ai envie de rêver de lui, d'ouvrir les yeux et de le voir.

Un bruit de pas me réveille, ou plutôt le léger grincement du sol sous le poids de quelqu'un. J'ai peur d'ouvrir les yeux, même si je sais inconsciemment que c'est Nacho qui tente de se glisser dans mon lit. Avant de me coucher, j'ai baissé les stores, donc il fait totalement noir. Le parquet grince à nouveau. Je me fige. Après avoir déclaré qu'il allait tuer Massimo pour que je reste avec lui, je devine ce qu'il veut de moi. À moitié réveillée, j'essaie de déterminer quoi faire si mes doutes se confirment, s'il glisse sa main dans ma culotte. Tous les muscles de mon corps se raidissent lorsque je sens sa respiration calme dans ce noir obscur. Il est près de moi, mais ne bouge pas comme s'il attendait quelque chose. J'entends un grognement.

Je saute du lit en m'éloignant du bruit. Je tente d'allumer la lampe de chevet, mais elle ne marche pas. Mon cœur bat au rythme d'un cheval au grand galop. Je marche à quatre pattes jusqu'à atteindre un mur. J'entends des bruits de baston, j'ai l'impression que je ne vais pas tarder à mourir. J'atteins la porte coulissante de l'armoire et j'entre à l'intérieur. Assise sous les cintres du fond, je plaque mes genoux contre ma poitrine, j'ai peur et je n'ai aucune idée ce qui se passe. Je pose mon front sur mes genoux et me balance nerveusement d'avant en arrière. Tout à coup, plus un bruit, mais la lumière pâle d'une lampe torche, j'ai la nausée.

– Laura ! (Le cri de Nacho me donne envie de pleurer.) Laura !

J'ai envie de répondre, mais malgré mes efforts, aucun son ne sort de ma gorge. La porte coulisse. Il me soulève habilement et je me cache dans ses bras en respirant son odeur fraîche, tout mon corps tremble.

– Tu as besoin de tes médicaments pour le cœur ? demande-t-il en m'asseyant sur le lit.

Je fais non de la tête, puis je regarde la chambre éclairée seulement par la lumière de la lampe de poche. Elle est détruite, la lampe est brisée, les rideaux arrachés et... par terre, à l'entrée du balcon... un corps. J'entends un grondement dans mon crâne, mon estomac remonte dans ma gorge. Je tourne la tête pour vomir, je me sens faible, j'ai l'impression que je suis en train de mourir. Au bout d'un moment, les convulsions s'arrêtent et je m'écroule comme morte sur les coussins.

Nacho m'enroule dans la couverture, puis m'attrape le poignet pour sentir mon pouls. Il glisse ses mains sous moi et me porte jusqu'en bas où, après avoir appuyé sur quelques boutons, la lumière revient.

– Tout va bien.

Ses bras s'enroulent à nouveau autour de moi en me donnant une sensation de sécurité.

– Il... est mort, je marmonne en sanglotant. Est... mort.

Ses mains caressent mes cheveux, ses lèvres embrassent ma tête, il se balance délicatement avec moi sur ses genoux.

– Il voulait te tuer, chuchote-t-il. Je ne sais pas s'il y en a d'autres, ils ont éteint les alarmes, il faut que je te sorte de là. (Il se lève et me pose sur la table.) On ira chez Amelia, tu lui diras qu'on s'est disputés. Je reviendrai te chercher quand j'aurai compris ce qui se passe. Les agents de sécurité de papa la surveillent jour et nuit, personne ne va te chercher là-bas.

Comme je ne réagis pas, il prend mon visage entre ses mains.

– Je t'ai dit que j'étais là pour te protéger.

J'ai envie de l'arrêter, mais je n'ai pas la force de lui demander de rester. J'ai l'impression de dormir encore, que tout ce qui s'est passé n'est qu'un rêve, que tout va se terminer bientôt. Je m'allonge en boule contre la table froide. Des larmes coulent le long de mes joues et ma respiration devient de plus en plus régulière.

Quelques minutes plus tard, Nacho revient, habillé d'un survêtement sombre. Avant qu'il enfile sa veste, je remarque qu'il porte deux pistolets dans un harnais. Je suis allongée comme morte, seuls mes yeux bougent.

– Laura, tu es en état de choc, mais ça va passer. (Un cri d'impuissance s'échappe de sa gorge.) Mais tu ne peux pas arriver chez ma sœur dans cet état. Viens !

Il me prend à nouveau dans ses bras avec ma couverture, et nous quittons l'appartement.

Dans le garage, il me dépose contre un mur. Après s'être assuré que la voie est libre, il me reprend dans ses bras, puis m'installe sur le siège, boucle la ceinture et fait rugir le moteur de la voiture.

Je ne sais pas pendant combien de temps on roule. J'entends juste le chauve parler au téléphone, mais l'espagnol m'est tout aussi étranger que l'italien. Je n'ai aucune idée de ce qu'il dit. Il vérifie régulièrement mon pouls et dégage les cheveux de mon visage pour vérifier que je suis en vie. Je dois avoir l'air d'une morte-vivante, je ne cligne même pas les yeux, mon regard sans expression fixe le parebrise.

– Viens !

Il me soulève du siège passager et commence à marcher.

Au début, je ne vois que du sable, puis l'océan, après il tourne, monte trois marches et on se retrouve à l'intérieur. Je ferme les yeux et sens qu'il me pose sur un matelas moelleux. Il me tient dans ses bras. Je m'endors.

– Fais l'amour avec moi, son chuchotement est comme une invitation. Fais l'amour avec moi, Laura.

Ses mains tatouées caressent mon corps nu quand les premiers rayons du soleil pénètrent dans la chambre. Je vois à peine ses doigts agiles sur mes seins, sous mes paupières entrouvertes. Je gémis, puis j'ouvre grand les jambes pour qu'il se glisse en moi. Nos lèvres se rencontrent pour la première fois, les siennes caressent dangereusement les miennes. Il n'utilise pas sa langue, il me couvre juste la bouche en savourant doucement mon goût. Je suis impatiente. Cette torture est lente, mais réveille un désir en moi, mon bas-ventre me chatouille. C'est le signal qu'il est temps de relâcher cette tension. Ses hanches frottent ma cuisse, je sens que son membre dur est prêt. Ses doigts s'entremêlent avec les miens, il les ferme au moment où je glisse ma langue dans sa bouche. Il répond vigoureusement, mais avec tendresse. Je relève légèrement les hanches. Lui, sans attendre une deuxième invitation, me pénètre. Je crie fort, et il atténue le bruit en m'embrassant. Son corps se tend au-dessus du mien. Son visage glisse sur mon cou, il me lèche et m'embrasse délicatement. Il entre, puis sort de moi sans précipitation...

– Soit tu fais un cauchemar, soit tu fais l'amour.

J'entends sa douce voix, alors j'ouvre les yeux.

Il est allongé à côté de moi, à moitié endormi, et me sourit. Il referme les yeux, puis se tourne légèrement pour retirer le bras qu'il avait passé autour de moi.

– Donc, sexe ou cauchemar ? (Je ne réponds pas.) Vu ton cri, je dirais sexe ! (Il ouvre un œil pour me regarder.) Avec Massimo ou moi ?

Ses yeux verts analysent attentivement mes réactions.

– Avec toi, je réponds sans réfléchir, ce qui le surprend totalement.

– J'étais bon ?

– Délicat, je soupire en me tournant sur le dos. Très délicat.

Le silence s'installe entre nous, je ferme à nouveau les yeux en essayant de me réveiller dans le calme. Rapidement, mon rêve sexy est remplacé par les événements de la nuit dernière. J'ai l'impression que quelqu'un vient de me frapper dans le ventre. J'ai du mal à respirer en pensant à cet homme mort dans la chambre. J'avale ma salive, puis j'ouvre les yeux. Nacho est au-dessus de moi.

– Tout va bien ? dit-il en attrapant mon poignet à nouveau.

– Comment tu sais que cet homme voulait me tuer ?

– Peut-être parce que lorsque je l'ai surpris, il était à côté de ton lit avec une seringue pleine d'un produit qui aurait provoqué une crise cardiaque. Je présume qu'il voulait que ça ressemble à une mort naturelle. (Il lâche ma main, puis dégage les cheveux de mon front en sueur.) Tu connais cet homme ?

– Par quel miracle tu voyais quelque chose, toi, dans le noir et comment est-ce que tu t'es retrouvé dans ma chambre ?

– Ce débile est d'abord venu dans la mienne... quel amateur ! (Il secoue la tête.) Donc, quand il est sorti, j'ai su que tu étais la cible. J'ai mis mes lunettes de vision nocturne et je l'ai suivi. (Il s'assied.) Tu sais qui c'était ?

– Je ne me rappelle pas à quoi il ressemblait.

Il prend son téléphone, puis me montre une photo du corps. Ça me donne la nausée.

– C'est Rocco, je souffle en cachant ma bouche avec une main. Le garde du corps de Massimo. (Les larmes me montent aux yeux.) Mon mari essaie de me tuer ?

Je ne peux pas croire aux mots que je prononce.

– J'aimerais beaucoup que ce soit le cas, mais j'en doute, on en saura plus aujourd'hui. (Il ouvre la fenêtre, l'air frais de l'océan pénètre dans la chambre.) Si tu étais morte, ça déclencherait une guerre il est donc possible que ce soit un des ennemis de mon père qui ait mandaté Rocco.

Je me lève du lit, je brûle de l'intérieur, d'un feu quasiment palpable.

– Je croyais que personne ne pouvait atterrir sur l'île sans l'autorisation de ta famille, je hurle. Je croyais que vous étiez au courant de tout. (Mes poings se serrent.) Vous ne savez rien du tout, je grogne, puis je prends la porte et je me retrouve sur la plage.

Je m'assieds sur les escaliers de la véranda et j'explose en larmes. Je suis désespérée. Les sons qui sortent de ma bouche rappellent ceux d'un animal sauvage, ils n'ont plus rien d'humain. Je frappe les marches en bois de mes mains jusqu'à ce que ça me fasse mal. Nacho passe à côté de moi sans rien dire. Il porte une combinaison avec une fermeture Éclair sur le dos, sa planche sous son bras, il part vers l'eau. Je le regarde se jeter dans l'océan et disparaître derrière une vague. Il s'enfuit chaque fois que la conversation ne lui plaît pas. Ou peut-être y a-t-il quelque chose qu'il ne veut pas me dire ?

Je retourne à l'intérieur pour me préparer un thé, je m'assieds à table et regarde autour de moi. C'est une grande pièce avec une petite cuisine, une salle à manger, un salon avec une cheminée et une télé accrochée juste au-dessus. Le tout est très minimaliste. Les couleurs terre sont dominantes, ça donne une ambiance très chaleureuse. Il y a une planche accrochée à côté de la porte, une autre dans le coin de la salle à manger. En fait, il y en a partout, elles sont accrochées ou posées sur des meubles qui, semble-t-il, sont eux-mêmes faits de vieilles planches : un banc, une table, une étagère. Les tapis colorés sur le parquet donnent de la vie à la déco et le grand canapé moelleux incite au repos. Les fenêtres des trois côtés de la maison donnent sur l'océan. Toute la maison est entourée d'une terrasse.

J'ouvre le frigo et découvre avec surprise qu'il est rempli de nourriture. Ce n'est pas possible qu'il ait prévu de venir ici... et pourtant ? Je sors la charcuterie, le fromage, les œufs et quelques autres choses emballées sous vide pour préparer le petit déjeuner. Quand j'ai tout installé sur la table, je cherche la salle de bains. Elle est à côté de la chambre dans laquelle on a dormi. Je prends une douche puis, enroulée dans une serviette, j'ouvre l'armoire que j'ai vue à côté du lit. Je sors un des tee-shirts colorés de Nacho, je l'enfile puis je retourne dans la salle de bains. Devant le lavabo, je prends une brosse à dents qui est posée dessus, je fouille tous les tiroirs pour en trouver une autre, mais sans succès.

– Il n'y en a qu'une.

Je me retourne pour découvrir Nacho en boxer et dégoulinant d'eau.

Je n'ai pas de chance, il est blanc et transparent, totalement transparent. Il s'approche et se place derrière moi.

– On va devoir échanger nos fluides corporels.

Le reflet de ses yeux verts joyeux détourne mon regard de son entrejambe.

J'ouvre l'eau, mets du dentifrice et commence à me brosser les dents en essayant d'éviter son regard.

– Comme un couple marié.

Lorsque je lève les yeux, je vois qu'il entre dans la douche, totalement nu.

La brosse à dents tombe de ma bouche, puis cogne la surface en pierre. Je me concentre sur le lavabo en granit noir et, le plus rapidement possible, je me rince la bouche. Je rince la brosse à dents. Après quoi, en tournant la tête à l'opposé de la douche, je marche vers la porte, j'ai la main sur la poignée quand le bruit de l'eau s'arrête.

– Tu sais pourquoi tu me fuis ? demande-t-il. (J'entends le bruit de ses pas mouillés sur le sol.) Parce que tu as peur.

J'explose de rire, puis me retourne vers lui, il est tout près.

– De toi ?

Je le regarde un grand sourire aux lèvres pendant qu'il enroule une serviette autour de sa taille.

Je remercie Dieu qu'il se soit enfin couvert.

– De toi-même. (Il hausse les sourcils et se penche légèrement vers moi.) Tu as arrêté de te faire confiance, tu préfères résister plutôt que de faire quelque chose dont tu as de plus en plus envie.

Je fais un pas en arrière, lui en fait un en avant. Je recule à nouveau, il me suit. Chaque centimètre qui nous rapproche me fait paniquer davantage, je sais que je vais bientôt sentir la porte dans mon dos, je suis coincée. Nous restons un moment comme ça, seul le rythme de nos respirations de plus en plus rapide trouble le silence.

– Je suis enceinte.

Il hausse des épaules pour me faire comprendre qu'il n'en a rien à faire.

Nacho appuie ses mains des deux côtés de ma tête, son visage s'approche dangereusement du mien. Ses yeux verts joyeux me transpercent, je me mets à trembler.

Un son inattendu vient à mon secours, celui de son portable. L'atmosphère lourde qui pesait entre nous disparaît aussitôt. Je me décale légèrement pour le laisser ouvrir la porte et sortir. Il répond en s'écroulant dans le fauteuil de l'entrée.

– Demain, grogne-t-il après avoir raccroché et en s'asseyant à côté de moi à table. Les Siciliens arrivent demain... Passe-moi un yaourt, s'il te plaît. (Sa main reste plantée au niveau de mon visage jusqu'à ce que je le lui donne.) Merci.

Il se relève un peu pour attraper un bol.

Je suis assise, comme frappée par la foudre. Intérieurement, j'explose de joie. Demain, je vais voir l'homme en noir, demain, il va me prendre dans ses bras et me sortir d'ici. J'ai du mal à me contenir, je serre rapidement Nacho dans mes bras et me mets à sauter comme une folle. L'Espagnol secoue juste la tête tout en continuant à verser son yaourt sur ses céréales. J'ouvre la porte et marche sur le sable frais, je saute dessus un moment, puis je m'écroule sur le dos en fixant le ciel bleu sans aucun nuage.

Il va venir ici, il va discuter avec eux et tout redeviendra comme avant. Mais est-ce que c'est sûr ? Je me tourne vers la maison où Nacho est adossé au cadre de la porte. Il est vêtu d'un short de surfer et tient son bol de céréales à la main. Son corps tatoué est détendu, il mâche doucement sans me quitter des yeux. Est-ce que je vais être capable de rentrer après avoir rencontré cet enfant emprisonné dans un corps d'homme ?

Je ne sais pas pourquoi, mais je n'arrive pas à détourner le regard. Au même moment, je sens du mouvement dans mon ventre. Je l'attrape de mes deux mains puis le caresse. Ce n'est pas la première fois que mon fils me rappelle à l'ordre, qu'il me rappelle qu'il existe. Je me lève, enlève le sable et retourne vers la véranda.

– On va nager ?

Nacho a un sourire radieux.

– Je vais t'apprendre à nager avec une pagaie, Amelia m'a dit que tu avais envie d'essayer. (Il me prend par les épaules, qu'il serre légèrement.) Ne t'inquiète pas, tu ne risques rien.

C'est la première fois qu'il dit : on.

– Je n'ai pas de maillot.

– Ce n'est pas un problème ça, il n'y a personne dans un rayon de quelques dizaines de kilomètres.

Je lève les yeux au ciel.

– On peut nager habillé ou juste en combinaison, je vais t'en trouver une petite. (Il rentre dans la maison.) En plus, je t'ai déjà vue toute nue ! crie-t-il en disparaissant.

Mon regard reste planté à l'endroit où il a disparu. Je suis terrifiée en réfléchissant à quel moment ça aurait pu se passer. Je rentre dans la cuisine en me massant les tempes.

– La première nuit, répond-il, comme s'il lisait dans mes pensées. Je ne pensais pas que tu n'aurais pas de lingerie sous ta robe. (Il pose la combinaison sur la chaise à côté de moi.) Ta chatte est sucrée, chuchote-t-il en rigolant.

Il se penche au-dessus de moi, puis part vers l'évier.

– Ce n'est pas drôle ! (Je me lève et je lui fais un doigt.) Cette blague ne me fait pas du tout rire, Marcelo.

Il pose la vaisselle sur la commode, puis se tourne vers moi en croisant ses bras sur sa poitrine.

– Qui a dit que c'était une blague ? (Il plisse les yeux puis, après avoir attendu quelques secondes, tel un puma, il raccourcit la distance entre nous et m'encercle fermement de ses bras.) Je n'ai pas pu résister quand tu étais inconsciente. (Ses yeux verts se baladent sur mon visage, de mes lèvres à mes yeux.) Tu étais si mouillée. (Sa lèvre inférieure effleure mon nez.) Tu as joui si longuement, si bruyamment, même en dormant profondément grâce aux somnifères que je t'ai donnés. Je t'ai sautée la moitié de la nuit... tu es si serrée... (Il nous déplace en plaquant mon dos contre le frigo.) Je te pénétrais doucement et délicatement, tu as vu dans ton rêve comme je suis. (Son entrejambe commence à se frotter sur moi.)

En l'écoutant, l'effroi m'envahit. Je reste plantée comme un poteau bien enfoncé dans la terre, sans aucune chance de bouger. Des larmes mouillent mes yeux à l'idée que j'ai trompé mon mari. Je l'ai fait inconsciemment, mais ça compte quand même. En plus de ça, son fils a été sali. Il n'y survivra pas.

Je me sens devenir faible, Nacho voit mon état et me lâche en reculant un peu.

– Je mens bien, non ?

J'ai envie de le tuer. Cette fois-ci, il n'a pas le temps d'esquiver ma main, sa tête en sursaute.

– Super bien, je grogne en prenant ma combinaison et en partant vers la salle de bains sur des jambes en coton.

J'enfile le débardeur dans lequel j'ai dormi, puis la combinaison. Je n'arrive pas à croire que je me suis si facilement fait avoir. Je marmonne des gros mots et je frappe tout ce que je trouve sur mon passage.

Je secoue la tête, pas encore remise de m'être fait avoir à ce point-là, je me place devant le miroir et ajuste la combinaison. J'ai chaud tellement je suis en colère. Je me fais deux tresses, puis j'étale de la crème sur mon visage. Quel crétin !

Nacho met quelque chose sur les planches sur la véranda. Il est habillé d'un pantalon moulant bleu ciel en tissu synthétique. Son cul, pile dans mon champ de vision, est comme une invitation pour lui mettre un coup de pied.

– Je ne te le conseille pas, dit-il lorsque je prends de l'élan. Prends la cire et étale-la.

Je m'agenouille à côté de lui. Je prends en main le petit disque, puis je le regarde faire.

– Pourquoi on fait ça ?

– Pour que tu ne tombes pas. Je n'ai pas de chaussures de surf à ta taille, donc je préfère ne pas prendre de risque. (Il hésite, puis se tourne vers moi.) Mais tu sais nager ?

Je fais une moue et il éclate de rire.

– J'ai même un certificat de sauveteur.

– Médical, je pense ! riposte-t-il, sarcastique, puis il place la planche vers le haut en faisant tomber la cire. Je pense que ça suffit. Tu es prête pour ta leçon ?

Il prend les deux planches sous les bras et descend vers l'eau.

– Il y a quelques trucs qu'il ne faut pas que tu oublies, dit-il en posant les planches sur le sable.

Les instructions théoriques sont assez courtes, ce que je dois faire n'a pas l'air très compliqué.

J'ai de la chance, car il n'y a pas de grosse vague mais Nacho m'explique qu'il y a des moments où elles peuvent se former, puis disparaître exactement comme le vent. Les îles Canaries sont étranges, mais plus faciles à apprivoiser que mon compagnon.

Après quelques dizaines de chutes dans l'océan salé, je comprends enfin ce qu'est l'équilibre. Mes yeux me piquent et j'ai un peu envie de vomir parce que j'ai pas mal bu la tasse. Je suis tout de même fière et heureuse. Nacho ne me presse pas, il nage à côté de moi, ses épaules au ras de l'eau.

– Plie les genoux et place-toi de profil à la vague.

J'ai juste le temps d'entendre ce conseil quand des vagues un peu plus fortes arrivent.

Je tombe à l'eau et je me mets à paniquer, c'est assez profond. Je perds l'orientation, je ne sais plus où est le haut et où est le bas. J'essaie de nager, mais une autre vague me projette à nouveau. Je tourne dans l'eau.

Je sens, sous mes seins, des mains agiles s'enrouler autour de moi et me tirer à la surface. Je tousse, ce n'est pas la première fois aujourd'hui. Il me pose contre la planche.

– Tout va bien ? demande-t-il, inquiet. Allez, on rentre.

– Non, je n'ai pas envie, j'arrive à dire entre mes quintes de toux. C'est amusant et j'ai enfin l'occasion de nager.

Je me hisse à califourchon sur ma planche. Mes yeux plongent dans les siens, il est accroché au bord de ma planche, l'eau le soulève à un rythme régulier. Le soleil me réchauffe et la beauté des longues plages de sable fait disparaître mes angoisses. S'il te plaît, encore un peu, tu me le dois bien après ton mensonge débile.

Je lui donne un coup avec ma pagaie en me levant.

Il rigole, puis saute sur sa planche et s'éloigne légèrement.

– Comment tu peux être sûr que c'est un mensonge ? demande-t-il quand il est assez loin pour que je ne puisse pas le cogner à nouveau. Tu as une petite marque sur la fesse droite, on dirait une brûlure, tu t'es fait ça comment ?

En entendant ça, je perds à nouveau l'équilibre et tombe dans les profondeurs salées. Comment est-ce qu'il sait pour ma cicatrice, bordel ? Je ne porte pas de strings depuis que je suis chez lui, il n'y en a pas dans mon armoire. En colère, je remonte sur ma planche et commence à pagayer comme une acharnée pour le rattraper. Bien sûr, il s'éloigne et nous nous poursuivons de la sorte jusqu'à ce que je sente à quel point ce sport est fatigant. Je retourne vers la plage.

Je détache l'attache de ma cheville, puis laisse la planche dans l'eau. Je sors, dézippe ma combinaison et la descends jusqu'aux hanches. Lorsque j'arrive sur la véranda, je l'enlève complètement et l'accroche à l'emplacement dédié.

Nacho sort de l'océan et approche la maison en portant les deux planches. Il les pose contre la balustrade, lève les yeux et me regarde, bouche ouverte. Un sourire coquin, que je n'avais encore jamais vu, apparaît rapidement sur son visage. Je regarde autour de moi, je me demande ce qui le met dans cet état. Mon regard se déplace vers le bas, je comprends mieux. Sous ma combinaison, j'ai mis un débardeur blanc, mais comme il est mouillé, il est totalement transparent.

– Commence à courir, dit-il d'un ton sérieux sans quitter mes seins de ses yeux verts sauvages.

Je fais un pas en arrière, il arrive vers moi en courant. Je prends le virage derrière la maison, essayant de m'échapper à toute vitesse. Au même moment, il m'attrape par le poignet puis me tire vers lui d'un geste sec, sa langue pénètre dans ma bouche. Il prend mon visage entre ses mains et m'embrasse langoureusement. Je ne sais pas pourquoi, mais je n'arrive pas à mettre un terme à ce baiser, peut-être que j'ai tout simplement envie de lui. Mes bras pendent, inertes, le long de mon corps pendant que sa langue danse en moi. Nos lèvres se caressent passionnément. Les secondes passent. Quand je sens une vague de désir arriver dans mon bas-ventre, ça me dégrise instantanément. Je ferme la bouche. Il recule la tête, puis pose son front sur le mien en fermant les yeux.

– Je suis désolé, je n'ai pas pu me retenir.

Son chuchotement est assourdi par le vent qui se lève.

– Je vois ça. (Mon irritation se ressent dans ma voix.) Lâche-moi.

Il s'exécute, je me retourne sans dire un mot et sors. Mes genoux tremblent. Les remords qui arrivent aussitôt m'empêchent de respirer. Mais qu'est-ce que je fabrique ? Je suis au milieu de nulle part avec un assassin qui m'a enlevée et je trompe mon mari qui doit mourir d'inquiétude.

Je me déshabille dans la chambre en m'assurant que la porte est bien fermée. J'enfile un boxer et une chemise que j'ai trouvée dans l'armoire et me glisse sous la couette. Je me couvre la tête malgré l'eau salée qui coule de mes cheveux sur mon visage. J'entends le bruit de la poignée de la porte. J'arrête de respirer.

– Tout va bien ? demande Nacho sans s'approcher.

J'acquiesce légèrement sans montrer mon visage. J'entends la porte se refermer et je m'endors.

Je me réveille quelques heures plus tard, lorsque le soleil se couche. Je m'enroule dans ma couverture, puis je sors de la chambre. La maison est vide. J'entends les notes d'une guitare par la porte ouverte. Nacho est assis à côté du gril, avec une bière. Il porte un jean déchiré qui lui tombe légèrement sur les fesses, révélant la marque Calvin Klein de son boxer. Un feu discret brûle à côté de lui, son téléphone, connecté à une enceinte, joue « I See Fire » de Ed Sheeran.

– Je voulais justement te réveiller, dit-il en posant sa bouteille. J'ai préparé le dîner.

Je ne suis pas certaine d'avoir envie de sa compagnie, mais le grondement dans mon ventre m'indique que je n'ai pas trop le choix. Je m'assieds sur le fauteuil en recroquevillant mes genoux sous mon menton. Je me couvre minutieusement de la couverture. Nacho rapproche la table, puis un autre siège. Je regarde la table et hoche la tête en découvrant un dîner très romantique. Dans le panier en osier, il y a du pain toasté sur le feu, à côté il y a des olives, des tomates coupées et des oignons marinés. Le tout est éclairé par une bougie. Nacho place une assiette devant moi, une deuxième en face, puis s'assied.

– Bon appétit.

L'odeur du poisson grillé, du poulpe et de quelques autres délices réveille le démon en moi. En oubliant toute politesse, je me jette sur la nourriture accompagnée d'un pain aux olives.

– C'est mon refuge, dit-il en regardant autour de lui. C'est ici que je m'échappe. J'aimerais bien déménager ici... avec quelqu'un... (Je lève les yeux, ceux de Nacho changent sous l'influence des miens. Il recule dans son fauteuil, son sourire disparaît.) Il n'y a que toi et moi...

Je lève le bras pour qu'il se taise.

– Tu ne m'intéresses pas, je mens, en essayant d'être la plus convaincante possible. J'aime Massimo, c'est l'amour de ma vie, personne ne peut le remplacer. J'ai tellement hâte que Luca naisse et que Massimo vous tue tous si vous essayez de nous l'enlever.

Je termine mon propos en hochant fièrement la tête, mais je n'obtiens qu'un éclat de rire de l'Espagnol.

– Tu sais où il est en ce moment ? (Il hausse les sourcils en attendant une réponse.) Je vais te dire où est ton mari adoré. Il gagne de l'argent. (Il pose sa bouteille sur la table.) Car tu vois, ma naïve et enceinte petite Laura, Massimo Torricelli aime l'argent plus que tout. Il s'est persuadé d'une connerie et pour calmer son ego, il t'a fait entrer dans sa vie tordue. (Il se penche, son visage s'approche du mien.) Avant que tu le connaisses, on t'avait déjà enlevée ? (Il se tait en attendant ma réaction, je ne dis rien.) C'est bien ce que je pensais. En plus de ça, il n'arrive pas à te protéger. Si tu le veux, je peux confirmer tes doutes sur lui. (Il plisse les yeux et s'approche encore plus.) La décision est à toi, je peux te montrer des preuves qui te révéleront la vérité sur lui et le rêve illusoire que tu vis depuis quelques mois. Je peux le démasquer devant toi, il suffit que tu me dises que tu le veux...

– J'ai envie de vomir en t'écoutant ! (Je grogne en me levant de table.) N'essaie pas de dénigrer l'homme que j'aime. (Je me tourne pour rentrer.) Et toi, tu es supposé être meilleur que lui ? (Je lui lance un regard haineux.) Tu m'as enlevée, tu me fais du chantage et, après, tu penses que je vais me jeter dans tes bras et tomber amoureuse de toi ?

Il me regarde les yeux mi-clos, puis son expression change totalement. Il sourit ouvertement, s'étire et croise les mains derrière la tête.

– Moi ?... Non, je voulais juste te baiser.

Je lui fais un doigt d'honneur en passant la porte.

– Quel putain d'enculé, je grogne en polonais, un vrai connard !

Je marmonne encore un moment, puis je prends une douche, qui me calme. Ensuite, je m'enferme à clé dans ma chambre et me couche.

Chapitre 20

Le lendemain, après un petit déjeuner silencieux, nous retournons en ville. Nacho passe quelques dizaines de coups de fil, il ne m'adresse pas la parole. Quand on entre dans le parking souterrain, les événements d'il y a deux jours me reviennent en mémoire.

– Et Rocco ? je demande sans quitter la voiture.

– Tu ne penses pas qu'il est encore là-bas, quand même ?

Il claque la porte et se dirige vers l'ascenseur. Il tourne la clé dans la serrure, puis entre. Je commence à avoir la nausée, j'ai du mal à respirer, mes jambes ne veulent plus avancer. L'Espagnol remarque que ça ne va pas.

– La maison est sécurisée, mes hommes ont tout nettoyé la nuit même, allez viens. Il faut que je me change, puis on ira voir le vieux. Je te conseille de faire pareil.

Il grimpe les escaliers et disparaît derrière une porte.

Je monte chaque marche lentement, comme si je doutais de ce qu'il vient d'affirmer. Ma raison me dit qu'il ne peut pas être aussi cruel et avoir laissé le corps dans ma chambre.

Quand je pose ma main sur la poignée, la peur me retourne l'estomac. J'ouvre doucement et découvre avec soulagement qu'il n'y plus de trace du Sicilien étranglé. Je me dirige vers l'armoire pour trouver une tenue plus adéquate. Aujourd'hui, après presque une semaine, je vais revoir mon amour. Je veux être présentable, comme la femme d'un patron et pas la copine d'un surfeur tatoué. Ce n'est pas facile, car j'ai que le choix entre des shorts et des shorts. Je trouve enfin un jean gris délavé et un tee-shirt blanc à manches courtes. C'est ce que je peux faire de plus élégant avec ce que j'ai. J'enfile des mocassins clairs, puis je coiffe avec attention mes cheveux. Dans la salle de bains, je trouve du mascara, ça me ravit, avec ma peau bronzée, je n'ai besoin de rien d'autre.

J'entends un cri qui vient d'en bas.

– On y va ! Laura, bouge-toi.

Je regarde cette chambre une dernière fois, en vérifiant si je n'ai rien oublié, jusqu'à ce que je réalise que je n'ai rien apporté, ce ne sont pas des vacances, je me suis fait enlever, c'est l'unique raison de ma présence sur cette île. Je descends les escaliers et reste sans voix en découvrant Nacho vêtu d'un costume. Sa peau bronzée et son crâne parfaitement rasé vont parfaitement avec sa chemise blanche et sa veste noire. Il a une main dans sa poche, la deuxième à son oreille avec un téléphone. Il se tourne vers moi. Sans interrompre sa conversation, il me regarde de haut en bas. C'est bizarre de le voir habillé comme ça, ça le change énormément, ce con est très beau dans cette tenue.

– Tu es belle.

Il essaie de ne pas sourire, mais il ne s'en sort pas et me montre toutes ses dents.

– J'ai de la concurrence !

Un sourire, que je n'arrive pas à contenir non plus, apparaît sur mon visage.

– Allons-y, je veux me débarrasser de toi au plus vite.

Sa remarque me déplaît et m'attriste, même si je sais que c'est faux. Il ne le pense pas réellement, mais il veut me faire croire que je ne suis qu'un boulot pour lui. Je réalise que j'aime bien cet homme, malgré tous ses défauts, y compris le principal : c'est un assassin et un kidnappeur. D'un côté, je suis contente que Massimo me sorte de là, mais d'un autre, je n'arrive pas à accepter de ne plus jamais voir Nacho. Si cette situation n'était pas aussi absurde, je pourrais me dire que je vais quitter un bon ami. C'est un type qui m'impressionne, il me fait rire, il m'énerve. J'adore passer du temps avec lui. J'ai passé vingt-quatre heures sur vingt-quatre avec lui pendant une semaine, on s'est habitués l'un à l'autre.

La corvette fonce le long de l'autoroute, heureusement Nacho a fermé le toit, sinon je pouvais dire adieu à ma coiffure coiffée. Quand on sort de l'autoroute, on prend une route qui grimpe et qui devient de plus en plus étroite. Les virages s'enchaînent quand, tout à coup, on s'arrête.

– Viens, je vais te montrer quelque chose.

Il me prend par le bras et me mène dans une ruelle jusqu'à ce qu'on arrive à une barrière.

– Los Gigantes, me dit-il.

La vue est à couper le souffle. Le nom du village vient de la hauteur des falaises qui tombent à pic dans la mer, certaines font près de six cents mètres de haut. On peut s'en approcher en bateau ou à la nage, c'est à ce moment-là qu'on réalise à quel point elles sont hautes. Je suis émerveillée. Dans les eaux alentour, il y a des dauphins et des baleines.

– Je voulais te montrer le volcan Teide, mais...

– Tu vas me manquer... je chuchote en le coupant. C'est tellement injuste d'avoir rencontré un homme comme toi dans des circonstances pareilles. (Je pose mon front sur son corps immobile.) Normalement, on devrait pouvoir être amis, nager ensemble.

Mes mots sont remplis de tristesse et de regret, je sens que son cœur bat fort sous sa chemise.

– Tu peux rester, chuchote-t-il.

Il relève mon menton pour me forcer à le regarder, mais je ferme les yeux.

– Bébé, regarde-moi.

Ces mots me déchirent de l'intérieur, Massimo m'appelle comme ça. Des larmes s'accumulent dans mes yeux, elles explosent avec la force d'un volcan en éruption. Je sors mes lunettes de soleil de ma poche pour me cacher derrière les verres fumés et je repars vers la voiture.

Il est difficile de qualifier la maison de Fernando Matos autrement que de château. Il est construit sur un rocher, une forteresse avec vue sur l'océan. Derrière les grands murs s'étend un immense jardin, plutôt un parc, à vrai dire. Il y a des perroquets dans les arbres et des poissons nagent dans un lac. Moi qui pensais que la résidence de Taormine était immense, je découvre ici ce que l'immensité veut dire.

Nous nous garons devant l'entrée, passons devant quelques hommes armés dans l'allée principale. Je sors de la voiture, je n'ai aucune idée comment me comporter. Je me rapproche de Nacho qui m'attend. Deux gardes du corps apparaissent, m'entourent, le chauve leur dit quelque chose d'un ton assez agressif, puis se met à hurler. Les hommes en costume ne veulent pas se soumettre. Nacho, irrité, m'attrape par le coude puis commence à me tirer le long d'immenses couloirs.

– Qu'est-ce qui se passe ?

– Ils veulent que tu ailles avec eux, mon rôle est terminé. (Il est terriblement énervé.) Je ne vais pas te laisser avec eux, je vais t'accompagner personnellement jusqu'à mon père.

Nous traversons un hall gigantesque et arrivons devant une porte massive derrière laquelle il y a une immense pièce. Environ quatre mètres sous plafond et des fenêtres qui donnent sur l'océan. Cette partie du château semble léviter au-dessus de l'eau. La vue est magnifique et terrifiante à la fois.

Absorbée par la vue, j'entends soudain la voix d'un homme avec un accent marqué.

– C'est donc toi ?

Je me retourne. À côté de Nacho se tient un homme âgé avec des cheveux longs. Il ressemble plus à l'image que j'avais d'un Espagnol, le teint mat et les yeux foncés. L'homme d'un certain âge est très beau, il a dû séduire beaucoup de femmes dans sa vie. Il porte un pantalon clair et une chemise de la même couleur.

– Fernando Matos. (Il prend ma main et l'embrasse.) Laura Torricelli, dit-il en secouant la tête. La femme qui a apprivoisé la bête. Assieds-toi, je t'en prie.

Il m'indique un fauteuil et s'assied également. Nacho se sert un verre, il est nerveux, il retire sa veste, dévoilant ses armes. Il avale son verre cul sec, puis s'en sert un second et se pose à son tour.

– Monsieur Matos, merci beaucoup d'avoir pris soin de moi, mais j'aimerais bien rentrer à la maison, dis-je d'un ton calme et poli. Nacho s'est très bien occupé de moi. Si vous avez terminé de jouer à la mafia, alors je...

– On m'avait dit que tu étais insolente. (Fernando se lève de sa chaise.) Mais tu vois, ma chère, ton mari chéri n'a pas l'air pressé de venir ici. (Il ouvre les bras.) Il semblerait que son avion n'ait pas décollé. (Il se tourne vers son fils.) Marcelo, sors.

Nacho se lève sagement, vide son verre, le pose et prend sa veste. En essayant de ne pas me regarder, il quitte la pièce. Je me sens seule et terrifiée. Je ne connais pas les intentions de l'homme à côté de moi. Celui qui vient de sortir me donnait une impression de sécurité.

– Ton mari m'a traité comme de la merde ! Il se fout de ma gueule ! hurle-t-il en appuyant ses bras sur les accoudoirs de mon fauteuil. Un de vous va le payer !

La porte s'ouvre à nouveau. Incapable de tourner la tête, je reste pétrifiée sur mon fauteuil. L'homme âgé me contourne, puis disparaît derrière moi, il salue quelqu'un. La conversation se déroule en espagnol, je comprends juste le nom de mon mari qui résonne plusieurs fois. Les voix se taisent et j'entends à nouveau le bruit de la serrure, je souffle en pensant que je suis seule.

– Espèce de pute !

Une grosse main m'attrape par les cheveux, puis me soulève de mon siège.

Je suis plaquée au sol. En tombant, ma tête cogne un petit banc. Le sang coule le long de ma tempe. Je lève les yeux, un homme de l'âge de Nacho est devant moi, il me regarde avec dégoût. D'une main bizarrement raide, il recoiffe ses cheveux noirs vers l'arrière. Il vient vers moi, je pousse sur mes talons pour m'enfuir, mais je n'ai même pas le temps de me lever. Il me donne un violent coup de pied au niveau des reins. Je prends mon ventre entre mes bras pour protéger l'enfant du fou qui nous attaque. Je sens que je commence à avoir la nausée, mes oreilles sifflent, mais je ne peux pas perdre connaissance.

– Lève-toi, saleté ! hurle-t-il en s'asseyant lui-même sur le fauteuil.

En arrivant à peine à avaler ma salive et en me tenant sur mes mains tremblantes, je fais ce qu'il demande. Il m'indique d'un geste presque galant le fauteuil en face de lui.

– Tu te souviens de moi ?

– Non.

– Nostro, tu te rappelles ? (Je lève les yeux, puis fronce les sourcils.) Le club à Rome, il y a quelques mois. (Il rit jaune.) Ce n'est pas étonnant que tu ne t'en souviennes pas, comme toutes les putes, tu étais totalement saoule.

C'est quand il dit ça que je revois la scène.

– Alors, tu t'en souviens saleté ? (Il se lève de son siège, me frappe au visage, il me tient par les cheveux.) Ton mec m'a tiré dans les mains.

Il lève les mains, me montrant deux cicatrices identiques.

Comme dans une machine à remonter le temps, je me souviens de ce soir à Nostro. Je me rappelle qu'après avoir dansé sur la barre de pole dance, un des hommes a pensé que j'étais une pute, donc m'a attrapée et Massimo... (je me couvre la bouche avec une main, rien que d'y penser) lui a tiré dans les mains.

– La droite est en état de parésie, la gauche, je ne peux plus du tout l'utiliser. (Il les fait tourner en me regardant.) Humilié à cause d'une pute ! Je me suis longtemps demandé ce que je voulais te faire. Mais je me suis rendu compte que je préfère quand même éliminer ton cinglé de mari.

Il s'approche, me frappe à nouveau. Je sens du sang couler de ma lèvre coupée. Il va me tuer, me dis-je, terrorisée sur mon fauteuil.

– Au début, je pensais que cette crétine d'Anna pourrait faire le boulot. Malgré toute ma confiance en elle et ses capacités au volant, elle n'a pas réussi. Je ne voulais pas mêler la famille Matos à ça. Mais cette salope a succombé au charme Torricelli. (Il se penche au-dessus de moi, cogne les accoudoirs de mon fauteuil, je ferme les yeux, pétrifiée.) Heureusement que je l'ai convaincue d'informer son frère de la mort de l'enfant à naître. (Il explose de rire.) J'ai moi-même vu Emilio, je lui ai raconté comment un soir où ton Don avait un peu trop bu et pris trop de poudre blanche, il s'était réjoui de la situation et du fait qu'il aurait un souci de moins à gérer. Les choses ont empiré à partir de là. (Il me raconte tout ça, l'air amusé, en marchant dans la pièce.) Plus tard, ils ont décidé de se tirer dessus, malheureusement ton mari a encore une fois eu de la chance. Au moins, il a réglé le problème d'Emilio, ça a permis aux Matos de prendre une partie de Naples.

Il a du mal à se verser un verre, il n'arrive pas à soulever la carafe, il ne peut que la pencher, et encore, avec difficulté.

Ma tête me fait mal des coups qu'il m'a assénés, mais le sang séché forme une sorte de croûte qui empêche les saignements. Je sens ma lèvre gonfler, mais c'est l'enfant qui m'inquiète le plus.

– Tu vas faire quoi de moi ? je demande de la voix la plus décidée possible.

L'homme se lève doucement, puis me frappe encore une fois au même endroit. Mes lèvres explosent, je hurle, la douleur est inimaginable.

– Ne m'interromps pas, saleté ! crie-t-il en se rasseyant. Tu peux hurler autant que tu veux, la pièce est insonorisée. Même si je te tire dessus, personne ne l'entendra. (Un sourire triomphant apparaît sur son visage. Après un court silence, il continue.) J'ai observé Massimo et j'ai réalisé que rien ne lui ferait plus mal que de te perdre, surtout que c'est à cause de toi que je suis incapable d'attraper mon verre tout seul. (Il lève sa main droite dont la paume est totalement rigide.) Il fallait que j'apprenne à me servir de l'autre. La paralysie est telle que j'arrive à peine à les utiliser. Il a fallu qu'on me fabrique une arme spéciale que je sois capable de déclencher. Mais tu vois, elles peuvent toujours servir à te donner du plaisir. Donc, aujourd'hui, avant de te tuer, je vais t'en donner tellement que tu recracheras le connard que tu portes en toi.

J'entends un sifflement dans mes oreilles et je me mets à prier pour trouver de la force. Je ressens une brûlure et une douleur terribles dans le sternum. Dans cet état, je n'arrive même plus à penser rationnellement.

– Et comme ton mari chéri a décidé de ne pas venir pour ne pas risquer sa propre vie, je vais filmer ta dernière nuit, celle que nous allons passer ensemble. (Il tend sa main encore fonctionnelle, puis me caresse la jambe que je recule aussitôt.) Et après, je vais lui envoyer ce morveux dans une boîte. (Il montre mon ventre.) Au fait, je ne pensais pas que ce serait aussi simple pour Marcelo. On a essayé de t'enlever de nombreuses fois, mais Massimo était réactif à chaque fois. (Son ton ironique m'agace de plus en plus.) Mes hommes causaient des bastons dans ses clubs et ses hôtels pour le faire sortir de la maison. J'ai retourné la majorité des familles contre lui, mais il te surveille tellement bien que t'enlever a été plus compliqué que prévu. (Il lève un doigt d'une main.) Après, j'ai pensé à Marcelo, c'est le meilleur dans son domaine, il est impitoyable et loyal à son père qui, lui, me fait confiance. (Il rigole.) Ce type tatoué qui me déteste n'avait aucune idée du véritable but de sa mission, il a exécuté les ordres de son père sans réfléchir.

– Massimo te trouvera et te tuera, gros tas de merde !

– Oh, j'en doute sincèrement, répond-il, amusé. Toute sa fureur va être concentrée sur Marcelo, c'est lui qui t'a enlevée. Torricelli va d'abord s'en prendre à lui, puis au vieux, et je me retrouverai à la tête de la famille Matos en tant que gendre. (Je me mets à rire comme une hystérique, d'énervement, il balance son verre contre le mur.) Qu'est-ce qui te fait tant rire, sale pute ?

– C'est toi la crotte de nez ! (Je me souviens de la description que Nacho m'a faite du mari d'Amelia.) Effectivement, Flavio... comment est-ce que j'ai pu ne pas te reconnaître après une description aussi juste ?

Sa main cogne à nouveau mon visage, je sens que cette fois, c'est mon œil qui gonfle.

Ma torture est interrompue par son téléphone qui sonne dans sa poche. Il le sort et répond. Il écoute un moment, puis remet l'appareil à sa place.

– La situation se complique, grogne-t-il. Ton mari est là.

Mon cœur sort quasiment de ma poitrine, des larmes de soulagement et de bonheur coulent sur mes joues. Je ferme les yeux. Il est là, il va me sauver. Je souris, Flavio ne le voit pas, il cherche quelque chose sur le bureau.

Massimo déboule dans la pièce, suivi de Domenico et de quelques autres hommes. Mon Dieu, qu'il est beau, puissant et à moi ! J'explose en larmes lorsque les yeux de l'homme en noir se posent sur moi. Je vois qu'il déborde de haine, mais ses yeux se remplissent de douleur en voyant mon visage. Avec un rugissement sauvage, il pointe son arme vers Flavio. Au même moment, d'autres portes s'ouvrent, des hommes déboulent, dont Nacho qui se fige en me voyant.

En dernier, lentement, cigare aux lèvres, entre Fernando Matos. Comme dans un vrai film de gangsters.

– Massimo Torricelli, dit-il alors que des armes sont pointées dans tous les sens, merci d'avoir accepté notre invitation.

Je sens un regard planté sur moi, mais le mien est concentré sur Massimo. J'aperçois Nacho, arme à la main, qui m'observe, l'air triste et désespéré. Je vois qu'il se sent coupable de l'état dans lequel je suis. Soudain, l'un des hommes de Matos pointe une arme sur ma tête.

– Baissez vos armes, dit Fernando, sinon la raison pour laquelle tu es venu va s'exploser contre le mur.

Massimo grogne quelque chose aux hommes qui sont avec lui. Tout le monde range son arme. Les autres le font aussi, tous, sauf celui à côté de moi.

Sur l'ordre de Fernando Matos, les hommes des deux camps quittent la pièce. Nacho traverse la salle, le visage impassible. Il s'arrête à côté de moi, et change de place avec l'homme qui me tenait en joue.

– Laura, chuchote-t-il lorsque le pistolet se retrouve à nouveau sur ma tempe. Je suis désolé.

Des larmes coulent le long de mes joues, la boule dans ma gorge est impossible à avaler. Massimo et Domenico font face à Flavio et Fernando. Je me demande si quelqu'un va s'en sortir vivant.

Les quatre hommes discutent un moment. En voyant leur expression, j'ai l'impression qu'ils sont tombés d'accord. Après un moment, j'entends la voix calme de mon mari :

– Viens vers moi, Laura.

Nacho, qui a compris toute la conversation, baisse son arme. Avec mes dernières forces, je me jette vers lui. Lorsque le chauve veut m'aider à marcher, l'homme en noir gronde.

– Ne la touche pas, enculé !

Il me lâche, puis se décale.

Je n'arrive pas jusqu'à lui. Du coin de l'œil, je vois Flavio sortir son arme, la pointer sur Fernando Matos et tirer. L'autre tombe. Instantanément, j'entends un autre tir, puis un deuxième, un troisième. Flavio s'écroule sur le bureau. Mon mari me cache derrière lui. Il vise Nacho qui vient de tuer le gendre détesté qui a tué son père quelques secondes plus tôt.

Tremblante derrière le dos de Massimo, je sens que l'adrénaline dans mes veines s'en va. Mes jambes deviennent de plus en plus molles. Je suis en sécurité, mon organisme sait qu'il peut arrêter de se battre. Je glisse le long du corps de mon mari et me retrouve sous lui. Il me retourne pour que je sois face à lui. Il laisse Domenico et Nacho seul, leurs armes pointées l'un sur l'autre.

J'entends un grondement sourd, puis comme un coup. Quelque chose de chaud coule sur mon corps. Je n'arrive pas à respirer, le visage de Massimo semble disparaître, mes jambes ne me soutiennent plus. Je m'écroule au sol avec lui. Il me regarde, pétrifié. Il me parle, mais je n'entends rien, je vois juste qu'il bouge les lèvres. Il lève une main pleine de sang. Mes paupières se font lourdes, je ressens une fatigue étonnante puis, enfin, un soulagement. L'homme en noir embrasse mes lèvres en criant quelque chose. Le silence qui m'entoure devient de plus en plus dense, jusqu'à ce que plus aucun son ne me parvienne. Je ferme les yeux...

******

– Massimo ! (La voix de Domenico me sort de ma démence.) Ils ne peuvent pas attendre plus longtemps.

Le ton calme de mon frère résonne comme un hurlement en moi.

Je tourne le dos à la fenêtre et fais face à un groupe de médecins.

– Vous devez sauver les deux, putain ! je siffle entre les dents, tremblant de peur, (j'ai du mal à contenir mes larmes), sinon je vous tue tous.

De mes mains tachées de sang, je cherche la ceinture de mon pantalon pour en sortir mon arme, mais Domenico m'arrête.

– Frère, chuchote-t-il, les larmes aux yeux. Ça dure trop longtemps, ils ne pourront sauver ni Laura ni l'enfant et chaque minute...

Je lève un bras pour qu'il se taise. Je m'écroule sur mes genoux, enfouissant mon visage entre mes mains.

Je ne sais pas si je peux élever mon fils sans elle, je ne sais pas non plus si la vie sans elle a un sens. Mon enfant... une partie d'elle et moi, mon héritier, mon sang. Des millions de pensées me traversent l'esprit, mais aucune d'elles ne me soulage.

Je lève les yeux vers les médecins. Je prends une grande inspiration.

– Aidez-moi...

Remerciements

Je remercie toujours autant mes parents. Maman, Papa, vous êtes mon inspiration, mon amour, mon monde. Je vous aime beaucoup et je n'imagine pas une vie sans vous ! Merci d'avoir été toujours fiers de moi, même quand j'avais des doutes, vous étiez fiers de moi.

Merci à l'homme qui m'a montré que l'âge n'a pas d'importance ; que l'âge adulte est dans la tête et non dans les chiffres. Maciej Bufala, chéri, il n'y a pas de mots qui expriment ma gratitude pour ta patience, ta bienveillance et ton engagement. Ces mois ont été les plus difficiles de ma vie, sans toi à mes côtés, j'aurais abandonné. Je t'aime, jeunot, et merci d'être là !

Ania Szuber et Michal Czajka, merci pour la couverture sur laquelle je suis si renversante. Votre photo est magnifique et vos compétences graphiques incomparables ! Et vous êtes bien moins chers qu'un chirurgien plastique.

Mais c'est toi que je remercie le plus, lecteur, peu importe qui tu es. Grâce à mon livre que tu tiens en main, j'ai la possibilité de changer le monde. J'espère que la deuxième partie a été meilleure que la première et que tu attends avec impatience la troisième ! Parce que la troisième... ça va vraiment être le feu !

Merci à nos partenaires :

www.aurumroma.com
www.zagbijoux.fr